有一种力量，叫文学；

有一种美好，叫回忆；

有一种感动，叫青春；

有一种生命，在鲁院！

鲁迅文学院“百草园”书系

钻石时代

王秀云◎著

江西高校出版社
JIANGXI UNIVERSITIES AND COLLEGES PRESS

ZUANSHI SHIDAI

爱恨情仇，得失恩怨，家国大事，
民生小调，一本小集，百感交集。

图书在版编目（CIP）数据

钻石时代 / 王秀云著. — 南昌：江西高校出版社，2017. 4

（鲁迅文学院“百草园”书系）

ISBN 978-7-5493-5151-0

Ⅰ. ①钻… Ⅱ. ①王… Ⅲ. ①中篇小说－小说集－中国－当代 ②短篇小说－小说集－中国－当代 Ⅳ. ①I247.7

中国版本图书馆CIP数据核字（2017）第040645号

出版发行	江西高校出版社
社　　址	江西省南昌市洪都北大道 96 号
总编室电话	（0791）88504319
销售电话	（0791）88505573
网　　址	www.juacp.com
印　　刷	北京一鑫印务有限责任公司
经　　销	全国新华书店
开　　本	700mm × 1000mm　1/16
印　　张	18.5
字　　数	220 千字
版　　次	2017 年 4 月第 1 版 2020 年 7 月第 2 次印刷
书　　号	ISBN 978-7-5493-5151-0
定　　价	49.00元

赣版权登字-07-2017-165

目录 Contents

38 秒

早晨九点十分，也就是刚上班十分钟，阳光照在窗户最右边，看起来绵软无力。林小麦接到一个任务：李部长请她到上级部门签字。林小麦看看文件内容，不能说不重要，需要上级部门签字的文件都重要，也不能说特别重要，特别重要的文件李部长就亲自出马了。李部长让林小麦去上级部门签字有个理由，李部长说："听说你和新来的魏主任是发小，就你去吧。"

和魏主任发小，这就是理由。林小麦对这个理由不置可否。不能否认，因为他们确实是发小；也不能承认，毕竟，人家已经上级部门主任。关键是，林小麦能看出来，李部长拿出这个理由，是在抬举林小麦，林小麦就更不能说什么了。

李部长回到自己办公室就给魏主任打电话，说："魏主任，有个文件需要您签字，我就不过去了，让小麦去吧，你们是发小，也叙叙旧。"魏主任接了电话，和林小麦态度一样，没承认，也没否认，很官方地说："好，让她来吧。"

把这事交代清楚，他们之间通话时长 54 秒。

这 54 秒，林小麦用来补妆，关电脑，穿外衣，还不忘给对桌留了一张纸条："遵领导指示去上级部门签字。小麦即日。"16 个字。然后她下了楼。

距离上级部门并不远，开车不到二十分钟，这还包括过一个红绿灯路口耗费的时间。林小麦利用这段时间，试图梳理出和魏主任之间有利于顺利签字的一些情节。可以说毫不费力，她就想起了很多事，尽管过去了这么多年，但记忆清晰如昨，她甚至记得魏主任穿着背带裤，骑在她家木马上的样子。当然那时候魏主任还只是一个四岁男孩，名叫魏嘉正，小名嘉嘉。那时候嘉嘉管林小麦叫麦之，其实是麦子，嘉嘉口齿不清。

春天的时候，两家一起郊游，大人们在一起烤肉，嘉嘉吃一片，下一片就会给麦子吃，嘉嘉吃得快，麦子吃得慢，嘉嘉就会让肉片留在嘴里，等着麦子也吃上再咽下去。嘉嘉会把小洋人牛奶让给麦子喝。他会用他胖胖的小手拉着麦子说："别摔倒，我是男子汉，我保护你。"

说是哥哥，其实嘉嘉只比她大9天，而且嘉嘉生下来只有6斤8两。还没有麦子重，麦子8斤半。嘉嘉出生时，哭声羸弱，细胳膊细腿，小眼睛一直睁着，像能看见东西一样。而麦子呢，小胖丫头，长头发大眼睛，吃饱了睡，睡够了吃，几乎听不到哭。麦子出了满月，嘉嘉父母抱着孩子过来玩，两个孩子一见面就咿咿呀呀说起来，大有相见恨晚之势。当然这都是听大人们闲聊时说的。

林小麦看过关于他们俩的一段录像资料。影像中，她和嘉嘉对着脸坐在一起，周围有一堆毛绒玩具和几辆玩具汽车。嘉嘉把自己的玩具一样样往麦子身边输送，一边送一边说："葫芦娃都没有小汽车呢。麦之，这给你。"嘉嘉在一辆红色小轿车和一辆越野车之间挑选，把那辆红色小车给了麦子，然后举起越野车说："我长大了开车带你去大沙漠！"

屏幕背后传来家长们的哄堂大笑。

回忆让林小麦沉浸，甚至在汽车进入上级部门大院时，林小麦还能感觉到嘉嘉的手温。直到门卫过来，让她出示证件，她才意识到，自己是来上级部门签字。停好车，拉开车门，林小麦抬头看看天，和记忆中一样宽阔，她拿不准，记忆中的人，还是不是从前那样。

魏主任在二楼，不需要多少时间就能到达，但林小麦忽然有些犹疑，她觉得这个签字并不简单，否则，李部长不会让她出面，还打着发小的旗号。这种人情社会惯用的招数，李部长其实并不常用。他骨子里是个自由知识分子，崇尚契约关系，让她出面，必有深意。能有什么深意呢？用她讨好魏主任？这显然也不是李部长的风格。那就是试探林小麦和魏主任之间的关系，如果能顺利签字，说明他们之间确实像传言一样。问题是，林小麦自己并没有只言片语谈起魏主任。也即是说，林小麦对他们之间的关系并无指望。再说了，这种试探对林小麦这样，对职位已无幻想的人来说，又有什么意义呢？

诱惑从来都是欲望的陷阱。而她已无欲。

林小麦纠结着走进上级部门的办公大楼。魏主任在二楼，楼梯一共20阶，即使走两步退一步也用不了多长时间。林小麦因此竟然生出一句格言：向上的台阶都需要用力。用力不仅用来攀登，还要克服自己的怯懦。她几乎在每个台阶都想逃离。她怎么就怵发小呢？那个要带她去大沙漠的发小。

她就是怵，她觉得发小最适合的关系就是当初青梅竹马，后来永不相见。可她不但要见，还要有求于他，这就让发小从情感关系沦为利益关系，尤其悲剧的是，她处于利益下游。

魏主任办公室的门正对着楼梯，她已经听到屋里传出的说话声。一个似曾相识的声音说："11点之前必须报上去。"尽管还没见面，但林小麦认定这就是魏主任的声音。林小麦看看表，9点40分，距离11点还有80分钟。她应该能让魏主任在这个时间段内签好字。这有什么难的呢？只不过走一个程序而已。

"至少三个人。"林小麦判断。要不要先回去呢，等没人再来？楼道里过来几个人，和林小麦打招呼，都是一个系统，有一些人熟悉。他们都问她来有何公干，她只好说找魏主任签字。这一问一答，林小麦没有了退路，只能敲击魏主任棕色的办公门。"进来。"声音冷峻、稳重中，透着一种威严感。和刚才说话的是一个人，她再次准确判断，这的确是主任的声音，别人不会有这样的声音，她对这声音既熟悉又陌生，可她又知道，这不是嘉嘉的声音。

林小麦推门进去，魏主任看了她一眼，点了点头，说："你先坐。"刚才的声音不出预料，就是魏主任的。林小麦不禁暗自感叹了一下，有些东西时间是带不走的。表面上还是公事公办的样子，四下看了一眼，说："魏主任，我签个字。"

魏主任已经低头看文件了，说："我知道，你稍等一会。"然后对面前的两个人（权且叫A和B吧），说："必须找到。下午组织学习。"

A和B都认识林小麦，分别和她打招呼，她也和他们点点头，示意说："你们先忙。"她认为，只要他们的事忙完，魏主任就给她签字。

A说："领导那天讲话我是听到的，说了四篇文章，其他三篇都找到了，就这一篇，我从网上都搜了，没有。要不咱直接问问领导？"

B马上反对说："不能问，你只要找到那篇文章我就知道对不对。这几篇肯定不对。"

魏主任站起来，看着林小麦说："天天忙。"林小麦急忙说："是。看出来了。"林小麦注意到，他既没有叫她麦子，也没叫她林小麦，她的身份瞬间变成了一份无落款文件。不过看见他站起来，她还是心存幻想，觉得他能很快给签字。事到如今，任何情感幻想都是对自己的戕害。她只想签字，别无他求，以后也不想有太多纠葛。她站起来，把文件特意从左手倒到右手。魏主任说："你先坐，我找到文章就给你签字。"

林小麦就又坐下。看着魏嘉正，她一阵恍惚，这是嘉嘉吗？她问："你是嘉嘉吗？"

嘉嘉说："嘉嘉？你是麦子？"

"对啊，你的越野车呢？"麦子问。

"就在院子里，你没看见？"嘉嘉看着麦子。

"你去过沙漠了吗？"麦子问，眼神复杂。

"去过多少次，这么说吧，我想去的地方都去过了。美国黄石公园，澳大利亚大堡礁，印度边境城市阿姆利则金庙……不跟你说了，你肯定都没去过。"嘉嘉说。

"那沙漠呢，你去过了？"麦子追问。

"你说哪个沙漠？"嘉嘉伸出胖胖的小手，试图抓住麦子，麦子躲开了。麦子想问问嘉嘉，他带谁去了沙漠。

“我们可以先学前三篇。”A 说。A 的声音有些沙哑，像刚刚哭泣过。

“前三篇我们已经学过……”B 像是讨好魏主任，也像试探，故意把声音拖得很慢，一边说一边看着魏主任脸色，见魏主任面无表情，就继续说：“让大家继续学，可能会有新认识。”

“绝对不行。”这是魏主任的声音。这声音如此凌厉，斩钉截铁，像即将奔赴沙场的利器。林小麦被震到了，从荒唐的幻觉中陡然惊醒。

“领导一言一行都不会是无目的的。我们必须找到这篇文章，要知道领导在想什么、干什么，我们的工作才不会盲目，才能有的放矢。才会少走弯路。”魏主任对 A 和 B 在这件事的动摇十分不满，这让屋子的气氛陡然紧张起来。林小麦也不得不坐直了身子。

“我在哪里看见过呢?”魏主任一边嘟囔着一边开始翻办公桌。A 也想帮着翻，手伸出去，林小麦看见 B 伸出右脚踢了 A 一下，A 就停下，和 B 一起，看着魏主任自己忙活。

魏主任折腾半天没有，坐下来，只是看着前面。林小麦赶紧站起来，说：“魏主任，您这么忙，我在这影响你们工作，您给我签上我就走。”

魏主任看看林小麦，眼神有些特别，目光甚至有些灵动。林小麦真在某一瞬间看见了嘉嘉的影子，她觉得魏主任要给她签字了，但魏主任说：“我正忙，你再耐心等我一会。”魏主任的口气有些哀怨，即使没有及时给签字，这样的语气也让林小麦不忍心再催促。她又换了一个姿势，继续坐着。她很快就看到了刚上幼儿园的自己，和嘉嘉一起站在教室门口。嘉嘉说：“今天是我妈妈来接。麦之，你猜。”

麦子穿了一件明黄色柔姿纱连衣裙，细长的腰带飘到了肩上，她正费劲地想把腰带扯下来，就说：“今天我妈妈来接，我妈妈带泡泡糖。”

“我妈妈也带泡泡糖，我给你吹这么大的泡泡。”嘉嘉比画着，双臂从内往外伸开，身体前倾，好像那个巨大的泡泡正要逃走一样。

不过他们都猜错了，今天是嘉嘉爸爸接他们。和别的孩子不一样，他们是四个家长接他们两个孩子，这就相对轻松了许多，嘉嘉父母和麦子父母轮流接送孩子，谁不忙谁接，基本就是一个家长接两个孩子，他们见到家长，就忘记了泡泡糖，麦子跑到自行车前面，嘉嘉拉着麦子，站在后排。

嘉嘉爸爸说："松开手啊。不然你们怎么上车？"说着先把麦子抱到自行车前排横杠上。嘉嘉被扯得往前走了两步，拉着麦子手舍不得松开。嘉嘉爸爸急了，说："嘉嘉松手，到家再一起玩。"旁边过来一位家长，把嘉嘉抱上自行车后座，笑着说："玩了一天还没玩够啊。"旁边走过一个小朋友说："我们都说他们是爸爸和妈妈，他们要生小孩的。"周围家长都笑了。

时隔三十多年，林小麦似乎又听到了那些善意的笑声，忍不住看了看魏主任。她很想知道，他和谁生了小孩。他应该生小孩了。尽管他头发浓密，面庞红润，但眉宇之间有了细细的横纹。这些足以证明，他生小孩了。原来嘉嘉一直是白白的圆脸，而眼前的魏主任，脸型偏长，下巴明显肥大，从相学上看属于地阁方圆，但从审美角度就显得臃肿了。他一定是生小孩了。

"我回去再找找。"A 沙哑的声音再次打断林小麦的胡思乱想。B 似乎不愿意一个人留在这里，也说回去找找。魏主任看看 B 说："你先别走，十一点要把这个材料报上去。"说着拿出一个文件，和林小麦手里的文件厚度相仿。林小麦的注意力已经不在文件上，而是在时间上，十点半了，也就是说，她在这里已经坐了 50 分钟。50 分钟，竟然连个字都没有签上。林小麦浑身燥热。

A 显然有些犹疑，因为魏主任并没有明确他是否可以走，所以他也没坚持，就继续留在这里。气氛一时有些沉默。林小麦赶紧站起来，说："魏主任，您给签个字吧，李部长跟您说过……"

"他跟我说了，可你也看见了，我一直在忙，我从昨晚就加班，一直到现在都没吃饭，你再等一下，行吗？小林。"魏主任的声音有些苍凉。林小麦注意到，自从她来到这里，魏主任这是第一次称呼她，叫她小林。事实上，她只比他小九天。林小麦怀疑他根本没认出她来。

A 抓住了弥补刚才说走的机会，赶紧说："就在这睡了？够艰苦的。"B 也表示："太不容易了。"

魏主任看看林小麦，摇摇头，似在表达自己的千般无奈。林小麦只好看看那张单人床，确实简单，就一条褥子，铺了一张蓝色格子床单，一床单被。一件深色西装挂在衣架上。林小麦装作认真看了一遍，鼓起全身力气说："您真辛苦。"如此违心的话也能说出口，让她不敢面对自己，她低下头去。言不由衷总归是一件不光彩的事情。

魏主任似乎以为林小麦在心疼，竟然走到林小麦身边，接过林小麦的文件说："不要紧，男人嘛，想为社会做点事就得有点担当。"林小麦心跳加速，以为他马上就能给她签字了，她注意到他没带碳素笔，没关系，包里有，她准备随时拿出来奉上。但他看了看文件，又把文件还给了她，说："按说，也不是什么大事。我一会给你签。"他返身又回到办公桌前。林小麦觉得他踢踏踢踏的脚步和秒针一样，拖曳着金子一样的时间越走越远。

"也许十一点就能给我签字了。"林小麦绝望地想，她知道他们要在十一点上报一个材料。她看看墙上的表，一块普通的表，方形，棕色，不值得多说一个字。时间指向十点五十三分，林小麦就跟着分针一点点数起。一旦进入计数过程，一切都像慢镜头，动作被无限放慢，声音也被拉长，她觉得魏主任眨眼的时间长得像有一年，他拉开书橱门再次翻箱倒柜的时间完全可以用年计算了。7 分钟下来，林小麦感觉跟龙卷风拼了一把，后背上都是汗，顺着脊梁沟悄悄往下流。

终于到了十一点，他们上报完文件，就该给她签字了。但三个人好像谁也没有说起这件事，他们还在讨论领导说的那篇文章到底是什么。

"应该是侧重经济的，领导上次讲话就说到，要重视非公经济发展。"B 说。

"我印象是关于民生的，领导上次讲话中一再重申，不能饿死一个百姓。"A 说。

B 显然对 A 的说法不满，说："都什么年代了，领导会提这样的问题？饿死人？你以为这是1963年吗？”说完他看着魏主任，很明显，他是想借贬低A提高一下在魏主任心目中的形象。

魏主任好像压根没听他们说话，他或许根本不在乎他们之间谁高谁低。他说：“领导是有过大思路、大战略、大决策经历的人，看问题不会和你们一样。”他说这话的时候，声音低沉，面容冷峻，好像领导就在眼前一样。

十一点十分了，他并没有上报什么文件。林小麦忍不下去了，她犹豫，是不是可以叫他一声魏嘉正，或者嘉嘉，提醒他，自己是他的发小，来找他没别的事，就是签字？她纠结了一阵，终究不愿意那样做，签字是公对公，正常的工作程序，犯不着情感交换，就说：“魏主任，我都等了一上午了，您就给签了吧。”

魏主任回过头来，看着她，目光专注，像她是哪位领导一样。林小麦被看得不自在，忍不住扭了一下身子。

“你鼻子上的痦子呢？”魏主任突然问。屋子的人都愣了一下，林小麦也猝不及防，不知道说什么。“痦子？什么痦子？”

林小麦以为魏主任说错了，一瞬间想了很多别的词，比如悟性、物资，但魏主任强调了一遍，说：“你原来脸上有个痦子，现在没有了。”

林小麦很尴尬，她说：“我也不知道怎么就没了。”

“我们有三十年没见了吧？”魏主任说。

“三十三年。”林小麦说。

“你还好吧？”魏主任接着说。

“挺好，只是，我以为你不认识我了。”林小麦委屈地说，心里竟然一酸。

“怎么会，我知道是你。”魏主任说。

A和B只是和林小麦认识，并不知道她和魏主任是发小，看他们这架势，A先反应过来，说：“林科长，你看，只顾忙，这半天也没给你倒杯水。”

B也迅速行动起来，找了一个一次性水杯，斟了一杯水端过来，说："林科长莫怪，我们就是太忙了。"

林小麦急忙站起来，说："理解理解。你们忙，我没别的事，就是请魏主任签个字。"

"那还不是小事。"A 沙哑着嗓子说，B 又踢了 A 一脚，A 就不言语了。B 说："林科长喝水。"

林小麦真渴了，可是水太热，她只能一小口一小口地喝，再说，她并不想喝水，就想签字走人。

"快给我签了吧，李部长还等着。"林小麦的声音已经行进在麦子的记忆中。

"你和咱们那些同学有联系吗？"魏主任根本没听林小麦的话，继续问。

"联系也不多，都挺忙的。"林小麦其实想起几个同学，他们一直联系，经常在一起聚聚，也常提起魏嘉正，但她不想在这个地方提起这个话题，她只想尽快签字。

魏嘉正站起来了，他接过林小麦的水杯子问："烫吗？"

林小麦说："没事。"想站起来，被魏嘉正阻止，说："你坐，我来。"他倒出一点热水，兑了点凉白开端过来。林小麦把涌上来的一点哽咽，合着白水使劲吞咽下去。

B 说："魏主任，要不我俩先回去找找那份材料？"

A 也说："对，我看桌上有没有。"

魏主任回到办公桌前，说："不用，就在我办公室里，我见过，咱们慢慢找。"A 和 B 互相看看，又看看林小麦，继续站在办公桌前，等着魏主任再次从头找起。

林小麦印象中，这堆文件，他已经翻了六遍。林小麦终于忍不住了，说："嘉正，我……"

魏主任摆了摆手说，说："我签，马上签。把文件给我。"

林小麦又拿起文件，B 几步蹿过来，接过文件，还不忘冲林小麦一笑，然后双手把文件放在魏主任面前。魏主任拿起了右手边一支碳素笔。林小麦浑身滚过一阵暖意。她记起他们在育红小学（他们当然也是要上同一所学校的），她坐第二排，他坐第四排，他要求和她同桌，但他个子太高，影响后面的同学，一年级的时候他还和家长闹，到二年级他就不好意思闹了。不过还和幼儿园一样，他们一起等在门口，等家长来接。林小麦记得，他们分手是那次语文考试，她考了98分，他考了100分，以前班级第一第二都是他们俩，有时他第一，她第二；有时她第一，他第二。只要他们两个是第一第二，他们都会很高兴，放学后他们会要求父母——不管是谁的父母——带他们去吃冰激凌，他们理所当然都能得到满足。可这一次，他第一，她却不是第二，第二被另外一个人考走了，那个人不是别人，而是她的同桌。她看出他在生气，她一声不吭，跟在他后面，随时准备赎罪。他们本来该向门口走，他的——也可能是她的——爸爸或者妈妈在等着他们。但是他向相反方向走去，林小麦只知道跟在他身后，等到了操场才意识到，魏嘉正没有带她回家，而是把她领到了没人的地方。

她什么也不敢说，还是在他身后跟着。走到一棵树前，他停下，她也停下。他突然号叫："你收了他的纸条!"

林小麦从来没听到他这样的声音，他甚至脸颊通红，眼珠子像魔鬼的灯笼一样瞪着她。

"他……他……借我橡皮……"她战战兢兢地说。"我……我没借给他……"林小麦含着眼泪说。

"你还和他说悄悄话。"也许是信了林小麦的解释，魏嘉正的嗓音低下来。

林小麦颤抖着声音说："我没有。"

"你有!"他又加大了音量，大吼道。

他站在她面前，像一堵大口喘气的墙。他眼睛充满血丝，鼻子急促地一起一伏，像被拴住的野马。他看着她，眼泪奔涌而出："你和他说悄悄话。"

林小麦低下头，小声说："没有。"

"你有!"他怒吼着，紧贴着她，好像只有这样，她的背叛才不复存在。林小麦想往后退一步，但被他一把搂住。他突然弯下身子，抱住了她，说："你是我的。"他吻她的嘴，她躲着他，这更激怒了他，他用头抵住她的头，抓住她的头发，把嘴使劲压在她的嘴上。

林小麦的妈妈来找他们，正看见这一幕，妈妈什么也没说，而是在另一个学校附近买了房子，给林小麦办了转学。

那一年，他们九岁半。

当年那个小狮子一样怒吼的男孩，此刻就坐在面前。她神思恍惚了一阵，再看他，眼里竟然有泪。魏嘉正那只签字的手已经放下，她沉浸在回忆中，搞不清眼前他是签了，还是没签。

“签完了？”她忍不住问。

魏嘉正没有回答，而是说：“那份文件我忘在家里书桌上了，就在左边，靠夜视灯旁边。”

“那我去拿。”B说。

“不用，我让小周去拿一下。”他给小周打电话，让他去拿一篇文章，就在书桌夜视灯旁边。

“总有一些事让你心神不宁。”他说这话的时候看着A和B，但林小麦觉得是说给她听的。林小麦已经顾不上这些弦外之音，她只关心她的文件是否已经签字。

“我可以走了吗？”林小麦试探着问。

“你不要签字了？”魏嘉正好奇地问。

“你还没给我签？”林小麦接着问。

“我一直在忙，你看不出来吗？”魏嘉正说。

林小麦不敢反驳，像当年面对他的怒吼一样，她的心突然战栗了。

他应该知道我今天来是要签一个字，不，是两个字；不，是五个字；不，应该更多。林小麦迅速在脑海中组织了签字的几种形式和所需要的时间。这么多年没见，不知道他会用什么字体签字，她不记得他有练字经历，不过也没准，现在中国各级书协会员中，各级干部占比不小。他可能已经入乡随俗，成了书法家。如果用草书会快很多，如果用楷书，或者行书，恐怕要多耽误几秒。她观察了一下，他办公桌上都是碳素笔，只有碳素笔，根本没有毛笔，那么他起码不会用魏碑签字。

林小麦迅速模仿魏嘉正签字的状态，并很快制成了一张表：

同意，魏嘉正。5个字，耗时27秒；

同意，魏嘉正，2. 21。7个字，耗时31秒；

同意，魏嘉正，2月21日。多了“日”“月”2个字，耗时34秒；

同意，魏嘉正，2014年2月21日。字数最多，也只能这么多，耗时当然最多，38秒。

也就是说，今天上午，魏嘉正只要挤出38秒，签字就能完成。

“38秒。”林小麦低声说。

“什么？”魏嘉正吃惊地问。

“38秒。”林小麦站起来，走到他面前，又复述了一遍：“38秒。”

魏嘉正明白了，他一定被林小麦涨红的脸和眼里的泪水击中了，他也站起来，说：“别着急，这不是什么大事。你再喝点水。”B已经把杯子端过来，魏嘉正亲自把水杯放到林小麦唇边，林小麦像面对当年的初吻一样，躲开了。

“我让小周去拿那篇文章。我必须找到那篇文章，你知道，事业是男人的生命。”魏嘉正看着林小麦。

林小麦想再次说一遍：“38秒。”但她觉得自己没力气了，闭了闭眼。这一幕被魏嘉正看在眼里，他扶着她坐下来。等她睁开眼，发现她坐在他的位子上。她想站起来，被他摁住了。“你体会一下，坐在这把椅子上的感觉。”

林小麦觉得除了比刚才的椅子稍微舒服些之外，没有什么感觉。

“你知道吗？人一旦坐在这把椅子上，不要说38秒，你的每一秒都不属于自己，”魏嘉正说，“这不是最大的无奈，最大的无奈是，你不知道你的时间给了谁。”

“时间就是生命。”A谄媚地说。这一次，林小麦看见B直接踩着A的脚，他们两个立刻开始微笑，再也不说话。

“你转学之后，我病了，你妈妈去看过我。”魏嘉正说。

林小麦结婚之后，妈妈告诉她，她离开后，嘉嘉生病了，学习一落千丈，休学一年。妈妈觉得对不住嘉嘉。她当时也觉得有些难过，可此刻，她对这个话题毫无兴趣。

“该说对不起吗？”林小麦问自己。

“不，我没有错。”她固执地认为。于是她沉默。

“我后来也转学了，不过比你转得要远得多，我直接转到了天津。在那里一切从头开始，我又认识了别的女孩，她们让我摸她们的大腿，”魏嘉正笑着说，“我摸了14个。”

“咳咳。”A笑出声来，被B再次制止。

“这没什么丢人的，男人嘛，谁没过青春年少，谁没偷腥尝荤？改了就是好同志。”魏嘉正对着A和B说。

“直到高考落榜，我才意识到自己错了，我大错特错了。一咬牙复读，这一年我没下楼，真没下楼，我就准备考不上一辈子不下楼，像树上的男爵一样，死在楼上。我考上了北京大学。我考上北大等于救了我妈，却没能救我爸。我爸癌症，第二年就死了，我知道是为我操心气死的，我悔悟晚了，他病入膏肓，来不及了。”魏嘉正动情了，鼻子像当年一样，一起一伏，有些堵。

林小麦低下头，正对着自己的文件，那只碳素笔就在文件上。魏嘉正只要一抬手，一切就能搞定。

有人敲门，魏嘉正调整情绪，说：“进来。”是小周，拿着一个黄色小册子，问：“是这本吗？”

魏嘉正看了看，说：“没事，你去忙吧。”小周左右看看，不明所以，就看了看表，说：“不下班了呀？”

魏嘉正看了看表，说：“你看，时间过得真快，一上午过去了。”

林小麦也看了看表，说：“魏主任，我等了一上午，就为了签字，别再让我再跑一趟了，行吗？”

“我都能复读一年不下楼，你再跑一趟算得了什么。我得下班了，以后再说吧。”魏嘉正笑笑说。

“嘉正，对不起，行吗？”林小麦站起来，说。她已经看清楚了，魏嘉正在刁难她。她不低头，这个坎过不去。

魏嘉正站在林小麦面前，看了一会儿，像是自言自语道：“麦子，麦子已经收割了。”

“嘉正，你给我签了吧，我回去没法交代。”林小麦恳求道。

魏嘉正侧着身子，低着头说：“你也看见了，这都忙成一锅粥了。走吧。下班了。”说着就往前走，A 和 B 紧跟着魏嘉正，谁也不管林小麦是走还是不走。

林小麦僵在椅子上，她一下有些晕眩，拿不准是该拿着文件，还是把文件留在这里，她忍不住喊了一声：“嘉嘉。”

魏嘉正站住了，过了一会儿，双肩突然像风中的纸片一样抖动。林小麦走过去，轻轻伏在他肩上，她很想告诉他，当年那个同桌，给她写纸条并不是为了借一块橡皮，而是跟她说：“他要去法国，那里的男人都骑马，带着宝剑和心爱的女人，为了女人角斗，给女人买世界上最漂亮的裙子。我想带你去，你想去吗？”

林小麦当时的回答是：“我想去。”

阿尔卡迪亚

男性尸体，尿液，躲在某个地方的凶手，纠结在血腥之中的下午。手机必须马上上交，老赵已经在车上等着了，这时候我接到了周郎的电话。

周郎说："晚上一起聚聚，弄了点好东西。"

我调侃说："又腐败了吧？"

周郎说："人家懂事，弄了瓶五十年茅台，据说价值一万八，哥几个尝尝。"

我说："真懂事，以后再有这好事多惦记哥几个。"我们开始胡侃，用刻薄的语言损对方。

我说："你即使当了县长也是狗腿子。"

他说："你也好不到哪里去，知道那些司机怎么称呼你们吗？狗，站在路上咬人。"

我说："好啊，等我回来先咬你。"

周郎说："你什么时候回来？"

我怎么知道？知道我也不能说。我就说："等着，回来找你。"我们其实是在他当了县长之后才这样，之前他在我面前很规矩，县长这个身份让他有底气我贫了。正过一个收费站，看着路边站立的同行，我心里一阵悲凉。正是深冬，寒风刀子一样在空气中穿行，我知道这滋味，我在岗楼站了六年，那时候还穿白色警服，夏天的时候汗水顺着脊梁沟一直流到脚后跟，擦不净。冬天的时候风从脚后跟再蹿上来，一直到后脖颈。后来我调到刑警大队，以为可以不受这罪了，谁知道蹲坑的时候比这还残酷。有一次我们抓捕一个犯罪分子，在他家不远处的水沟里藏了四天，蚊子咬臭虫叮都觉不出疼了。后来抓到那小子我一脚就把他踹趴下了，他趴着不起来，我揪着脖领子让他站起来，一边一个木凳子，让他两只脚分别踩着，只要屁股着地就用电棍揍他。这小子嘴硬，也扛了四天，第五天全招了，一个大款竞选村长，给他十万块钱杀竞争对手，他买了炸药，放在了人家那辆宝马的底盘上，炸死了一人，伤了两个。他判了死刑，缓期两年，据说挺老实的一个人，后来听说在监狱里经常背诵白居易的《长恨歌》。这年头，谁又不是狗呢？到处都飘着肉腥味，不是狗也让你变成狗。

现在，只有在私下里人们才叫他周郎，一般情况下，大家都叫他周县长了。周郎也不是那个缩在最后一排课桌上写诗的人了，周郎主要研究经济问题，有时对社会问题也发表一些见解，周郎的博客点击率很高，其中一篇《县长也是人》的博文甚至上了当日新浪博客排行榜，其实只是登了他赤裸上身在街边吃羊肉串、喝啤酒的照片。在他的带动下，县政府所有能写点材料的人都有了博客，互相踩踏，遥相呼应，一派繁荣景象。

队长催促我上交电话，我觍着脸请求："再给一分钟，就一分钟。"我没敢直接拨打电话，而是发了一个短信："老婆，开会，放心。"我没敢说去抓捕，老婆会做噩梦。老婆还在东光，我老丈人心脑血管瘤切除以后，多少有一些后遗症，老爷子原来在台上也是可以谈两个小时黑格尔的，这场病之后，嘴有些结巴，最爱说的就是《旧约》了。

"耶——耶——耶稣得——到了救——救赎。"老爷子有时会突然来这么一句，我们都感觉像被揪了头发一样。我知道他在躲避。看到他当年带着格子围巾意气风发的黑白照片，我也会从心底透出丝丝凉意，然而，这并不能让我像他一样，相信那个神性世界的无所不能。我甚至什么都不信，包括我自己，身为警察，我穿行在那么多躁动角色的诡异动静中，我甚至比他们还诡异。那瞬息万变的每一个瞬间都是我真实的表演，我曾经无数次期望也成为他们那样的人，没有底线，无所顾忌，按照本意去生活。然而，我不能，我有一本正经的父母，受过十五年正统的教育，他们相继给我狂野的心性套上了坚实的盔甲，脱下来牵皮带肉，我受不了那个罪。实际上我也不愿意成为老丈人那样的人，对任何不合规矩的事都慷慨激昂，可脑血管上一个直径不到4毫米的小瘤子就把他一生的操守全推翻了。我瞧不上他突然转身向神叩拜的样子。但是，这并不妨碍我做我该做的事情，我身不由己，身披众人眼中的美德，送给他马克西姆的《出埃及记》。据老婆说，他听了以后老泪横流，重新拿出了黑格尔的哲学著作，但只看了几分钟，就带上绒线帽子出去了。他去了教堂，“请”回一本黑色封皮的《圣经》。他说：“对——对传播神学的一切物——质，都要用‘请’，以示敬——仰。”

我只有一个老婆。之所以这样强调一下，是因为我想说明，我只有一个老婆不是因为我高尚，而是因为厌倦。从24岁大学毕业参加工作，26岁和老婆睡在一起，二十一年的修炼，什么样的女人在我眼前一过，我就能扒掉她的裤子，看到她骨头里去。她们所为何来，去向哪里，我看得清清楚楚。周郎送给我一副眼镜，只要对方穿化纤内衣，戴上之后都能看见对方身上的痦子。他以为我会惊奇，实际上，我天生有一双穿透一切的眼睛。有一次，我们接到一个凶杀案，现场是一个女人，穿着绛红色上衣，翻身躺在床上，我们把尸体弄出来的时候，门口围着很多人，我扫视了一下，就一眼，我认出了凶手。我看他的眼睛，他的眼睛躲闪了一下，然后我看见了他心脏剧烈地跳动，就这么简单。我带着这样的眼睛，有什么欲望去找别的女人？

我心里有些异样，一直到把手机交了还是有些异样，后来坐上老赵的车才明白这异样来自那瓶茅台，那瓶在地窖里珍藏了五十年、价值一万八千的茅台。周郎当上县长之后，给我和我们那帮从小光屁股长大的哥们喝过不少酒，也喝过茅台。那是他刚当上县长不久，弟兄们逗他，他让办公室安排了一顿饭，酒是自己从家里拿来的。我能看出来，周郎那时候对自己这个县长位置到底有多少能量还没有把握，请办公室主任陪我们的时候还很客气，特意敬了他一杯酒，把那个主任惊得站了起来。酒席结束的时候他还让秘书打包，秘书笑了笑说："行，周县长，您放心。"我们当时都觉得，让他请我们吃顿饭有些难为他。后来情况就变了，他会经常请我们吃饭，也没什么事，就是喝酒，酒的档次有高有低，有时是他们县的献王酒，有时也会有好一点的酒，其中包括茅台，不过也就一两千的那种，白瓷瓶上斜着贴上"贵州茅台酒"几个字，贴膜是红色的，皇亲国戚一样。有一次，周郎还给我们介绍了茅台酒的来历，据说是和苏格兰威士忌、法国科涅克白兰地齐名的三大蒸馏名酒之一，是大曲酱香型白酒的鼻祖。那次喝酒他还跟我们讲了一个段子：他新换了一个秘书，是北工大的研究生，那天德州一个县来考察，席间秘书负责倒酒，每次给对方都倒一半，给周郎倒得满满的，周郎很快就有些顶不住了，质问秘书怎么这样倒酒，秘书过来附在他耳朵上悄悄说："这么好的酒，让他们喝多可惜啊。"

茅台酒我只见过窖藏 30 年的，也就是见过，在扬帆酒店吃饭，人家酒柜上摆着，我腆着脸看了半天，金碧辉煌，高高在上，那么一个小盒子，镶了金边，里面装了一斤掺了酒糟的液体就一万多，我觉得不可思议。那价格就让我在那瓶酒面前自惭形秽，回到桌上的时候突然又换成一种类似不以为然的心情，我也说不清为什么。五十年的茅台什么样呢，想不出来。我问老赵，五十年茅台什么颜色。

老赵说："你真敢想。得几千吧，咱们喝不起。"

我一听这话，老赵比我还老帽，心里陡然有了点优越感，就笑了，告诉他："据说一万八千多。"

老赵听了没说话，我以为他没听见，谁知道过了一会他突然说："那是正经人喝的吗？"

我忍不住又笑起来。心里还在想象五十年茅台的样子。三十年是金色的，五十年应该是红色的，国酒嘛就该是红色。但是红色也分很多种，我少年时学过绘画，知道这红色里有粉红，即浅红色，别称妃色，还有品红、桃红、海棠红、石榴红、樱桃红、银红、朱红、火红、嫣红、枣红、殷红、酡红、暗红、浅红、水红、橘红、曙红、紫红、深红、血红、荧光红、胭脂红、玫瑰红、铁锈红、夕阳红。会是哪一种红呢？我想来想去觉得应该是大红，正红色，三原色中的红，传统的中国红。想了颜色我又想酒瓶的形状，茅台酒有直瓶的，也有葫芦状的，我想不出，就问老赵："你说，五十年茅台会是什么形状的？"

老赵沉默了半天说："屌样。"我愣了一下，没想到老赵这么幽默，我觉得老赵真具有设计天赋。老赵的话提醒了我，那瓶茅台酒和我一点毛关系都没有，我清理了一下内心，那异样还是盘踞在我心里，我就知道这异样不是来自这瓶我还没见过的茅台，而是别的。我想来想去，这异样就是周郎为什么请我喝这瓶茅台。

我和周郎是同学，就是一般同学，我相信周郎要是还写诗，我和他根本就不会再有更多联系。但是他当了县长，我们想走近他，他也想让我们知道他现在的辉煌，这关系一来二去热乎起来。可是，这层关系值得喝剑南春、五粮液，但真不值得喝一瓶价值一万八的茅台。那就是别的理由。我是理由吗？一个农民的孩子，后来和周郎上了同一所警官学校，周郎当了半年警官，就进了县政府，我先是当了一名交警，后来到刑警大队当了刑警，过去我管辖的范围是违章行驶什么的，现在我主要抓捕小偷小摸，偶尔有个刑事案件也不一定落到我头上，刑警支队人才济济，三名狙击手、四名特种部队转业军人、一名据说波黑维和部队退役的刑警，我这身手只能算个替补。也就是说，我认为我的身份不值得喝那瓶茅台酒。那么我身边的人呢？我妻子是县一中英语教师，周郎的孩子想上县一中都不用说，手下人看那孩子到年龄就会主动给办了。我老丈人脑子没长瘤之前是市委党校的副校长，周郎要是想往上爬一下，他随便找个关系都比我老丈人顶用。想来想去，我和我亲人的身份都不值得请我去喝那瓶茅台酒。那么，周郎到底为什么请我呢？他遇到麻烦了？需要我去给摆平？可是在这个小小的县城，一个县长会需要一个小小的刑警出面？我的思绪在这个疑问面前停留了一瞬间，我在想周郎会遇到什么麻烦。我想贪污这种事是不用找我的，找我也没用，到他那个位置，只要组织上用上这两个字基本上就没救了。那么会是别的原因，我竟然想起了罗伯·K·雷斯勒那篇《心理分析官对异常杀人者调查手记》，难道是他杀人了？或者需要我去杀人？这个想法让我震惊，我与其说是恐惧，不如说是愤怒，我无论如何都难以想象自己在他心目中是这样的角色。我被这个念头牵绊，心想，如果他要杀人，这个人就一定是向丽华了。

名义上，周郎其实也只有一个老婆，但我不这样认为，因为周郎在没当县长之前就在老婆之外有了一个女人，那个女人我见过，叫向丽华。就那样，同样的碳水化合物，她组合得比较特别，胸大，腿瘦，眼睛细长。她冲我一笑，我上下打量了一下，知道这个女人在周郎之前经历过所谓黑道中人，她的笑容里荡漾着野气；我看出她赤裸的后背上有很多手印，她有过官场男人，她细软的后腰洋溢底气；还有，那天上菜的时候她瞟了一眼服务员，就这一眼，我知道她和有钱人关系不浅。这女人什么都见过，挨过摔，上过当，也坑过人，该经历和不该经历的都经历过。这样的女人不会在任何男人身上停下，她会一直向远处奔走。

那时的周郎是政府办公室秘书二科科长，位置不低，按照这个位置以往的流程，下一步他该去某个局级单位当个副职，弄好了能当个副县长，按说这样的前程对向丽华这样的女人没有多少诱惑力。向丽华明显是站在高处看周郎，周郎在人家面前就是一个透明的人。只有一个理由，向丽华也有玩不转的时候。关键是，周郎把向丽华带到我面前，是让我判断一下这个女人，是不是可以深交。我真的为周郎庆幸，在没有这个女人之前，我认为周郎就是一个在流程上滑行的小角色而已，不会有什么出息，无论他将来走到哪里，他都只是那个趴在最后一排桌子上写点谁也看不懂的小诗的周郎，然而他遇到了这个女人，遇到这个女人我知道周郎就不再是周郎了。

这次见面之后，很久我都不知道周郎和向丽华的进展情况，直到有一天，我老婆回家说他们学校宿舍楼要整体拆迁了，学校老师们正准备上访。我问为什么拆迁，老婆说要筹建阿尔卡迪亚。我被这异样的名称给弄迷糊了，就问："什么？"老婆就又重复了一遍，说："就是别墅区，专供有钱人住。"然后她找出运动装和休闲鞋，本来穿上那套新买的李宁牌的，在镜子前照了照，又换上一套旧的——那年我带她去泰山，那时候我们刚结婚，没多少钱，在地摊上花四十块钱买的。我说："你还是穿那套李宁吧，这套不好看。"

她边换衣服边说："这是去上访，又不是走模特，穿好看有什么用？听说还要上政府门口静坐，穿这个舒服些，也不怕脏。"我知道她是心疼那身衣服。但我更担心她，就说："咱还是别掺和那些事，把自己日子过好就行了。"

老婆说："人家都去，就我不去不合适。"

我想想也是，都在一个群体里，从众是最佳避难方案，况且阻止拆迁有利益驱动，不参加将来万一真有什么好事就没有资格享受。但我还是担心，就问："你们这么闹有把握吗？"老婆说："我们学校毕业的学生，现在是清华大学教授了，他都出面了，应该能行。"我想清华大学的教授出面这事可能靠谱，就又问："阿尔卡迪亚是谁开发的呀？"老婆说："听说是一个女人，叫向丽华。"

那天我没有让老婆去参加游行，我用了极端的办法，拿了把椅子坐在门口，她几次想冲出去都被我粗暴地拦腰抱住。我还用她的手机给她的同事打电话，我说我病了，上吐下泻，她去不了。老婆声嘶力竭地在电话旁边叫喊，对方听见了，就说："你干吗拦着她呀，她就是去上访，又不是去送死。"

那天晚上老婆没做饭，我什么也不说，等老婆消了气才对她说："告诉你们那些上访的老师，别闹了，你们胜不了。"老婆不服气，说："连北京的学生都参与了，怎么胜不了？"

我严肃地说："谁参与你们也胜不了。"

老婆还是不服气，说："我们全校包括退休教师、毕业学生上万人，怎么胜不了？"

我说："人再多也不行。你听我的，别掺和。"

老婆鄙视地说："你不配当刑警。"我对这话极端反感，但我什么也没说，只是把老婆那两套运动服又放回了衣橱。也许是我这个动作太过温情，老婆也偃旗息鼓了。但我经常执行任务，我不可能天天看着老婆，老婆还是参加了后来的游行。直到有一天晚上，我看本地新闻联播播出了阿尔卡迪亚五星级酒店奠基仪式，我急忙叫过老婆，指给老婆看站在那片废墟上的一排人，哪个是市长，哪个是政协主席，哪个是人大主任，我没看见周郎，他的身份显然还没有资格站在这一行列中，然后我指向向丽华。镜头在向丽华面前停留了十几秒，我知道，在新闻节目中能占用十几秒，这就是重点关注了。向丽华盘起了头发，笑容隆重绽放，奇怪的是，我以为我会看到一颗黑色的心脏，这才符合想象逻辑，我竟然看见她那颗欢蹦乱跳的心依然是红的。我后来想，可能是电视荧屏虚拟了事实真相。

当然，阿尔卡迪亚如期开工，老赵就在那里买了一套 180 平方米的错层。我问老赵："你知道阿尔卡迪亚什么意思吗?"

老赵说："不知道，不过那房真行，物业也好。一般人进不去。"

我对老赵说："'阿尔卡迪亚' 原文 Arcadia，arc 原意为躲避、避开，后指为方舟，现在被西方国家广泛用作地名，引申为'世外桃源'。"

老赵说："你说的什么呀，像背台词，听不懂。"

我没告诉老赵，我特意查询过这个名字，英文是 Arcadia，阿尔卡迪亚应该是音译，指躲避灾难的意思，是传说中世界的中心位置。而在真实的世界里，那是一个风景优美、地理位置优越、靠近莱纳堡和贝祖山的地方！由于它与希腊大陆的其他部分隔绝，位于伯罗奔尼撒半岛，多里安人入侵希腊时（1100B. C. ~ 1000B. C.）没被占领。那地方的人还过着牧歌式生活，所以古希腊和古罗马的田园诗将其描绘成世外桃源。1821 ~ 1829 年希腊独立战争期间，阿尔卡迪亚成为战场。现今希腊的阿尔卡迪亚与古代的阿尔卡迪亚的范围几乎相同。

我冲老赵笑了笑，说："我就是背台词。那天看完领导们给阿尔卡迪亚剪彩，我特意到网上搜的，我搜到了这一段文字，简直精美绝伦，我从没为文字这么激动过，我已经很久不再背诵任何文字了，但那天晚上我竟然念念有词地把这段文字背得滚瓜烂熟。"

老赵说："别瞎想了，快琢磨怎么抓住嫌犯吧。"

我们已经来到了嫌犯有可能出没的村子。村子很小，也就几十户人家，我们要抓的嫌犯叫张力伊，今年 37 岁，高中毕业。这样的文化程度不该犯这样的错误——抢了一个卡车司机 3880 元钱。卡车司机在路边撒尿，他去车上拿人家包，被发现了，两个人撕扯过程中，张力伊顺手抄起一块砖砸到了司机脑袋。按说一块砖不至于要人命，但那块砖打到了太阳穴上，卡车司机被送到医院的时候还有气，还清晰地说出了犯罪分子的体貌特征，两天之后还是死了。这问题就严重了，张力伊畏罪潜逃。我们得到了可靠消息，说张力伊的女儿考上了重庆大学，这两天开学，张力伊会回来给女儿送学费，我们做通他邻居的工作，在邻居房顶上用一堆秫秸做掩护，准备蹲守。

我其实不是浪漫的人，但是在房顶上看乡村的夜空也禁不住感叹，你就不能想象在高度工业化的时代还有这么明亮的星空。我盯前半夜，老赵盯后半夜，然而我听着村里鸡鸣狗吠的声音竟然全无睡意，我又想起了周郎的那瓶茅台酒，我甚至感觉它就矗立在我身边，像那些秋天的庄稼一样，在黑魆魆的土地上时隐时现。我闻到了那种奇异的香味，玉米、大豆、高粱的味道，和茅台酒的香味融合在一起，丝丝缕缕，在微风中摇荡。后半夜月亮升起来了，好像纯银打制的一样，我想，这么好的夜空，怎么还有人杀人呢？

我没有叫醒老赵，我想老赵中间肯定醒了，他翻身的时候睁开了眼睛，他发现我没叫他，就故意装作没醒的样子继续睡去。睡吧，这个时间，男人、女人、老人、孩子、孕妇、杀人犯、权贵、乞丐、流浪汉、歌手、诗人、战犯、领袖，当然，还有酒鬼，那些永远喝不上茅台酒的穷人，那些能喝各种茅台酒的富豪，多少人在睡觉啊，我们可以统计很多莫名其妙的数字，唯有这个数字无从计算。

我们是在第二天凌晨抓到张力伊的。一个在任何建筑工地都随处可见的民工，他比照片上要瘦很多，可能是在外担惊受怕折磨的。抓捕他没费什么力气，他就提了一个要求，看看女儿。女儿却没见他，他叫了几声灵子，就跟我们走了，我估计灵子就是他女儿的名字。

审讯也很顺利，没费什么周折，他就是想给女儿凑齐学费，喝了点酒，遇上卡车司机，见财起意，属于激情犯罪。老赵说：“你看你一念之间就死了两个人。”我急忙制止老赵，罪犯要是知道自己横竖都是死，就不会老实交代。我知道老赵是觉得张力伊好对付。张力伊听了这话之后就低下头，不再说什么了。我们其实也不再需要他多说什么，我回去之后睡了一天，之后又去了卡车司机的老家齐齐哈尔，一来二去一个多月过去了。有一天我突然想起了那瓶茅台酒，就给周郎打电话，周郎在省城。

我说："你去开会啊？什么时候回来。"周郎说："不是开会，我到这边工作了。"我"哦"了一声，竟然说不出话来了。周郎见我沉吟，就主动说："我到省政府办公厅了，副秘书长，也是伺候人的活。"我明白过来了，急忙说："又高升了，祝贺啊，哪天到省城去看你。"我借故挂了电话，他没提那瓶茅台酒的事，我也没敢提。我有些失望，也有些莫名其妙的轻松，我还是有些好奇，就上网看他的博客，他的博客已经很久没更新了，最新一篇也是六个月以前的了，博文的题目是《民生比 GDP 更重要》。看来他是不想玩了。我顺便查找了五十年茅台酒，没有想到真是红色的，但我说不清那是什么红，和我印象中的红都不一样。我又看看其他茅台酒，价格都在 700 元以上，有一个数字我觉得很熟悉，3880，这是一瓶 53 度茅台酒的价格，我复述了一遍就想起来了，张力伊当时抢劫卡车司机的钱也是 3880 元。

这事过去半年以后，老婆回来说，他们学校现在正组织团购，集体购买阿尔卡迪亚的住宅楼，每平方米 3800 元，比市场低 500 元，问我怎么办。我想起老赵的话，就说："人家买咱就买，那里房子不错，物业也好。"

现在我就住在阿尔卡迪亚，有时晚上站在阳台上，总忍不住看看天空，尽管星星总也不多。

玻璃时代

一

林小麦拐进市委机关大院的时候，看见副书记邢文通的帕萨特从自己身边无声地滑过去，透过车窗，邢书记好像回头看了看，那目光就缎带一样铺在了林小麦脚下。林小麦心里一笑，下午的阳光一天一地地泻下来，追着她，照着她，她一眨眼、一挺身都有了异样的感觉。邢书记下车，和司机说着什么，林小麦感觉邢书记是有意在等着她，就加速蹬了几下，抓紧把车子放好，走过去，冲邢书记一笑。邢书记也笑了笑，问："忙什么呢？"

"去南方考察的事呗。"林小麦感觉邢书记的笑不是领导对下属的笑，而是一个男人对女人的笑，林小麦的角色就不由自主地调换成了一个女人在男人面前的样子，有些撒娇的味道了，说："反正都是为你们忙。"

邢书记笑了，说："林科长有情绪了？是不是影响你写作了？"

林小麦说："我都不知道写作是什么感觉了。"

邢书记说："这可不行！昆山市可以少一个女干部，万不能损失一位艺术家，不要搁笔呀，我还等着看你的大作呢。"

林小麦涩涩地一笑，说："还大作呢，我连感觉都没了。"两个人一边说着一边走，一朵梧桐花正落在邢书记头上，林小麦忍不住笑了。邢书记说：“我和林科长说话有人嫉妒呢!”说着摘下花，说：“什么花呀，不让我和林科长说话。”

林小麦说：“是邢书记自己走花运，可惜不是桃花运。”

邢书记又呵呵笑了，说：“不能得罪作家呀，不然会被丑化的。”说着，他拿着花闻了闻，问：“这是什么花，我还从来没见过。”林小麦说：“这梧桐花在机关大院开了多少年了，领导们竟然不认识，太官僚了。”

“梧桐树也开花？这我还是刚知道，接受批评。”说着，就拿着那朵花继续上楼走了。林小麦也往自己的办公室走，禁不住回头看了看那棵梧桐树，初春的阳光下，梧桐树显得格外挺拔，叶子还没有长出来，满树的梧桐花就已经灿烂的开了，微风中一缕缕香飘过来，缠绕着林小麦，让她的心也随着那香飘来荡去，很久都不知道该落到哪里好。

和邢书记认识说起来并没有戏剧性。那一年，林小麦写了一篇关于瀛洲民营经济发展情况的调查报告，在省刊《发展与研究》发表。当时邢文通在省政府办公厅工作，也在同一家刊物发表了一篇关于经济发展环境的文章，年底两篇文章都获了奖，参加完发奖仪式，两个人互相认识了一下，相互印象都不错，后来听说邢文通出国留学了，回来后没想到直接安排到市委当副书记。邢文通还没有忘了林小麦，一见面就说：“林科长，咱们算不算有缘？”林小麦有口无心地说：“不但算，说起来缘分还不浅呢。”说真的，他来当副书记，又主管林小麦，林小麦心里还是很高兴，毕竟都是搞文字的，工作配合起来更容易沟通。确实，两个人共事三年多，号称“市委的黄金搭档”。

来到自己的办公室，她还在回味着和邢书记的对话，怅然若失地坐了一会，就开始准备赴南方考察的用品，无非是一些办公用品、一些常备药品、几包面巾纸。她看了看人员名单，主管开放的副书记赵基明带队，邢文通和各县县委书记参加，女性只有她一个。林小麦隐隐感到，这次活动对她个人的意义非同一般，心里不免有些激动，思绪就有了翅膀一样，准确无误地飞到了这次县级干部提拔这件事上。

年前，原书记心脏病发作去世，书记的位子就空了出来，按照惯例，人选就在主管办公室的副书记许见群、主管招商的副书记邢文通两人中间。对于林小麦来说，这两个人谁最后胜出，意义尤其不一样。按说到今年，她已经六年正科经历，又是女干部，按照各级配备女干部的需要，这次她是有希望进入县级班子的。关键就看许见群书记和邢文通书记谁能当一把手。

她正想得入神，手机响了，打开一看，是苏芳的信息，苏芳是林小麦的大学同学，在昆山县县委办公室工作："坐在司机后边，走在领导旁边，关键时候抢在别人前边。"林小麦笑了，苏芳爱给她发信息，只要收到有意思的信息就给她发过来，但是这种内容的信息还是第一次，苏芳一定知道了些什么，她在提醒她。她给苏芳回了电话："哎，什么意思？"

苏芳笑了，说："算你聪明，从河南来了一个大师，道行挺深的，让他给咱们看看，你也来吧，挺准的。"

林小麦说："我没时间，晚上在一品香饭店吃饭，办公室安排的，看样子很神秘。"她真有心让人看看自己今年的运气，更确切地说，是官运。林小麦说不出对易数卦理的感觉，既找不出理由让自己信，也没有理由让自己不信。她也看过几次，好像有点意思，但都不是很准确，让林小麦对这种神秘的东西很失望，也不再去看。但是现在面临关键时刻，她心里就希望冥冥中有什么天机。

苏芳就说："要不这样，把你的生辰八字给我，我让他给你看看。"

林小麦告诉她生日，电话就撂了。

离下班还有十五分钟，办公室书记打来电话，说："林科长，晚上吃饭邢书记参加，一起走吧。"

林小麦心里一喜，急忙拿出简单的化妆用品修饰了一下。上车以后，邢书记看了林小麦一眼，说了一句："小林今天好好表现表现，多喝两杯。"林小麦下意识地看了看邢书记头顶，好像那梧桐花还在那头顶上一样，不由自主地笑了。邢书记说："林科长笑什么？是不是梧桐花又掉到我头上了？"

林小麦看了看邢书记稀疏的头发，说："你是不是希望梧桐花长到头上？"

邢书记一听，摸了一下头发，呵呵笑了两声，佯装长叹一口气，说："唉，把青春和头发都献给昆山啦。"

办公室书记也叹了口气，说："唉，难怪咱们市委的人说，看人家邢书记和林科长，男女搭配，干活不累。说得一点不错，你们确实很般配。"

邢书记说："也就你的嘴这么不负责任，咱们无所谓，要影响了人家林科长的终身大事，责任可就大了。"大家一阵大笑，都知道李小麦的丈夫在车里和一个小姐鬼混，后来两个人睡着了，第二天被人发现后，两个人都被闷死了。毕竟过去两年多了，大家也不忌讳，但是在邢书记面前，这个玩笑让林小麦好一阵心酸。

这两年，林小麦一直一个人过，别人还以为林小麦旧情难忘，只有林小麦自己清楚，她是在寻找呀。她和丈夫结婚的时候刚大学毕业，她出生在一个工人家庭，身边都是社会底层的人，那些和她一起长大的小伙子，大多和她一样灰头灰脸的，一天到晚连个干净衣服也穿不上，她想要的爱情她连影子也看不见，所以当那个后来做了她丈夫的人穿着一件白衬衣来到她面前的时候，她只是认真地看了看他雪白的衣领，就暗暗地发誓，如果他连着三次衣领都这么白就嫁给他。丈夫一直到死衣领都这么白，可是林小麦从结婚的那一天就后悔了，那个被白色的衣领包裹的身体，是那么瘦弱和苍白，最大的爱好就是打游戏机和玩麻将，林小麦几乎每次做爱都会哭，一开始丈夫以为她是兴奋，很得意地过来抚摸她，后来时间长了才发现不是这么回事。有一次他们在高潮的时候，丈夫突然说："你爱我吗？"林小麦扭动的身体一下子僵住了，结婚这么多年，她从没有说过"我爱你"三个字，这一次也一样，林小麦和丈夫僵持了很久，最后还是拒绝了。丈夫从那天起常常喝醉酒，也很少碰她，再后来就常有不三不四的女人往家打电话。林小麦知道自己伤害了丈夫，但是在她的内心深处，她把这三个字看得太重了，甚至比命运本身还要重，像她这种出身的女人，几乎什么也守不住，只有这几个字，可以悄悄地、不露痕迹地留下来，她把什么都交给了卑微的命运，只有这三个字，一直到丈夫死她都没有说过。

那三个字该给谁呢？她不再说话，一直望着窗外，心里一遍又一遍酸楚地问自己。瀛洲市的春天还是很美丽的，街两旁的观赏桃花开得十分茂盛，金黄色的小月季也不甘落后，在鹰爪槐和冬青的簇拥下张扬着艳丽的色彩。斑斓的路牌广告一闪一闪飞逝而过。很快到了一品香，饭店的女老板正亭亭玉立地站在门口，一看见他们的小号车就奔了过来。邢书记迅速和她握了握手，就急速进了雅间。

他不愿意让太多人看见他在饭店吃饭。

雅间里还有几个人，教委主任、计生委主任、统战部副部长、林业局局长，说真的，林小麦比较欣赏的只有东方线路板集团董事长吴大为、昆山县县委书记蒋昆两个人。虽然都是熟人，但是这几个人还是让林小麦有些不自在。自己一个小科长，坐在这个场合是有些不合适的。她怪自己当时没反应过来，也没问一下都请谁。

这时，座位最靠外的吴大为说："今天有我在，不能让女士请客，不能让你们官场的人请客，各位别让我栽面。"

昆山县县委书记蒋昆说："你坐的位置就是掏钱的，还用着自我提醒。"

计生委书记说："吴老板进步挺快，让邢书记管得文明多了。"

吴大为说："你多文明？一心扑在育龄妇女身上，真干实干加巧干。"

"哎哟，邢书记，你听他们，这语言也太不卫生了。"女老板声音娇滴滴的，好像不愿意了，但是话又是冲着林小麦说的："你说是吧，女秀才。"

吴大为赶忙佯装打自己嘴巴，一边招呼林小麦点菜。林小麦说："有这么多领导，哪有我点菜的道理？"

吴大为说："今天就你先点，你是邢书记今天特意嘱咐要请的，谁说了也不算，我做主你先点。"邢书记和其他几个人也都帮腔，林小麦一看没办法，就点了一个鲍汁鸡翅。其他人都点了一些高档菜，菜名字都很新鲜，林小麦记不住。不过她总算明白了自己为什么能参加今天这个场合了。她抬头看了一眼邢书记，正巧邢书记也正看她，她的脸一下子莫名其妙地红了。林业局局长擅长讲黄色笑话，引得饭桌上不断哄堂大笑，平时这些人都正襟危坐的，八小时以后像换了个人。酒喝得很快，一瓶五粮液很快就见底了。林小麦瞅准了机会，敬了一圈酒，说了一些酒场常见的辞令，到了邢书记那里，邢书记自己一饮而尽，然后对着大家说："咱们这个林科长，小女子不简单，市委的大手笔，更重要的，还是作家。我们市委藏龙卧虎呀。"他的话音一落，这些人就纷纷敬林小麦酒，喝到最后，林小麦就有些晕了。

邢书记兴致很高，见服务员又上了一瓶，说："怎么就拿了一瓶？吴老板舍不得让喝吗？"然后"啪"的一声拿出一嘟噜钥匙，对林小麦说："去，叫上司机上家拿去。"林小麦听见这话愣了，她看了看邢书记，表情没有任何变化，肯定是没喝多。周围的人都在抢着要酒，好像根本没听见这句话，但是林小麦的心里还是有了一种说不出的波动。灯光很暗，像有一层黄色的雾弥漫着，借着酒劲，人们的情绪空前地饱满，这情景却让她的心有一种说不出的沉。一直到了十一点，领导们才意兴阑珊，提出结束。在和邢书记告别的时候，他们一一和邢书记握着手，说的几乎是同一句话："邢书记，你放心吧，我们心里有杆秤，弟兄们一定会积极做工作。"

林小麦明白了，这是一顿不同寻常的晚餐。

送走了邢书记一行人，林小麦急忙赶到苏芳的住处，苏芳少不了又是一顿埋怨，让初次见大师的林小麦很难为情，一时竟然找不到话说，就只好没话找话说："大师，和以前相比，我们瀛洲市的夜晚还是很有魅力的，我们市委、市政府非常重视对外开放工作。"大师听了这话，盯着林小麦看了很久，林小麦感觉空气在一点点变冷，自己坐也不是，站也不是，心里都发毛了。大师沉了很久才说："林科长，你现在心有妄念。你是佛灯火命，天时不对，今年你动不了。"大师的语音很冷，让林小麦有一种恐惧。林小麦接着问苏芳的卦象怎样，大师竟然有些难为情，吞吞吐吐地念了一句《红楼梦》中的唱词："世人都说神仙好，唯有功名忘不了。"然后就不再说话。苏芳也很着急，多次问大师，但是大师总是不置可否的样子，问急了，就是四个字：“不说也罢。”两个人都有些说不出的失望。

二

从飞机上看，云彩好像从大地上长到天上的，那美有一种根性。她坐在赵书记和邢书记后边，千方百计越过他们的头顶看窗外的景色，他们两人的头向左晃，她就把头向右移；他们的头抬起来，她就伸长了脖子。邢书记看见了，问：“想看云彩？”林小麦不好意思地笑了。

邢书记说：“咱们换换位置吧。”说着他就要站起来。恰恰在这时，空中小姐说还有十五分钟就到达深圳机场了，邢书记只好笑笑说：“只好回来的时候再看啦。”林小麦感到有一种暖流，从邢书记的话语里奔涌过来，林小麦看云的目光就变得有些迷离。

先期到达的人已经到机场迎接，下了车，蒋昆似乎是不经意地说：“林科长，你还是和领导们上一辆车吧，这帮县委书记可是如狼似虎呀。”

邢书记哈哈大笑，说：“老婆管不了了，小姐找不到了，林科长危险系数就大了，好，林科长，上我们这辆车，离他们远点。”大家就笑，林小麦和邢书记上了一辆车，透过车窗，她看见蒋昆冲她挤了挤眼，但是那眼神里多了一些内容，林小麦心里一热乎。在大学的时候，蒋昆比她们高两届，学体育专业的，因为同乡的关系，他们就认识了。蒋昆还给林小麦写过一封类似求爱信的东西，林小麦发现两页信竟然有6个错别字，就把错别字改过来之后，把信还给了蒋昆，之后谁都没再提这件事。蒋昆和原来人事局副局长的女儿结婚，之后一直官运亨通，24岁任昆山县体育局办公室书记，28岁任昆山市市委办公室行政科科长，32岁任昆山县副书记，去年因为昆山县县委书记受贿被拘捕，39岁的蒋昆一夜之间成了昆山县一把手。这些年，在大家眼里，蒋昆和林小麦是很般配的一对，但林小麦对蒋昆一直没有情绪，就像两条平行线，远处看起来很近，走近了才知道永不能相交。可在官场，林小麦还是相对更信任蒋昆，两人关系还不错。

路上，邢书记兴致很高，一路上有说有笑，问了一句："林科长，在作家的眼里是不是人间处处景呀。"

林小麦认真地说："也许吧，作家必须有善于发现美的眼睛。"

邢书记点了点头，若有所思地说："官场一时荣，文章万古长，要接着写呀。"

这话让林小麦有一种异样的感觉，两个人的距离明显拉近了。林小麦就问："邢书记，你过去是不是文学青年？"

邢书记说："不光是文学青年，我那时立志当作家，后来误入歧途，进了官场。"语气有些意味深长，让林小麦对这个话题没法继续下去了。深圳的街道犹如盛装的女人，把所有人的目光都吸引了过去，邢书记和林小麦也不再说话，好像很专注地看着窗外，但林小麦感到有一种令人心动的情绪在两个人之间流动。

到了宾馆，不知组织考察的人怎么想的，把她、赵书记、邢书记和赵书记的秘书安排在八楼，其余的县委书记都在七楼，这让林小麦心里很不自在，但是也不能说什么。当天晚上，参加了当地政府的招待会以后，大家回到自己的房间，有几个县委书记凑在一起打升级，也有的出去看夜景。很渴望出去转一圈的林小麦不知道还会有什么任务，加上是个女干部，不知道根底的县委书记谁都不好意思约她出去，她就自己在房间里看电视。快九点的时候，房间电话响了，她一接，竟然是赵书记，赵书记说："林科长吗，我是赵基明，你过来端点水果，我房间的水果吃不了。"说完电话就放了。

林小麦的心一紧，好像知道这件事迟早要来，又有些难以相信。平时和赵书记也常见面，但都是在人群里，她甚至认为赵书记都不可能看见自己，不知道自己是谁。但今天，赵书记亲自打电话叫她，让她的心一时很有几分复杂。她的房间和赵书记的房间只隔着邢书记的一个门，但那一瞬间竟感觉距离很远，走廊像是有无限长，一直延伸着。她先打开门出去看了一眼，走廊上没有一个人，静得让她的心里发虚。她又轻轻把门关上，整理了一下头发，镇静了情绪，几步就到了赵书记门前，刚想敲门，门自动开了。赵书记顺势就坐在了沙发上，然后用手拍着沙发说："坐吧，坐吧。"眼睛却看着电视。

林小麦没敢坐，就在那里站着，叫了声："赵书记，你好。"

赵书记答应了一声，说："挺辛苦呀！"

林小麦说："没事。习惯了。再说，领导们也很辛苦。"

两人都不再说话，林小麦趁机看了看房间的环境，豪华的装饰灯发出白刷刷的光，雪花一样一片一片地落在嫣红的地毯和米黄色的沙发上，床头灯也亮着，昏黄的灯光暧昧地笼罩着宽大的双人床。林小麦心里咯噔一下，觉得哪里被撞疼了，又觉得像没睡醒的时候，突然被泼了一盆水，激灵一下子醒了。她看赵书记的目光就变得有些意味深长，有点像看电视剧里演员的感觉，书记的表情，书记的语调，书记的心态，一点也没被林小麦的眼睛错过，可林小麦怎么看也知道那是演的，天底下哪里有一个叫赵基明的人呢？

赵书记还在看着电视屏幕，看起来面无表情，说："挺能写，啊，女秀才，女秀才。"

林小麦说："谢谢赵书记。"不知道为什么，赵书记的表情让林小麦紧张的情绪反而松弛了，她看了看房间的水果，一盘杧果、一盘青橄榄、一盘桂圆，准备的并不多，压根不存在吃不了的问题，自己端不端呢，端哪一盘呢？

赵书记说："对市委工作有什么意见？"

林小麦说："挺好，您工作大刀阔斧，很有力度。"

赵书记不再说话，好像很认真地看着电视，但是另一只手又不停地换着频道。赵书记不再招呼她坐下，好像在赌气，又好像在等待，任由她尴尬地站着，好像她不存在一样，林小麦的心里很不是滋味。灯光下，赵书记的脸色白得有些发青，看似随意，举手投足却有一种倨傲。林小麦猛然感觉这不是两个人的距离，不是一个男人和一个女人之间的距离，而是一个人和一架权力机器的距离，这距离是无穷远，没有终点，没有尽头，只在职务升迁的利益关口有一个交点，这交点就在林小麦脚下，只要往前迈两步就能找到，可是，林小麦害怕了，那种恐惧从骨头缝里往外冒，这个豪华的房间在一瞬间到处充斥着玻璃的划痕，一道一道的，布满了林小麦的心头。林小麦像是走了漫长的路程到了这里，但是，到达以后才突然发现，她要的东西需要她把皮肉都撕了去，林小麦心疼了，舍不得好端端的皮肉，可是，回去的路又是那么漫长。

这样僵持了一会，林小麦觉得自己该说走了，可是，她觉得机会难得，工作这么多年这么近距离接触领导还是第一次，是不是应该推销一下自己、提点要求？她在心里反复酝酿应该说出的话，每次话到嘴边，就觉得有一种无形的力量在阻止自己，她反复衡量，最后还是没有说出口。

赵书记像看透了她的心思，说："工作上有什么想法，可以提。"

李小麦说："请赵书记多指导。"说完这话林小麦就有些后悔，应该提要求呀，为什么不提呢？林小麦心里有些悔，感觉越来越不好，就说："赵书记房间的水果也不多，您留着自己吃吧。"

赵书记说："我吃不了，吃不了。"赵书记大概意识到了林小麦要走了，语气显得有些急促。

林小麦说："赵书记今天您很辛苦，要不您早点休息，我端一盘杧果吧。"林小麦说着，就去端了杧果准备走。

赵书记说："把青橄榄也端走，我不爱吃。"

林小麦就有些迟疑，如果端了青橄榄，赵书记房间里就只剩下桂圆了，就端了青橄榄，把杧果放下了。

赵书记说："怎么放下了？把杧果也端走吧。"林小麦这才知道赵书记看着电视的眼睛始终在注视自己，心里就更虚了。没办法，林小麦只好说："谢谢赵书记。"她一手端着杧果，一手端着青橄榄往外走。林小麦到自己房间心里有些酸，可是又觉得有些好笑，真难为赵书记了。

林小麦并不迂腐，她知道赵书记让她干什么去，她也知道有多少女人为了这一时刻费尽心机，当初有些人安排房间的时候也未尝不会有些暧昧的联想。她自己也知道机会难得，可她实在没有和赵书记发生一点事情的愿望和兴趣。可是，转念一想，现在正是大面积提拔时期，自己只要一妥协就可以心想事成，自己这样做的结局只能适得其反，错过这次一步登天的机会事小，如果因此失去了领导对你的欣赏和器重，还要多熬多少岁月，多走多少弯路啊！

林小麦对着窗外灯红酒绿的夜色，心里被一种灰色的情绪弥漫着，她忽然有一个念头，想给邢书记打一个电话，那个念头那么强烈地诱惑着她，让她几次都拿起电话，但每次都放下，她隐隐觉得，今晚如果是邢书记给她打电话，她的心情会不一样。为什么不一样，她也说不清楚。她一时间又被这个念头莫名其妙地折磨着，最后她把目光定位在那些新鲜的水果上，对自己说："管他呢，先吃了再说。"林小麦吃了一些绝顶新鲜的水果，索性离开房间，来到宾馆外面。下午来宾馆的时候，她看见宾馆附近有一个湖，水是绿的，翡翠一样倒映着几朵硕大的云彩，沿湖是叫不上名字的南国树木花草，湖面上有几个精致的亭子，不大，从车窗望过去，那些亭子像在水面上轻悠悠地晃动。她径直来到湖边，思绪在湖面上飘荡着，被倒影的灯光一点点消释。远处的树隐在黑暗中，山的影子一样嶙峋着，星星远远地看过来，目光把林小麦的一生都看过了一样，林小麦感到自己成了一片树叶，从北方飘到南方，从前生飘到今世，只为了找一棵树，找一片和她息息相通的树叶，可是这路途太曲折了，找来找去竟然在一片盐碱滩上蹒跚了许多年。她不由得长叹了口气。

"为什么叹气？"林小麦不知道邢书记什么时候也来到了湖边，她惊喜地叫了一声"邢书记"，然后，直率地表示了自己的吃惊，说："你也有这种雅兴？"

邢书记说："你以为只有你还有这种心情。唉，我发现晚上看湖比白天美。"

"因为黑暗遮盖了它们的缺陷。"林小麦说完这话，心里有一种缓缓的伤感，竟然感到从未有过的茫然。眼睛望着粼粼的湖面，她接着问了一句："邢书记，你说什么是迷失？"

邢书记好像只顾欣赏湖水，很久没说话，过了一会儿，突然问："小麦，你知道自己想要什么吗？"

林小麦一愣，这么多年，身边的人都是叫林科长、小林、林小姐，小麦的名字已经很少叫了，尤其是此时此刻。这两个字在邢书记低沉的声音中出现，又是这么一个话题，林小麦禁不住深深地看了邢书记一眼。是啊，那些诱惑自己在从政的路上不停跋涉的东西到底是什么，她心底最深处真的是想要一个县级待遇？不是，林小麦知道自己不是，往事一瞬间滑过她的一生，那个白色的衣领清晰地来到了她的面前，像一片树叶，在迷蒙的夜色中晃来晃去。她是一个平民的女儿，始终认为自己是没有资格、没有可能享受爱情的，于是她把自己的青春交给了一个白色的衣领。可是，她那份爱呢，没有因为她出身卑微而泯灭，那么完整地保留在她的心里，没有给过任何人。林小麦想告诉邢书记：我只是想有一个人，让我说出“我爱你”三个字，我就想有一份尊贵、浪漫、长久的爱！可是，她怎么说呢，怎么和邢书记说呢？

邢书记说：“如果你把从政的经历当作体验生活、了解社会的一种途径，我支持你，但是，你要是把从政当作生活的方向和目标，我是不赞同的。不是你干不好，你干得很好，但是，你应该去做一些对社会更有价值的事情。你的文章我看过，你很有天赋，应该坚持下去，继续创作。”

她说：“邢书记，你说这个世界需要我的一本书吗？”

邢书记说：“这个世界更不需要一个小政客。”

林小麦想起在赵书记房间发生的事情，鼻子一酸，流下了眼泪。邢书记看见了，沉吟了一下，伸出手替林小麦擦了眼泪，那手很柔软、很温情，带着林小麦久已陌生的男人的气息。林小麦的眼泪像是刻意挽留这双手，止不住地流着，邢书记也不说话，索性把林小麦揽在怀里，一只手轻轻拍着林小麦的后背，林小麦感觉自己被一点点唤醒了。夜风习习而来，裹挟着白天的浮华，让她的身体慢慢变得柔软和战栗，她意识到自己渴望眼前这个人的拥抱，甚至渴望做一些更深的事情，可是她不能够，她担心那样邢书记会小看了自己，她呼地一下子抬起头，不好意思地笑了笑，故意把脸上的眼泪蹭到邢书记的衣服上，一转身，跑了。

第二天，深圳市委组织了几个职能部门谈经济发展环境问题，赵基明书记和邢书记像什么也没有发生一样，彼此谈笑风生。林小麦心里一直忐忑不安，不知道来深圳的第一个晚上，自己经历的一切会给自己带来什么，开会的时候她有些心不在焉。中午吃饭的时候，林小麦实在没有胃口，只吃了几口菜，还挺辣，林小麦忍不住咳嗽起来，抬起头，看见邢书记的目光远远地抛过来。她有一些说不出的委屈，一时竟哽住了，什么也吃不下去。这么多年，林小麦还是第一次吃不下饭。回到自己房间，林小麦直挺挺地躺在床上，任由泪水在脸上泛滥，听见敲门声，心里竟一哆嗦。开门一看，服务员说："隔壁先生让给你送点饭来。"林小麦接了饭，泪水就更止不住了，哽咽着说了一句"谢谢"就赶快关了门。邢书记就在隔壁，那柔软温情的手伸手可及，可是邢书记不会像赵基明一样给她打一个电话，暗示什么。甚至下午开会的时候，邢书记好像没看见她一样，始终没给她说一句话的机会，林小麦的心里一直很不踏实。但是第一次和领导们出门，林小麦也不敢过分分心，两个人一起开了几天会，更多的时候是两人心领神会地互相望一眼，什么也没再说，林小麦一直被一种温暖又伤感的情感笼罩着，几天竟瘦了一圈。

几天的考察很快就结束了，告别深圳瓦蓝的天空，林小麦看了一眼机场上空的云彩，有一种很深的失落。她清点着人数，最后一个上了飞机。大家都纷纷落座，林小麦正四顾茫然，听见邢书记叫她："林科长，坐这里。"邢书记坐在靠窗的位置上，远远地向林小麦招手。林小麦走过去，问："邢书记有什么指示?"

邢书记说："你不是想看云彩吗，坐我的位置。"说着就站了起来。林小麦心里一热，也不再说什么，就坐过去。邢书记就坐到了后排。奇怪的是，赵书记也没有坐自己的位置，而是坐到了她的身边。林小麦尽情欣赏着一路的白云，两人几乎没说话，只是到了快到机场的时候，她眼睛的余光里看见赵书记一手拿着笔，一手在上衣口袋里摸来摸去。林小麦急忙从笔记本上撕了一页纸，递过去，赵书记眼睛放着光，接过纸以后写了些什么，林小麦故意把头扭过去，没有看，还把笔记本放在座位上，以备赵书记接着用，临下飞机的时候，赵书记把一张纸条给了林小麦。

林小麦一看，只见赵书记写着："我们可以多研讨交流一些问题。"然后是电话号码。林小麦也给赵书记留了单位和家庭电话，她觉得赵书记会给她打电话，她既期待这件事，又害怕这件事，回到昆山后，心里几天都惴惴不安。

三

星期二上午，召开全市对外开放会，有两个议题：一个是学习深圳经验，优化开放环境；另一个是省里拨了900万元扶持基金的发放问题。几个县委书记就这次考察情况进行了发言，蒋昆提出要大力度营造开放环境的建议，让赵基明书记非常激动。赵书记说："深圳这样一个经济高速发达地区仍然需要解放思想，何况我们瀛洲市。我们是经济欠发达地区，和人家本来就不在一个起跑线上，如果再不加速发展，差距只能越拉越大。我们有些同志总是强调体制障碍。不错，我们现行体制是存在一些问题，对经济发展产生了不容忽视的影响，但是，我们和这些发达地区是在同一个体制背景下，人家能找到发展的突破口，我们却只是在这里怨天尤人。温州面临的体制背景和我们是不是一样？人家能在零资源基础上发展起来，我们为什么不行？体制对他们网开一面了吗？有的人说我们的思想不够解放，我看不对。怎么不够解放？有的人谋取个人利益的时候思想解放得很，力度大得很，措施多得很。只是用来发展经济的时候，用来为人民做点事的时候，就放不开手脚了，这原因、那原因就多起来了。问题的关键不在这里，而是在于我们是不是把人民群众放到了心上，把党的事业放到了心上。"

蒋昆坐在林小麦身边，对林小麦说："怎么样？我汇报得不错吧？"

林小麦说："怎么，你认为自己又干了一件正事？"

蒋昆说："我起码证明了，你不要的，都是优秀的。"

这话让林小麦听起来格外刺耳。看他这浅薄的样子，林小麦为当初的选择感到几分庆幸，就有些不以为然地反问了一句："比如你？"

"也许吧，但是，我得到的比我失去的多。"

林小麦很生气，却又无可奈何，只好对蒋昆说："那就好，你觉得幸福比什么都好。"

蒋昆却又留了余地："也许是我自己的判断，但是，我心里还是有你。"

林小麦心里拧着鼻子哼了一声，嘴上却说："谢谢，有时，看见你很成功，很满足，我很替你高兴。咱们学校从政比较出色的还就属你了。我盼着你取得更大的成就。"

蒋昆做出很受鼓舞的样子，凑近了林小麦，说："你说咱们还有可能吗？"

林小麦知道他假惺惺，他不可能做一点有可能影响他仕途的事情。但是，她也只能假戏真做，因为官场上是不能轻易得罪人的，一个小石头子就可能绊你一个跟头，何况自己是一个女人，在瀛洲市孤军奋战。在男权世界里，自己的政治梦想更是命若琴弦，一不小心就可能前功尽弃，甚至在你一无所知的情况下身败名裂。蒋昆是个手眼通天的人，他一句话就可能毁了自己的前程。她不能轻易给自己的道路设障，她笑着说："只要嫂子愿意，我没意见。"

蒋昆没想到林小麦这样说，等于拒绝了，又等于接受了，一时竟然没了话。他不再说什么，开始盯着主席台，好像在认真听会，高高的主席台上，赵书记还在慷慨激昂地讲话。

林小麦开始进入游戏阶段，给领导们画像，一般她也按照级别画，先画赵书记，她截取了赵书记说"落实"二字时的表情，夸张了嘴部轮廓，嘴唇像是被什么力量牵制着；然后画邢书记，这时她看见邢书记支援中央的一绺头发在耳根后边垂了下来，林小麦寥寥数笔，就把他正襟危坐却又眼望窗外、心游万仞的神情刻画了出来。其他人也都一一选择他们有代表性的动作时刻画出来，当她画许建群书记抠鼻子眼时，会议才结束。

不知不觉，单就"优化开放环境"的会议就开了一上午。苏芳下午来找她，让她帮助写一篇关于优化开放环境的文章。林小麦说："你怎么也写这个？"苏芳说："蒋昆书记说的，点名让我写。"林小麦发现她一提蒋昆，眼里闪过一种复杂的表情，凭她对蒋昆和苏芳的了解，他们之间发生了一些事情。

苏芳出生在一个老革命家庭，是家里的老小，父亲参加过抗美援朝战争，回来后一直任昆山县武装部部长，苏芳上大学的时候就已经退休了。苏芳有点娇生惯养，上学的时候，林小麦泡在图书馆里读怎么也看不懂的马斯洛心理学，她在旁边看《大众电影》，一直到毕业林小麦都不知道她是怎么考上学的。她很单纯，毕业分到了昆山县办公室，和父亲战友的儿子结了婚，她丈夫目前做着生意，生活看来很安逸、舒适，完全可以不做什么就能过得很体面。这样一个女人怎么会逃出蒋昆的手心呢？

苏芳迟疑着，说："蒋书记说这是个机会，让我别错过，我也想了，咱们这些同学就我没出息，至今只是个副科。我想我也是大学生，怎么就不行呢？蒋书记对我就是、就是……"

林小麦明白是怎么回事，苏芳也顶不住了，也想混个一官半职，但是她怎么知道这条路的风险，尤其是对一个女人。望着苏芳姣好的面容，林小麦有一种不好的预感，这是一张多么好的通行证。但是，把这张脸舍出去，值吗？可是，对于苏芳来说，除了这张脸，还有什么呢？她对苏芳说："你这些年过得挺好，别蹚这混水，没用。"

苏芳说："怎么没用？这么多人都追求的东西不会没用，我还是该拼一下。"

苏芳已经不是一句话能说服的了。但是林小麦还是坚持说："再说，你已经36岁了，即使再拼命干又能怎么样呢，有些当官的素质并不像你想的那么高，会糟蹋你的，你还是回到你原来的生活轨道上去吧。"

苏芳说："小麦，我知道你是好心，可是，我真的想有点出息，真的，你在文字上比我强，帮我出个思路吧。"

林小麦想起了邢书记在湖边说的话，在别人看来，林小麦至今不甘心把一生的目标定位在任何一个领域，可是，林小麦想要的，是一个"爱"字，只是爱情在她的心里和地位、名望、权力、金钱密不可分，一个一无所有的人怎么能够会有爱情？让人家爱你什么呢？换句话说，她现在所做的一切好像只为做给一个人看的，她想接近那个人，一点一点接近，告诉他自己为了赢得他的爱情在奋斗，一旦那个人让她说出那三个字，这个游戏就可以结束。可是苏芳不是，苏芳已经把目标具体化了，她就是想要一个官职。她从心里叹了一口气，也许有些错误，只有犯过了才知道是错误，说："我考虑一下，有了提纲告诉你。"

四

送走了苏芳，林小麦的心里很不是滋味，她了解苏芳，人不坏，但原则性不是很强，关键时候很可能做出格的事。正胡思乱想，手机响了，她一接，竟然是赵书记的电话，他说："林科长吗？我是赵基明，方便吗？"

林小麦一听，心里一愣，急忙说："赵书记您好，方便，您有什么指示吗？"

赵书记说："能来一趟吗？我在家，在东风路流河街38号，一栋两层楼。你从西边的楼梯上来。"

林小麦说："好的，我马上过去。"她没敢骑自行车，打了的士，很快就来到了，她从西边的楼梯上楼的时候，心怦怦直跳，生怕遇到人，那可是通向赵书记家的专用楼梯呀，一个女人晚上上那个楼梯，别人会怎么想呢？

门是虚掩的，她轻轻一推就开了，赵书记肯定从窗户里看见她进来了。屋子并不奢华，简单装修，赵书记穿着睡衣，坐在沙发上，说："你的考察报告我看了，很好啊，我已经批了，发办公室通报。"

林小麦拘束地说："谢谢赵书记。我觉得自己离您的要求还有距离，还需要努力，您一定要多指点。"

赵书记说："不错，以后咱们互相帮助。"

林小麦说："您如果有需要我的地方，我一定会努力完成。"

赵书记顺手拿起那个考察报告，指着一处地方说："你看这个地方，我看不明白。"

林小麦欠着身子，说："哪里？"

赵书记说："就在这里。"俩人谁也不动。迟疑了一会儿，最后还是林小麦走了过去，坐在赵书记身边，一看赵书记指的是"比较效益"四个字，知道赵书记是找借口让自己坐近点，心里不禁扑腾乱跳。她假戏真做，认真地解释"比较效益"的内涵，赵书记没等讲完就打断了她的话，说："我还不知道比较效益是什么意思？我这书记怎么当？"

林小麦一时语塞，不知道说什么好。

赵书记说："我不是坏人，你不用怕我。"

林小麦本来没害怕，只是有些紧张，他这样一说，林小麦倒真害怕了。

赵书记用手抚摩了一下林小麦的头发，林小麦没敢动，走也不是，不走也不是。如果继续下去，自己该怎么办呢？如果自己妥协了呢？神不知鬼不觉，自己孜孜以求的县级待遇还不是他一句话？那一瞬间，林小麦竟然想起了邢书记，一想起邢书记，林小麦的心里一酸，眼里就迷蒙了一层白雾，即使自己非要走这一步，也应该是邢书记呀。

赵书记看见了林小麦的情绪变化，脸色就有些难看，声音很低，说："林科长，我不强迫你，你想好了吗？"

林小麦在这一刻特别思念邢书记，眼里竟然沁满了泪水。

赵书记看了看，说："你知道我喜欢你吗？那次考察活动期间，我看见在人群里你很文气。"

林小麦说："谢谢赵书记。"偏偏这时候，林小麦的肚子饿得咕噜噜叫起来，声音格外响亮。赵书记也听见了，说："你还没吃饭吗？"

林小麦马上添油加醋地说："今天的会议记录还没有整理，我到现在还没吃饭呢。要是没有特别要紧的事，要不我先去吃点饭？"

赵书记一听，马上明白了。说："好，你去吃饭吧，好好工作。"

林小麦记得，她从赵书记家出来，来到街上，看见三三两两晚饭后散步的人陆续从身边经过，忽然泪流满面。晚上简单地做了点饭，刚放到嘴里，她又想到这一幕，忍不住一阵哽咽，嘴里的饭菜哽在喉咙，难以下咽。自己这些年都经历了些什么呀？自己在这么残酷的舞台上拼杀冲锋、左冲右突，连一个真正的观众也没有，她一时泣不成声。

五

进入三月份，机关大院的各种鲜花开了，白色的海棠、黄色的迎春，一簇一簇的，让机关大院多了一份灵秀。林小麦喜欢梧桐花，每年春天来临，她看见一串串淡紫色的喇叭花在窗外摇曳生姿，心里就有一些文人气的感慨，而且是女文人的感慨。有一次她和苏芳说："女人应该像梧桐花，到了该开花的时候，自己就灿烂地开，尽情地开，不要指望绿叶让自己美丽。女人要清楚自己就像梧桐花一样，花期是有限的，不要指望开到夏天、秋天。有梦想的女人更要学梧桐花，既然走到了高处，不要指望有多少人架着梯子来欣赏你。一切都有自己，一切依靠自己。"

苏芳笑着说："酸是酸了点，但是很有道理。"

林小麦闻到了梧桐花袅袅而来的香，忽然有些伤感。梧桐花又开了，可自己生命中的春天在哪里呢，属于自己的花该开在哪一棵树上？但是，不管怎样，她清楚自己需要拼一把，她必须逼迫自己，按照这条路上的规则前行。她不可以轻易改弦易辙，否定自己这十几年生命的价值和意义。

林小麦正胡思乱想，办公室来电话，说10点召开紧急会议。林小麦问："都有谁参加？"对方说："你。"就一个字。林小麦敏感地意识到，这是个特殊的会议，什么事呢？她看了看表，9点42分，她先去一趟卫生间，故意磨磨蹭蹭，用了五分钟，然后回到办公室，准备笔记本和笔，又看了看表，还有十分钟，会议室就在二楼，到楼上用三分钟就够了，那么她有至少七分钟时间需要消磨。这时，一只鸟落在了梧桐树上，在几片叶子后面蹦蹦跳跳，碰落了几朵淡紫色的梧桐花，她看见那一个个停止了歌唱的小喇叭袅袅地落在窗外，时间正好过去五分钟，她轻手轻脚地走出了办公室，差两分钟十点，她出现在会议室。在官场，一定要有分寸感，去早了周围的弟兄们会说你积极，“积极”在文章里可以用，但在工作中是个贬义词，是说你抢风头，表现欲强，是极易引起公愤的行为。去晚了更不行，那就等于主动给了对手把柄，而且这是个有目共睹、可大可小的把柄，平时看不出来，到关键时候却可以百发百中、一蚁溃堤。

办公室书记主持会议，参会人员范围很特别，除了林小麦，还有市委组织部副部长、各科科长。这种气氛让林小麦隐隐感觉到，这个会议与干部任免有关，很可能就是书记人选。林小麦猜对了，这是市委考察组，来的目的就是要求推荐书记人选。组织部部长严肃指出：要牢记党的组织纪律性，严格保密制度，对选举结果不许外传。

消息还是传开了，林小麦家的电话打爆了，都是来询问书记人选的，林小麦因此让很多人不高兴，因为他们没有探听到至关重要的信息。但是，林小麦并没有真正遵守纪律，因为她偷偷给邢书记打了一个电话。这些年，不少腐败大案都是因为纪检部门在电话上安装窃听装置暴露的，所以大家一般都不在电话上说一些需要特别保密的事情，林小麦就在当天晚上用公用电话，而且改用方言，给邢书记打了一个电话。她只说了一句话：“开放科、技术科、管理服务中心，放心吧。”邢书记一听就明白了，用长长的声音很动感情地说了一句：“谢谢!”林小麦就把电话撂了。第二天，他们在楼梯上相遇，邢书记盯着她，却不说话，林小麦突然意识到什么，改用方言说了一句：“邢书记又要出去?”邢书记哈哈大笑，像是对他的司机说，又像是对林小麦说：“没想到这瀛洲方言在林科长嘴里说出来还很有味道，谢谢。”林小麦从心里笑了笑，没说什么就走了。倒是他的司机第一次听林小麦说家乡话，感到有些莫名其妙，很不习惯，又不敢笑，最后只好干咳了一声。

六

等待是一种煎熬。考察结果已经出来了，邢书记和许见群书记据说票数一样。这等于二人不分胜负，过程的一波三折，使社会上谣言四起，说许见群书记到一家线缆厂张口要了 30 万活动经费。邢书记也不示弱，直接找到了中组部。这的确是一场难分胜负的竞争。许见群书记任职时间长，当过县委书记，资历深，有经验。邢书记在国外留学回来，有实力，为人比较谦和，在下面口碑很好。二人真是难分伯仲，这样的战斗才更激烈，更有悬念。

市委的各项工作一如既往，工作会议继续召开，讨论从省里要来的 900 万企业扶持资金发放问题，林小麦继续负责编写会议纪要。在楼道里，林小麦看见邢书记和许书记两个人正走了一个对面。

邢书记说："走啊!"

许书记说："走。"两个人并排走在一起，有说有笑，根本看不出这是两个你死我活的对手。在会议室里，他们一如既往，共同坐在主席台上，林小麦真难以想象，他们此时此刻该是一种什么心态。

会上，邢书记认为这笔钱应该重点扶持那些确实有市场前景的高新技术企业，比如吴大为的线路板厂，产品都上了宇宙飞船，这代表一个城市企业发展的档次，目前企业正面临技术升级，扶持一把就可能成为在国内甚至国际市场上有一定影响的企业。

林小麦注意到，邢书记发言的时候，许见群始终眯着眼睛，偶尔前后左右转动一下脖子，看来是做保健操，脸上始终没有表情。

该许见群书记发言了，他看也不看别人，身子一下子挺直了，大声说："省里拨来这 900 万扶持资金，是用来支持企业发展的，支持哪些企业？我认为国有企业改革已经进入攻坚阶段，我们不能坐视国有企业全军覆没。党委政府不能嫌贫爱富，民营企业发展起来了，我们就锦上添花；而国有企业遇到了困难，我们却眼睁睁看着那些曾经为地方经济发展做过贡献的企业停产，看着国有资产流失，看着企业职工下岗失业。十六大报告中明确提出，要走新型工业化道路。我看就瀛洲市而言，走新型工业化离不开对原有国有企业的技术改造，我认为这笔钱应该用于这些企业技术创新，鼓励他们加大产品结构调整，力争东山再起，而不能把这笔钱乱扔乱花，更不能用于自己的私利、私情，谁和市委关系好就给谁，这成什么样子了？市委、市政府也不会答应。”

许见群书记说得很激动，以至于说完这些话后，端水杯的手都有些微微发抖。邢书记脸色也很难看，他显然没有预料到许见群书记会在这个问题上将他一军。但是，官场如战场，既然成了将军，谁都不会轻易言败。

邢书记用力摁灭烟头，说："我补充两句。"他没有看许书记，而是把目光对准了赵书记，有一瞬间，林小麦感觉那目光在自己面前晃了一下，林小麦的心里很不是滋味，真希望自己能够做点什么，但是，自己位卑言轻，能做什么呢？她听见邢书记说："见群书记说得很好，党委政府不能嫌贫爱富。问题是省里给我们这900万元是让我们发展经济的，不论国有和民营，不论他姓公姓私，只要他的企业有潜力，产品有开发推广价值，能够守法经营，依法纳税，有利于我们国民经济增长和改善群众生活，党委政府就应该一视同仁，同等对待。国有企业也该支持，但是，我们有的企业技术能力还停留在20世纪60年代的水平上，投入这么大的资金进行技术改造，有意义吗？比如无线电三厂，已经停产6年了，不良资产4000多万，这样的无底洞，莫说900万，就是3000万、5000万也无济于事，国有企业要走出低谷，关键不在于这里，而在于产权制度改革，这个问题不解决，多少钱也难以解决问题。这是我的个人意见，我的发言结束了。"

邢书记的错误在于他把扶持对象具体化了，而且在许见群书记看来，这个对象恰恰又是邢书记的朋友，这个问题就可以上纲上线了。

会场上一片寂静，在这个敏感时期，谁都不愿意先开口，赵书记也只是潦草地对两个人的发言都给予肯定，没有提出具体意见。会议就这样稀里糊涂地结束了，走出会场的时候，人们都很严肃，再也没有往日会场上荤的、素的玩笑调侃。林小麦望了望窗外，觉得天好像有些阴，几片厚厚的云彩正飘过梧桐树的上空，那只叫不上名字的鸟，不知被什么惊动了，扑棱着翅膀飞走了。

七

中午，林小麦、蒋昆几个县里的同志几个人在一起吃饭，蒋昆有了几分酒意，说："林小麦是机关大院一枝花，不是花瓶的花，是能文能武的花。不过，依我看来，你这纯粹是资源浪费，很多能力比你低、模样比你差的都上去了，你还始终这么待着，说明你不能充分发挥资源优势，可惜呀，可惜。"

林小麦嘴上说："顺其自然吧，我呢，一介书生，有些小知识分子习气不愿意放弃，只能如此了。"但是她心里很不是滋味，毕竟，通天捷径在哪，她是明白的，只是她实在不甘心随波逐流，迈出那一步。

蒋昆临走的时候，握着林小麦的手说："大哥替你惋惜，送你一句话：人若不低头，一道矮门你也过不去。记住大哥的话，在这条道上，谁比谁也光彩不到哪里去，没人笑话你。"

很长时间，林小麦回味着蒋昆那意味深长的眼神，尽管他说话不中听，但是林小麦清楚，他这是肺腑之言。

下午，也许是酒精的作用，也许因为上午的常委会，她心情很不好，就给苏芳打了一个电话。苏芳的丈夫最近新盘了一家美容院，取了一个很特别的名字，叫"问美容院"，开业那天林小麦问她为什么叫这个名字，她神秘兮兮地说："这名字学问可大了。不知道的就会问，为什么叫这个名字，比如你，我一般会说：问世间情为何物，直教人生死相许，'问'就是代表女人对于爱情的追问和寻找。这答案够煽情吧？你知道吗？凡来做美容的，都是不甘寂寞的女人，而且又绝大部分是寂寞的女人，希望爱情的火花被丈夫、被情人点燃的女人，这样的女人用这招百发百中。"苏芳和别人打了声招呼，回头对林小麦说："其实，'问'是英文 win，胜利者。我希望自己能成功，也希望你 win。"

林小麦笑着说："这鬼主意还真不错，哎，都是蒋昆闹的，别过分啊。"

苏芳说："我这辈子认了，我不会离婚，可是，我离不开蒋昆，我觉得我们之间是爱情。"

林小麦对苏芳的这段话很反感，想起蒋昆在自己面前信誓旦旦的样子，真是有些不可思议，她又不愿意太伤害苏芳，不愿再多说什么，心情更加灰暗，就挂了电话。过了一会儿，鬼使神差地，她给蒋昆打了一个电话，蒋昆正在开会，说回头给她打过来。林小麦真的忍耐不住了，人们都在往一个方向挤，僧多粥少，必须极力争取。

她刚放下电话就又响了，她一接，竟然是邢书记。邢书记说："小林吗，忙什么呢？"

林小麦连忙说："没事，您有什么指示？"在这种情况下，她可不敢和邢书记再开玩笑。

邢书记说："怎么这么客气？晚上有时间吗？如果没有其他的安排，想和你聊聊天。"

林小麦急忙说："没有安排。"

邢书记说："那好，那咱们晚上八点在我宿舍见，知道我的宿舍在哪里吗？"

林小麦说知道，只是不知道几单元几楼。邢书记说二单元三楼东门。邢书记家在县里，妻子和孩子还没有过来，和市委、市政府一些外地交流干部住一栋楼。

这真是一个很漫长又很短暂的下午。别看林小麦在机关大院工作这么多年，其实单独和领导近距离接触的机会并不多。机关的工作程序很严格，你必须通过几道环节才有可能找到邢书记，如果你违背了这套游戏规则，后果不堪设想。林小麦在这些问题上很谨慎，从不敢越雷池一步。她正胡思乱想，电话又响起来，是蒋昆打来的，林小麦说你给我出出主意，今后工作该怎么干。蒋昆一听就明白了，很干脆地说："你真听我的？"

林小麦说："那当然，不听你的能给你打电话？"

蒋昆说："那好，那我就告诉你，绝不可以坐以待毙，必须主动出击。等，你永远也等不来。"

林小麦说："怎么出击？往哪里出击？我现在一点眉目也没有。只是觉得总这样我不就完了吗？"

蒋昆说："关键时候还是老情人啊！"

林小麦心想这话他肯定也和苏芳说过，她一想到他洋洋得意的样子心里就恶心，可是，这个话题不能和别人说，就只好继续说："什么时候都忘不了占便宜。快说吧，我都急死了。"

蒋昆说："找邢书记，他要想给你办，一句话。他是你的主管领导，你找谁最后也得到他那里，你们关系不错，那样办反而不好，好像把他当外人了。"

林小麦说："什么不错？不就是人家给了几句表扬，就让人办这么大的事，怎么开口？"

蒋昆说："那我就没办法了。你说听话吧，你又不听。"

林小麦说："你给我办办不行吗？还用着我找别人？"

蒋昆说："说真的，你要是男的，我帮你办办也不一定不行，但是，你是个漂亮女人，女人在政界有两条不同于男人的途径，一条就是充分利用作为女人的资本，豁出去，投怀送抱；还有一条，就是在男女关系问题上没有风言风语，但是，谁有保证没有风言风语呢？当然，这咱们俩要真有事，有那种情人关系，我也就豁出去了，但是现在，你也不会让我担了虚名吧？"

林小麦心情格外恶劣，说："这些年，我是在用自己的行动补充一条，就是淡化性别意识，干工作和男人一样，甚至比他们还出色……"

蒋昆打断了林小麦的话，说："事实证明，你加上的这条在官场是最不起作用的。你的几任领导都在工作中做到了忽略你的性别，把你当男人使唤，一到关键时刻，又都能记起你是个有几分姿色的女人。官场上男女关系是最敏感的话题，藏还藏不了，谁会没吃上肉，反惹一身腥呢。"

话说到这个份上，林小麦知道蒋昆说的是真心话，她也不能难为人家，就给自己找了个台阶，说："知道，我哪敢坏了你的名声？你多纯洁呀，咱们学校就你纯洁。可是，你给我出出思路总可以吧。"

蒋昆说："不是已经给你出了吗？找邢书记。"

林小麦迟疑了一下，把邢书记晚上找她的事情说了。

林小麦说完就后悔了，因为她从直觉上感到蒋昆对这个消息很吃惊，但是蒋昆说："那不是天赐良机吗？赶快和他说呀，过了这村可就没这店了。"

林小麦说："邢书记现在自己的事情还弄不清，能顾上管我吗？"

蒋昆说："两码事。他要当上书记，你这事更好说了；如果当不上，对于他来说，这也不是什么大事。你不要提条件，让他安排，去哪都行，只要把副县先解决了。"

林小麦老毛病又犯了，她接着问了一句："非得自己找吗，那我平时干那么多工作有什么意义呢？"

蒋昆说："要我说你就不该从政。你这人看起来很聪明能干，好像很有心机的样子，其实很单纯，太单纯。我一会还接着开会，没工夫跟你说了，你自己看着办吧。"

蒋昆没等林小麦说话就把电话撂了，林小麦知道蒋昆是不耐烦了。

但是，林小麦还是没有打定主意让邢书记帮她运作这件事，邢书记自己也面临着困境，他现在的心情应该比林小麦还要不平静。这个时候自己不能帮他忙，还给他添乱，会不会让他反感？可是，正像蒋昆说的，如果他找别人办，他会不会多想？而且在官场，正科想调副县，副县想调正县，正县想调好岗位，好岗位的想调副地，副地想调正地，谁会有心帮别人呢？林小麦突然发现，在官场，人生的情感历程上实际上是一场虚空，在命运攸关的时候，多年的付出和努力，都是没有结果的，尤其是一个女人。

她只能见机行事了。

林小麦看了看表，已经五点了，她找了一个理由，提前下班。第一次到邢书记宿舍去，总不能空着手去，可是拿点什么好呢？太贵的，自己一个月 1300 元的工资，能买什么呢？太寒酸了，又不合适。她就沿路走过去，也没有看见什么合适的东西，倒是路上的景色让她很陶醉。这条路都是仿古建筑，廊檐微翘，亭台秀雅，门店的牌子也多是仿古招牌，如果不是用了现代通用的简化字，还真疑心到了前清。林小麦看看天色不早了，实在买不到合适的东西，心想邢书记也不会在乎这些，就买了一些时鲜水果，顺便买了一束鲜花。

八

春末的黄昏还是有几分味道的。虽然太阳早已经落下去，但是天空还笼罩着一层嫣红，月季花的香在微风中一阵阵飘过来，有不少喜欢户外小吃的人在路边吃着热腾腾的烤羊肉串、凉丝丝的朝鲜冷面。转眼就到了邢书记楼下，林小麦一看表，正好八点。她多了一个心眼，没有直接敲门，而是在门口先打了一个电话，说："邢书记，我到了。"

邢书记只说了句："我正和别人说着事呢，你过会再打电话。"他把电话挂了。

林小麦心里一下子像坠了一块铅，她迟疑了一下，就一手提着水果，一手抱着鲜花下楼。上哪里去呢？离家太远，再说，刚抱着东西出来就很尴尬，再回去，一会再出来，更让人疑心。回单位也不行，这个敏感时期，一看她就是送礼要官的。她不能走远，就在附近转转吧。

夜，黑了。

不知当初的建设者是怎么想的，这栋楼竟然孤独地矗立在一片平房中。在全市都实施亮化工程之后，几乎大街小巷都灯火灿烂，这里却连路灯也没有，只有从那些小院里射出一缕缕暗淡的光。林小麦反而有些庆幸，如果有灯，过来过去的人瞅着她这个样子，她会更难堪，万一有个熟人，她的脸该往哪里藏呢？

她溜达了一圈，有些累，想找个地方坐下来，但是，胡同里连块石头也没有，总不能坐在别人门口吧？人家一出门，或者人家的家里人回来看到她坐在门口，会把她当什么人呢？那就溜达吧。东边这家有人说话，她就往右边这家溜达；西边这家灯关了，她就往前走两步。有人来了，她赶快装出从这里经过的样子，匆匆走几步。有车经过，炫目的灯光刺得她睁不开眼，她就趁机用鲜花把脸蒙起来。转了一阵，她觉得不能总在一个地方转，就换到附近的另一个胡同。她刚进胡同，手机就响了，是邢书记的电话，林小麦急忙接了电话，突然一声狗叫，把她吓了一跳，邢书记在电话上说："怎么了？"林小麦急忙说没事，邢书记说："你再等一下，你先去单位吧。"

林小麦不敢多做解释，就答应说："行，我马上去。"

邢书记电话挂了，林小麦一时有些说不出的伤感。不知谁家院里的狗还在低声地吠叫，狗的主人出来看了看，见是一个怀抱鲜花的女人，就喊了一声，制止了狗叫。她隐隐约约看见这好像是条死胡同，正好，她就照直走过去，一直走到胡同底。终于安全了。她把水果和鲜花放在地上，揉了揉酸疼的胳膊，想依着墙站一会儿，但是天不怕地不怕的她偏偏怕活物，各种虫子、蜥蜴、蛇，她都怕。身后的墙上挂了很多爬山虎，肯定有虫子和蜥蜴。她只能离开一定的距离，站一会儿，再蹲一会儿。忽然，她想，我回家吧，有什么事明天再说。可是转念一想，这要是任何一个领导，她都可以走，义无反顾地走，可是，对待邢书记不能这样。邢书记没让她走，她不能走。

不知不觉，胡同里的灯陆续灭了。

在瀛洲市生活了这么多年，她还是第一次领略城市的黑夜。喧嚣褪去，周围的一切似乎还在微微摇晃。天上寥寥的几颗星，好像被钉上去的，没有一点闪亮的光彩。她想起小时候家乡的星星，那才真是星星，密密麻麻的，布满了天空，一闪一闪的，像是告诉所有的孩子，在人类的头顶，还有一个美丽的世界。

林小麦忽然流泪了，泪水缓缓地从脸上流下来，她似乎看见那一滴滴的泪水，轻轻地飞呀，飞呀，飞到了天上。她想起在考察的过程中，从未和这么多领导在一起的林小麦，有时会无所适从。每当这时，都是邢书记一个眼神、一句话、一个很小的动作，提醒她，帮助她，让她不至于出现失误。官场无小事，要知道原来市委宣传部理论科科长就是因为和领导出门时，上车晚了两分钟，而被调到了讲师团，再也没有起来。林小麦无数次回忆这些点点滴滴，看似没有什么，却让她常常感动着、回味着。自己在官场这么多年，只有一个人这么细心，给予她这么多。她能走吗？不能。即使邢书记什么事也没有，即使他已经把她忘了，她也要等下去。只有这个人值得她这样等，他会懂得她这样等的心情，他能懂。

她的腿麻了，像有无数小针在无情地扎，她轻轻地拍呀拍，慢慢有些舒服了。有些不知名的小飞虫落在她的脸上、胳膊上，她轻轻地拿开。几点了？她心里问自己，拿出手机看了看，不禁吓了一跳。竟然已经十一点零四分了。邢书记会不会已经忘了她呢？和别人说话时间长了，就把她给忘了。或者，邢书记还以为她在单位呢，所以，一看时间晚了，以为她已经回家了，怕打扰家里人，所以，也没打电话。不会的。林小麦自己摇了摇头，不会的，邢书记不会忘了她，他一定还有事，还和别人谈话，而且找她一定有重要的事，她不能关键时候掉链子，一定要坚持，一定不能前功尽弃。如果走了，这三个多小时还有什么意义？和没等是一样的。等吧。邢书记一定不会忘记她。

她擦了擦眼泪，做好了彻夜等待的打算。这时，手机响了。邢书记很歉意地问："还在单位吗？还能过来吗？"

林小麦眼泪又流了下来，说："能，我马上就过去。"

她迅速整理一下衣服，擦干了眼泪，走了几步才想起地上还放着水果和鲜花，拿起来，抱在怀里。黑暗中，她闻到了一缕香。

邢书记早早地把门开了，笑吟吟地站在门后，她也笑了笑，两人谁也没说话。关了门，邢书记看见林小麦怀里的鲜花，很高兴地接过来，说："都是给我的？"

林小麦说："这么晚了，能给谁呢？穷人的礼物。"

邢书记长声说着"谢谢"，脸已经埋在了花中，很陶醉的样子。林小麦笑了。

邢书记找了一个花瓶，把花插好，招呼林小麦也坐下，说："对不起，让你等这么晚。”但是邢书记并没有说刚才是和谁谈事，林小麦也没问，她今天只是想做一个听众，所以，也不急于开口。

邢书记打开了音响，把音量调得很低，林小麦听着有点耳熟，一时又想不起来。邢书记好像已经投入到音乐中，表情是沉醉的，这让林小麦对这首歌产生了兴趣。

邢书记看了一眼林小麦，问："听过这首歌吗？"

林小麦说旋律有些熟，但是想不起来了。

邢书记说："这首歌的名字叫《天上一个太阳》，只有我们这一代人才能理解这首歌呀。"

说着，邢书记把头靠在沙发上闭了一会眼，很疲惫的样子，过了一会儿，才说："其实也没什么事，就是想和你聊聊。你为什么不继续画画，走到这条道上来呢。"

林小麦迟疑了一下，违心地说："也许，我有很多超越不了的地方。"

邢书记抬起头喝了一口水，招呼着林小麦也喝水，林小麦确实渴了，喝干了杯子的水就自己到饮水机上斟了一杯，喝了，又斟上。邢书记看着她，林小麦不好意思地笑了笑，又喝干斟上了，林小麦一气喝了五杯水。邢书记的脸色渐渐严肃起来，他迅速站了起来，看着林小麦，很久，才说："小麦，你刚才在哪里等着？"

邢书记又一次叫她的名字，她心里一阵温暖，低下头说："在单位。"她躲开了邢书记的视线。然而，在林小麦的灵魂深处，邢书记注视她的眼神，她是一生一世不会忘了。

邢书记重又回到沙发上，但是，他很长时间没说话，灯光有些黏稠，给他的脸上涂上了一层金黄色的光晕。林小麦手里拿着杯子，感觉空气有些沉重，不断地往心里灌。

过了很久，邢书记说："谢谢支持，谢谢关心，如果可能，这次你也动一下吧。直接当副书记难度可能大点，咱们还有一个副处级调研员的职数，就安排你吧。多接触点东西，即使将来不在官场，这些经历也是宝贵的。"

林小麦没想到邢书记会主动提出她的出路问题，这肯定不是今天晚上谈话的初衷。但是这样的气氛，林小麦是连谢谢的话也说不出来了。

邢书记说："天太晚了，早点回去吧。路上还有出租吗？"

林小麦说："有。"她站起来，准备往外走。她看见邢书记并没有站起来，也没有望着她，而是又闭上了眼睛，把头靠在了沙发上。林小麦忽然有一种冲动，想扑到他的怀里，吻一下他那宽大的脑门，但是，她迟疑了一下，还是轻轻地往外走去。邢书记这才站起来，抢先几步走到门边，他看着林小麦轻声地说："走吧。"但是，他迟迟没有开门。林小麦说："你休息吧，我走了。"邢书记站着没动，过了很久，他才把门打开，林小麦没再说话，转身走出去，快到一楼的时候，听到很轻的门关声。

九

林小麦第二天上班的时候，看到机关大院门口已经被黑压压的上访群众里三层外三层地围住了。一幅巨幅标语上写着："无线电三厂的工人阶级要吃饭!!!"林小麦立刻想到了昨天上午的会。许见群书记如果这样干，素质也太低了点吧？她从边门进了机关，一进楼门就听见许见群书记高声大嗓地喊叫："你们这是什么素质？啊，会议内容这么快就泄露出去了，给市委造成多么大的影响！这个后果不堪设想，一定要查清楚，谁干的，要严肃查处。"

最后查出来，办公室新来的交通员进来倒水的时候，邢书记正说到无线电三厂的情况，他只听说大概是省里给了无线电三厂很多钱，但是，邢书记不让给，别的他也没听懂。恰好他的未婚妻就是无线电三厂的职工，俩人一激动，就把这事说了，他的未婚妻回家又和家里人说了，无线电三厂的职工已经六年在家待岗，一听省里给了钱，市里不让给，就在一夜之间联合起来，第二天一早，四百多名职工就浩浩荡荡来到了市委，还准备到市委上访。林小麦不知道后来是用什么办法让这些职工解散的，只知道因为这件事情，那个交通员被调离了办公室，具体调到了哪里，也不清楚。

林小麦很关心这件事会对邢书记产生什么影响。快下班的时候，她找了一个理由，来到了邢书记办公室，邢书记正打电话，用手示意她坐下。这是里外套间，里面是邢书记的临时休息室，屋子里有些乱，她迟疑了一下，还是进去给收拾收拾，一起身，邢书记正站在身后，她吓了一跳，就红了脸，走到外屋，在书橱前看着，头也没回说："你没事吧？"

邢书记已经站在窗前，像是自言自语，又像是对林小麦说："有一个人在惦记我。好，真好。"

林小麦知道他在说什么，但是，她没有接话，只是说："你晚上没事吧，咱们找几个小范围的朋友唱会歌吧，我有一个好地方。"

年前物资局的朋友说有几套房要出租，很便宜，苏芳想把美容院开在那里，到那里一看，地方太偏，不适合干美容院，但是房租又便宜得出乎预料，每间房一年才 1000 块钱。她又说服丈夫办了一家绿荫练歌厅。林小麦给苏芳打了电话，苏芳很精明，一听就知道有重要事情，她清楚，林小麦不是一个甘居人后的人，不会不采取行动。她自己亲自过来检查卫生和音响效果，最后定下音响最好的六号房间。

晚上八点，一辆桑塔纳 2000 悄悄地停在了绿荫练歌厅门口，苏芳和几名服务员早已经在门口恭候，吴大为先下了车，蒋昆、林小麦和邢书记最后下了车，大伙只是互相点了点头，进了房间后，林小麦才给苏芳一一介绍。邢书记四周打量着，说："不错嘛，很有品位。"

苏芳连忙说："邢书记您多指导，有什么要求尽管提，我们这里条件简陋，请您多包涵。"

邢书记听完这话笑了起来："你可比小麦能说多了，不错，很不错。"

苏芳听见邢书记这么亲切地叫小麦，不禁看了一眼林小麦，林小麦也在看她，眼神不大自然，苏芳就挤了挤眼，林小麦脸就红了。吴大为招呼邢书记点歌，早有服务员端茶倒水，上了一桌子干鲜果品、几瓶零点啤酒。苏芳想打个招呼出去，被邢书记留下了。邢书记说："今天女同志本来不多，就委屈你陪陪我们吧。再说，你要走了，你的老同学会说我不通情理的，我可不愿意让她对我有意见。”

林小麦也挽留苏芳，不让她走，苏芳就留下了。

吴大为说：“我带了两瓶茅台，今天好好喝一杯。邢书记，你为我受委屈了。”

林小麦赶紧说：“今天咱们不谈政治好吗？咱就唱歌，就为个高兴，行吗？邢书记？”

邢书记说：“哎，这就对了。”邢书记也不客气，主动拿过歌本，说：“今天我一定要点一首歌，一首特别好听的歌。”

林小麦一听，就问苏芳：“你这里有没有《天上有个太阳》？”苏芳说有。

服务员过来放《天上有一个太阳》，音乐声起，林小麦看到邢书记的表情不一样了，一层层的往事奔涌过来，漫过他的眼睛，林小麦已经看到了邢书记经历的岁月，他从不曾说出口的苦难和愿望，他的失落、伤痕甚至失败，那么清晰地出现在林小麦的心里，肆意地泛滥着，一点一点吞噬着林小麦。邢书记已经投入到音乐中，表情是沉醉的。《天上一个太阳》过去也听过，可能是那时年龄小的缘故，始终没听懂歌词的内涵。今天邢书记一唱，林小麦猛然意识到，她竟然听懂了这首歌，更重要的是，通过这首歌，她隐隐感到自己能够看懂邢书记了。邢书记唱得很投入，尤其是那句“我不知道哪个更圆，哪个更亮”，唱得回肠荡气，高亢深沉，林小麦终于明白一向品位很高的邢书记怎么偏偏对这首歌情有独钟。

邢书记唱完这首歌，大家又点唱了一些流行歌曲，都是情呀爱的，好像个个都是情种。邢书记说：“我今天还要唱一首更抒情的歌，《把悲伤留给自己》。”然后他冲着林小麦说：“行吗？”几个人一听，都笑着鼓掌。林小麦的心又一次被什么击中了，她知道自己昨天回去很晚，邢书记这是在表达自己的歉意。

能不能让我陪着你走
既然你说留不住你
回去的路有些黑暗

担心让你一个人走

林小麦四周看了看，苏芳赶快把早已准备好的鲜花交到林小麦手里。林小麦站起来，送上鲜花，邢书记接过鲜花，把脸埋在鲜花里，看着林小麦继续唱着。苏芳也站起来送了一次花，邢书记点了点头，

林小麦什么也说不出来，她给邢书记斟了一杯酒，自己也满满地斟了一杯，一饮而尽。邢书记没有着急喝，而是闭上眼睛，轻轻地抿着那杯酒，很久才喝干。

吴大为唱了一首《为了谁》。

蒋昆点了一首《男人哭吧哭吧不是罪》。

林小麦一看躲不过去，就唱了一首《一言难尽》，邢书记这回自己斟了一杯酒，闭上眼睛，轻轻地啜饮着酒，一直到林小麦唱完这首歌才睁开眼睛，带头鼓掌。这一切都没有逃过苏芳的眼睛。

苏芳知道，林小麦看起来浪漫风情，但是并没有真正的爱情经历，这一次，林小麦完蛋了。

爱情在不该到来的时候来到，对于谁都是悲剧。对于两个官场上的人更是如此。但是，这是别人无能为力的，因为人这一生，或早或晚，属于一个人真正的爱情总会到来的，幸运的人爱情该来的时候来了，不幸的人却只能和爱情遥遥相望。

苏芳知道，林小麦被唤醒了。

她看大家唱得很尽兴，就征求了蒋昆的意见，放了一首舞曲。吴大为就拉起林小麦跳起来。苏芳招呼服务员进来，陪蒋昆跳着，自己走过去请邢书记跳舞。林小麦听不见他们说什么，只见邢书记拿起一支烟，苏芳急忙给点上，邢书记就长长地吸了一口，眼睛望着桌上的酒杯，不再说话，看来是拒绝了苏芳的邀请。一曲终了，林小麦轻轻地坐在了邢书记身边，邢书记依然吸着烟，眼睛像是没看见林小麦，等到音乐再次响起，林小麦把邢书记手里的烟拿过来，摁在烟灰缸里，主动拉起他的手。林小麦看见他眼里亮了一下，他迅速站了起来，把她拥在怀里。他们谁都不再说话，舞步很轻，一个花样动作也没有，他们就那样跳着，谁也不看谁，但是，苏芳知道，此时此刻，

他们都把对方看得清清楚楚，连对方一个眨眼也没有放过。邢书记突然没来由地说："基本定了，还是负责开放科，离我近一点。"林小麦的手哆嗦了一下，很久才说："谢谢。"然后俩人再也没说一句话。只是那样轻轻起舞，音乐在屋子里回旋荡漾，林小麦觉得自己要被融化了，有些眩晕，有些战栗，邢书记好像没看到这一切，只是很无意地把她往怀里拉了拉，林小麦真希望自己能把头靠在那个坚实的肩头，她只要一低头就可以实现，可是她还是眼睛看着远方，好像她能够透过歌房的层层墙壁，看到满天的星星。苏芳在社会上混了这么多年，这种被打动的感觉还是第一次这么强烈地震撼着她，这是两颗多么和谐、多么理智的心啊，她真希望这音乐一直响下去，响下去。

十

科里没有工作，林小麦开始整理一些没有用的资料、文件，她把那些材料一张张放进碎纸机里，一堆堆稿子从碎纸机里变成细小的纸片，雪花一样飞扬着。她心里很难过，这是多少人的心血呀！在政界，多少人一生的好时光都是这些随时可以变成碎纸片的东西，这些人的青春和梦想就这样轻易地被粉碎成毫无价值的碎片，难道这些人不知道吗？林小麦望着窗外的梧桐树，那些梧桐花不知何时已经谢了，满树硕大的叶子在风中摇摆。梧桐花谢了，明年还会开，一个人的生命浪费了，还能重新来过吗？

在一大堆文件里，她发现了自己的考察报告，想起了和赵书记的一幕。极端厌恶的情绪弥漫开来，如果自己的一生，有一天也变成这些碎纸片，如果有一天自己捧着县级待遇，回头看看这些碎片，自己会后悔吗？她像是发狠一样，把报告塞进碎纸机里，看着变成一堆碎片的考察报告，心里才轻松了一些。

下午一上班，林小麦就接到蒋昆的电话，蒋昆神神秘秘地对林小麦说："林科长，晚上，晚上。"

林小麦说："晚上怎么了？"

蒋昆压低了声音说："市委常委会研究书记人选。"

林小麦的心一下子提到了嗓子眼上。林小麦知道，他的消息绝对准确，也明白为什么告诉她，就很真诚地说了声"谢谢"。蒋昆说："别这么客气，到时候再给我一次机会就行了，要求不高。"林小麦说："你等着吧，到时候让嫂子给咱们把门。"她赶紧挂了电话，赶快用手机给邢书记打了电话。她慌里慌张地说："邢书记，今天晚上的事知道了吗？"

邢书记说："知道了，谢谢关心。"

林小麦说："当心。"

邢书记说："没事，已经基本上定了，走走程序。"

林小麦听见邢书记说话很轻松，心里才平静了一些。但是，她的心里还是不踏实，毕竟不是最后的结果，官场上风云突变的事情可是数不胜数。

不知不觉的，自己的感情和命运竟然和邢文通书记连在了一起。人生真是不可思议，谁又知道最后走向哪里呢？

电话铃响了，林小麦一接，是吴大为打来的。

吴大为说："今天晚上就定了，咱们和邢书记一起等消息吧。我都安排好了。还是这几个人。"

林小麦说："行，到时候来接我吧。六点我在机关门口等你们。"

太阳迟迟不愿意落下去，在灰色的楼顶上，在海棠树青青的果子上，在地毯一样平展展的绿色的草地上，恋恋不舍地投下淡淡的光芒，终于把黑夜宝贝似的送到了人间。

在吴大为的车上，林小麦忽然说了一句："在中国，也许你们商人是最幸福的人了。"

吴大为说："幸福？你不干不知道，说真的，干什么也不容易，我们干企业的是拿膝盖当脚走，这一点，你们官场的人是体会不到的。"

林小麦听了这话一怔："有那么严重吗？现在政策那么宽松，你们干你们的，谁管得着？"

吴大为说："一听这话你就不接触基层。你没听说吗？四十七个大檐帽，围着一个破草帽。”

林小麦说：“谁敢欺负你呀？”

吴大为说：“你又说错了。谁都敢欺负我，一个打扫卫生的，找到个烟头也找你闹。前几天我在厂子里种了点月季花，你说我碍谁了，不知道怎么让绿化办知道了，去了几个人非让我们拔了，说是没经过他们同意，后来拿了 5000 块钱才摆平了。在瀛洲市，最难的就是干企业的人了。可我就是贱，这些钱几辈子不愁吃、不愁喝了，可一想，厂子里千八百人指着企业养活呢，不干怎么办呢？再说了，闲下来我难受。”

林小麦说：“天天看你挺威风的，总觉得你们比官场的人强，说起来还这么不容易。”

吴大为说：“谁都不容易，你说要我看你们还容易呢，可是你们容易吗？你说邢书记当了这么大的官他容易吗？我估计他现在比谁都不容易。说真的，什么样的官我也见过，难得邢书记是真心实意想为瀛洲市干点事，不像那些当官的，摆点花架子就走人。就冲这，我也服他。”

林小麦说：“咱们盼着他能成功。”

一牵涉这个话题，两个人谁都不敢说话了，心里都有些紧张。

吴大为安排在远离市中心的一家饭店，蒋昆已经等在那里，没有别人，邢书记还没到。几个人点了菜，专门要了几个清淡的小菜，这些天，谁心里也不好受，都有点上火。毕竟，太多的事都是坐着没底的轿。快七点了，邢书记还没来，大伙心里都有些长草，生怕出了什么意外。

又过了一会，邢书记来电话，说来不了了，赵书记说让他等着和他谈话，他不能走远。所以让他们先吃。主角来不了，大家心里没了情绪，三个人简单地吃了点，说好谁先得到消息都通知一下，就都各自回家了。

说真的，对于今天的结果，她可不像邢书记那么乐观。此时此刻邢书记是什么心情呢？一想到这里，林小麦忽然感觉心口疼，一种隐隐的、像是被什么东西东扯西拽的疼，那疼从胸口开始，又向四周蔓延，让她不得不找了枕头，压在胸口上。自己这是怎么了？她记得看过一个电影，好像说一个女人要是爱上一个人，一想到这个人就会心口疼，当时她还耻笑这编导，也太唯心了，可是现在，自己一想到邢书记，一想到有一天，他会离开市委，自己很难见到他了，自己的心口确实在疼，在自己三十多年的生命中，这是从来没有过的。

在她的生活层面上，没有爱情，就像冬天的玫瑰，拿到风雪中，很快就会冻坏了。可是，她是真惦记邢书记，自己都管不了自己。走到机关大院，只要一看到他的车就会心情愉快；他布置的工作，自己即使不吃不喝也要想方设法干好。她清楚地知道，对于她这样的女人，生命注定是一个遗憾的过程，可是她无法回避内心的苏醒和渴望，无法忘记邢书记那些眼神、那些小可以忽略的动作，就是这些把她唤醒了。可是，醒来又有什么用呢？她觉得自己就像一个长途跋涉的人，她千辛万苦找到了自己一生想要的人，可是那个人已经不可能属于她了，她找到了又有什么意义呢？

正想着，电话响了，决定命运的时刻到了。

林小麦一接，蒋昆声音很紧张地说："情况变化很大，邢书记暂时没有安排，许见群书记到营南县任县长，政研室副书记李怀明来当市委书记。"

很快，吴大为的电话也打过来了，在电话上骂不绝口。

蒋昆说："真是没想到。"

林小麦已经没有心情听他们的牢骚，她在想，邢书记听到这个消息会怎样？他怎么承受呢？她想打电话，又一想，邢书记肯定在接受组织谈话，无论是多么不愿意接受的结果，他还必须表态，接受组织的安排，这一刻，对邢书记该是多么残酷。

她忽然想起他喜欢的歌，在纸上写了下来：

天上一个太阳
水中一个月亮
我不知道
哪个更圆，哪个更亮

她给邢书记发了一条信息：“下雪了，天晴了，别忘穿棉袄。”

十一

过了四天，市委召开了欢送会，送走了许见群书记，又专门召开了欢迎会，迎接新书记李怀明到任，由赵书记对李怀明书记给予肯定。李书记看起来很朴实，表态也很诚恳，大家一次又一次地鼓掌，包括邢书记，也好像很欢迎李书记到来的样子，跟着鼓掌。风言风语很快就听不见了，林小麦觉得一切好像没什么变化，树上还是昨天的枝叶，路上还是昨天的行人，只是心里有什么东西不对劲了。

她到邢书记那里去了几次，也没说什么，这样的失败，参与者都有一种不怎么舒服的感觉，大家也只不过说一些不疼不痒的安慰话。况且事情已成定局，谁说多了反而不好，尤其是邢书记，和新任书记的关系很微妙，和赵书记的关系也因为这次变故会有些变化，很多事只能埋在心里，不说为好。

她几次都想问问自己的事情怎么样了，但每次都是话到嘴边又咽下，这个时候，怎么开口呢？可她心里真是着急，因为班子定完了，下面很快就会动起来，不知道邢书记和组织部说没说，说了结果是怎么样的？按照邢书记的性格，他是不会忘的，也不可能不去说，那么结果是怎么样的呢？

由于班子调整，各项工作有个重新摆布的问题，眼下就有些清闲。下午她正在网上浏览，苏芳来找她，说蒋昆书记对那个材料很感兴趣，准备让她写个通讯，她没写过，让林小麦帮忙。林小麦忍不住说：“苏芳，你走吧，过你自己的日子去吧，这条路太难走了。”

苏芳说：“我觉得挺有意思的，比以前待着强。”

林小麦说：“看吧，到时候后悔可就来不及了。”

苏芳说：“我不后悔。”说完，苏芳忽然自己低下头笑了，那是一种特别的笑，有些内在。苏芳看见林小麦在看她，脸竟然红了。

林小麦说："你要小心，别上当。他们这些人不会让一个女人影响自己的前途。"

苏芳口无遮拦地说："他对我挺好的。我来的时候，看见他从院里正抬头往我办公室看，你说这人，看见我以后，走了好几个正步，笑得我上不来气。"

林小麦说："一个正步就让你笑成这样，对于他来说，不过就是一个动作，再说，你有把握他不给别的女人走正步吗？"

苏芳说："他都和我说了，在学校的时候，有个女孩喜欢他，可他觉得人家条件太好了，说什么也不愿意。后来在体育局的时候，有个跳花样的女孩非得和他发生关系，可他不愿意害人家，所以，什么也没发生……"

林小麦打断苏芳的话说："可是看见你以后，就把持不住自己了。你和别的女人不一样。"

苏芳惊奇地说："你怎么知道？"

林小麦气呼呼地说："这种小儿科的话也就你相信。要不咱打个赌，我给他打个电话，你听他怎么说。"

苏芳有些疑惑，说："他要敢骗我，我就告他。"

林小麦忽然很生气，说："你怎么净说没出息话，你多大年龄了，人家怎么骗你了，是你自己自投罗网。"

苏芳还是不信，反反复复地说："不可能，他那么忙，还总抽出时间哄我，他图什么呀。"

林小麦实在忍不住了，就按下电话免提键，对苏芳说："无论发生什么情况，你不能出声。"说完她给蒋昆打了一个电话，占线，过了一会，又接着打，通了，林小麦故作不高兴的口气，说："蒋书记，怎么电话总占线，是不是爱上哪个女孩子了？"

蒋书记一听是林小麦，声音听起来很高兴，说："是你呀，想我了？刚才有个镇长，我跟他讨论一些事情。我还爱别的女人，跟你说实话吧。我这一辈子就爱过你，后来你不要，咱就爱自己媳妇了。"

林小麦眼睛看着苏芳，拖着长腔说："不对吧，我怎么感觉你好像爱上别的女人了。"

蒋昆急忙说：“天地良心，我现在要是爱别的女人，我是乌龟王八蛋。”

林小麦看着苏芳变得雪白的脸，继续说：“没事，你愿意爱别人就爱吧，爱是无罪的。挺好吧，没事，随便问问。再见。”

放了电话，林小麦有些幸灾乐祸地看着苏芳，说：“你看，人家连乌龟王八蛋都能当，走个正步算什么？你是不见棺材不落泪。这回知道我说的没错吧？别相信他们。”

苏芳脸色煞白，泪水流过那张漂亮的脸。林小麦给她拿了毛巾，说：“算了，认个倒霉吧，以后离他远点。对了，咱可说好了，你可别把我卖了。”

苏芳抬起头说：“你怎么这么说，把我看成什么人了？”

林小麦说：“我就是说说，好了，咱该干什么就干什么，你不要材料吗？我帮你一块写。”

苏芳抽泣着说：“我不写了，有什么用？我去告他。”

林小麦忽然有些不耐烦，就说：“你瞧你自己这样子，好像个怨妇似的，至于吗？你还是知识女性呢，这样子连个家庭妇女都不如。怎么，离不开人家？没有他的虚情假意你活不了，是吧？你工作是给他干的？工资是他给的？你怎么不开窍呢。起来，干活。”

苏芳让林小麦一顿数落，有些不好意思，也是，何必呢。两个人就一起商量材料，林小麦认为蒋昆好大喜功，别看他没说，肯定也有野心，想在宣传上露一把，就以“大力实施环境立县工程，全面优化开放环境”为题，写了一篇稿子。写完了，已经晚上八点多了，苏芳很过意不去，请林小麦吃了顿水饺，就都回去休息了。林小麦看见苏芳好像已经忘了和蒋昆的不愉快，也就没再多说什么。看起来一切很正常，可是，过了两天，林小麦看见那篇文章在《瀛洲日报》以《昆山县大力实施环境立县工程》为题发表了，忽然有些不快，但是，也没有在意，这些年，林小麦写了太多不署自己名字的文章，不在乎多这一篇。

转天，《瀛洲日报》又发表了一篇文章，《要树立正确的用人观》。林小麦脑子一热，该来的终于来了。只要有点政治敏锐性的人都知道，这是大面积干部调整开始的信号。

她已经顾不了很多了，急忙找邢书记，司机说，他正休息。林小麦就坐下来，想等一下。司机说：“你有事吗？”说话口气很冷淡，和以前大不一样。

林小麦以为他忙，没有多想什么，说：“我找邢书记有点事。”

他说：“谁找他都有事，不告诉你他正休息吗？”

林小麦哪是受气的人，一听他这样说话就急了，说：“你什么态度？”

司机说：“我什么态度？你什么态度？你自己做的事情，你还问别人什么态度？”

林小麦一听不对劲，肯定发生了什么事，就缓和了语气说：“对不起，我做错什么了吗？”

司机也觉得自己刚才有点过火，就说：“也没什么，不过，你在机关干了这么多年，怎么这么不成熟？不懂政治。”

这话更让林小麦摸不着头脑，她很着急，这个时候，本来就前途未卜，怎么还出现这种后院起火的事？她央求司机告诉她，到底发生了什么事。

司机一看林小麦是真不知情，就说：“邢书记气得把烟都扔在了地上。你说你也太不懂事了吧，邢书记找你谈谈，不是信任你嘛，你怎么还到处嚷嚷呢？”

林小麦说：“没有啊，我没有说什么呀。”

秘书说：“还没说什么，你想说什么，这是机关大院，不是你们家，想说什么就说什么，连什么时间见面都告诉人家，好像怎么着似的，你还想说什么呀？这下好了，邢书记很生气，你还想说什么呀？”

林小麦不知道自己怎么出了秘书办公室的门，她尽量想让自己平静，但是做不到，后来一想，不能就这样认肚子疼，她得和邢书记解释解释，可说什么呢？话确实是她不注意和蒋昆说出去的，当时自己后悔了，可是也没有想到他会这么阴啊。

那就道歉，和邢书记道个歉，说自己还是年轻，缺乏社会经验，对，道歉。她打通了邢书记手机，刚说了句："邢书记，你好，我是林小麦。"

邢书记一听，只说了一句："哦，好。"他挂了电话。林小麦身上一下子汗流浃背。

星期六晚上，机关大院大部分办公室彻夜灯火通明，几个主要领导一直忙到星期一早晨六点，才彻底完成427名县级干部调配任免，有几个人爆了冷门：一个是610办公室一个号称"五毒俱全"的干部当了主管公检法司的副书记；一个是就是苏芳，从副科直接当了昆山市副处级调研员。

星期四的下午，刚刚上任的苏芳来到林小麦的办公室，对林小麦说："我没听你的话，回去就和蒋昆不干了，我说你要不补偿我，我就告你去，你猜怎么着？我没想到他一点尿性都没有，当时就给我跪下了，后来，我发表那篇文章还是他给我找的人，说我是出大思路的人，哈哈。说真的，蒋昆也算对得起我了，我真没想到，当时只是生气，我没想到这么容易就什么都有了。"

林小麦没有告诉她，其实，这一切应该是属于她林小麦的。

苏芳说："你别傻了，我看就你这样写，写一辈子也没有结果，这条道就这么回事，不过你放心，我这人野心不大，到这里顶退休我也满足了，不会出现那种事了。"最后，她动情地说："我一辈子也忘不了你，你有什么事，就说话。"

林小麦想忘了她，忘了这一切，忘得干干净净。

她对苏芳说："我想去美容。你去吗？"

苏芳一听，笑了："加入'问'的行列了？"

林小麦知道她在说什么，她哪里知道此时林小麦内心的滋味。林小麦说："别闹了，你到底有没有时间？"

苏芳说："随时恭候，走吧。"

林小麦躺在美容床上，苏芳亲自给她按摩，一会，苏芳看见一行泪水从面膜里缓缓渗出来，把面膜冲出一道沟，苏芳好像什么也没发现一样，继续给她按摩，过了很久，她听见林小麦说："苏芳，你说，一个女人什么叫成功，什么叫失败？"

苏芳早知道这次提拔的挺多，尤其是自己的提拔，肯定让林小麦不舒服。一个要强的女人也是女人，也会有些感慨。她狡猾地说："我觉得，一个女人没失去不愿意失去的，就算成功；其实，我心里也不是滋味。"

林小麦没说话，这不是她想听的，她想听什么呢，连她自己也不知道。说起来谁又真正了解谁呢？她自作聪明以为在挽救苏芳，其实，真正完成自救的还是苏芳自己。想到这里，她看苏芳的眼神就有些复杂的内容，苏芳发现了，心里一惊，感觉那目光里好像长了刺，让她的心一紧。林小麦想：我确实小看了苏芳。但是，转念一想，这也不算什么，这样的女人放得开，收得住，能够掌握主动权，也只有这样的女人能够摆平这些事。但是，这样的结果无论如何让她心意难平，虽然闭了眼，不再说什么，但眉宇间还是掩不住的落寞和焦躁，在苏芳看来，此刻，林小麦每一个细胞都是怀疑和痛心，苏芳有些心疼，又不敢表现太过，怕林小麦多想，就说："我看你自己出来干点事得了，你干什么都能行，怎么一年也能挣个十万八万的。"

这话竟然让林小麦心里一亮，对，现在没有到走投无路的时候，市直干部还没有动，不能轻易绝望，不能轻易认输，不能轻易放弃。她必须搏一次，哪怕还有一线希望，也要做最后的努力。

她起身从床上爬起来，带着满脸的面膜，对苏芳说："不行，我得走。"

苏芳说："你这个样子怎么走？还不把你当妖精？做完了再走，要不多可惜。这可是进口面膜，你这白花花的一脸就是三百多块。"

林小麦央求说："快给我洗了吧，哪天我请你吃麦肯姆。"

苏芳说："这得多少麦肯姆，哎，真让我心疼。"

苏芳一边说，一边就给林小麦洗去面膜，林小麦和苏芳打了声招呼，就出门打了的士到银行取了一万元钱。很快来到皮尔卡丹专卖店，她看中了一套标价 6888 元的男式半袖 T 恤，毫不犹豫地买下了，要好了发票，告诉人家如果穿着不合适，别人会过来换。服务员说没问题，一个月之内随时调换，但是，不退货。不退货，这正是林小麦需要的。林小麦说了声："谢谢。"她迅速出了门，来到了东风路流河街 38 号。

已经是下班时间，路上人车相拥，尘灰弥漫，林小麦想起不久前从这里逃走以后，很长时间无法平静地面对自己。可是，今天呢，今天是投降来了？是认输来了？别这样想，千万别这样想，林小麦害怕自己退却，害怕自己放弃，衣服已经买了，钱已经花了，回不来了。一切都已经别无选择，只有往前走，不管前面是泥泞还是陷阱，没有这一步，所有的梦想都是空想，所有的努力都会付诸东流。用一时的屈辱换取一生的成功，这有什么吃亏的吗？你没必要在乎，没必要。真的。你没有爱情，没有爱情就更没必要在乎。你需要成功，成功就在彼岸，东风路流河街 38 号，你就当它是一条船，对，这就是一条船，渡过去就是彼岸，到船上去吧，到船上去，你没有别的指望，没有，没有人会帮助你，没有人会担待你，只有你自己。明白吗？只有你自己，你在乎你自己，你也必须成全你自己。你愿意让梦想成灰吗？不愿意。你有别的办法吗？没有。所以你上去吧，从西面的楼梯上去，那里直通赵书记的卧室，只要你上去，一切就会不一样了。别人不都是这么做的吗？别人不都还好好地活在阳光下吗？她们少吃一顿饭了吗？她们脸上有了痕迹了吗？没有，她们的笑容比你还灿烂，她们在人群里比你受尊重，她们攀上了你没有到达的高度，看到了你看不到的风景，她们比你风光，比你年轻，比你更有价值。上去吧，你比她们更有优势，你只要登上那个高度，你才能比她们看得更远，做得更好。

可是，为什么我的腿这么沉重？为什么我的眼里流出了泪水？你看你要跑吗？你要退却吗？你看你撞人家车子干吗？人家骂你了吧？你别跑，你又能跑到哪里去呢？你甘心一辈子做小科员吗？你不甘心。上那架楼梯，那楼梯不高，几步就能到你想去的地方，到副县，到正县。你上去吧，别犹豫了，你天不怕地不怕，还怕上那楼梯吗？你看你都转到哪里来了，这是什么地方，你看你转迷糊了吧？你快回去吧，回去上楼梯，回到东风路流河街 38 号，赵书记一句话你什么都有了。哎，这就对了，回去，上去，这都几点了？要是赵书记休息了可就不好了，快去吧，没什么大不了的。

晚上9点32分，林小麦敲响赵书记的房门，赵书记一看是她，并没有表现出特别高兴的样子，只说了一句："林科长来了。"

林小麦红着脸，吭吭哧哧地说："我过来……看看……赵书记。"

赵书记意味深长地说："已经很晚了。"

林小麦鼓足勇气说："我知道，可是，我知道您还是关心我的。"

赵书记沉默了一阵说："这两天头有点不舒服。"他就用手搓着额头。林小麦咬着嘴唇，走过去，坐在赵书记身边。

赵书记说："小林越来越懂事了。"然后拿起林小麦的手揉搓着，林小麦苦笑着，低下了头。

赵书记说："这里有点热，咱们换个地方说话吧。"就拉着林小麦的手站起来。他好像刚刚看见T恤，说："给我买的?"

林小麦说："不知您穿着是不是合适?"

赵书记说："拿进来，我试试。"

林小麦抱着衣服跟着赵书记来到卧室，赵书记直接就靠在床上，他招呼着："过来吧，让我看看，宝贝。"林小麦脑袋"轰"的一声，一下子僵住了。她想了千遍万遍，最关键的环节并没有想到，她到这里来必须上床，必须和这个自己从来没有爱过、甚至有些讨厌的人拥抱、接吻，甚至更加不堪。这个事实她不能接受。那个人是谁?是一个灵魂的碎纸机，是会把她撕成碎片的人，她似乎看到自己已经变成无数碎片，先是红色的，又变成黑色，然后就白花花地落在那个人的身上。不行，我不能，我不能变成碎片，我要一个完整的自己，我要逃，我要离开这里，快，快。她听到那个能把她变成碎纸片的人说了一句什么，好像要站起来，她吓得"啊"的一声，一口气跑了出去。一辆的士知趣地停在了身边，打开车门坐进去，司机问上哪去，她说市委宿舍楼。自己是哪来的勇气，她竟然一口气跑到了邢书记家门口，敲响了邢书记的房门。邢书记打开门，一看她的样子，没说话，急忙把她领进了门。林小麦什么也说不出来，一头倒在邢书记的怀里，号啕大哭。

十三

第二天晚上，邢书记特意安排吴大为和林小麦在一品香饭店吃饭。邢书记说："大为，今天我请客，这么多年总是吃你们，你们也吃我一回。"

吴大为说："你请客我掏钱。"

邢书记说："你该掏钱的时候在后边呢，别着急。今天就是我请客。"林小麦觉得今天邢书记话里有话，就没说话。

几个人点了几道时鲜菜，喝了不少酒，都有点动情。

邢书记说："大为，你的心意我明白，可是，我不能这么做。这么多年，我也知道官场有些人是怎么上来的，可也知道这些人会怎么下去。咱们虽然差不了几岁，可很多观念还是不一样。"邢书记独自喝了一杯酒，接着说："我还是相信天上一个太阳，有一个太阳，我要做的事情必须能拿到阳光下。"

两个人似乎听明白邢主人说话的含义，又有些不明白，都不再说话。邢书记似乎并不想把话说太透，或者是并不在意他们是不是能听懂，自顾接着说："大为，我那天和你说那么多，无非就是想告诉你这句话。"

吴大为说："邢书记，我知道你是好人，正因为这样我才那样做。我有钱，可是你打听打听，从来也没哪个当官的真让我服过。我那样做一方面是真感谢你，让你为我受那么大的委屈，造成那么大的影响；还有一方面，你们官场我不懂，可是我明白一个道理，这个位置如果不让好人占，而让坏人占了，太可惜，后患无穷，我那样做也是做了很长的思想斗争。"

"你这一斗争，害得咱们林科长在外边站了三个多小时，那么黑的夜。快敬林科长一杯酒吧。"邢书记呵呵笑着说。

吴大为吃惊地望着林科长，问："那天晚上给邢书记打电话的就是你呀？我操，我当是谁呢。"

邢书记说：“怎么说话呢？”

吴大为说：“瞧我这臭嘴，该打。那天邢书记说一会有人来，我还以为是什么人呢，就没往心里去，一直希望能把邢书记说服了，你看这事办的。你那天真在外边站了三个多小时？我自己罚自己一杯酒。”说着一饮而尽。

林小麦听明白了，脸不由自主地红了，心里一酸。

邢书记说：“光罚酒不行，要重罚。”

吴大为说：“你说怎么罚，你指示吧。”

邢书记说：“好，那我可就说了，你那二十万块钱改变投资方向，从我身上转到林科长身上，怎么样？”

林小麦急惶惶地说：“我要这么多钱干什么？我不要。”

邢书记说：“我想让林科长上 MBA 进修班，我已经和北京的同学联系了，两年需要 20 万块钱，如果你愿意的话，给垫付一下。”

吴大为说：“就这事？”

邢书记说：“就这事。”

吴大为说：“没问题，我以为什么大不了的事。”

邢书记笑着说：“这事我没和林科长商量，就擅自做了决定，对不起，小林，去上学吧，趁着年轻，外边的世界还是很大的，别总在瀛洲市盯着一个副县要死要活的，没出息。”

林小麦有些突然，她真的不知道邢书记为她做了这样的安排，心里更多是伤感和茫然。离开政界，她还真没有想过，她想说声“谢谢”，可那声音小得连她自己也听不清。她端起酒，主动敬了邢书记一杯酒，又敬了吴大为一杯，邢书记和吴大为一开始没意识到什么，也回敬林小麦，等到林小麦有些摇摇晃晃了，才觉得不对劲。这时她又拿起酒瓶，给大家斟满了酒，邢书记想阻止她，林小麦拒绝了，说：“邢书记，我没有醉，这么多年，我还真没有醉过，我总是醒着，没醉过。”邢书记说：“我知道，这些年你很自尊，一个女同志，不容易。”林小麦摇了摇头，说：“我不是……女同志，我不是，你的衣领……真白。”林小麦把酒一饮而尽，酒杯从手里无声地滑下去，好像过了很久，才听到清脆的玻璃破碎的声音，那声音从林小麦心里穿过去，落到桌子上、地板上和邢书记的衣服上，无数细碎的透明的玻璃，闪着晶莹剔透的光芒，在林小麦的眼前不停地翻飞、跳跃……

返　青

花晓牢牢记住了这个日子，2006 年 1 月 23 日。她知道，一生不会忘记这个日子的应该还有一个人。那一天是周一，周日她值班，晚上必须住在单位。苏世清原本应该回家度周末，但是 22 日那天一位在首都工作的老乡回家省亲，他负责接待，喝多了酒，就住在了单位。事情就在这些偶然因素的推动下发生了。

一、二十三日——他认为这一切和一缕阳光有关

苏世清睁开眼的时候，的确看见了一缕阳光，从两片天蓝色窗帘的夹缝中溜进来，形状极似一把战刀，在水泥地面上逡巡。应该有风，因为他几次看见那把战刀在变形，有一瞬间他感觉已经变成了他在空降部队上使用的 95 式 5.8mm 步枪。这使他不由自主挺起了身子，但这时阳光的形状已经变化。此刻，他的思绪只停留在过去，这变形的阳光一会像张开的降落伞，一会像 5.8mm 弹药，像他在天空看到其他战机穿过云层的机翼。他的血有些热了，呼吸显得粗重，起床的动作也有了力度。但是，苏世清有个毛病，他的思绪常常飘移，不分场合，不分地点，如果他的思绪到此为止，他会很亢奋地开始洗漱、到食堂吃饭、按时看见漂亮的副书记花晓，会按部就班完成今天的工作任务。问题是他的思绪从机翼上又飞起来了，这次思绪的飞翔

改变了很多人的命运，包括他自己。他原本已经直起身子，准备起床了，但是，他想起了自己的命运这样重大的问题，这个问题迫使他点燃了一支烟，这就证明他要做的事情必须在一支烟吸完以后才能进行。

这是一支要命的烟，红石林牌的，昨天刚打开。这支烟和盒中其他的烟没有什么区别，白色的烟身和黄色的烟蒂构成一种诱惑，随时等待着幻化在各种生理和心理的需求与欲念中。但是，苏世清在那一瞬间选择了这支烟，这支烟很宿命地担当了一种特殊使命。之后很久，苏世清当时拿着另外一支烟蒂对花晓说："看起来你得感谢烟。"花晓看着他，一字一顿地说："恰恰相反，我厌恶它。"

苏世清有时觉得花晓假，更多的时候他知道花晓的话起码有一半是真的。但这没有意义，结果使过程变得虚无。

他记得当初点燃这支烟的时候，他是想过时间问题的，因为八点半他原计划是要去看望五保户伍艾雯的。当然，如果他知道这个退居在生活之外的老人会改变这么多，23 日这一天的事情他一定会按照事先安排进行的。但是，苏世清在这天早晨改变了工作计划，这个轻易改变的计划轻易地改变了很多人的生命轨迹。

伍艾雯其实不是一个了不起的人物，她只是镇上年龄最大的五保户，因为年龄大，格外受到上级重视，每年中秋和春节镇上上级都要来慰问。苏世清当时合计过，去看伍艾雯根本不需要多少时间，一进一出也就半个小时。九点半必须赶到黄家村，镇上明春准备新修一条道路，涉及几十户拆迁，一个叫黄三的村霸带头闹事，他要亲自带队拔这个钉子户。

他看看墙上的钟表，七点三十分。钟表是棕色的，方形，是这间卧室唯一的墙上饰物。也有人送过字画，但他不愿意挂，觉得俗，没有什么比一面白墙更清爽的了。房间里还有一个书架，放着一些当下常用的政治、经济方面的书，他很少看。桌子是一个乡下木匠自己做的。木匠的宅基地被村支部占了，一直没有说法，苏世清无意间知道了，帮着木匠要回应该补偿的 6700 元钱，木匠就给苏世清做了这张桌子，是枣木的，很沉。他这天早晨坐在椅子上的时候，时间已经到了七点四十六分，苏世清觉得原定计划应该调整了。

他决定不吃早点了，不吃早点意味着他看不见花晓了，但是，他的思绪已经左右了他，他已经越过花晓到了过去的时光。

人总是不自主地夸大自己在过去岁月里的成功，苏世清也一样，有过三年空降兵的历练，他在很长时间里看人看事都像站在天上。苏世清有时觉得自己转业到地方以后的发展过程，就像他空降的过程：一开始是“是英雄是好汉，八百米高空比比看”。真到天上，三百米挂钩还摩拳擦掌，六百米机门打开时已经有些外强中干，飞机到达八百米时，两声铃声长鸣，遐想和豪气突然凝固，跳伞信号一发出，迅速转身踏出三步，这时候你容不得多想，高空的强气流就把你拽出去了。三四秒后引导伞拉开主伞的一刹那，他竟然感觉绝望！这种缺乏英雄气的切身感受他显然不会和任何人说，就像别人不和他说一样。这个心理过程在他到地方以后再一次经历了。

和其他战友比，他看起来是幸运的，转业后分到了县司法局，赶上最后一批转干。一天下午，一个时尚的女人到局里找人，看见健壮英气的苏世清，她径直走到苏世清的办公桌前，把屁股靠在桌子角上，右手很随意地敲着办公桌，说：“我叫钟丽，你就是苏世清吧，我叔叔常提起你。”

苏世清说：“你叔叔是谁？”钟丽的下巴朝局长的办公室点了一下，苏世清就急忙站起来了。他当时站得有些匆忙，屁股底下的凳子被挤得吱哇乱叫，他当时并没有意识到他这个动作会给他带来很多他意想不到的东西，有些是他想要的，更多的是他不想要的。

两个月后，苏世清没有来得及多想就和钟丽结婚了。

结婚第一夜，苏世清就知道，这个成为自己妻子的女人以前有过别的男人——她在床上太熟练了。

苏世清在那一夜学会了吸烟。

那一夜，苏世清感觉到飞机在高空的第一次下沉，感觉到心脏的冰冷。战友们都在羡慕他，同事们也在嫉妒他，他清楚地知道如果失去这个婚姻，对他意味着在八百米高空没有打开降落伞！

天空很大，但不属于他，他的飞翔是一种假象，坠落和粉碎才是必然。那天晚上他抽到第四支烟的时候就醉了，他以后喝酒醉过很多次，也见过很多人醉酒，但是，只有这一次醉烟让他刻骨铭心。他头晕目眩，疼痛从太阳穴直接切入了脑髓，进入他的咽喉和肺腑，他呕吐、哭泣，在客厅里一直折腾。

钟丽始终没有出来。

结婚不到一年，他到了这个偏远的乡镇当了副镇长，这在全县也是第一个。走马上任之前，几个本县的战友聚会，为他庆贺，他不以为然却又不得不强打精神。但是，那天发生了一件事，让他意识到自己还是应该庆幸的。一位战友转业到了一家企业，企业改制后下岗了，自己买了出租车开，来的时候顺便拉了一个客人，客人下车的时候里程表刚好跳到 11 元，想少给一块钱，这位战友和他拉扯了很长时间。这让苏世清很难过，要知道他们第一次空降的血书就是这位战友写的，他觉得战友刹车的声音很像飞机上那长鸣的跳伞铃声。

这天晚上，他第一次很投入地对待自己的妻子。他觉得自己有义务认真对待钟丽了。可是他做的时候突然很想知道钟丽的表情，就悄悄睁开眼，却发现这个女人一直清醒地看着他。他的心一下子又凉了。

他想知道这个男人是谁，结婚这么长时间，他还是第一次有了这个想法。这是他上任的前夜，除了妻子和另外一个男人的事情，他还想了其他一些问题。这天晚上他抽了很多烟，但是，他已经对烟没有那么敏感了，只是他莫名其妙地流了泪，流了很多。

钟丽还是没有出来管他。

二十三日这天早晨，他的烟就在想到这里的时候熄灭了。他看看表，时间是八点二十分。他知道今天上午是没有时间看五保户伍艾雯了，那就下午吧。他想下午上午都一样，春节前去就行，反正年年都是一个内容，一袋米一袋面，五斤油二百元，他亲自送去，说点热乎话，就算完成任务。不像拔钉子户，不能有丝毫含糊，稍有不慎就可能损害镇政府的威信，以后就不好开展工作了。拔这个钉子户才是镇上的头等大事，是他苏世清树形象、带队伍的关键一步，苏世清为这个动作已经酝酿了很长时间。

苏世清这时候已经不再犹豫了，他顺手扔掉烟蒂，猛地拉开窗帘，冬日的阳光倾泻进来，把一切锋芒和回忆都冲走了。事实上那天的阳光有些白和柔软，让他一时感觉是某一时刻的云彩落了下来。他后来回想这个情景时认为，那一地阳光在到来的时候，已经把该来的都带来了，他只是在不可知的状态下等待结果而已。

走到镇政府院子里的时候，他感觉阳光在去年的枯草上有些轻微的颤动。

二、花晓认为这一切与阳光无关

花晓那天起来的时候，阳光还没有到达凤花镇。凤花镇的绝大部分人民仍在安睡。也就是说这是一个看起来非常平静的早晨。

凤花镇以农业为主，十二万人有七万是以传统种植业为主的农民，近几年发展了上千户花农，主要种植各类花卉。花晓来这里实际上是很盲目的。她原本在团县委任副书记，书记离任后她一直主持工作，以为自己怎么也会当上书记的，工作很卖力气，但是，主持两年工作以后还是没有任用她的意思。她知道有问题，还没等她做出反应，上面就从县宣传部调来了书记。迎接新书记上任的欢迎会上，她看着同事们在她和新任书记之间左右周旋的样子，觉得自己该离开这里了。选择去向让她费了一些心思，她不愿意在机关过一张报、一杯水，调调情、斗斗嘴的日子，就只能去乡镇。她忽然想到了凤花镇。有一次上级来人调研，她陪同去过凤花镇，看过大棚里姹紫嫣红的玫瑰。

在某种意义上说，花晓是冲着凤花镇的玫瑰来的。

不是花店的玫瑰，不是九百九十九朵玫瑰，是上百亩上千亩玫瑰，香味可以让平原摇荡起来，可以让树木和牲畜都生动起来。花晓来的时候是秋季，玫瑰的艳丽让天空都盛开了。

来了不到三个月，镇书记调走了。她作为副书记再一次主持党委工作。面临县乡换届，她知道，这个位置像那个团委书记职位一样不一定属于她，苏世清会死盯这个位置。

花晓从理论上认为苏世清盯这个位置理所当然，但这并不排除她对这个位置想入非非。她积极参与镇上的各项工作，对苏世清主持的政府工作格外关注。办公室自然有察言观色的人，随时向她汇报政府尤其是苏世清的行踪。苏世清在 2006 年 1 月 23 日的一切行动就掌握在花晓心里。

花晓知道各级党政部门年底都要例行看望军烈属、五保户、老干部，苏世清也不例外。对苏世清原计划去看望伍艾雯，花晓并没有多想，但是，苏世清今天要拔钉子户，这在镇上就是一件大事，尤其是已经到了年底，年底稳定压倒一切，这时候干这样的工作是机关工作大忌，苏世清决不会不懂。懂得利害还要坚持做，这里就有了文章，于公于私，花晓都不能不管。问题是苏世清没有跟她说，明摆着是不想她参与这件事。在这个前提下，她必须采取一种看似无意的策略介入。

她甚至不清楚自己介入这件事的真正意图，是希望他成功，还是期待他失败？一旦发生突发事件她该采取什么态度？这些事情直到这个早晨才引起她的思考。

这是在乡镇很少见到的办公室风格，墙上是一幅仿制名画《茨威格的河流》，窗台上是花晓自己的生活照和工作照，水晶镜框，别致晶莹。有一面书橱，内容很丰富，文学、历史学、经济学、社会学，甚至还有美容、保健方面的书籍。最有意思的是桌上一个装胶卷的小白盒子里养着一小朵吊兰，仿佛浓缩的春天，在成堆的文件和报纸中间传递着无边的韵味。花晓这天换了一件黑色细腰长大衣，特意围了一条大红围巾，穿了一双黑色坡跟长靴，一为好看，二为了到村里出入方便。

花晓八点半走出自己的办公室，看到院子里已经站了不少人，唯独没有苏世清，花晓知道今天的安排有了变动。花晓搞不清这变动是不是冲她来的，就若无其事地和大伙聊天，一边等着苏世清。花晓尽量让自己的位置比较醒目，使苏世清一出门就能看见自己，这是给苏世清一个调整思路的时间和机会。她希望苏世清能懂她的用心。

苏世清一眼就看见了她。他迈着只有军营里的人才会有的步伐走过来，第一句话就说：“花书记，还没来得及汇报，今天我打算把黄三办了。”

花晓知道“办了”是什么意思，就说：“我知道，别出事。”又突然想起的样子，问了一句：“不是先看望伍艾雯吗？刚才他们说都通知了。”

苏世清说：“时间恐怕有些紧，下午去。”

花晓说不清为什么，又说了一句：“已经通知了，伍艾雯在等着。”

苏世清说：“她又没事，让她多等会也死不了人，影响不了改革开放大局，还是先去黄家村，下午再去看她。花书记，不知道会发生什么情况，请你给坐镇行吗？”

花晓觉得苏世清这小子太聪明，她被弄得很舒服却又心有不甘。就追了一句：“都安排好了？”

苏世清抬头向副镇长吼了一嗓子，哗啦啦来了上百口子人，公安、税务、工商等几个主要部门都来了人。汽车、摩托、拖拉机，各种交通工具一下子涌进政府大院，副镇长李宝明竟然亲自开着一辆大型推土机。院子里一瞬间尘土扬场，人声鼎沸。花晓看这阵势，又发现镇上主要工作人员也都在，她不禁恼羞成怒，说：“安排得不错嘛，我去不是多余吗？”

苏世清急忙说：“怕走漏风声，严格保密，所以没有给你汇报。”

花晓说：“跟我保密？”

苏世清说：“花书记别开玩笑了，我哪敢哪。我是想给你一个惊喜。花书记，你可一定要出马呀，咱这场仗只能胜不能败，这一仗要败了，咱的路就修不成了，修不成咱和上级怎么交代？和老百姓怎么交代？你一上阵士气大振呀。”

花晓说：“什么打仗？我们这是人民内部矛盾。几点行动？”

花晓知道自己很被动，但是她必须变被动为主动，争取在这个行动中闪亮登场。毕竟，除了苏世清，没有人知道真相和细节。如果把这次行动比作一个舞台，花晓只要稍做努力就能抢了苏世清的戏。

但是，不管她怎么抢风头，花晓都知道自己出师不利。

花晓毅然走到了队伍前面。

苏世清看着这支杂乱的队伍，找到了部队的感觉。他早已荒疏的军人步伐一下回来了，他大声对嘁嘁喳喳的队伍说："抓紧上车，不许说话。"

一辆警车在前面开道，依次是花晓和苏世清的桑塔纳、警用面包、推土机、工商局面包、税务局面包和载着铁锨、镢头等工具的拖拉机……寂静的平原的早晨，有了久违的凝重和喧嚣，麻雀一群群飞走了，杨树的枝条摇晃着，不胜寒冷和寂寞的样子；不时有狗狂吠着，远远地躲开，停在一棵树或者房角处，回头观望着。沿路的村民们都出来了，老人们还是几十年前的习惯，把手放在袄袖里，脸上是好奇和稳重的笑；年轻人大多把双手插在西裤口袋里，敞着怀，露着花样新鲜的毛衣。他们评头论足，有些局促和向往。女人们也都穿得整整齐齐的，脸被冻得通红，但那眼睛比男人还赤裸、大胆，带着一点挑逗和期待。

花晓理想主义者的细胞在这个时候被激活了。这个行动的意义空前庄重起来，她觉得自己不是和苏世清在一幕话剧争风吃醋，而是在共同展开一场和平年代不多见的战斗，在这个时候，他们是战友，而不是对手。箭在弦，弹待发，不进则退。花晓没有了退路。

出了村，是无边的麦田。麦子忍受着深冬的风，绿得憔悴又勉强。这是一个干旱的冬季，没有一场雪，焦渴的麦子萎靡地匍匐在泥土中，对大地上正在发生的一切麻木又冷漠。

过了这片麦田就到了黄家村，花晓的心一下子提起来。

三、在阳光来临之前已经发生

在这个早晨来临之前，伍艾雯已经无数次构想过这个早晨。

伍艾雯的回忆走了六十多年，从 1943 年初冬的早晨一直走到现在。她和新婚的丈夫从北平回到了丈夫的老家凤花镇。四敞大开的院里一片狼藉，老式木床上是两位老人僵硬的尸体。她的记忆里到处都是紫黑色的血迹和丈夫滚滚的泪水，是丈夫第二天跟着一支队伍离开家时决绝的背影。伍艾雯直到新中国成立以后才知道丈夫参加的是国民党部队，有人说新中国成立前夕丈夫去了台湾。伍艾雯不知道台湾是什么地方，但她知道丈夫既然去了台湾就还活着，既然丈夫活着，伍艾雯没有别的选择。伍艾雯只能等。

况且，伍艾雯是上过私塾的，能读《女儿经》，她认为自己和周围的女人是不一样的。这个信念使她承受住了很多打击。和她有同样经历的两个同乡姐妹：一个在二十年前挨斗的时候，受不了羞辱上吊自杀了；另一个早就嫁了人，跟了一个马车夫。她见过那个马车夫，和她的男人没法比，她不能想象自己和这样的人一起同床共枕。还有周围的女人身边的男人，她的确看不上他们，她不能理解这些女人是怎么和这样的男人生活的。和那些嫁了粗鄙男人的女人比，她很为自己的坚守骄傲，看着那些她很不以为然的女人们跟着她不以为然的男人们过着鸡零狗碎的生活，她感觉自己是很了不起的。也就是说她从精神上是愿意承受漫长等待的，只是她没有想到她会从 17 岁等到 80 岁。

这多半辈子她都认为丈夫还会回来，她竟然没有怀疑过。

伍艾雯的心情在今年中秋节发生了巨大变化。那天的天气还是有些热，她穿了一件用年轻时的蓝缎长裙改做的竖领半袖衫，很精心地收拾了屋子。她接到通知，今天镇上领导来看望她。他们年年过节来，送来米面和钱。这些东西足够她一个老婆子吃半年。

她记得他们来的时候也是早晨，她刚扫完小院，看见一群人走进来，领头的是一个高个子、黑脸膛的年轻人。她看见他的一瞬间感觉周围的一切都眩晕了——那个小伙子酷似她丈夫。

扫帚眉、挺鼻梁、薄薄的嘴唇，说话的时候眉毛一挑一挑的。他回来了，这些年怎么一点没有变呢？伍艾雯浑身已经瘫软，她倚在门上，觉得这个年轻人把她一下子掏空了。她听见他们叫他胡镇长，可她丈夫不姓胡呀。这是怎么一回事哟？他们说了一些话，都是往年的陈词滥调，她知道自己该说谢谢，但是心思早已经四散飞扬，她不住地点头，仿佛一辈子的委屈全部袭来，压得她喘不上气，说不了话。他们看来还有其他公务，站了一会就走了。

她看着他们走出院子，慢慢坐在门槛上，她的手已经像枣树皮一样枯萎，在她枯瘦的腿上不停发抖。她脚上的三寸小鞋已经破旧，因为她已经不能做新鞋了，但是集上又没有适合她穿的绣花鞋。她的眼里也已经流不出眼泪，那泪水和丈夫一起流失了。

丈夫去了台湾，他为什么不回来。他娶妻了？成家立业了？还是回来了，隐姓埋名，改姓胡了？他活着吗，他活着怎么不回来告诉我一声？她说："这一辈子呀，这一辈子呀，就给了你一个人。这一辈子呀，这一辈子呀，我等啥呀。"她念叨着这句话，白天念叨夜晚念叨，屋子只有她一个人，她出来进去念叨这句话，熬过了秋天，熬进了冬天。

这是一个寒冷的冬天，没有雪，麻雀也很少。偶尔有片树叶飘进院子，她听着，看着，也会絮叨一句："你看我这一辈子呀。"她觉得自己的声音重重的、湿漉漉的，和房顶上的灰一起落下来。墙皮上也渗进了自己的声音，有时吃着饭听见"啪"一声，地上就会有一堆黑乎乎的土块。这房也老了，和她一样等不动了。

春节又要来了，村上来人说过集那天镇长来看她。她问："是八月十五来的那个人吗？"

村上人说："是，胡镇长亲自来。"

她高兴了，想和来人说两句话，她问："同志，胡镇长今年多大啊？"

来人说："那谁知道。"

她接着问："他家是哪里人啊？"

来人说："没问过，反正在县城住。"

她看出来人要走，就有些着急，说："同志，我……我……"

她原本想问胡镇长的父亲叫什么名字，但是，她忽然感到了不好意思，她不愿别人看出她的心思，想换一个话题，但是，她的思考被自己的语言打断了，她半年来自己对着自己念叨一样，说："你看我这一辈子呀，你看……"

来人看了她一眼，推说忙，没等她说完就走了。

她并没有伤感，像她平时一样，对着一只麻雀说着说着，那麻雀却拍拍翅膀飞了。有一次她对着灶膛念叨，忘了添柴，忘了烧饭，她就在灶膛前坐了半天。她真老了，管不住自己了。

她算计了一下，离赶集还有三天，过集来就是从今天开始第四天来。多么巧呀，那天竟然是她和丈夫结婚的日子。难道真是那死鬼的儿子？要不怎么非赶这个日子来？

这个疑问让她的心一下子长了草，跑满了各种野兽、虫豸。一生的日子黑云一样压过来，扯着她的骨肉、她的肺腑，扯得她浑身撕心裂肺地疼。她一辈子等他回来，他没有回来。他们结婚以后没有什么不好，没红过脸，没拌过嘴，他怎么就扔下她一辈子不闻不问？还有四天，四天啊，她要问个究竟，问问这个胡镇长，是不是死鬼的儿子。如果不是，怎么长得这么像？四天，她觉得这四天比她一辈子还长，她熬过了一辈子，却怎么也难以想象这四天的光景。四天，真长啊。她有些心急了，颤颤巍巍地站起来，扶着炕沿走到柜子旁，翻腾出几件陈年的缎子衣服，在炕头摆好，准备那天穿。她把这些都准备好以后还想扫扫院子，但她实在太老了，力气都被日子抽走了。

可她是个要强的人，要干干净净等着领导来，她喘了一阵，还是拿起了扫帚。

这年冬天，伍艾雯一直在考虑爱情问题，这是个过于沉重和悲怆的问题，让她熟悉和坚守的一切突然毫无意义。在这个早晨来临之前，她已经被自己一生的荒凉打败了。

四、其实那天没有阳光

苏世清实际上等这个机会已经有两个月了。两个月前，他到县里开会，无意间听人说县里修一条贯穿南北的县道，只是这县道绕开了凤花镇。他听到消息后，当即安排请主管交通的领导喝酒，争取让这条道路能够经过他们镇。和有关领导说好以后，他给副镇长李宝明打电话，请他下午五点以前无论如何送一万块钱来，然后他订下本县最豪华的花园酒店。为了省些钱，他出去买了三瓶茅台、五盒玉溪烟，估计比饭店内便宜三百多元钱，这让他有些高兴，又花十几元钱买了一把高档牙刷。牙刷是特制的，尾部有一个能打开的软刷子，淡蓝色的，放在脸上滑滑的。苏世清到乡镇以后，牙刷的作用陡然丰富起来。过去只是用来刷牙，但对于苏世清来说，牙刷已经变成在重要的喝酒场合对付对手的秘密武器，靠这个武器他所向无敌，让和他对饮的人都能感觉到他的酒量所蕴含的事业心和男儿气，使他能够心想事成，让不该办成的事办成，不该结交的人成为密友。苏世清为了让自己在酒场能保证清醒，他牺牲了自己深为喜欢的几十把牙刷。至今他的抽屉里还保存着几十把，有特意买来的，有住宾馆顺手带的，高中低档，赤橙黄绿，什么样的都有。有时苏世清想，牙刷才是凤花镇的有功之臣。

从商店出来，天有些阴，空气好像女人们夏天遮阳的披肩，透出些微的光芒。有些微风，在依然绿着的冬青和已经枯干的榆叶梅上掠过，经过苏世清的手和脸，苏世清觉得格外凉，入髓入骨的凉。时间还不到四点，离预定吃饭的时间还有两个小时，苏世清不知道该怎样度过这个时间。他决定先回家。

苏世清结婚后，叔丈给了十万块钱在县城清苑小区买了一套八十平方米的房子，他和钟丽的家就安在这里。钟丽自幼失去父母，跟着叔叔长大。苏世清从到凤花镇以后，还是第一次中途回家，他一般是一周回去一次，有时甚至两周。有时晚上睡不着觉，他无数次设想中途回家，正好碰到隐藏在钟丽生活中的另一个男人。作为一个男人他知道在遇到这种情况应该怎么做，但是，他显然是在回避这种情况的发生，他还没有为钟丽承担嫉妒的思想准备。这个带着复杂的故事突然进入他生活的女人没有唤起他作为男人的意识。他不知道他该为钟丽悲哀还是为自己难过，但这种生活不是他想要的，他也没有改变的欲望和热情，这一点连他自己也想不清楚。

他打开家门的一瞬间就知道，这个家来过其他男人。他的拖鞋被动过，厨房的洗手池里有两个碗。他最后到了卧室，床简单地收拾了，但是，打开一看，藕荷色的床单上有很多褶皱，他知道钟丽的习惯是每周一换床单，这些褶皱肯定不是他留下的。

他放下手中的东西，坐在沙发上，打开玉溪烟，点燃一支。烟雾弥漫中，他环顾这个容纳他和一个女人生活的地方，现代装修技术缔造的华贵渗透在每一个细节，沙发、灯具和墙壁此刻静静地看着他，遥远、冰冷，又有几分疑惑。他觉得自己又一次到了高空，所不同的是他没有任何准备，他是被突然扔上去的，云层和阳光华丽地环绕着自己，虚设着空无一物的苍凉。他和这一切没有关系，甚至将被这一切扼杀，他知道，却找不到突破的借口和力量。

他到卫生间小便的时候决定让钟丽回家。卫生间的纸篓很满，雪白的卫生纸沾满钟丽的不贞。苏世清突然有了情绪，他感到了身体的喧哗和骚动，他没有理由委屈自己，钟丽是自己的老婆。他给钟丽打电话，告诉钟丽他在家，一会要走，让钟丽回来一次。钟丽单位离家很近，用不了多长时间。苏世清想洗洗澡，他打开水龙头的时候忽然放弃了。他觉得自己完全有理由这样对待钟丽。

钟丽回来了，钟丽一边换鞋一边说："怎么回来了？捉奸吗？"

苏世清又点燃一支烟，烟圈在头顶迷漫，苏世清看着天花板上精制的石膏线，仿佛那白色的线条进入了他的语言系统。他听见自己的声音从那些线条深处传过来："还用捉吗？"

钟丽迟疑了一下，突然笑了。钟丽换衣服洗澡，像苏世清根本没在面前一样。钟丽看着苏世清说："你洗了吗？"苏世清想说他不洗也比她干净。但是，苏世清对自己的身体屈服了。苏世清说："你先洗。"

钟丽出来以后苏世清没有洗，他抱起钟丽就进了卧室。苏世清知道他的身体会背叛他的意志，他近乎癫狂地折腾钟丽，享受快感和极乐。钟丽真是一个懂风情的女人，她让男人太舒服了。

风雨过后，钟丽穿好衣服准备继续去上班。苏世清看着这个一瞬间一身光鲜的女人，有些疑惑。谁能看出她刚和一个男人有过鱼水之欢？生活中有多少假象啊。他突然说："那个人是谁？"

钟丽就要出门了，听见这话停下了，她似乎在斗争，她回头看看苏世清，是那种少有的认真表情，钟丽斗争的结果是说了这样一句话：“你这样想是没有意义的。”然后她关上门走了。

苏世清对钟丽的回答是满意的。钟丽除此以外的任何一种回答都会让苏世清愤怒或蔑视，钟丽的这种姿态让苏世清只能对自己不满意。他显然在这一个回合又被钟丽打败了，钟丽的胜利是轻松的，有点四两拨千斤的效果。苏世清的失败显得格外沉重。苏世清意识到，自己从一开始就处在被钟丽蔑视的位置上。问题是苏世清对钟丽也是蔑视的，蔑视让他对钟丽不介意，或者说不在乎。但是，他还是想知道那个男人是谁？是谁能让一个女人可以拥有蔑视的权力？

冬天天短，李宝明电话打进来的时候，天已经黑了。苏世清情绪有些回升，他匆忙洗了澡，打车去饭店。

天黑了，有些细小的雪花零零散散地飘下来，李宝明正站在花园酒店门口的路灯下，看见他下车了，李宝明很从容地过来迎着他。苏世清很满意。苏世清不喜欢那些张扬的乡镇干部，喝大酒、骂大街，咋咋呼呼地开张工作，他觉得自己身边有李宝明这样从容镇定、含而不露的搭档真是一种幸运。苏世清从李宝明身边的街灯下经过的时候，发现雪花从黑蒙蒙的天空飘落下来，一束一束的，拖着细长的身影，慢慢消逝。苏世清有些伤感，但他很快看见交通局局长的车穿过了飞舞的雪花，疾驰而来。苏世清像即刻走上舞台的演员一样，精神饱满地投入了演出。

演出很成功，苏世清带的三瓶茅台很快就见了底，在座八个人都有些相见恨晚。李宝明变戏法一样又上来两瓶，交通局长说不喝了，再喝就醉了。苏世清就念了刚学会的一句顺口溜，说：“局长，不醉谁喝酒？你没听社会上说吗？现在是喝坏了肚子喝坏了胃，喝得老婆背靠背，老婆告到纪检委，纪检委的同志说，该喝不喝也不对，我们也是常喝醉。连纪检委都醉我们为什么不醉？喝！”

这两瓶茅台酒下去以后，大家就义薄云天了。交通局局长明确表示：“没有风花镇就没有这条路。”

苏世清说：“我头拱地也要给风花镇把路修上。”苏世清再举起杯子的时候，说话就有些不自在了。他觉得自己的话像是从哪个角落飘了一圈又回来的，分别落在每个人面前。他的胃也在受煎熬，喝酒的时候感觉杯中物已经幻化成空气一样，不知不觉就滑进嘴里。有一瞬间他感觉眼前这些人像是电影特技做的一样，突然向远处退去，他费了很大的力量才把他们拉回到正常视线内。他知道自己喝多了，但是他还清醒，如果在正常情况下他会适可而止，结束退场。但是，领导们意犹未尽，他不能提出结束，他必须奉陪到底，让领导们尽情尽兴。而且他自己必须确保不失态，他一旦有不得体的言行，必然前功尽弃。

他又敬了一圈酒，就去了卫生间。

他进门以后就拿出牙刷，将牙刷把捣进嘴里。第一次他只是干呕了几下，没有吐出来；第二次只吐出几口就停止了。他只好又捣了一次，牙刷把仿佛突然有了无数钩子，狂乱地深入他的肺腑，苏世清不可遏止地吐起来，一晚上的酒、水、各种食物一瞬间倾泻而出，他的身体失控地癫狂着，头不时磕在墙上。他看见花晓进来的时候，已经知道自己迷迷糊糊进了女厕所，但是，他已经无法挽救了，他的呕吐还在继续，他连点头的可能都没有。

花晓看见他，一声没吭就出去了。

苏世清终于有力量从厕所出来的时候，花晓正端着一杯水，站在门口给他把门。花晓把水杯递给他，说："行啊，苏世清，准备为国捐躯呀？"

苏世清苦笑了一下，说："没办法。咱得让他们给咱修路，不哄欢喜他们哪行？中午知道消息，还没来得及和你汇报。"

花晓没有理他，径直进了厕所，在关门的一瞬间说："苏世清，看清楚点，这是女厕所。"

苏世清脸上温度骤然提升，嘴里骂了一句"他妈的"！

他意识到她没有叫他苏镇长。

五、阳光失去温度的时候

三年前苏世清刚到凤花镇时，就领教过黄三。苏世清走马上任的第二天是镇上的大集，他和各村村主任有个例行的见面活动，会后和几个村主任在镇上饭店吃饭，正喝着，就见一个年轻人走进来，也不客气，自己拉了一把椅子就坐下了。本村的村主任说："黄三，今天苏镇长刚上班，你就别搅和了。"苏世清听出话是硬的，口气是软的，心里对黄三这个人就有了几分判断。

黄三没有说话，自己拿过酒瓶子，倒了满满一杯白酒，倒完了，才很做作地抬起头来，对大家说："我蹭杯酒喝，行吗？"

那个村主任说："黄三，别闹了。"

黄三像是没有听见，继续说："给介绍一下嘛。"

村主任急得想站起来，被苏世清摁住了。苏世清自己也斟了满满一杯酒，然后对着黄三说："你是冲我来的，我还用别人介绍吗？你倒是应该交代一下，你是哪个村的村主任啊？"苏世清特意强调"交代"二字，这一般是对犯罪嫌疑人的字眼。

黄三眼皮也没抬："鄙人黄三，在这一亩三分地上混碗饭吃。"

苏世清说："把酒干了。"

黄三没有说话，他看着苏世清，笑了，露出本地特有的氟斑牙："我要是不干呢？"

苏世清说："这是喝酒的地方、喝酒的时候，你不喝酒来干吗？放心，我奉陪。"说完，苏世清一饮而尽。

黄三也不含糊，嘴巴张着，把酒一下就倒进嘴里。

黄三又满上一杯。

苏世清看看，招呼道："服务员，换大杯。"

两个喝水的玻璃杯子转瞬放在桌上，像是两个刚刚点燃的炸弹，透明的空气突然显得生硬寒冷。

苏世清满上一杯。几个村主任都过来阻拦，苏世清说："这是我和他的事，你们不用管。满上。”

服务员有些犹豫，苏世清看了服务员一眼，一语双关地说：“这是凤花镇，你不想干了吗？”

服务员急忙把两杯酒都斟满。一瓶酒正好两杯。

苏世清说：“怎么样？”

黄三咧嘴笑了一下，梗着脖子就喝。苏世清也不看他，自己很随意地吃菜，等着黄三。苏世清知道，黄三是本地有名的村霸，几年前把村上的弹簧厂强行弄到自己手里，有几个钱，号称黑白两道，几任镇长都拿他没办法，便愈加骄纵。苏世清知道，不把他拿下，他在凤花镇就等于没有站住脚；但是，真想拿下他，却也不是着急的事情，必须等待时机。眼下只能给他点颜色，别让他猖狂。

苏世清看他喝完，端起酒杯，说：“看着，爷们喝酒得这样。”苏世清说完，一口气把酒喝光，放下杯子说：“再上一瓶。”

服务员犹豫地看着大家，黄三说：“你丫没……没听见吗？再……再……再上一瓶。”

苏世清对黄三的酒量心里有了底，但是自己的胃里也是翻江倒海。跟一个瘪三也要拼命，这镇长真不是人干的活。可是黄三横行乡里没有证据，这些人也懂法律法规，善于钻政策空子，你上纲上线根本不起作用，只能以毒攻毒。

苏世清看服务员在看自己，知道大家都不愿自己多喝，苏世清正好利用这个机会站起来。他说：“再上一瓶，给我和黄老板满上。黄老板，你吃口菜，我去隔壁敬杯酒，马上回来。”

说完他去了卫生间，拿出牙刷一阵大吐。漱漱口，他若无其事地走出来，回到房间，对黄三说：“兄弟，今天酒喝得痛快。来，咱哥儿俩碰一下。”说着他端起杯子。黄三也端起了杯子，说：“苏镇长，是个爷们。你这个哥们儿我认定了。在这个地方，有用到哥们儿的地方你说话。”

苏世清说：“黄老板，这可是共产党的地盘。共产党给我这个权力，让我来负责凤花镇，在凤花镇，你有什么事跟我说。”

黄三说：“我不管什么共产党。我就告诉你，在这里没有我黄三摆不平的事。”

苏世清说：“那好啊，那咱俩更要喝这杯酒了，我当兵的出身，年龄不大，党龄很长，到地方工作这些年，只要对共产党、对老百姓不利的人、不利的事，别让我看见，让我看见就绝不放过。用你的话说，没有我摆不平的。来，喝酒！”

黄三却不端杯，斜着眼睛看着，通红的脸上充满不屑。

苏世清笑笑：“不相信我？那我先喝。”说完，他端起就喝，却尝着不是酒的滋味，立刻明白是刚才有人给换了水。他抬眼看看服务员，服务员很乖巧地冲他点头。他没有说话，喝干了，自己拿过白酒瓶慢慢斟上，对黄三说：“怎么样？咱哥俩换换？”

黄三不再说话，很江湖地端起杯子，苏世清也做出江湖做派，迎上去，两个酒杯咔地碰在一起，酒水四溅，闪着刀刃的光芒。黄三血红的眼睛紧紧盯着苏世清，苏世清不回避，也不对视，很随意地看着他，不像是对抗，更像是在玩味，或者说在调侃。黄三对苏世清的表情很生气，却也无奈。他看出眼前这个镇长不是等闲之辈，他的攻势中带有明显的优越感，甚至是蔑视。他们几乎同时一饮而尽。

两个杯子落地的声音都很猛。桌子上的杯盘菜肴都在颤动。苏世清适时地下了逐客令：“黄老板，酒你也喝了。我们还有事，你可以忙去了。”

黄三已经有些失控了，他低着头，嘴里骂骂咧咧地说：“撵……撵……撵我走？在凤花镇敢撵老子的人还……还没生呢。”

苏世清知道，只要在这里就拿黄三没有办法，他也不理他，对服务员说：“上饭。”

饭是手擀面，苏世清这回再也不理黄三，独自三下五除二吃了面条，也不看别人吃没吃完，就说：“到单位开会。”他对服务员说：“你叫什么名字？”

服务员脸立刻红了，说：“我姓叶，大家都叫我小叶子。”

苏世清没再说话，径直往外走。

大家一拥而出，没有人理黄三。苏世清故意把黄三晾在一边。

他必须给他制造一个犯错误的机会。

单位离饭店很近。苏世清先去卫生间，把酒吐了，又回到办公室，想了想，又转到会议室。几个人都不明白苏世清在干什么。开会以前也没有说，而且开会就这几个人，没有必要占用会议室，大家都认为苏世清喝多了。

苏世清好像很有准备，让办公室给每人发了一个笔记本、一支圆珠笔。他还拿了2006年中央“一号文件”《中共中央国务院关于推进社会主义新农村建设的若干意见》，让副镇长李宝明给大家念，让大家学习。大家都醉眼蒙眬，都有些心不在焉，不知道苏世清葫芦里卖什么药。一会，就听见院里一片吵闹。李宝明看看苏世清，见苏世清表情很冷漠，就继续念，念得很认真，不时还解读强调一下，好像真开会一样。外边的吵闹声越来越大，人好像也越聚越多。李宝明读文件的声音几乎被淹没，苏世清这才说：“走，下去看看，看谁敢扰乱公务。”他回头又对李宝明说：“给派出所所长打电话，让他亲自来。告诉他有歹徒扰乱办公秩序，一定要严惩。”

大家下楼来，才发现原来是黄三，在院子里张牙舞爪、骂骂咧咧地耍酒疯。

苏世清走过去，对黄三说：“黄老板，我们正在开会，请你赶快离开。”

黄三涎着脸，挑衅地说：“我要是不走呢？”

苏世清说：“那你就是找不自在。”

黄三说：“少他妈来这一套。你敢对老子怎么样？”

苏世清觉得采取行动还缺少点什么，就厉声说：“黄三！你看清楚，这是政府机关，不是你横行霸道的地方。”

黄三吆喝了一声，说：“老子就横行霸道了怎么着？”

苏世清大声说：“我铐起你来！”

黄三终于上了苏世清的圈套，顺手拿起一把铁锨，说：“看谁敢？”

这时候派出所所长带着干警也来了，看这阵势，立刻明白了。所长说：“苏镇长，我们把他带走。”

苏世清知道这个地方小，人际关系都有勾连，出了大院他控制黄三就有困难，他必须抓住这个机会。他说："等等，黄三，你到底走不走？"

黄三的酒劲此刻正往上冲，哪里能容下一句横话。他说："我不走你能怎么样？"

苏世清四下看看，身边一棵大槐树，他慢条斯理地对黄三说："你如果不走，我就把你铐在这里。"

黄三说："你敢！"

苏世清回头对派出所所长说："黄三威胁国家工作人员、扰乱办公秩序，给我铐起来。"

花晓那时刚到凤花镇，除了一地玫瑰，她对谁都不了解。她汲取机关工作的经验，在陌生的环境里少说为佳，对一切都持观望姿态。她那天始终没有出来，站在窗前，冷冷地看着这一切，此后她没有和任何人说她知道这个事情。但是，她在那天显然看见了很多人没有看见的东西。她记得那一天有些多云，太阳像是谁不经意画上去的，像假的，没有光芒。

六、他们都在享受阳光来临的过程

苏世清等待这个时机已经很久了。也是冤家路窄，这条路正好通过黄三家新盖的门楼。如果绕道走，镇政府的威信就会一落千丈，而且其他拆迁户的工作就没法做了。苏世清没有别的选择。

黄三接到拆迁通知时，当着工作人员的面顺手就把通知书撕了，他放出话说："谁敢拆我的房子就断谁的腿！"

苏世清知道，黄三这句话不是随便说的。苏世清不想硬碰硬，他在等待时机，甚至是制造时机。周日上边来人，他在喝酒的时候听见席间有人说黄三去外地催账了，早晨走的。苏世清算了一下，来回起码要两天。虽然已经到了年底，一般不再开展这种震动性较大的工作，但是黄三不是别人，对付黄三只能将计就计。他喝完酒没有回家，直接把李宝明叫来，两人商量了一晚上，一致认为要搞大动作。

说真的，整个过程他根本没有想过和花晓说，李宝明也没有提，他们就这样心照不宣地布置了整个活动。

花晓下车的时候，觉得自己今天穿得太艳了，不适合在乡镇做拆迁工作，事已至此，花晓只能像即将奔赴前线的女战士一样，做出义无反顾的架势。但是她的心里很不踏实，甚至是害怕。她知道黄三是什么货色，会采取什么措施，她甚至想到了黄三伸过来的刀子。如果有那种情况，如果那刀子不能回避，她愿意刀子到达她脸部之外的任何地方。女人啊，当乡镇干部的女人也是女人啊，女人把容颜看得重，何况花晓的确像她的名字一样，小脸上常年泛着早晨初露般的红晕，尤其是冬天，西伯利亚的风一吹，阳光仿佛带着凝脂落在她脸上，使她并不太大的眼睛拥有只有历练过的女人才有的姿色。对这一点，花晓是有些自恋的，这使她对待男人就更有了优越感。她谈过几个对象，都是因为别人很不以为然的理由吹了。那个政府办的大学生，别人都觉得那人有城府，能成功，她觉得人家小小年纪就有了官僚气，早晚是一官油子，俗；后来又谈了一个在某外企工作的 CEO，年薪三十万，花晓处了一段时间，发现该 CEO 对钱太能钻营，善于享乐，这一点和受传统教育的花晓显然格格不入；后来有一个电脑工程师，花晓对他有了来电的感觉，但电脑工程师也是自认优秀男人，对花晓总是显得漫不经心，花晓的热情也秋天的雨一样，越下越凉，最后不了了之。关键是花晓觉得这些男人都不是她想要的，她想要的男人一定还在某个地方等着她。她在去黄家村拆迁的路上想这些就是害怕自己还没有见到自己想要的男人，脸上就留下了疤。

黄三家的确是这一带少有的富户，枣红色瓷砖镶嵌的门楼比周围人家高出一大截，在一片平房中间显得格外霸道。这些人刚站稳，就出来很多人，黄三的母亲披头散发冲出来，嚷着：“我们杀人了还是放火了？凭什么拆我家啊？啊？谁敢动俺家一根柴火，俺黄三饶不了他。”

花晓明白黄三为什么会成为痞子了。

几个人就想动手，花晓说：“等等，你们带了手续吗？”

苏世清说：“对，先按照正常程序走。”

大家都知道正常程序走不通，但走不通也要走一遍，不能留下借口。李宝明就按照正常手续拿出相关文件，又按照常理跟她讲了一番道理，最后说："大娘，拆迁通知我们已经发了一个月，不光你这一户，你肯定看见了。修路是大家的好事，你不能因为个人让大伙受损失啊。再说了，你是我们村有名的致富带头人，在这件事上也要给大家做个样子啊。大娘，你是有觉悟的……"

黄三的母亲说："别跟我整这没用的，谁拆我房子就从我身上碾过去。"黄三母亲没等李宝明说完就一屁股坐在地上。

苏世清看看嘁嘁喳喳的人群，看看眼前不可一世的门楼，看着躺在地上耍泼的村妇，心里真有些疑惑，过去当乡镇干部难，难就难在要收这税那税，要从本就不富裕的老百姓手里抠索口粮，现在是给老百姓修路，不要老百姓一分钱，怎么还这样难呢？

李宝明还在苦口婆心地劝，苏世清知道面对的是滚刀肉，感情和耐心不会起任何作用。苏世清说："今天不光你的门楼要拆。"他指指旁边几家，说："他们这几家都要拆。这是影响全镇 12 万人的大事，不可能因为哪个人胡搅蛮缠路就不修。今天你这门楼拆也得拆，不拆也得拆。我再说一遍，请你马上离开，否则我就不客气了。"

黄三母亲号叫着："谁拆我门楼先要我这条老命！"

苏世清对李宝明说："上车！准备，出了问题我负责！"

李宝明立刻就上了推土机。推土机司机不明白为什么让他开了，有些犹豫。李宝明一把就把司机给扯了下来，自己坐上去，亲自驾驶。

人越聚越多，人们都在观望，人们希望政府能扳倒黄三，但是，又有些恐惧，谁也不敢多说话。

苏世清看着黄三母亲闭着眼，一副不死不活的样子，很是反感，他大声说："你走不走？"

黄三母亲死了一样一声不吭。

苏世清说："我再问你一句，走还是不走？"

黄三母亲把脸扭到了一边，一副死猪不怕开水烫的样子。

苏世清回身对李宝明使了一个眼色，然后大声说："开车！"

李宝明心领神会，突然加大油门，推土机像一头暴躁的狮子，发出狂野的吼叫。

黄三母亲大叫了一声“娘唉”一骨碌就跑开了。人群突然爆发一阵大笑。

人们一拥而上，黄三不可一世的门楼顷刻间土崩瓦解！

为了不出意外，他们中午就在附近买了些包子吃了，下午顺便把临近的几家同时拆了。

快天黑的时候，花晓接到一个电话，说后天上午在省扶贫办当副处长的一个老乡过年回家，县委要凤花镇做好接待工作。她把情况和苏世清一说，苏世清很高兴，说：“好事啊，好好招待他们，明年让他给咱们打几眼井。”

花晓说：“你真是无利不起早啊。”

苏世清笑了，说：“你是大机关下来的，哪知道乡镇的苦啊。乡镇过去收点税，财政还有点钱，日子好过点。现在什么都没有，干点事只能沾上级部门一点，卡乡镇企业一点，挤财政一点。死要面子没法干乡镇工作。”

苏世清话没有说完，手机就响了，是钟丽的电话。

花晓看见苏世清的表情有了明显的变化，先是平静的，像是和一个不相干的人说话，有些不以为然，后来突然就高兴了，脸上一刹那赤红了，之后又沉吟了一下，问了一句：“是我吗？”然后，苏世清的脸色就像冬天的河流一样冰封起来了。花晓认为恐怕是这次班子调整的事，对苏世清不利。对苏世清不利就对自己有利。但是，经历了拆迁这件事，花晓对和苏世清争位的兴趣突然寡淡了。

七、阳光照不到的角落

花晓第二天早晨去找苏世清，按照惯例腊月二十五就该松动了，还有两天，没有棘手的事大家轮流值班，办点年货。但是乡镇越到年底事越多，尤其是主要领导，越到过年越忙，个人的事顾不上。花晓觉得自己是单身，没有家庭负担，有心让苏世清早点休息，但是又担心苏世清多想，就借口商量接待省扶贫办副处长的事探探口风。

苏世清正接待客人，花晓认识，是镇上的纳税大户，经营五金的。老板看来很生气，见了花晓只是粗略地握手，之后就喋喋不休地说。花晓听明白了。过年了，他接了一批活，年前交货，他光顾忙生意，没顾上给有关部门打点。昨天晚上三点多，他和老伴正在家睡觉，一伙人突然闯进去，说他们是非法同居，把他们带到了派出所。他说了一堆好话才让他回来拿钱赎人。老板说："我们都是六十多岁的人了，在自己家睡觉招谁惹谁了？管我们要结婚证，我管谁要结婚证？当时结婚谁给结婚证，有也是一张纸，这些年谁放这玩意？"

花晓听着就乐了。老板气愤地说："花书记，你别乐。我活了大半辈子了，我都觉得丢人。咱不说我一年给国家交多少税，咱不提那个，咱是公民，该交。可是，我给镇上小学、养老院捐助的钱也不少啊，前年非典，我一下给拿出二十万。我这钱不是打水漂来的，是我一家老小汗珠子砸脚面挣的啊。我是守法公民啊，凭什么抓我？"

苏世清站起来，给老板倒了一杯水，尽量控制情绪说："别着急，我现在就给他们打电话，让他们放人。"

老板说："放人管屁用，今天放明天抓，在自己家都不消停我还怎么做生意？"

苏世清问："还有其他部门去吗？"

老板一提这话气就不打一处来。他站起来说："苏镇长，你没听说吗？一个破草帽，围着一堆大檐帽。我的厂子一天接待过七拨人。哪一拨不打点好都不行。这也没事，不就是要点钱吗，咱给。我算明白了，我都这把年纪了，这些钱不多，几辈子也花不完，说真的，企业小的时候挣钱是个人的，做大了钱就是国家的。给谁也是给，可是他们就让我花钱花得窝囊。"

苏世清很同情，他让老板把话说完，说："我现在就给派出所所长打电话。"他把电话拨通了，刚想说话，又放下了。

花晓说："要好好批评他们！这是什么作风？影响多坏？你怎么不打了？"

苏世清说："不打了，打电话不是办法。我今天打了，明天他们又去了；我给这个部门打了，那个部门又去了。我打得过来吗？要从根本上解决问题。"

老板高兴地说："对对对，要抓牛鼻子，抓主要负责人。"

苏世清若有所思，说："花书记，你看这样好不好？过年了，往年都是看望一下各职能部门，咱今年改一下，把他们请过来，把职能部门负责人和企业的人都请来，开个茶话会，咱们做点牌子，以镇党委政府的名义授予这些守法经营的纳税大户'重点保护企业'的称号，这些企业没有镇党政府的批文谁也不能去。"

花晓说："来得及吗？这就放假了，不行年后再说。"

老板一听就急了，急赤白脸地说："花书记，宜早不宜迟啊。你别看今年就剩两天了，这两天还不知道多少企业倒霉呢。快开吧，什么年不年的，我们老百姓都不在乎，你们是国家的人还在乎这些。"

苏世清说："今天下午就开。"他起身叫来李宝明，列举了一些职能部门负责人和一些企业负责人。苏世清一边写一边和花晓商量。花晓说："你就别客气了，你熟悉情况，你就定吧。"

苏世清说："来不及制作铜牌了。"

李宝明说："暂时用塑封的就行。"

李宝明说完要走，苏世清说："你等一下。"他给派出所所长打电话，先是对昨天的行动表示感谢，然后说起这个老板的事。对方说不知道这个情况，都是个别协勤干的，他一定尽快让他们放人，严肃批评他们。苏世清说："下午有个座谈会，过年了，大家热闹热闹，你可一定要来啊。"对方说："镇长请谁敢不去啊。"两个说了顿笑话就放了电话。老板千恩万谢地去领人了。

苏世清这才对李宝明说："黄三回来不会善罢甘休。咱们要做好充分准备，越快越好。你具体负责这件事，我们必须彻底打赢这场仗，我不管你用什么办法，我只要结果。"

李宝明只是笑笑，就走了。花晓觉得李宝明此刻的笑充满了一个男人的含蓄和一个副手的虔敬，魅力无边。

花晓突然想起了伍艾雯，说："今天又看不了伍艾雯了。"

苏世清说："明天吧，明天抽时间去。"

花晓想问问昨天是和谁通电话，表情那么丰富，但是她还是忍住了。她突然看见了桌上的牙刷，说："苏镇长的牙刷都与众不同，真漂亮。"

苏世清说："是啊，今天晚上这把牙刷又要立功了。"

花晓想起他在女厕所呕吐的样子，心里一软，说："还是少喝点，没人杀了你。"

苏世清以后常常想起这句话。这句话成了一件应季的外衣，有时穿在花晓身上得体又漂亮，花晓就很女性地在苏世清心里有了位置；有时就很不合时宜，仿佛那衣服压根不是属于花晓的，花晓就成了一个没有性别的人。苏世清由此认为女人不能从政，一从政就寡淡了女人味，没有女人味的女人还是女人吗？

其实，苏世清和花晓的关系在那次厕所偶遇之后就有了微妙的变化，这变化别人看不出来，只有他们两个人自己能够感觉。比如在饭桌上，花晓会不露痕迹地把好一点的菜转到苏世清面前。苏世清喝酒的时候，花晓尽量坐苏世清旁边，趁别人不注意就给苏世清换一杯白开水，

但是，苏世清是清醒的，他是不能把花晓当女人的，尤其是现在这个时候，全县大面积换届，苏世清作为镇长自然想顺势当书记。他知道，自己要这个位置有很多不利因素，任职时间短，而且正赶上取消农业税，镇上的工作一瞬间有了很大弹性，不好出成绩，苏世清忽然感觉取消了农业税意味着乡镇领导展示自身价值的舞台变小了。尤其是他知道县政府办公室主任、组织部一名副部长、广电局副局长都盯着这个位置，甚至花晓对这个位置可能都有想法。苏世清知道，没有舞台，就像一个空降兵没有飞机一样，多高的志向也飞不上天。苏世清必须争取一次飞翔的机会。现在，儿女情长变得很虚妄，让自己脱颖而出才是他的头等大事。

八、其实这一切和阳光无关

早晨苏世清刚吃完饭，昨天的老板就来了。他来电话说："老婆给放出来了，没有要一分钱，真感激你啊。苏镇长，老婆非要送你一把椅子，你告诉我家在哪里住？"

苏世清说："老嫂子的心意我领了。椅子我就不要了，家里有。"

老板执意说："没别的意思，过年了，图个吉利。凤花镇的老百姓需要你这样的领导。椅子是位子啊。俺们愿意你把位子坐稳了，坐大了，为老百姓多做点事。"

苏世清觉得椅子不能不要了，他被老板的话说得隐隐不安，宁信其有，不信其无吧，他想留下椅子，但是也不想送回家，就说："那就给我送到单位来吧。"椅子据说是明清家具，是从一个朋友那里换来的。苏世清说："花了不少钱吧？"老板笑笑说："不多，卖给别人两万多，我说我要，朋友原来起家的时候我帮过他，没要钱。"

花晓来的时候老板刚走。苏世清兴致勃勃地说："快来看看这把椅子，据说是明清宫廷的，价格昂贵。"

花晓是学历史的，前几年明清家具开始盛行的时候，她也赶过时髦，看了不少这方面的书，还接触过这方面的人，有一定的鉴赏经历。她围着家具上下左右仔细看看，用手在家具的榫卯处摸了摸，放在嘴里尝尝，说："快找把斧子劈了吧，当柴火烧都嫌冒烟。"

苏世清诧异地说："不会吧？他敢给我送假的。你不会蒙人吧？"

花晓指着接口处说："这里是用蜂蜜粘上的，粘完后放在屋顶上晒它一年两年，再勾兑好酸水，用瓶子装好来泡椅脚，这样造出来的家具就有了明清家具的沧桑感。"

苏世清心里很不是滋味，但是又不能表现出来，只好自嘲地笑笑，坐在椅子上说："假的也行，只要结实，别让我坐不稳。"

正说着，省扶贫办副处长就到了。花晓和苏世清用介于官方和民间之间的程序向处长汇报凤花镇这几年扶贫工作的情况。苏世清特别提到家乡饮水难问题，这地方是滨海地带，水含氟量高，这里人的牙都是黄的。苏世清说："您是家乡人，您知道这个情况。但是现在比您在家乡的时候还严重，降水量减少，地下水下沉，水质更差了。现在咱们这里的人都怕摔跤，只要摔个跟头，不定把那块骨头给弄断了。"处长是学生出身，又在这种亲民部门，更多一些忧国忧民的情怀。加上家乡人的热情，他自然心有恻隐，主动提出到村里看看。苏世清巴不得，急忙安排车辆，他特意嘱咐让李宝明安排。

一会，他们就驱车去了一个较为贫困的村，至今还喝苦咸水。他们下车后进了一家农户，处长和农民简单寒暄了几句就奔了水缸，要喝口尝尝。苏世清假意劝阻了一下，就任他舀了一碗。处长长途奔波，天又冷，水格外凉，味道比平日尝来更多了一层苦涩。处长喝了一口就咽不下去了。处长带着感情说："让家乡父老乡亲还喝这样的水，我们失职啊。"

苏世清的目的达到了，他仿佛已经看见大地上新打的机井里，清泉汩汩，男女老少喝着甘甜的水夸赞他，他洋洋得意地享受着成功的喜悦。这时他一摸口袋，忘了带牙刷，急忙悄悄走到李宝明身边说："快派人给我拿牙刷。中午咱让处长多喝几杯。"

李宝明脸上丰满的笑容又出现了。

中午喝完酒，苏世清安排车辆、礼品，欢欢喜喜把处长送走。回到自己的办公室，他的思绪很自然地回到自己的事情。昨天在拆迁现场，钟丽来电话，钟丽来电话本来不是要紧事，但是，钟丽这次在电话上说的事绝对要紧。钟丽说自己怀孕了。这个消息会让绝大部分男人高兴，当然，也能让苏世清高兴。问题是钟丽怀孕和别的妻子怀孕不一样，这使他在短暂的欢喜之后就冷静了，甚至是有些厌恶了。当着花晓的面，他不能多说，但他的表情怎么也不能做到若无其事。他知道自己修炼得还不够。

当时情况是这样的。

钟丽说："你忙着呢？我有点事和你说，方便吗？"

苏世清"哦"了一声，表示可以说。

钟丽接着说："我……我怀孕了。"钟丽的声音明显异常，一改往日的骄纵，显得微弱、细腻，还有那么一点温存。当然，后来苏世清明白那其实是钟丽忐忑不安，钟丽当时更多的是茫然。

苏世清一听很高兴，他的心底一下子泛起许多温柔的东西。但是，这点温柔像早晨虚幻的迷雾一样，很快就消失了。他突然意识到钟丽的口气不对，不像是喜悦，没有母性的气息。他对她肚子里的孩子发生了怀疑。他冷静下来，问了一句："是我吗？"

后来苏世清想，问题不在于钟丽是否怀孕，是钟丽的回答让他感到一个男人的沮丧，甚至是失败。钟丽沉吟了一下，说："但愿吧。"

苏世清觉得天真冷，他当时真累。他希望自己能躺下休息一下，或者在一个没人的地方吼一声都行。但是，他正在拆迁工地，对面是花晓和几十个工作人员，他只能让泛起的寒意从骨头里回到自己的心脏。他知道，自己再也不能坚持了。他原本觉得换届在即，自己家庭出现问题影响形象，但是现在他知道，他如果继续这种婚姻才是真正的堕落。他准备下午回家和钟丽谈一下，一切该结束了。

第二天一早，苏世清就回家了。

他到家的时候钟丽在睡觉，见他回来就起来了，好像早就等着这个时候一样，她镇静地看着他。

苏世清拉了一把椅子，坐在钟丽对面。他看着钟丽，看了很久。钟丽知道他在看什么，把头扭到一边。然后突然哭了。苏世清没有动，他看着钟丽脸上的泪想起了打井的事，他现在觉得钟丽脸上的泪不过是苦咸水而已。

他说："我们之间做一件有意义的事吧。"

钟丽说："我是真心对你。我如果不告诉你你知道吗？"

苏世清说："那我还得感谢你？"

钟丽没有回答，扭过头。

苏世清说："结束吧。"

钟丽的泪水汹涌而出，说："我不想离开你。"

苏世清不耐烦地说："你从来就没有跟过我！"

钟丽说："我怎么办呢？他不会同意的。"

苏世清一下子站起来，说："谁？"

钟丽没有回答这个问题，而是又问了一句："你曾经问过我那个男人是谁，你现在还想知道吗？"

苏世清掏出了烟，他慢慢点燃，烟雾裹挟着他的烦躁和厌恶，从心肺中喷涌而出。他说："你随便吧。到这个时候已经真的没有意义了。"

钟丽意识到苏世清是真的离开自己了。离得很远。钟丽觉得不公平，她觉得这个代价不能让她来承受，当然，让苏世清承受更不公平。

钟丽咬咬牙，终于说："那个男人是……是……我……"她不再看苏世清，仿佛她要说的话是一把双刃剑，会把他俩同时杀掉一样，她惧怕他们共同灭亡的时刻。

苏世清剩下的只是好奇，他觉得这件事终于和自己没有关系了。他的烟雾飘到钟丽脸上，过去钟丽会躲，今天钟丽没有躲。她忽然回过身来，迎着苏世清制造的烟雾说："那个男人是我叔叔。"

十、阳光拒绝这样的结局

苏世清第二天一早就回到了单位。今天是腊月二十五，该给大家放假了。一年到头了，晚上大家要聚餐，平时都陪人家喝酒，今天大家自己喝。办公室拿来了值班表，他给调换了一下，自己年三十晚上值班，他告诉其他几个领导，如果有事可以不来，他家里没事，会一直在这里盯着。

送走了工作人员，他的心就乱起来。是啊，家里没事。问题是他从来没有感觉到有家。钟丽把一切都告诉了他。已经过去了一个晚上，他仍然像在噩梦中一样，感到震惊、厌恶。奇怪的是他对钟丽不像原来那么冷漠，而是多了一些可怜。

钟丽的生母和现在的父母曾经是一起下乡的知青。钟丽的母亲当年曾经提出"没有大粪臭、哪来五谷香"，成为全国下乡知青的典型。当地人捉弄她，把她强行嫁给了当地一个最丑、最穷的农民，结婚后生下钟丽，得了月子病，她没多久就死了。临死之前她把孩子托付给了钟丽现在的叔叔，也就是司法局局长，苏世清的老上司。局长的夫人没有生育能力，后来又长子宫瘤，把子宫切除了。在钟丽十四岁的时候，局长喝醉酒把她占有了。

苏世清整个上午都昏昏沉沉，中午喝了点酒，一直睡到下午四点多。有个退休老干部来报药费，会计不在，苏世清翻翻自己的口袋，还有一千多块钱，就给垫付了。一会儿大家都来到他的办公室，有说有笑。快过年了，难得有个机会放松一下，大家口无遮拦，都很开心，光等着晚上去金利来饭店吃饭。

苏世清是在酒桌上听到手机响的，他接电话的时候已经发现七个未接电话，都是一个号码，而且是生号。苏世清有些奇怪，接通一问，是一个女孩的声音，有些急迫、紧张。女孩说："苏镇长，我是小叶子，你还记得我吗？"

苏世清想不起来了。就问："你有什么事吗？"

小叶子把声音放低，说："我就是饭店的服务员，几天前你在那里吃饭、我给你倒水的那个。"

苏世清想起来了。他还问过那个女孩的名字。他很随和地问："知道了，还没来得及谢谢你呢。怎么？还没有回家？"

小叶子匆忙地说："你们别吃了，快走吧，黄三他们正往这里赶，他要杀你呢。你们快走，他们带了土枪。"

小叶子说完就把电话放了。

苏世清的酒醒了。他很快回到饭桌上，说："同志们，刚接到一个电话，有个紧急事情，今天咱们就到此为止吧。大家先不要回家，要集体乘车回单位。"

他把李宝明叫到一边。

虽然苏世清没有明说，但是大家都想到了黄三。空气突然凝固一样，大家脸上的酒气一下子消散了。

一会儿，李宝明说："车来了，大家下楼准备上车。"可是下楼以后，楼下没有一辆车。人们都纳闷，不知道苏镇长搞什么花招。事情复杂，没有人敢多说。

很快他们就听到了汽车越来越近的声音，在乡村的黑夜格外刺耳。他们不知道这是谁的车，是黄三的？还是他李宝明找来的？有的急性子说："太猖狂了，今天哪也不去，看小子想干啥！"有的说："咱们不能怕啊，今天要是怕，以后他就更狠了。"大多数人沉默着、等待着，有的人悄悄捡了砖头、木棍之类。

天真黑啊，一切都若隐若现。白天的树木和房屋此刻都沉潜了，街上没有一个人，偶尔有鞭炮声响起，使新年来临之前的这个瞬间显得格外酸楚。

他们原来以为过年了，可以休息一下了，谁知道还要经历这种生死劫。

苏世清清清嗓子，说："我应该让大家回去，因为黄三是冲我来的。我没有这么做，不是我苏世清单枪匹马怕他，而是我要告诉大家：我苏世清只要在凤花镇，我就不能让这种事情再发生。今天我治不了黄三，明天我就辞职。"

花晓说："如果可以，你让大家回去吧，我留下。"

苏世清向花晓的方向看看，一种从未有过的感动滑过心头。天空漆黑一片，星星格外明亮。他忽然有些心酸，一种不合时宜的心酸，仿佛从昨天就有，只是今天才发作，他的眼泪悄然流下来，热热地滚过脸颊。他趁着黑暗擦去了眼泪。

两辆车疾驰而来，车灯闪着刀锋的光芒刺破了夜空。房屋和树木突然抽动了一样，瞬间出现又转瞬消失。大家都屏住了呼吸，攥紧了拳头，准备赤膊上阵。

车嚣张地停在他们面前，下来二十几个人，没有黄三。一个三十多岁的走在前面，说："我今天只找苏世清，其余人没关系。"

这二十多个人，有的拿着土枪，有的拿着菜刀，这些在乡镇工作多年的人，经历了很多棘手的工作，但这杀气腾腾的场面还是第一次遇到。夜风袭来，寒意彻骨，血腥味越来越浓。

花晓冲到了前面，对来人说："你是谁？黄三为什么不来？"

车门很夸张地响了，黄三从车上下来。

黄三说："你找我吗？我可没想找你。你最好还是躲到一边去，我只要苏世清说话。”

苏世清把花晓拉到身后，说：“黄三，我就在这里。你竟敢私藏枪支、聚众闹事，你胆子也太大了。”

黄三说：“胆不大敢走这条路吗？苏镇长，你现在有两条路，一条……”黄三显然在模仿警匪片中的口气：“一条嘛，你怎么把门楼扒了，怎么再给我盖起来；再一条，你今天给我留一条腿。”

苏世清厉声说：“我早就告诉过你，凤花镇是共产党的天下。你以为你有几个臭钱，就可以为非作歹了？我告诉你，我们能让你富，也能让你穷。李宝明，抓！”

李宝明摁下早已经输好的手机号码，一瞬间警笛大作，六辆警车从不同的方向包围过来。黄三一看，喊着：“快开枪！”

一团火焰向苏世清扑来，花晓在苏世清身后，猛地推了苏世清一下，然后她觉得脸上一阵滚烫。花晓知道自己中弹了。

战斗很快就结束了，黄三等人被带走。苏世清和花晓被送到县医院。苏世清右肩胛衣服都被打烂了，胳膊受了轻伤，简单处理了一下。花晓伤得重，左脸颊上有几粒石子，医生给取出来后，花晓哭了。花晓问：“会留下疤吗？”

李宝明看见花晓哭，笑了，说：“你看，你这还是老党员了，受这么点伤就流泪。你想想人家江姐、赵一曼，人家多坚强。”

花晓不好意思地忍住泪。

苏世清说：“我问了医生，疤痕很浅，过一年半载就看不清了。”

花晓看了苏世清一眼，说：“这一仗打得漂亮。我毁了容也值。”

花晓觉得自己这话有点假模假式，就接着自嘲道：“像革命烈士的话吧？”

苏世清很认真地说：“黄三不值得我们付出这么大代价。花书记，你好好养伤，真毁了容，我负责。”

李宝明显然还沉浸在胜利的兴奋中，对周围的事情一时还不太敏感，他说：“花书记原来是怕毁了容啊！”

但他很快就意识到什么，找了个借口出去了。

病房里只剩下他们两个人，一时无话了。过了很久，苏世清说：

“谢谢，你救了我。”

花晓说：“等我好了，咱们去看看玫瑰大棚吧。”

十一、这一切和阳光没有关系

赶集的日子到了。这是一年最后一个集，人们都在这个集上置办年货。伍艾雯也一样，过年了，自己过了今年就没有明年，她也想去买点东西，别看她一辈子这个样子，手里可不像人家想得那么没钱。她也时刻准备养老呢。她还准备买点待客的东西，等明天领导们来了，她准备好好说道说道。天太冷了，风带着锐利的刀子，堵在她的门口。她在门口站了一会，有些晕眩，就回去躺了一会。她竟然迷迷糊糊睡着了，她梦见她的丈夫来接她了，像当年一样，骑着高头大马，披着鲜红的绸布，那花轿真漂亮啊，是当年凤花镇最阔气的花轿。她欢欢喜喜准备上轿了，却找不到红盖头了。没有红盖头她怎么当新娘啊？她找啊找，一抬头，却发现丈夫的高头大马不见了，丈夫的红绸布也没了，丈夫身上穿了死人的衣服，冲她招手，她一下子醒了。

伍艾雯哭了，眼泪在眼眶的皮肉里扭缠。她只剩下喑哑的哭声，被挤压的风声一样在枯瘦的胸腔里游荡。丈夫原来已经死了，自己一辈子还等个啥呀，丈夫在叫自己啊。伍艾雯哭过了，想起身喝点水，但她身上软得一塌糊涂，她觉得老头子真把她的活气给带走了。她意识到自己活不长了。

活着又怎么样呢？一辈子就在这几间青砖屋子里，晚上睡觉，白天吃饭，剩下的时间就是想丈夫，等丈夫。她这一辈子就干了这些事。年轻的时候她还能养活自己，现在呢？现在就等着政府的那点救济。一个要强的人成了国家的累赘，这早就让她难堪了。可是，过去她还想等丈夫回来，丈夫回来可以给政府一个交代，如今丈夫已经死了，自己再连累政府就没有什么道理了。她翻来覆去想，想得很清楚、很透彻，像当初决定一辈子死等丈夫一样。她当年也是漂亮人啊，丈夫走后多少人说亲，她都拒绝了。她这一辈子就是丈夫的，生是丈夫的人，死是丈夫的鬼，其他的男人就是潘安也是不能打动她的。一辈子真难熬啊。过去还有些亲友过来看看她，后来死的死了，小辈们都忙，和她也生分，慢慢就疏远了她，这些年，她的院子除了逢年过节政府的人来看看，基本上就没有人来了。她一年到头和人说不了几句话。闷了就和树说话，和墙角的草说话；下雪了，她和雪花也说两句；晚上和房梁说话，好像丈夫就躲在房梁后一样。她回想他们当初亲热的样子，想得浑身发热，睡不着，一夜夜熬着。

一辈子熬过来了，她不想再熬了。死就死吧，早晚也是死。早死早托生，早死早解脱。再说，没准丈夫真死了，自己死了还能和丈夫团圆呢。

她打定主意了。她并不知道，她的生死关系到很多人的命运，她认为死是她一个人的事。她想自杀，但是她知道那种死相吓人，她可不能吓着别人啊，一辈子与人无害，别死了讨人嫌。

那么唯一的办法就是绝食了。她会慢慢死掉，不声不响的，又是大冬天，死了也没有味，不会给周围人添麻烦。她决定就从现在开始不吃不喝了。可是转念一想，明天政府会来人看望自己，这样这一天她还必须挺着，要是让政府发现自己不行了，那就会给政府添乱，自己也死不成了。

这一天她起来，给自己包了饺子，算是提前过年了。晚上她睡得很踏实，一觉就到了天亮。她换上干净衣服，等着政府来人，她还烧了一大锅开水，想请政府的干部们喝。但是，一直到天黑政府的人也没有来。她知道，政府的人把她忘了。也难怪，政府有这么多事，怎么能光记着她一个没用的老婆子呢。不过她的确有些心酸，她原来以为自己临死以前能和人说说话的，现在看来是不可能了。她只能自己上路了。

第一天，她坚持过来了，一天没吃没喝。

第二天，她饿得有些动摇了。何必呢，生死有命，自己这样难为自己干啥？她起来喝了几口水。喝完之后又非常懊恼，自己怎么这么言而无信呢，说了去找老头子，怎么就忍不住呢。

第三天，好像一直在睡觉，她一会看见自己的丈夫笑眯眯地过来，一会看见过去的一些亲人，都是些死去的人。醒来的时候她的胃钻心地难受，把她的意志打得七零八落。她准备放弃了。她起身想做点饭吃，但这时她似乎听到了丈夫的声音，像笑，也像哭。她的脸一下子红了。她等了他一辈子，一辈子什么罪没受过呀，怎么就这么没出息！她必须给自己断了后路，让自己没有想头。她艰难起身，把仅有的粮食一袋袋都提到茅坑里，然后她就回来躺在炕上，再也不动了。

三月份，全县换届工作结束了。冬天拖着沉重的尾巴缓缓离去，冰雪渐渐融化，农田的麦苗一夜之间又绿了，大地返青了。苏世清因为五保户伍艾雯的死受到了处分，取消了提拔资格。花晓担任凤花镇书记，李宝明当了镇长。苏世清后来离婚了，但他离婚后把前妻调到了另外一个县城。

苏世清到发改局担任正科级副局长。在送行宴会上，花晓悄悄对苏世清说："你还答应我去看看玫瑰大棚呢。"

苏世清笑笑说："玫瑰在植物学上其实和月季是一个品系，满大街都是。这样吧，我送你点有用的纪念品吧，你以后也许能用上。"苏世清把一个精制的书包递给花晓，花晓打开一看，满满一包牙刷。

花晓一下子泪流满面。

苏世清笑笑，端起酒杯，一饮而尽。他一次也没有用牙刷去吐，那些酒都留在他的肺腑里，搅扰着，他觉得自己又飞上了苍茫的天空，云彩滑在自己的脚底下，让他觉得格外寒冷、虚妄。

人们已经不知道喝了多少酒了。不少人用苏世清的牙刷去吐，吐完接着喝。

李宝明一边喝着一边说："苏镇长，我……我对不住你，伍艾雯不是饿死的，她……她是自杀。我去她家厕所的时候，看见她的粮食都被扔在厕所了。可是，我……我也想当镇长啊，想有机会干点事，我没向组织汇报。"

那天晚上大家都喝多了，没人听见李宝明的话。

界外情感

一、不要以为什么都没有发生

常常是最鄙俗的利益在剥夺人们爱和梦想的权力，这一点，林小麦直到三十多岁才明白。

五月的早晨，云彩像是谁褪下的彩裙，东一件西一件挂在幽蓝的天空。太阳和月亮像刚刚幽会分手的情人一样，在成千上万人头顶依依惜别，空气中弥漫着海棠花的香。公共汽车很快就来了，上了车，眼里全是别人的后脑勺，她想自己的后脑勺也在别人的目光里，下意识抚摸了脑后的长发。这时候车拐了弯，她的身体不由自主摇晃了一下，有一只手很自然地扶在了她的腰上，她回头看了一眼，这致命的一眼像一阵突如其来的狂风，把林小麦晴朗的心情一下吹得烟消云散。真是难以置信，站在自己身后的竟然是自己分手已经九年的初恋男友魏宏。魏宏看来早就认出了她，他的目光十分柔软，脸上却不动声色。林小麦心跳突然加速，眼里一瞬间充满了泪水，一种温情从车子偶尔的摇晃中传递过来，林小麦身体像被火点燃了一样，向身后飘了过去。那只手在她的腰上徘徊着，慢慢把她揽到了怀里。林小麦漂泊的心像泊岸的船，吁了一口气。魏宏把脸埋在了在她的头发里，另一只手也汇合到林小麦身上，像是要把她揉碎了一样，暗暗加力，一条腿也曲了起来，稳稳地贴在林小麦身上，林小麦感到了他的膨胀和放纵，他甚至在轻轻摩擦。这让林小麦很不自在了，甚至有些厌烦，这毕竟是她体面生活的城市，她不能这样。于是她迅速挣扎了出来，往前挤了两步，魏宏显然不甘心，也跟了上来，想把身子贴到林小麦身上，林小麦用胳膊肘顶在了他的腰上，拒绝了。

林小麦下车了，她不用回头也知道魏宏也下来了。她走到路边的一棵榕树下，魏宏也走过来。这么多年，他还保持着挺拔的身材，走路的样子也很正规，如果不看他的面孔，穿上军装他依然是国旗班的一个军人。可是九年了，他老了，眼睛里满是疲惫，林小麦不用问就知道他日子过得不如意。

“你怎么来这里了？”林小麦看着他，用目光拒绝他走得太近。他感觉到了，和林小麦保持一米左右的距离。

“我下岗了。去过几个地方，还是觉得这里踏实。也可能因为你吧。”他说最后这句话时声音很小，他可能认为，走到今天，太多的表白会让自己没面子。

林小麦觉得这声音离自己很远，像是听自己幼时伙伴的录音，尽管好奇，终究不是自己的声音。她客气地问魏宏：“干什么呢？做生意？”林小麦想摘一朵榕花，没够到。魏宏笑笑给摘下来了，递给林小麦。林小麦脸上忽然发热，也笑了，两个人都感觉好像又近了。

“你现在还怕黑吗？”魏宏很煽情地问。林小麦以为他的铺子可能太小，羞于启齿，所以转了话题，想唤起她的回忆，她心里也便有些不以为然。

“都是什么时候的事了，我现在不知道自己怕什么了。”林小麦忽然有些伤感，她看了魏宏一眼。她不知道在魏宏眼里她的目光里是什么，在林小麦心里是想告诉他，她知道有些东西失去了，再也回不来。经历了这么多，她已经忽略了过去的岁月，他们之间的一切她不再想了。有多少人在白天会想起夜的黑，她也不会。

魏宏显然心怀幻想，依然说：“我也知道一切都改变了，就是一个心愿吧。我开了一家灯具店。你应该还记得，我答应过你。”过去的日子汹涌而来，把林小麦的心浸泡得柔软酸楚。十多年前，他答应过，有一天会买很多灯，让所有的黑夜都亮起来。可是，就是在一个黑夜，他说他是农村户口，家里人和战友们都认为他们不合适，所以他找了一个农村女孩结婚了，他放弃了等待和努力，领着另一个女孩走了。农村户口，一条永远的银河，把她的初恋轻而易举淹没了。后来她又谈了两个男友：第一个长得很精神，是个工人，说话动不动就“我×我×”的；第二个是个作家，都要结婚了又吹了，因为作家嫖娼被拘留了。这以后她对男人就不怎么太上心了，有人提对象，她去见面就像上街买菜没什么两样，后来索性不见，自己一个人静静地过日子，可她心不死，始终认为自己要的那个人在哪里等着自己，用不着火急火燎，说不定哪天在路上一抬头就遇到。

林小麦喜欢看人家的爱情故事。她看了很多描写初恋的文字，她认为那些描写都在粉饰粗鄙的生活，对于很多人来说，现实没有诗情画意。她后来和一个教师结婚了，说起来很可笑，她和教师见面的时候，刚开完一个会，会议延长了，她比见面时间晚到了一个半小时，虽然通了电话，她还是感觉有些歉意，没换衣服就去赴约，见面以后，教师很客气地看看她说：“风大，把你的扣子系上。”林小麦穿了那时候很流行的长风衣，低下头系扣子的时候，他伸出手，在林小麦肩上拿走了一根头发，一种温暖的感觉倏忽划过。林小麦父母在外地，一个人在昆山市，看起来在市政府，单位不错，但是兵头将尾，平民子弟，一脑子风花雪月，其实没有见过什么世面，加上认为自己在感情上受过伤害，基本属于给点阳光就灿烂，林小麦就为这样一个普通的细节把自己打发了。林小麦结婚后很后悔，她发现教师有很多让她不能忍受的毛病。结婚第三天的晚上，他一边看电视一边抠脚指头，抠完不洗手就过来摸林小麦，林小麦一骨碌就滚到了床边，说什么也不让他碰，两个人为这事吵了半夜；他爱放屁，不分场合放屁，有时吃着饭一歪身子，就是一个响亮的屁——听说他上课都放屁，被学生称为屁大王；最让林小麦恶心的是他爱叫女学生，让女学生站在他面前，说班上一些事，说着说着就会伸出手，替女学生拿下一根头发或者纸屑什么的，这件事做完了，他的谈话就结束了。林小麦知道自己这一步走错了，可是她又找不到充分的理由改变这一切，就格外渴望有一个人，让自己为了他可以义无反顾，放弃眼前的日子，这个人始终没有出现。慢慢地，她对家就有了一种厌倦，在家里像霜打了一样，干什么都无精打采，只要一出家门，就精神焕发。除了工作，她是再也找不到让自己有兴趣的事了。

婚后的日子她也想念魏宏，觉得魏宏是自己最动心的男人，可是，见了面，她觉得哪里不对劲，就像翻箱倒柜找一件认为合适的衣服，找到了却发现衣服早已经过时了。

这时候，她的手机响了，副科长贾宫正说胡秘书长让她十点到单位，参加一个企业的开业典礼。对方不在眼前，她的脸上也是公事公办的表情，一边答应，一边看表，多少有点在魏宏面前显摆的意思。还不错，她还有半个小时的时间。放了电话，她笑了笑，立刻又进入了一个和初恋情人重逢的角色。

“她来了吗？”林小麦问，眼睛看着远处，做出很在乎他妻子的样子。其实，她早已经不在乎了。

“来了。”魏宏显然不愿意说这些。可是，林小麦就是想赤裸裸地让他面对这一切。什么许诺，谁会信？如果不赚钱，你会为我林小麦开一家灯具店？这种浪漫不是他们能玩得起的，谁又能骗谁呢，充其量是生存需求和爱情神话的巧合罢了。林小麦心里有些轻蔑，也不想再耽误工夫，就说：“我要上班了，以后再联系吧。”说完笑笑就要走，魏宏一伸手就把林小麦挡在榕树下。这是多么熟悉的动作呀，在过去的日子里，他把一只手撑在树干上，另一只手抚摩着林小麦的身体，他高高地俯视着林小麦，让林小麦感觉这一生什么也不再害怕。以后漫长的日子里，她常常想，他的手在另外一个女人身上会是什么样子，他让另外一个人销魂的时候会想到我吗？可是现在，他来了，带着他的妻子，带着他的家，却要在这里唤醒她的爱。他太小看了林小麦呀。

林小麦毫不犹豫地从他臂下逃走了，头都没有回一下。

快到市政府门口时，老远看见大唐食府饭店的孟老板在东瞅西看，看见她来了，急忙迎上来说：“林科长，最近挺好吧？”

林小麦不喜欢这个人的长相，矮胖的身材，脑袋出奇地大，却长了一双眼角外调的小眼睛，嘴唇和鼻子要挤在一起的样子，全身任何角度怎么看都是卖肉的。林小麦说：“你在这里探头探脑的干什么？这里可装了监控，你一举一动都有人看着。”

孟老板说：“哎呀，谁不知道咱是守法公民？我来找胡秘书长，门卫说什么也不让我进。”

林小麦说：“胡秘书长一会参加一个企业的开业典礼，你找他要抓紧。”

“我这不来接你们吗？我的大唐食府重新装修了，请领导们过去看看。”

和孟老板一起走进市政府大院的时候，林小麦心情出奇的平静。她抬头看看天空，太阳孤傲地照耀着世界，柳枝摇曳，桃花盛开，一辆辆高级轿车陈列着体面的生活，衣着考究的人们相继走进电梯，高大的办公楼透出无形的庄严和隆重。在电梯里，她按下 18 楼号码，这是多么好的号码，标志着她和魏宏不同的身份和际遇，这是魏宏今生不能到达的地方，人不能到达的地方。爱情能到达吗？穿过人们的肩头，她在电梯如镜的墙面上看到了自己清秀的面庞、细长的眼睛和周正的鼻子，她不必经历风雨就能活得很好，她和魏宏之间共同的岁月，什么也没有在她的脸上留下。

她先把孟老板领到胡秘书长办公室，顺便问问今天还有哪些工作。

胡秘书长全名叫胡光正，山东大学哲学系毕业，一直在机关工作，从一个县科员做到科长、办公室副主任、主任，后来到城建局当副局长，去年提拔为副秘书长，跟主管城市建设的邢文通市长。

胡秘书长的办公室差不多和别人都是一样的，深褐色的板台，放满了红头文件、报纸杂志、电话、刻有某某单位留念字样的各式笔筒。有点情调的可能会有个小的盆景，装点出一种特殊身份群体特有的氛围。真皮转椅后面是一墙面的书橱，里面是现代行政管理、企业经营、城市建设等书，也有《交锋》《信仰的旅程》《哈耶克文集》等等林小麦认为层次比较高的书，这一点，他就和其他领导迥然有别了。

胡秘书长看见林小麦进来，抬起头问："贾科长告诉你了吗？"

林小麦说："告诉了。几点走呀？"

胡秘书长说："不着急，到时候去吃饭就行了，咱们十一点半走就可以。让你回来是有点事，你先坐吧。"

林小麦招呼孟老板坐下，自己却站到书橱前，故意盯着书看，有意显示自己对书感兴趣的样子。胡秘书长看见了，就说："喜欢什么书就看，只是要勤借勤还。你是咱们作协会员，不要写那些儿女情长的东西，还是应该写些有分量的文章。咱们这个时代，其实有很多话要说。"

林小麦的目的达到了，她就是想让胡秘书长提起她的与众不同。

"现在像您这样还看书的领导太少了。"林小麦有些谄媚地说。

"时代发展太快了，不学习会被淘汰的，咱们邢市长都在学习呀，不学能跟上领导的思维吗？咱们是为领导服务的，按理说应该替领导多考虑一些事情，可是，如果领导想的你都不知道，领导懂的你都不懂，谈何服务呀？"林小麦的恭维显然让胡秘书长得到了心理安慰。林小麦决定乘胜追击。

"说实话，胡秘书长，在我经历的历任领导中，只有您不用任何辅助材料就能写各种公文，而且您的讲话有很强的思辨能力，有时随便整理一下，就是一篇观点新颖、结构严密的文章。这一点，在机关大院谁行呀？"

林小麦像扔掉用过的面巾纸一样，把这些离她的心灵很远的语言扔出口腔，这些话像五月的春风，胡秘书长正襟危坐，脸上却掩饰不住内心的熨帖。她好像看见那些面巾纸飘飘洒洒落在绿叶红花之间，宛如一朵白杜鹃。

"孟老板的企业是一个很有潜力的企业，认识这样的成功人士对你今后发展是有好处的。"胡秘书长在向林小麦卖好，林小麦就顺水推舟，领了人情。

"我知道您的心意，谢谢秘书长关心，今后还要多帮助，多指点。"林小麦一不做二不休，索性撒了一个娇，笑着说："您以后把您认为好的书推荐我看，好吗？山东大学高才生推荐的书肯定能让我超常规发展。”

“爱看书是好习惯，好好干吧，工作上有什么想法勤沟通。你抓紧起草亮化工程实施方案，要开拓思维，想一些新招、实招，群众需要，领导认可，琢磨琢磨。”他们又说了一些别的，林小麦就告辞出来。胡秘书长的办公室在楼道北侧，她顺着就往回走，快到楼梯口，邢市长和秘书正回来。林小麦想按照惯例靠右行，可转到右边正和邢市长走了对头，只好转回左边，邢市长此刻也让到了左边，两个又走了碰头，林小麦越发紧张，说：“对不起。”

邢市长笑了，索性站下不走了，竟然看着林小麦说：“大路不走走小路，却只见她那里把我拦阻。”林小麦觉得耳熟，猛然想起这是黄梅戏《天仙配》中董永和七仙女初次见面时的唱词，脸一下子红了。

“真不好意思，邢市长，您请吧！”林小麦说话的时候，看见邢市长眼里都是笑意，知道他心情不错，没有丝毫怪罪的意思，心里放了心，说话胆子就大了：“再不走好像我劫持市长了。”

“哦，说不好谁劫持谁呀，好，我真可以走了吗？”邢市长依然看着林小麦说。

林小麦笑而不答，站着没动地方。邢市长这才大步流星走了过去。林小麦的心怦怦直跳，按说在政府机关，和领导见面的机会很多，可是，对邢市长她每次见面都会有异样的感觉。

邢市长在武灯县担任县委书记期间，曾经修了一个面积仅比天安门小10平方米的广场，在省内外引起很大轰动。他是个很有魄力的人。

说起来邢市长也是军人出身，在部队是连队教导员。只不过他当时是林彪的部队，后来林彪出事后，他就解甲归田，回农村当了民办教师。他两年后考上了昆山师范学院中文系，毕业后在昆山市文教局工作。20世纪80年代突击提拔一批有学历的青年干部，他从一个科级干部一跃成为昆山市最年轻的县委书记。林小麦到市政府后，自然会认识各县、市直部门的主要负责人。那是在全市经济工作会议上，各县委书记都上台口头发言汇报，在一群大腹便便的领导中，只有当时的邢书记腰板挺直，步伐坚毅，说话声音格外洪亮，给林小麦留下了深刻的印象。

邢市长到市政府后，林小麦借故去看他，邢市长很高兴，问了她一些情况，临走，邢市长说："小麦，随时希望你能常来看我。"这话从高高大大的邢市长嘴里说出来，让林小麦心一动，她不由抬头看了一眼，见邢市长正专注地看着自己，脸一红，回头笑笑，什么也没说。

今天邢市长用《天仙配》的台词和自己说话，颇有些意味，林小麦觉得她和邢市长之间是有一些默契的。一句不相干的话、一个眼神、一个动作，别人云里雾里，林小麦却是心领神会，被一种喜悦牵引着，却不知道去向，便有一份苦涩藏在心里。望着邢市长的背影，她悄悄用黄梅戏唱腔在心里唱道："大哥，你带我一同走！"楼道却是漫长的灰色，浸润着林小麦飘忽不定的思绪。

贾科长看见她进来，很殷勤地问了一句："你去胡秘书长那里了吗？他好像找您有事。"

林小麦说，刚从胡秘书长屋里出来。说完了才想起胡秘书长说找她说点事，可是，让她一闹腾，什么事也没说。林小麦也不便再去问，看贾科长的意思像是了解一点，就问了贾科长。贾科长吞吞吐吐，很为难的样子。林小麦很疑惑，她感觉到有什么不好的事情发生在自己身上，而自己并不知情，这让她的心情很沮丧。官场上不能随便打听事，就摆出听之任之的姿态，该干什么就干什么了。但是，她感觉贾科长在察言观色，心里很生气，脸上却装作很轻松的样子，说："胡秘书长让咱们起草亮化工程实施方案，你和城建局、规划局、市容监察大队动联系一下，让他们限时报一个方案。"这一招果然管用，贾科长看出胡秘书长什么也没对林小麦说，就做出真诚的表情说："我也是刚听说。胡秘书长说城建科让女同志当科长，不好开展工作，想让你离开。"

真悬哪，林小麦的官场命运刚才竟然生死一线牵，她竟然在不知不觉中扭转乾坤了，她在得意的同时，被失落、伤感、怨恨等复杂情绪撞击得心痛，可是她不动声色地说："胡秘书长和我说了，个别人想让我离开城建科，可是，他和邢市长都不同意。我和胡秘书长也提出这个要求，我说，我是一介书生，又不能喝酒，想图个清闲，离开城建科对大家都有利。可是胡秘书长说，让我接着干，我说嘛，哪有这样的好事？大家的心情我能理解，可是，这不是以哪一个人的个人意愿为转移的，我再坚持就不知好歹了。”林小麦料定贾科长在这件事上是起过作用的，她故意敲山震虎，让贾科长如坐针毡。她看着贾科长比哭还难看的笑脸，知道他们之间的钩心斗角已经进入半公开状态，这不是她愿意看到的，窝里斗是官场最忌讳的，可是，对方已经龇起了獠牙，她别无选择。

二、我知道自己在做什么

11 点半，她下楼等着和胡秘书长一起去参加活动，想给家打个电话，想想又放弃了。这时 w00055 号车的司机贺师傅，提着一个红色的塑料水桶走过来。贺师傅看见她了，并没有主动说话的意思。林小麦知道，市政府的这些司机大都是原来的一些官宦子弟，素质不高，走南闯北，在权力机关熏染，专门学当官的毛病，很倨傲，有时也知道这个院里的人早晚大大小小都是官，他们这些司机只能一辈子开车，所以很势利。她知道今天是他开车，就顺口说了一句：“贺师傅今天挺酷呀。”

贺师傅的表情立刻就柔和了，嘴上说：“跟你们领导出门，不能栽面呀。”他不知道在林小麦心里，“酷”是个贬义词，和没有教养一个意思。这时候胡秘书长也下来了，车迅速滑出市政府大院，一路气势汹汹地超车，遇到有的车让道慢了一点，贺师傅就把车喇叭摁得震山响。林小麦看出胡秘书长也希望这样的效果，就说：“不知道车上坐着什么人吗？也敢挡道。”

贺师傅说：“这帮小子就欠治。”说完一拧车把就冲了过去，抢先到了红绿灯路口，迅速就驶过去。可是，贺师傅打了方向盘又回来了，林小麦以为忘了什么东西，刚想问，车又拐了回来，正在疑惑。

贺师傅说："他竟然不敬礼，这要没有胡秘书长也就罢了，今天胡秘书长在车上，我让他补两个。"

林小麦这才明白刚才过路口的时候，交警没有敬礼，贺师傅转来转去是为了让交警给小号车敬礼。回头看看安全岛上，一位黝黑的年轻交警，正望着这辆器张的车，手似乎刚刚放下。林小麦心里很不是滋味。看看胡秘书长，他面带微笑，看出他对这一切是认同的，林小麦明白了，他格外看中自己的秘书长身份，渴望在任何情况下证明自己的权力，这是他的软肋。可是，林小麦心里竟有些说不出的酸楚。

到了大唐食府一看，果然面貌一新。"大唐食府"四个字是镏金魏碑体，厚重华丽，在阳光下熠熠生辉。林小麦想，冲这个名字，孟老板也不是等闲之辈。林小麦闪到一边，让胡秘书长先走，孟老板连忙跑过来，嘴里说着："丫哎，大领导来了。"说着搀着胡秘书长，径直走进大厅。林小麦被饭店典雅的装饰给迷住了。线条流畅的灯池、色彩柔和的墙面、造型别致的云石灯，尤其是镶嵌的壁橱里陈列着远古的酒具、半坡人的鱼纹彩陶壶、西夏鬶人的袋足陶规、大汶口文化的彩陶斛，更是别具一格，显出主人的独具匠心。胡秘书长看来也没有想到会是这种风格，脸上露出赞赏的表情。孟老板很会察言观色，立刻提出请胡秘书长参观各个房间，林小麦巴不得这样，就跟着他们一起走。听风阁房间是编钟系列，仿制得惟妙惟肖，仿佛能听到悠扬的钟声袅袅而来。送雨庭房间是铜锁系列，都是历史上各个时期有代表性的家用锁具。林小麦想，真不简单，如果有一个刑具用锁，这个房间的整体风格就被破坏了。选择家用锁具，让每一件金属器物演绎中国传统伦理观念的精髓，既温馨又大气，不同凡响。饭店的房间风格迥异，有宝剑系列、奇石系列、化石系列、古书系列等等，最后一个房间是古灯系列，各个时代的陶灯、木灯、石灯，造型生动，风格古朴。服务员点燃了其中一盏雕花玻璃灯，灯火竟然在古筝演奏的《高山流水》声中，翩翩起舞，林小麦一下子想起了魏宏和他的灯具店，觉得有什么东西被点亮了。

胡秘书长被前呼后拥，优越感明显写在脸上。按照惯例，他应该说点什么，果然，他对随从的人们说："好，很好，很高雅，很有特点，既有大唐盛世的气魄，又有中国传统文化的精神，很好。不过嘛，有点美中不足，就是各个房间落了俗套，应该有个更好的名字。”

孟老板连连称是，说：“哎呀，秘书长说得太好了，俺对这些名字也不满意，可是，俺没有文化，想不出好名字。请秘书长赏脸取个好名字，俺立刻让他们去做。”回头他冲身边的人说：“都丫拉巴子听见了吗？领导赐给咱名字，丫的立刻就给我改。”下边人都唯唯诺诺，答应着。

“让我们林科长给参谋一下，别看是个女同志，作家呀。啊，林科长，孟老板这个忙要帮呀。”胡秘书长对着林小麦说。

林小麦连忙拿出记录本，做出紧张记录的样子，胡秘书长满意地被大家簇拥着回到一品香房间。有一个三十多岁的女人已经坐在房间里，这个女人的漂亮让林小麦都很惊讶。这是一种干净的美，面庞、衣着、气质，都很干净，连目光都是透亮的，只是看起来有些迷离，让人感觉受过什么刺激。胡秘书长的眼亮了一下。孟老板连忙介绍说：“这是我表妹简晴，平时不出来吃饭，今天听说胡秘书长来，她丫的才肯来，穷摆酸。”

胡秘书长说：“你还有这么漂亮的表妹，如果知道有这么漂亮的女士参加，我会早早赶来，孟老板，我这样说是不是重色轻友啊？”

孟老板说：“那咋能算？不算！男人嘛，不好色还叫男人吗？不好色男人没动力。简晴，能见到胡秘书长不容易。这可是一棵大树呀。”简晴就妩媚地看了胡秘书长一眼，低下头笑。这样的女人谁不着迷呢？林小麦在她面前真觉得自己很粗糙，也缺少女人味，看着周围男人的目光都聚到简晴身上，心里有些灰暗。

孟老板名叫孟富贵。原来在县里卖牛肉，后来生意越做越大，就开始做餐饮，成功以后又上昆山市投资开了这家饭店。

吃饭的时候，简晴只抿了几口红酒，只吃些菜叶之类清淡的菜，油腻的肉菜几乎看不到她夹，一顿饭很少说话，偶尔会低下头笑笑，也是羞羞答答的样子。林小麦从来没见过一个三十多岁的女人还可以这样，可是自己是火暴性子，学不来。知道今天的风头都被她不言不语抢走了，林小麦索性当个看客，看他们都如何表演。她和胡秘书长互相夹菜，眼神都有些调情的味道，林小麦知道他们之间会发生一些故事，真要让林小麦和胡秘书长这样又不愿意，可真意识到这一点，不免又有些失落。

吃完饭出来，大家互相告辞，孟老板喝多了，没出来送，开业大喜的日子，大家都能理解。林小麦想起笔记本还在房间里，急忙回去拿。推开门进去，正看见孟老板和简晴扭在一起，孟老板的手插在简晴的裙子里，口里嘟嘟囔囔地喊着："我的宝呀，我的肉呀。"简晴笑，任由孟老板肥厚的舌头在脸上舔来舔去。他们沉浸在偷情的快乐中，谁也没有看到有人进来。林小麦一阵反胃，笔记本也没拿，就跑了出来。

来到车上，林小麦的灰暗心情一扫而光，她明显看到了自己的优势。她看都没有看胡秘书长，就知道他心里在设想和简晴进一步发展关系，他不知道这个在他眼里冰清玉洁的女人招之即来，他高看了她。林小麦迅速把这个女人当成了讨好胡秘书长的砝码，说："简晴真漂亮，胡秘书长，我看她对你还真崇拜。"喝了酒，大家说话都随便了许多。胡秘书长愿意让别人提这个话题，可是他又不能表现太迫切。就说："素质不低。"

林小麦心里冷冷一笑，半阴半阳地说："等着吧，她会迷恋你。"

胡秘书长也半推半就，假模假式地说："小林，太调皮了，哪有这样和领导说话的。"

林小麦装出害怕的样子，吐吐舌头，心里却说："装吧。"

回到单位，贾科长已经和几个职能部门联系过了，材料下午基本就能上来，贾科长拟了一个初步提纲，常年写材料，路数都清楚，只是亮化工程是一件新鲜事，林小麦嘱咐贾科长多搜集相关资料，自己就径直去了书店。

三、我要的欢乐就在眼前

好久没有看见邢市长了，林小麦想制造一个机会，见见他。她在书店买了一本《中国制造》，想了想，又买了一本。她被自己的想法吓了一跳。但是，直觉认为自己可以这么做，反复设想了程序，从语言到动作、表情，她都在心里一遍又一遍演练，确认没问题就开始实施。她发现只要邢市长的车在，一般他人就在。最重要的是他几乎每周都有一两天晚上到单位，林小麦认为这个时间是最合适的，白天人多眼杂，即使成功了被人看见也不好，如果失败，更是得不偿失。确定了利用晚上时间之后，林小麦开始为自己晚上能在单位加班制造借口。提前一天，她就开始制造舆论，她对贾科长抱怨说，自己家里的微机坏了，写东西不方便。

贾科长说找人修修。他觉得仅说这么一句话显得不够热情，就接着说如果不行他给找人。

林小麦吓了一跳，急忙说："不用，不用，这机子都几年了，早该淘汰了。"

贾科长说："买台新的不就得了。"

林小麦说："我写了点东西，写完以后再买，怕一折腾写不下去。"

贾科长说："不行你在单位写。"

林小麦说这地方一天到晚人跟赶集一样，哪有时间，然后突然醒悟一样说："唉，我可以晚上写，对，晚上来写不会不方便吧？"

贾科长说："有什么不方便？你要如果胆小我来陪你。"

林小麦笑笑说："我怕什么呀，只是担心晚上在单位别人说三道四。不过，时间不长，有一周时间就写完了。"都知道林小麦是作协会员，有时写点散文、小说之类的东西，贾科长看来没有多想。林小麦认为自己设计的借口天衣无缝。

正说着，孟老板敲门进来，拿出一个笔记本，林小麦连忙让座。

孟老板伸出手，想和林小麦握手，林小麦想起这只手曾经伸到简晴的裙子里，有些恶心，就没有伸手，而是直接介绍给了贾科长，他们俩握手寒暄。

孟老板点头哈腰地说："俺今天来看看各位领导，主要还是给林科长送这个本子，你们是文化人，这些东西有用，不像俺，大老粗一个，看着这些字就是蛤蟆蝌蚪。"

贾科长说："我们谁也没有你活得舒服。文化贬值了。"

林小麦看不得贾科长在别人面前自轻自贱的样子，就说："孟老板最近生意怎么样？"

孟老板把本子递给林小麦说："托您的福，还挺好。俺还想请你给改房间的名字，你看，你和贾科长还有胡秘书长中午有没有时间，俺请大家过去坐坐。"

林小麦这才想起答应给人家改名字，现在早把这事给忘了。她说："饭就不要吃了，无功不受禄，改完以后你满意咱再吃饭。"

孟老板坚持要请吃饭，提出让林小麦把他领到胡秘书长办公室。林小麦一想，改名字是胡秘书长交代的事情，自己没办好，让孟老板和他再碰面说这事对自己不利，就说胡秘书长出门没回来，如果方便的话跟科里说也一样。孟老板不再坚持，就告辞走了。看着孟老板走出门，贾科长说："一个卖肉的，竟然能踏进市政府的门。听说这小子还挺牛，一天一个小姐，号称要玩 2000 个女人，你可要小心点。"他自己都觉得这话不合适，林小麦念他出于好心，没有计较。这时候手机响起来，林小麦一看是一个陌生的号码，接通了没人说话，就挂了。过了一会，手机的鸣叫又开始在屋子里弥漫，接通了还是不说话。贾科长就开始低下头假装咳嗽。林小麦很生气，打过去，对方不接电话。林小麦记下了电话号码，不再理他。

下午，她给孟老板打电话，告诉他自己已经把名字取好了，让他来拿。孟老板显然喝多了，说话更不利索了，说了半天才说明白，下午来接她，晚上一起吃饭，他说："林科长再不答应，丫哎，我就过来给你磕头。"下班的时候，孟老板打来电话，车就停在外边。林小麦和贾科长走出去，门口堵了很多上访的，地上铺了一块白布，上面用黑字写着："给工人老大哥一口饭吃!!!"几个女人坐在四个角上，脸上是很麻木的表情。她想起魏宏，不知道他现在什么样，就把上访的人看了一遍，好像魏宏躲在人群里一样。有一个年轻工人对她喊："看什么看，你戴个眼镜装文明人，你们这些当官的没有一个好东西。"

贾科长刚想说话，林小麦给制止了。林小麦认为，和这样的人吵架没有意义。他们径直走过去，她能感觉周围的眼神是羡慕，不是仇恨。

她忽然想起那个电话，隐隐觉得应该是魏宏。如果当初嫁给魏宏，自己会不会成为这群人中的一个？这个想法让她心里一时很复杂。

晚上吃饭的时候，孟老板表现十分殷勤，贾科长是一种坐山看虎斗的态度，恨不得林小麦和孟老板这种人发生点什么事情。林小麦实在难以忍受孟老板肉麻粗鄙的表白，就直截了当地说："简晴不是挺好吗？"

孟老板一听，愣了一下，说："你和她不一样，她是风尘女子。"

一连两天，邢市长没有来单位。林小麦在单位的时间格外漫长。单位没有电视，只有白天翻了几遍的报纸和各种公文材料，带了几本小说，可是，心不静，看不进去。在网上浏览一遍，都是一些灌水的东西，她也不爱看。哎，何必费尽心机上这里来。何苦来着，自己为了什么呢？真是自作自受。可是，不这样做又能怎么样？自己一个女人，没有强硬的后台，没有钱，还不愿意混天度日，想做点事情，有别的路吗？她在单位磨蹭到九点半，邢市长的车还没回来，她打算回家了。

她给家里打了一个电话，很久丈夫才来接，"没事"，他只说了这两个字就把电话放了，林小麦愣怔了一下，一时有些苍凉。可是，家里有什么呢？在她的心里，什么也没有。走到窗前，远远望去，林立的楼房掩映在黑夜中，红的、粉的、绿的灯光把无数窗口涂上了色彩。林小麦想自己真是有眼无珠呀，这么多温馨的窗口，竟然找不到属于自己的一缕光芒，生活圈子到底还是小，层次低，选择范围太窄了，自己这一生，只能过这种不死不活的日子，心里真是太多的不甘。她又磨蹭了半个小时，还是无处可去，准备回家，打开电梯，邢市长自己一个人回来了。林小麦惊喜地叫了一声："邢市长。"邢市长一看，说："林科长加班了？"林小麦说："准备亮化工程的实施方案，提纲刚拟好。"然后她又装作不经意的样子，说："我买了一本小说，觉得很好，您是中文系的，您看看吧。"

邢市长拿过书翻了翻，说："周梅森，我上学的时候他可是很厉害呢，如今也写官场小说了？走，到我屋里坐会儿。"

灯光下，邢市长看起来有些疲惫，他自顾把头仰在椅背上，很久没说一句话。林小麦第一次看见邢市长这种神态，一时有些局促，不知道该做些什么，就端起邢市长的杯子，给斟了一杯水，送过去。邢市长抬起头，看看林小麦，问："小麦，今年有 30 了吧？"

林小麦悠悠地说："这辈子没 30 了，已经 31 了。"

邢市长重复了一遍："31，多好的年龄，干什么都可以重新开始呀。我 31 岁刚大学毕业，如果当老师，现在已经是高级教师了，也该桃李满天下了。可是现在，一事无成呀。"

林小麦被邢市长的这句话吓了一跳，在林小麦眼里，一个人能当上市长，可谓功成名就，再有这种感叹就有些不可思议了。她说："在昆山市，您可是首屈一指的人物，昆山市 679 万人，有几个人能够有您这等辉煌？"

邢市长像是没有听到林小麦的话，接着说："这几天我转了四个县，走到哪里都要讲改革，讲开放，口干舌燥呀，可是，这些话有多少能够转化为生产力？有多少老百姓真能享受到改革的成果？我在想，小麦，昆山市实在不缺一个行政领导，缺什么呢？你说，缺什么呢？"

林小麦回答不出来，想想，小声说："也许是更有活力的机制。"

"好！"邢市长高兴地说，"昆山市缺优秀教师，可以培养优秀的人才；缺龙头企业，可以带动经济发展；缺优秀的艺术工作者，可以提升文化品位。可是，最缺的，还是让能干事、想干事、真干事的人踏踏实实干事的机制。"

林小麦知道，但凡有志向的男人都会有壮志难酬的感慨，这感慨要出自小人物也就罢了，出自一个市长之口，却有些意味深长，她说：“你说话还是小心些好，这些话要是让外人知道了，影响多不好。”忽然她觉得这话不像一个下属说的，倒像是邢市长的什么人，就有些不自在。邢市长显然也听出了这话的情分，也看看林小麦，声音一下子降了下来，说：“小麦，要接着写作，另外，要多学习，别光学行政这一套，多学市场经济、企业管理方面的知识，以后不懂经济就不会管理好我们的社会。好了，时间不早了，让我的司机送送你吧。”

林小麦急忙说：“不用，我自己打车回去挺好的。”

邢市长说：“怎么，跟我还客气吗？按说我该送你呀，可是……就算了，一定要让司机送一下。”

林小麦不想让司机送，她觉得司机嘴最混账了，可是又不能直接对邢市长说，就一再坚持。

邢市长说：“那好吧，我送你，咱们打的。”说完，他根本不再征求林小麦的意见，径直往外走。

林小麦看出了今天邢市长情绪不稳定，知道自己无法阻止邢市长，她心里也愿意能够和邢市长多待一会，就跟着邢市长后边走。她看到他们投到墙上的影子，一个宽大厚重，一个瘦小匀称，两个身影紧紧相随，邢市长的身影不时把林小麦的影子覆盖，又像翅膀裹挟着她飞翔。一种异样的感觉忽然划过林小麦的身体，闪电一样击中了她的思维，她的意识出现了一瞬间的空白。这种情况她还是平生第一次。

上车以后，邢市长和她坐到后排，她感觉邢市长的手寻寻觅觅找过来，她伸出手，迎过去，两只手迅速紧握在一起，一种热量传递过来，将林小麦一点点融化，她觉得自己像一只昏睡的蚕，被丝丝缕缕地唤醒了，抽尽了，虚弱地栖息在春天的尽头。她明白了，自己找了这么多年，就是在找这样一种感觉，被包围，被期待，被一点一点剥离抽取，然后相互融化，相互牵引。车很快就到了，林小麦要下车了，两个人的手还紧紧握着，林小麦心里希望邢市长挽留她，她愿意跟他到天涯海角。可他什么也没有说。她有些失望。他的沉默让她的心生生回到了现实中，她有些疼，便知道两个人之间是有距离的，像一根线，让情感的风筝飞不起来。她一直站着，看着车消失在黑暗中。抬头看看夜空，黑茫茫一片，城市的夜晚没有星星，流淌在爱情神话里的银河被华丽的彩灯淹没了，林小麦觉得自己从一开始就被搁置在无边的黑网里，那些美好的、浪漫的意念像来不及出生的孩子，永远没有见到阳光和花朵的希望。她怀抱着多少瑰丽的珍宝呀，却心无所栖，禁不住热泪横流。

四、很多东西不影响生活

周一早晨一上班，胡秘书长把林小麦叫了过去。胡秘书长说："邢市长有个想法，想在全市开展亮化工程，让城建科拟个建议，点名让你写呢！"

林小麦笑笑："肯定是您推荐的，不然，邢市长知道我是谁呀。"

胡秘书长竟然真以为是自己给林小麦提供了机会一样，客气地说："我一直就是这样，愿意给年轻人创造一些机会。你去琢磨一下，起草一个建议，要抓紧，争取下周一下午下班前拿出初稿。"

林小麦一听见邢市长点名让自己写，心里又一热。邢市长把一切做得不露痕迹。可她难以克制自己，眼里沁满泪水，她担心胡秘书长看出来，就使劲揉眼睛。

林小麦早已经写好，只不过不能拿出来太早，还要等着胡秘书长来启发思维。

林小麦问能不能在家写，心静。胡秘书长又交代几句。他本来对这个问题没有思考，又想在林小麦面前表现作为领导的权威，语言就很夸张："亮化工程是昆山市的一件大事，是落实十六大和省委六届五次全会精神的一次创举，也是体现市政府进一步转变政府职能、强化服务意识的重要载体。邢市长对这项工作十分重视，这件事不仅关系到邢市长，也关系到我们每一个人，一定要把这项工作做好。"

林小麦奋笔疾书，恨不能把胡秘书长喘气的声音都记录下来。走出胡秘书长办公室，她偷偷看看本子上默写的波德莱尔的《人和海》，还有两句没写完：

自由的人，你会常将大海怀恋
海是你的镜子：你向波涛滚滚、
辽阔无垠之中注视你的灵魂。
你的精神是同样痛苦的深渊。

你爱沉浸在自己的影子里面
你用眼睛和手抱它，而你的心，
听这桀骜不驯的悲叹的涛音，
有时借此将自己的烦嚣排遣。

你们俩都很阴沉而小心翼翼：
人啊，有谁探过你内心的深奥，
海啊，有谁知道你潜在的富饶，
你们是那样谨守你们的秘密。

而在同时，不知已有多少世纪，
你们无情无悔，互相斗狠争强，
你们竟如此喜爱残杀和死亡
哦，永远的斗士，哦，仇深的兄弟！

胡秘书长如果知道他慷慨陈词的时候，林小麦在默写别人的诗歌，不知他会做何感想。

林小麦要求在家写这篇稿子，既为自己争取了时间，更能掩饰自己已经完稿的事实。她决定利用这两天时间追查一下那个陌生的号码。

这个号码最近不止一次打过来，却不说话，林小麦知道，这个人肯定是魏宏。他初来乍到，她甚至没有告诉他自己的联系方式，做的有点不近人情。她通过声讯台的一个熟人找到电话地址，在城乡接合部一条狭窄的公路边，她看见有一家鸿运灯具店，店面很小，也就十几平方米，但是收拾得很干净。进去后她见到一个三十来岁的女人，很瘦，穿着白底蓝花的短袖上衣，头发很随意地梳在脑后，脸色很白净。一会，一个八九岁模样的男孩从外边跑进来，闹着要吃鱼片，女人从口袋里掏出两块钱，打发男孩走了才问林小麦要买什么。林小麦说："我想找一个人，魏宏。"

女人说："他一会回来，你是他老乡吗？"

林小麦听这口音不是本地人，有些疑心。魏宏当初说他找了一个农村人，可是这个女孩不像村里长大的，那么只有一种可能，魏宏当初骗了她。她问女人："你不是本地人吗？"

"不是，我是北京通县人。"

"北京多好，怎么上这里来了？"林小麦一边看那些灯具，一边说。

"魏宏要来嘛，我就跟着来了。"女人声音很柔和，笑起来很羞涩的。

"生意怎么样？"林小麦问。

"一般。我想干服装，可是魏宏不愿意。"女人说。

"为什么？"林小麦在进入一条消失的隧道，她知道，可是，她没有办法停下探究的脚步。

"都是过去的事了。我怕黑，谈恋爱的时候他答应过我，有一天要开个灯具店。都是年轻时的孩子话，他可是太犟，就非开不可。"女人红了脸，只是笑。林小麦心里一酸，自己把这个谎言背了九年。正说着，魏宏回来了，脸晒得通红，看见林小麦也没有什么表情。他对女人说："这是我的同学林小麦。"他又对林小麦说："这是我老婆。"

那女人立刻热情张罗起来，找杯子给林小麦倒水，林小麦说："我不渴，从这里路过，过来看看。"坐了一会，林小麦要告辞回去，女人主动提出让魏宏送送，林小麦没有拒绝，两人默默无言走了很长一段路程。

林小麦说："你当初骗了我。"

魏宏说："她当时怀了孕。"

林小麦说："你其实很爱她。"

魏宏说："你比她白，比她胖。"

林小麦听见这话笑了。年轻真是无知呀，自己当初爱的人，对待女人的标准竟是这么浅薄。

"你以后不要给我打电话。"林小麦不耐烦地说。

"可是……我做梦总梦见你，梦见你一次我就想打电话。"魏宏红着脸说。

"以后梦见我不要打电话了。打别的地方。"林小麦斜睨着眼睛说。

魏宏以为林小麦要告诉他其他的联系方式，情绪有些激动，问："打哪里？"

"打自己脸！"林小麦恶狠狠地说完，扭头就走了。她以为她和这个男人再也不会有任何瓜葛。

三天之后，林小麦把早已经写完的《关于在全市大力实施亮化工程的意见和建议》送给了胡秘书长。胡秘书长翻了翻，说："先放这里吧，我先看看。"

一连几天，胡秘书长对这篇稿子不哼不哈，让林小麦心里很疑惑，不知道他葫芦里卖什么药。

她对贾科长说："胡秘书长说邢市长稿子要得很急，可是现在已经过了几天，他还没有回话，什么意思呢？"

贾科长从文件堆里抬起头，说："你署谁的名字？"

林小麦一下恍然大悟，对呀，邢市长这么看中的文章，怎么能没有胡秘书长的名字？她从微机上调出稿子，署上胡孟非、林小麦，想了想，索性把贾宫正的名字也署上了，然后提了一份重新送给胡秘书长。

林小麦说："胡秘书长，我又进行了一些修改，您再看看。"然后她故意把署有胡秘书长名字的最后一页打开，放在胡秘书长面前。

胡秘书长假装什么也没明白，说："这几天忙，还没来得及看，行，我抓紧给邢市长。"胡秘书长当天就报给邢市长，第二天，邢市长批示："建议很好，要抓紧落实。孟非秘书长牵头，负责协调有关职能部门，城建科具体负责。"

五、让我如何相信你

城建科成了空前热门的单位，人来人往，电话不断，今天请明天送，无非都是为了能够承包在全市实施亮化工程的灯具安装工程。这一天快下班的时候，简晴竟然也来找林小麦，和林小麦谈论感情问题。林小麦本身就不爱探讨这个话题，尤其是和简晴，更不可能往深里说，双方都知道醉翁之意不在酒，话题就有些牵强，简晴始终也没有说什么事，坐了一会就走了，临走给林小麦留了电话，她头里走后边林小麦就把纸片扔了。送走了简晴，也到了下班时间，林小麦拿起书包准备回家，竟然在书包里发现一套白金首饰，标价 11300 元。她到处找那张纸片，怎么也没有，她知道简晴肯定是孟老板指派而来，就悄悄回家，到家后给孟老板打了电话。

林小麦说："孟老板，简晴忘我这里点东西，我找不到她的电话，能告诉我吗？"

"我当是谁呢，敢情是林科长呀。她的东西呀，丢你那里就是你的，你就收下吧，老兄的一点心意。"孟老板说话的声音有点闷，他一定是和简晴在一起。

"我怎么能要人家的东西呢，你告诉简晴，让她有时间来拿。"林小麦听到听筒里传来吃吃笑声，然后是孟老板压低了声音说："丫的，你别闹，你懂个屁。"

林小麦故意问了一句："什么？"

孟老板急忙大声说："我说服务员呢，他啥也不懂，还瞎掺和。林科长，咱打开天窗说亮话，你们那个亮亮啥工程，能不能包给俺呀，俺是个啥样人，你也知道，俺要是包下这个工程，绝对保证质量，也不会亏待咱姐们。你只要告诉我标底，别的你甭管。”

“现在标底还没有核算，哪有什么标底？”林小麦说。

孟老板说：“林科长，俺知道你油盐不进，可是，咱们要是不摸底能找你吗？俺也是在场面上混的人，这点事还能不明白？你给谁不是给呀，对吧，别人怎样报答你，俺孟富贵只能比别人高，不会比别人少，这你总该相信吧？”

林小麦已经看到了这里边的门道，肯定有不少人找了胡秘书长，说不定还找了贾科长，还不知道他们在这件事上捞多少好处呢。况且，给谁不是给，与其让别人得逞，不如自己卖个人情。但是，也不能让孟老板看出底细，她拖着长腔，做出很为难的语气说：“实话告诉你，孟老板，找的人太多了，没办法，有些关系不好平衡。邢市长和胡秘书长都说让我负责，把这些难题都给了我。确实不好处理。你也应该体谅我的难处。”

孟老板久经沙场，立刻就看见了林小麦话中的希望，他急切地说：“丫哎，我就知道林科长对俺老孟够意思。咱这样，今天俺请你吃顿便饭，有些事一起商量商量。”

林小麦立刻正色说：“我有什么事和你商量？笑话！”说完把电话放了。林小麦心里也犯虚，这件事归根结底还是要邢市长和胡秘书长说了算，自己一个小科长能顶什么用。可是，机会难得，百年不遇，拱手给了别人又不甘心。

林小麦在屋子里踱来踱去，最坏和最好的结局都进行了充分的设想。林小麦心里说，一个大老粗，没有文化，满嘴粗话，能够发财致富，绝非等闲之辈。这小子太通世故了。正在这时，门铃响了。

打开门，孟老板的打扮让林小麦吃了一惊。他换下西装革履，穿着乡下农民的衣服，带了顶赵本山帽，提了破编织袋子就进来了。这小子往沙发上一坐，说：“咱不绕弯子，俺知道这事要过几道关，你就看着办，该咋办就咋办，这些你先用，不够你就说话。俺知道你们文化人稀罕这些，就给你捎来了，都是真山货，你看着处理。”

林小麦看都没看那些东西，她不能让他看出自己的虚实。她不动声色地说：“有六方面工作要做，一，要堵住别人的路，你也知道，想得到这个工程的人，不只你孟老板一个，不能小瞧他们，个个手眼通天；二，要做好胡秘书长的工作，我有一套方案，你看能不能实施；三，还要做好邢市长的工作；四，科里其他的同志也要安抚一下；五，管管自己的嘴，这个不用说你也应该知道利害。六，办成别张扬，办不成别埋怨。能做到就干，不能做到，你就另请高明。”

“你比爷们还厉害呢。哎，宁吃鲜桃一口，不吃烂梨一筐。俺就愿意和你这样的透亮女子共事。”说完就往林小麦身边凑。

林小麦厉声喝道：“一边去！咱们在一起共事，你少给我想些歪门邪道。另外你和那些女人们少胡说。”

孟老板已经回到了自己的位置上，他看出来了，他对林小麦是无能为力了，就说：“俺就在你面前觉得自己是癞蛤蟆。算了，不想了。你也别忒小看俺，那些娘们俺还真不当回事，我会和她们胡说？你别忒小看俺。”

“真不当回事？”林小麦话中有话地问了一句。

“俺从来不亏待她们，她们也不容易，可俺知道她们都是图俺的钱，除了俺媳妇，俺认为谁也不真稀罕俺。俺和俺媳妇早就没那事了，可俺疼俺媳妇。你去问问，俺媳妇的衣服到现在都是俺洗，连裤衩都是俺洗。”孟老板诚恳地说，林小麦哭笑不得。

林小麦不想再和他多说什么，就打断他的话，把自己打通胡秘书长的办法说了出来。孟老板听了又是一阵感慨，让林小麦撵走了。

林小麦已经和有关人员核算了标底，但是，她不能泄露标底，这是违法的。那么这个标底只能让胡秘书长泄漏。这话她没和孟老板说。

她看孟老板走远了，打开编织袋子一看，里面是一本海派画家朱屺瞻的画册，一张当代名人画，还配了他和画家举着这幅作品的照片，以证明这不是赝品。不知道什么时候，他还在茶几上留了一张龙卡，这小子大智若愚，藏而不露，出手阔绰，看不出，他还真是干事的材料。

现在，一切都将按照林小麦的构想进行。

第二天上班的时候，林小麦故意不接电话，而让贾科长接。果然，贾科长接了孟老板的电话，说："你好，市政府办公室。哦，孟老板，没听出来。怎么样，最近生意还好吧。请客？哎呀，你太客气了。不用转告，林科长在这里，你和她说。"然后他把电话交给了林小麦。

"孟老板，你好，好久不见。请客好呀，你请客我和贾科长应该没问题。胡秘书长不知道，你是请我们还是请领导？你要请领导我们就算了吧，都请？开玩笑，开玩笑。我问一下。"林小麦用手捂着话筒问贾科长："中午没别的安排吧？"

贾科长连忙说："没有没有。"

林小麦接着问："胡秘书长在吗？"

贾科长说应该在，没看见他出去。林小麦就对着话筒说："你过半个小时来电话，我和胡秘书长说一下。"

放了电话，林小麦来到胡秘书长办公室，把孟老板的意思添油加醋说完，胡秘书长也假意推辞了一下，最终定下了中午吃饭的事情。

第一步成功了。乳白色的灯光绸缎一样铺撒开来，楼道里弥漫着怡人的香味，林小麦的心有了花瓣一样，在看不见的风中摇摆。回到办公室，她和贾科长说："胡秘书长很高兴，咱们还叫别人吗？"看起来是征求意见，其实她只是试探，她料定他不会不识相。果然，贾科长说："有必要吗？人家请客，咱带一帮人，好像吃大锅饭。再说，万一人家找胡秘书长有什么事，气氛也不合适。"贾科长的聪明让林小麦满意，却不舒服，她知道这小子绝非池中物，一有机会就会得寸进尺，翻云覆雨，飞黄腾达，她不能不防。

中午 11 点 40 分，孟老板的别克就在门口恭候，胡秘书长没有坐，而是让贺师傅的奥迪 W000055 送了过去，胡秘书长依然在摆谱。贾科长立刻过去给胡秘书长打开车门，胡秘书长摆出很有身份的架势坐进车里。

林小麦对贾科长说："你去坐孟老板的车，都不坐不合适。"贾科长特别愿意和有钱人套近乎，立刻就走向别克，孟老板老远就给贾科长把车门打开了。

进了大唐食府，林小麦很关心自己给房间起的名字是否得到了落实。果然，各个门楣上都换上了镏金铜牌，依次过来是沁园春、满江红、西江月、浣溪沙、鹧鸪天、满庭芳、临江仙、雨霖铃，他们吃饭的房间叫汉宫春，胡秘书长大加赞赏："用词牌名做雅间名，构思太好了。怎么样，我们林科长不简单吧？"

"换上以后都说好。开始不知道啥意思，我让手下都查了一遍，哎，古人真不简单呀。林科长更不简单。您老是强将手下无弱兵啊。你看，您老一来，俺饭店满屋生辉呀，你们让俺这里更高雅了。"孟老板一惊一乍地说着，林小麦很替大家难受，可是，她发现说的和听的都是自在的，便明白他们是正常的，自己还是书生了一些。

汉宫春房间里都是微型的中国古代乐器，一掌大小的筝、古色古香的小琵琶、一只玉萧、一把扬琴，摆放乱中有序，和周围装饰浑然一体，在座的人都忍不住啧啧称奇。林小麦发现简晴还没有来，就看了孟老板一眼。孟老板立刻心领神会，给简晴打电话："哎，天天说胡秘书长好，俺真把胡秘书长请来了你咋还不来？美容？够美的了，瞎捯饰啥呀，胡秘书长可到了，等着你呢。"他回头对胡秘书长说："老娘们就是麻烦。俺们是姑表亲，她很小她爸就死了，是俺爸把她拉扯大，挺聪明，就是高不成低不就，找不到对象。那天和胡秘书长见面，回去说，胡秘书长这人好，可好是人家的，对吧，咱不能想。俺就说哪天把领导们请来，领导们认识人多，就按胡秘书长的标准，让大伙给费费心，也去了俺一桩心事。"

贾科长说："按这个标准不好找，要按我的标准还好说。"大家都笑了。

简晴袅袅娜娜进来了，大家眼前一亮。她披一头波浪长发，走路的时候，真如水波涟滟，风情万种。海蓝色眼影勾勒着细长柔美的眼睛，稍稍翘起的睫毛在修长的鼻梁上投下细细的阴影，嘴角调皮地翘起，进来后，她用手羞涩地捂了一下嘴，精心修剪的指甲上开满了浅蓝色的小花。幽香立刻溢满了房间。刚刚五月，她却穿了一件韩园的丝吊带长裙，露着圆润的肩膀，饱满的乳房高高凸起，像是要把所有人都挤走的样子。所谓尤物，不过如此吧？

林小麦精心设计的一切让自己十分难受，让自己相形见绌真是一件痛苦的事情。可是，林小麦也很得意，英雄也好，美女也好，都在自己的圈套里，让她体味着操纵的快感。做一个被操纵的美女，还是做一个操纵者，林小麦义无反顾地选择后者。

林小麦大方地把简晴让到了胡秘书长身边。菜还没上来，林小麦就看见两人的腿搅在了一起。

邢市长没有再找林小麦，这让她很失落。一连几天，她沉浸在邢市长手掌的温热里，慢慢地，她从他的眼神看出了他的欣赏，但是，也看到了他的拒绝，甚至是提防。所幸，她什么也没有说。

她想过用孟老板的东西去打通邢市长。但是，她反复考虑，觉得那样会弄巧成拙。她索性不做邢市长的工作，她知道，既然胡秘书长已经上钩了，他会自己想办法，用不着林小麦亲自出马。至于胡秘书长和孟老板之间的交易，她也不再关心。她有了朱屺瞻的画册，这她过去连想都不敢想，有了那么多钱，这些钱，她靠工资就是一辈子不吃不喝也难以存下，更重要的她尝到了让自己的意志得以实现的快乐，够了，她已经得到了自己应该得的，再不住手就算贪心，会出问题的。

虽然摆平了胡秘书长，但是，她和孟老板的交易还有许多后续工作。科里也不能忽略，这些人不一定能成事，摆不平却能坏事。按照预定计划，一旦事成，给科里五万元钱，有人吃肉，必须也要让别人喝汤。孟老板特意安排林小麦和贾科长一起见面，把五万元现金交给林小麦。为了表示清白，林小麦没有接这笔钱，而是让贾科长直接管理。回到科室后，她和贾科长商量如何处理这笔钱。贾科长提出，起码要给胡秘书长两万。林小麦不好说，胡秘书长已经从孟老板那里得到了远远大于这个数的好处，那样他们就全盘暴露，更不能说不行，那样等于拱手送给贾科长一个立功受奖的机会，他会立刻告诉胡秘书长，自己在胡秘书长面前就完了。商量的结果，是他们把五万元钱如数告诉胡秘书长，然后由一个人把两万元钱给胡秘书长。林小麦看出贾科长迫切希望得到这个机会，心想，也好，落个清白。她顺水推舟，让贾科长单独留下，把钱给胡秘书长。林小麦以为胡秘书长不会再看上这点小钱，按照她的判断，孟老板至少会给他十万元。贾科长回来说，胡秘书长收下了，也没有说什么。她听了感觉非常不好，她觉得胡秘书长收下这两万元钱未免太贪小了。

经过苦心运作，孟老板击败众多对手，拿下了这个造价八百多万元的项目。林小麦让贾科长起草了“让全市各企事业单位、各沿街门店、各交通要道、桥梁、广场等全面实施亮化工程”的通知。走在路上，到处都能看到人们安装各种灯具的现场，草坪上的塑料椰树、路边白色的花环吊灯、墙角垂下来的尖头彩灯，勾勒着虚浮的繁华。市政府门口上访人群增多了，有一天有人竟然打出了这样的横幅：“宁要老鼠药，不要小灯泡。”林小麦从人群穿过的时候，听到人们骂骂咧咧，她觉得那些人的目光刀子一样在她背上划来划去。

倒是简晴和胡秘书长两人打得越来越火热。简晴竟然明目张胆到单位找胡秘书长，很多时候也不避讳林小麦，有次喝完酒后，孟老板用别克送他们各自回家，林小麦坐副驾驶座，从镜子里看见他们在后面互相摸来摸去，胡秘书长的大手把简晴的乳房揉捏得跟面团一样，简晴就哼哼叽叽的，手在胡秘书长下身动作，林小麦实在看不下去，就谎称到了，提前下了车。后来听孟老板说，他给他们专门装修了一间房子，两人闹的动静太大，天天和猫叫似的。孟老板还生气地说，简晴这骚娘们已经很长时间不让他上身了。

林小麦不愿意听他们的唠叨了，对于她来说，这一页即将翻过去。她原本以为今天的奋争能为明天写上些丰富的内容，但现在看来，她最想要的没有得到，邢市长再也没有找她。胡秘书长像是被简晴唤醒的恶狼，对于女人的身体爆发了前所未有的狂热。贺师傅说，他在歌厅里，常常是一个腿上坐着一个小姐，抠得人家吱哇乱叫。有时他和小姐跳舞，跳着跳着就撩起小姐的衣服咬小姐奶头。这种话多了，自然也会到胡秘书长耳里，他就收敛一阵。但是，过不了几天，他又旧态复萌，重新闹出一些笑话。

这一天，林小麦接到通知，下午邢市长要召开调度会，要求胡秘书长和城建科做好相关准备。贾科长打胡秘书长手机，手机关机，家里电话没人接，找他妻子，他妻子说他已经一周没回家了。贾科长的眼神就有些不怀好意。林小麦心里知道自己和胡秘书长是一条绳上的蚂蚱，胡秘书长出了事她也跑不了，就有意帮他遮掩，说：“别找了，可能上局里调研了。到时候自然会回来。”下班以后，她径直就去了大唐食府，领班小姐已经认识她，老远就打招呼，问哪个雅间。林小麦把领班悄悄拉到一边，问：“他们在哪里？”

领班很聪明，看出林小麦很着急，说：“你到三楼最西头的门看看，别说我说的，老板要保密。”

林小麦心里说：“再保密就进监狱了。”她嘴上说着谢谢，直接就上了三楼。真像孟老板说的，一上楼就听到了怪异的声音，林小麦故意把走路的声音弄得很响，但是，里面的动静依然很大，可是一敲门，里面立刻声息全无，林小麦只好接着敲。很久，才有一个披头散发的小姐开了门，一股腥臭的气味扑鼻而来，乳罩、裤衩扔得东一件西一件，地上满是用过的卫生纸。胡秘书长显然没想到林小麦来，看来还光着身子，一条毛巾被盖在腰上。让林小麦吃惊的是简晴，竟然什么也没穿，赤裸裸地躺在胡秘书长身边。林小麦简单地说：“邢市长下午开调度会，着急找你。”她赶快告辞出来。林小麦心里真后悔呀，自己当时真是鬼迷心窍，竟然出了这样一个馊主意，把自己也拴在了套上。

参会人员都是一些职能局、重点企业的主要负责人。城建局局长说：“亮化工程实施很不顺利，不少人有抵触情绪。”

经贸委主任说：“一些单位已经濒临破产，工人工资不能保障，让他们这样的企业安这些灯具很不现实，弄不好还会激化矛盾。”

工商局局长说：“这两年市场低迷，一些沿街门店效益不好，加上不少商户已经有装饰灯，再让他们重新安装很困难，已经在不少地方发生纠纷。”

胡秘书长主持会议。他正襟危坐，没有人能看出，几个小时前，他的糜烂和放纵。

他们说，林小麦和贾科长就记录。林小麦并不着急，她知道，政府决策一般很难推翻，这些人的牢骚不过是为自己日后做总结时增加一些色彩罢了。

邢市长说：“亮化工程是市政府今年的一项重点工作，是民心工程的重要内容，也是营造经济发展环境的关键所在，只能成功不能失败。”

邢市长的态度一亮出来，这些人立刻转变了口气，办法也有了，思路也有了，再大的困难也挡不住了，权力轻易地把亮化工程化险为夷，让林小麦再次领略了权力的威力。

散会后，邢市长终于让林小麦留下来，他说：“林科长到我办公室来一下。”林小麦发现，这句话让胡秘书长和贾科长脸上都出现了疑惑和嫉妒的表情。

她自己坐到沙发上，顺手拿过茶几上的香盒，像市井女人一样嗅了嗅，说：“邢市长，见您真难呀。知道吗，为了见您，我可费了心思了。”

“这是在怪我脱离群众吗？”邢市长乐呵呵地说，“要我说呀，是它脱离群众，我只不过是它的替罪羊啊。”邢市长用手拍着真皮转椅的扶手，很感慨地说。

林小麦四处看看，她发现邢市长的办公室变化很大，屋里一件摆设也没有。她说：“您好像随时准备撤离呢，不会是想扔下群众不管吧？”

邢市长侧身望着窗外，蓝蓝的天空镶嵌在铝合金镜框中，一朵云彩移进来，高高在上的画面有了动感。他说：“如果不是你，我还真没有这想法。”

这话让林小麦的心一颤，但是，她是心里有根的人，并没有表现出受宠若惊的神态，继续用开玩笑的口气说：“我怎么听这话都觉得不真实，怎么办呢，邢市长？”

邢市长转过头说：“知道吗，为了见这把椅子，我奋斗了18年。从36岁一直到54岁，从全省最年轻的县委书记，熬成头发花白的老头，一腔报国的豪情磨没了，剩下的就是想，不求有政绩，但求没劣迹；求个四平八稳、心安理得，颐养天年喽。如果不是你提醒我，我就这样下去了，什么也不想干了。”

林小麦有些难为情，不知道自己做了什么。在邢市长看来，林小麦脸上却是谦虚的表情。

“说吧，有什么想法?”邢市长单刀直入，让林小麦有些措手不及。

林小麦想了一下，直视着邢市长说：“您经历的苦难，别再让我承受了。趁我年轻，让我下去锻炼几年吧，我真想为社会多做点事情。”

邢市长点头，过了一会，才说：“我明白了，干好眼前的工作，剩下的事情你不用管，我会记住的。好了，晚上我还有应酬，以后再聊，今晚我要畅饮几杯。”

六、幸福能代表哪段岁月

贾科长看见她进来，急忙给她斟水。自从邢市长找她谈话，贾科长对她更加殷勤了，脸上总是谦卑的笑，越是这样，林小麦越感觉发怵，和他说话就越小心。贾科长把杯子递给林小麦，讨好地说：“林科长，你知道吗，听说，最近市里要调一批干部。”

林小麦并不知道，可是，在大院里，知道秘密越多，身价就越高，她可不愿意让贾科长认为自己孤陋寡闻，就说：“我也是刚听说，动静还挺大。”后半句模棱两可，完全是为了掩饰自己的不知情而说的。贾科长却以为林小麦一定掌握比自己更多的消息，就像做生意一样，他决定把自己知道的信息作为先期投资，吸引林小麦更多、更有价值的信息出售。他说：“市委、市政府定的政策是三个‘一批’，退一批、调一批、提一批。副县级52岁以上内退，任职超过五年转岗，重点提拔一批。听说胡秘书长有可能到县里任职，县长。林科长，你正科时间也不短了，应该想想。”

林小麦知道，贾科长当正科级副科长也有两年了，他太渴望林小麦尽快给他让出这个位子，取而代之。林小麦才不买他的人情。林小麦说：“咱们还要勤沟通，关键时刻一定要互相支持，互相补台，咱们一荣俱荣，一辱俱辱，这一点我不说你也明白，官场最忌讳就是窝里斗，你去看看，没有几个好下场。”

贾科长连连称是，但林小麦知道他心里不舒服，就像她知道，关键时刻，他肯定会拆台一样。他就是这种德行，就像有的蛇天生就有毒。

胡秘书长也开始收敛，大家很少看见他出门。那个简晴再也没有看见上单位来。看他的脸色，林小麦觉得亮化工程最大的赢家就是胡秘书长，这段时间以来，他面色红润，神采飞扬，有了票子、女子，真是不一样，如果再有更高的位子，胡秘书长更要欲壑难填、飞扬跋扈了。林小麦就暗暗希望他提拔的愿望落空。

自己也是费尽心机，时刻想着能不能在这次调整中脱颖而出，可又无计可施，反正自己的意思已经明明白白告诉邢市长了，看邢市长的态度也不算不明朗，只有等着邢市长的回话。

不知从什么时候开始，大院里传遍了胡秘书长的作风问题。这些人特意用了这个已经荒废多年的词——作风问题，看来是有意识用这事做文章。林小麦听到这话，心里一阵幸灾乐祸的快感。林小麦不知道他的对手是谁，用这个把柄，看起来来势汹汹，其实手段不高，如今作风问题哪还能成为影响干部前途的问题？这天他们陪邢市长看看亮化工程进展情况，邢市长明星一样，身后跟着城建局、规划局等等主管局长。一行人浩浩荡荡走在裕华路上，裕华路是昆山市城区主干道，槐树、塔松树、冬青组成三层绿化带。林小麦这才发现路两边的灯又换了，两边都是白色球形灯组成的图案，左边组成大花环状，右边是螺旋状，掩映在冬青和观赏松树之间，远远望去，分外肃穆。城建局长在汇报情况，看大家的表情，都觉得不太顺眼，但谁也没说。林小麦觉得，既然是检查，安装影响市容的路灯就有责任提出来，可是自己位卑言轻，没有说话的地方，就看胡秘书长，希望和他说一下，让他提。她一眼看见胡秘书长穿得格外得体，就开了一个玩笑，说：“胡秘书长今天像新郎官呀。”

胡秘书长好像终于等到有人发现他的变化了，急忙说：“是啊，今天是老婆生日，不能陪她过生日。穿上老婆亲自选购的衣服表示一点心意吧。”

贺师傅在旁边说：“胡秘书长还让我订购了999朵玫瑰，现在恐怕已经送到了。”

周围人都羡慕得不得了。只有林小麦清楚，他在作秀，他想在单位给自己制造夫妻感情依然和谐的假象，为他的升迁开路。想到他的妻子，或许此刻正把一张糟糠老脸埋在玫瑰花丛里，感动得老泪纵横。她肯定还要在老姐妹中炫耀一番，殊不知她的丈夫是在利用她演戏呢，一旦谢幕，她就将永远退到幕后，再不出场，她心目中的好丈夫就会和别的女人颠鸾倒凤，享受鱼水之欢。林小麦真后悔自己多嘴，给了他表演的机会，就没有了说话的欲望。她心里说：“这么多领导都不说，有我什么呀。”她跟着大家嘻嘻哈哈一起继续参观。

邢市长和各局领导走在最前面，林小麦只能远远跟着，始终找不到说话的机会，不过她知道邢市长也看见了她，至于是不是还记得和她说的话，她心里可没底。她想制造机会，和邢市长单独说几句话。参观一个新建广场，人们的秩序开始有些乱，一些人开始零零散散地转悠，林小麦终于蹭到了邢市长身边。邢市长说：“林科长，对咱们的广场还满意吧？”

林小麦兴奋得红了脸，说：“您满意我们就满意。”

“看看，连林科长都学会搪塞我了，”邢市长笑着说，“你还有任务呀，你们城建科要把这次检查结果形成文字，成功的地方要总结经验，不成功的地方要提出改进方案，明天下午下班前交给我。林科长，是不是太急了？”邢市长后边的话完全是公事公办的态度，林小麦心里很疑惑。

林小麦连忙说：“没问题，下班以前肯定交给您。”

邢市长又加重语气说：“辛苦一点吧，关键时候要冲上去呀。”说完，他看了她一眼。就这一眼，林小麦知道，邢市长不但没有忘了当初的许诺，而且，很有可能对她的安排有了想法。她一时兴奋不已，目光就多了一点柔情。邢市长看见了，只是不易察觉地笑笑，心满意足地继续检查，走路的动作就大了，说话声音更加响亮，不时有笑声传过来。林小麦听不清他们说什么，但敢肯定，邢市长的兴致很高，情绪很好。这些都是因为林小麦眼里流露的那点柔情，她一时心潮起伏，浮想联翩。

天越来越热，风裹挟了花瓣和草的气息，黏稠的香气倏忽而过，让人禁不住依恋夏花的娇艳，连片红的、白的、黄的月季，一路铺展过去，水泥的城市立刻有了几分灵动。她开始琢磨怎么样写成这篇稿子。她分别找到几个部门的随行人员，让他们提供本单位开展亮化工程的实施方案等相关资料，又找到邢市长的秘书，抄录了邢市长在检查过程中的讲话，尤其是一些重要观点，一一记录下来。中午吃饭时，林小麦没有跟大家一起吃饭，而是在招待处简单吃了点自助餐，就赶回房间准备材料。干了这么多年文字工作，她对这些文字的套路已经烂熟于心，一个中午，林小麦就拟定了文章提纲，下午她用邢市长的观点，把各单位情况进行组合，加上自己组织语言的技巧，文章就有了。

亮化工程即将接近尾声时出事了。据城建局施工单位汇报，有一家灯具店，坚持用自己的灯具，和施工人员发生争吵。施工人员强行安装时，不小心把一家门店二楼的牌匾撞了下来，砸到灯具店老板的头上，目前正在医院抢救。林小麦的心一疼，有一种不祥的感觉。她当即找出魏宏的电话，没人接。她急忙问汇报人员："出事的人是不是叫魏宏?"汇报人员说："好像是这个名字。"林小麦眼里一下溢满泪水，她问清楚情况，叫上贺师傅直接去了医院。

魏宏因抢救无效死亡。

路灯像失明的眼睛，死不瞑目的眼睛，在飞扬的尘土中，流露着无奈和期待。第一次，林小麦那么迫切地希望这一切从来没有发生。还在九年前，她和一个英俊少年，走在乡间的小路上。而现在，她一个疯狂的念头，竟带走了一个年轻的生命和她最初的爱情，带走了一个女人的丈夫和一个孩子的父亲，这种自责让她彻夜难眠。她领着魏宏的妻子，找到胡秘书长，希望胡秘书长能够出面，对魏宏的家属给予照顾。魏宏的妻子只是哭，一句话也说不出来。胡秘书长最后答应，可以解决孩子上学问题，免除一切费用，魏宏的妻子会由政府出面，按照下岗职工的待遇，考虑安排再就业，如果不同意，也可以给予一定额度的经济补偿。林小麦能做的只有这些了。

林小麦想起裕华路上的路灯，觉得这一切有些牵连，就找了胡秘书长说："胡秘书长，其实我们是唯物主义者，这样的话不该说，但是，我反复考虑，这个亮化工程是您牵头搞起来的，担心有些事情对您不利。"

胡秘书长说："要尊重群众的意见，最近我很忙，群众对我们的工作有什么反映，我们应该及时了解，有些问题及时纠正。"

林小麦说："有不少市民说，我们裕华路的灯不吉利，左边花圈右边灵幡，尤其是白天，看起来像是一堆堆的骷髅，如果不改正，还会死人。"

胡秘书长的脸色十分凝重，说："这都是异端邪说，我们不信这一套。但是，裕华路的灯有些问题，和封建迷信没有关系。"

一个月后，亮化工程已经接近尾声。林小麦出去办事回来，从大唐食府经过，竟然看见魏宏的妻子走进大唐食府。她的心一紧，急忙下车追过去。魏宏的妻子看见林小麦想躲，林小麦一把抓住她，从她脸上的脂粉，林小麦就知道她做了什么，她愤怒地问："是胡秘书长吗？"

魏宏的女人点了点头，眼泪一下子流了下来。她告诉林小麦，那天一个姓贺的人开车把她接到这里，说给她安排好了工作。她来了以后，要陪胡秘书长睡觉，她不同意，他们就说，不但不给安排工作，孩子也不让上学。"我们孤儿寡母，能怎么样呢？"

女人又在哭。林小麦尝到了心如刀割的滋味。她想直接把女人带走，想了想，还是从长计议，先稳住胡秘书长，以后慢慢想办法。她对魏宏的妻子说："不要告诉胡秘书长我知道你们的事。"女人泪眼婆娑地点点头。

她这样说，一是让魏宏的女人安心，省得她天天哭哭啼啼，搭上身子还不落好；二是给自己留点时间，不管怎样，林小麦还不至于为她和胡秘书长翻脸，她不能干为虱子烧袄的事；三也是轻看这女人，如果真不愿意，大不了带着孩子回通县，何必这么委曲求全？魏宏尸骨未寒，她就跟了别人，说到底还是贪图富贵，不惜情意，她替魏宏当初为她离开自己抓心抓肺地痛心。这个傻魏宏啊，怎么就这样有眼无珠，害己害我。九年的日子在她心里翻江倒海，她脸上还是微笑的表情。她是不让别人看出痛苦，自己打掉牙往肚里吞，伴随着诸多的疑惑、梦想和失落，一路晃晃悠悠回了单位。

在电梯里遇到贺师傅，贺师傅悄悄告诉林小麦，办公室系统要提三个副处，城建科有一个，“自己活动活动。”贺师傅走出电梯的时候，贴心贴肺地说。林小麦做出和他共谋大事的样子，深沉地注视着他走出电梯，心里却是七上八下，恨不能一步到科室。城建科只有她和贾科长两个人，按常理说只能是她，可是，官场上风云突变的事太多了，不到任命书下来谁都不能说成功。贾科长看见她进来，急忙给她满上水，比以前更加谦恭。贾科长也做出贴心贴肺的样子说：“办公室提三个副处，你可要抓住机会呀。”林小麦闹不清他的真实意图，怕让他钻了空子，就说：“顺其自然吧，我们干多少工作领导心里都有数。”

贾科长笑笑，继续推心置腹地说：“最近风声都紧，听说有人给纪检委写了检举信，说胡秘书长有作风问题，不知道这事对胡秘书长有没有影响？”

这个消息让林小麦吃惊，林小麦说：“都什么年代了，还抓住人家的私生活不放，真没劲。况且，谁能证明胡秘书长有作风问题？谁抓住了？即使有作风问题人家影响工作了吗？有些人太无聊了。”

贾科长连连点头，说：“可能是胡秘书长的竞争对手吧？想用这个办法把胡秘书长搞下去。”

林小麦说：“都什么年代了？美国终结者施瓦辛格都能竞选州长了，中国再怎么也不可能因为作风问题处理干部了吧？”

贾科长说：“还是林科长认识问题深刻。”林小麦觉得这个话题没必要继续，就低下头看资料，贾科长也显出对这件事也不怎么关心的样子，继续做自己的事。林小麦的心并没有在文件上，她的思维集中在如何运作才能如愿以偿，她一页页翻文件，其实她一个字也没看。直到有了一个清晰的思路，她的心才有了一点晴朗的感觉。下午，她到大唐食府找到孟老板，直截了当说，想运作点事情。孟老板是明白人，立刻又给了她一张五万元的龙卡。林小麦到银行取出两万元钱，重新办了一张龙卡，回来后直接去了胡秘书长办公室。胡秘书长在打电话，用手招呼她坐下，林小麦隐隐约约听到，好像是裕华路上的灯要改成中华灯。当初自己提了这建议，还真当回事了，可是，如果这一切不能给自己带来实实在在的利益，又有什么用呢？电话打完了，胡秘书长问："有事是吧？"

林小麦一时很难为情，可是又不能临阵脱逃，就豁出去说："胡秘书长，跟您这几年，我学了很多东西，我真心希望您能够有更大的平台，总是在这个位置上，有点委屈您。"

这个说法显然说到了胡秘书长心里，他说："不光你这么说，邢市长也这样说，可是我一向是只管播种，不问收获，对自己的事情想得很少。"

林小麦说："您千万不要以为您的发展仅仅是您自己一个人的事情，很多人的命运都掌握在您的手里呢，比如我，就盼着沾您光呢。"

胡秘书长笑了，说："我这人就是这样，经历了几个单位，在政治上也是一波三折，但是有一点，决不会亏待自己的部下。你的问题我会向邢市长反映，放心吧。"

话说到这里，林小麦已经逼近了自己的目的，就说："胡秘书长，在政府大院，我跟您工作最顺心，真的希望在有些事上您帮我出谋划策。您说现在办公室系统提拔三个副处，这件事我该怎么办呢？说真的，让我一点不想，我还真做不到，胡秘书长，您说这是不是觉悟问题？"

胡秘书长说："人啊，谁又能做到六根清净？你这样想可以理解，不这样想才是不正常的。你的能力没问题，大家评价很高，但是，说到底还是僧多粥少，竞争也很激烈，我会帮你说话，这一点你应该放心，至于最后结果会怎样，我也说不好啊。我想你会理解的。"

胡秘书长说到这里，电话又响了，是有人约他出去吃饭，林小麦觉得正好可以借此结束谈话，就说："胡秘书长，您很忙，我就不打扰了。总而言之，一方面，我盼望您可能有更大的发展，可是我人微言轻，替您做不了什么，就尽点心意吧。另一方面，希望在我的事上您多费心，该怎么办您就看着办，拜托了。”说着，她把龙卡放在了茶几上，急忙走了出来。

钱反正不是自己的，林小麦并不心疼，她只是拿不准，胡秘书长收了她的钱是不是真给她运作。下一步，她要找邢市长，她觉得，邢市长在关键时候，是一定会支持自己的，问题是选择一个什么样的时机。也许是因为紧张，她感觉手脚冰凉，担心让贾科长看出自己的情绪，就先进了卫生间，从卫生间出来，看见贾科长正敲胡秘书长办公室的门，不知道为什么，林小麦的心咯噔一下，好像被什么东西撞了。

她回到办公室，表面是看材料，实际上是等着贾科长回来，贾科长很少直接接触胡秘书长，在这样的时候，他的行动举止都不会是无目的的。贾科长直到下班时间到了，才回到办公室，但是他面无表情，收拾了东西，和林小麦打了声招呼就走了。林小麦感觉，他和胡秘书长之间，有些事发生了。

几天后，林小麦看见贾科长把科里最近几年写的各种公文都整理在一个精致的文件夹里，也包括林小麦起草的《大力实施亮化工程的意见和建议》一稿。林小麦问他干什么，他说没什么，只是为了查阅方便，林小麦觉得不像他说的这么简单，肯定是为了给什么人看，看的目的无非是为了办公室系统提副处的事，林小麦知道，他不可能眼睁睁看着林小麦进步，可是并没有预料到他会这么明目张胆，林小麦知道，他们之间的竞争已经公开。

两个星期后，林小麦才知道事情的原委，贾科长竟然带着笔式录音机，将他当初给胡秘书长两万元钱的对话放了一遍，胡秘书长迫于他的压力，向邢市长推荐他为副处人选，邢市长听完后，说：“这事我主不了，你直接找大老板吧。”只有林小麦能听懂邢市长话中的深意，他一定希望胡秘书长推荐的是林小麦，可是又不便说，就找了这么一个借口，堵了胡秘书长的路。

林小麦知道，自己还有希望。这一天，林小麦看到贾科长出去后，找到一个机会直接进了邢市长办公室，邢市长看见她进来，很有深意地说：“这不挺聪明吗？”

林小麦眼里一酸，说："邢市长，我不到万不得已不愿意给您添麻烦。"

邢市长找出《中国制造》，说："这本小说最好的是这个题目，中国制造，这个周梅森，简直太聪明了。只有中国，才会有这样的故事、这样的生活，的确是中国制造呀。只是这样的中国制造对历史的发展、对国家的强盛有多少正面作用，这一点，需要历史去验证。"邢市长刚想接着说，胡秘书长和贾科长敲门进来，看见林小麦在，他俩显然很吃惊。

林小麦看见胡秘书长，也是很不自在，站起来想走，邢市长说："没关系，不用走。"

林小麦走也不是，留也不是，这才发现贾科长手里拿着那本精致的文件夹，她明白了他们的来意，索性坐下，让他们难受。胡秘书长说："林科长你先回科室，我们有点事和邢市长汇报一下。"

邢市长说："让林科长听听吧，没有什么可保密的。说吧，有什么事？"然后对着贾科长说："是关于你的问题吗？"

胡秘书长很难堪，可是并不死心，他让贾科长把他自己写的各种文件整理给邢市长看，邢市长看着文件始终没说话，最后翻着那篇《大力实施亮化工程的意见和建议》问："这也是你起草的？"

贾科长诚惶诚恐地说："是在胡秘书长指导下写的。"

邢市长沉默了很长时间，才说："我在官场风风雨雨几十年，可谓尝尽官场百味。有人说，官场就是舞台，一个个粉墨登场，看不出谁是君子，谁是小人。可我看来，官场是一个飞速旋转的车轮，我们每一个人都是这个车轮上的一个零件，有的作用大一点，有的小一点，但是，只要车轮不停止旋转，任何一个零件也不能停止运转，但是，是什么推动车轮的运动？是利益，就是那点蝇头小利，让人变成鬼，变成魔，变得不近人情，变得六亲不认，变得不择手段。胡秘书长，这篇文章是谁写的我心里很清楚，你可是学哲学的，这里面的辩证法你就这样运用吗？贾科长，我听说你是人民大学毕业的，整个昆山市有好几个人大毕业的学生，你把聪明才智用到这些地方是不是太可惜了？咱们要实事求是，不要弄虚作假，在城建科，这一点尤其重要。”

一个月后，林小麦到武灯县任宣传部长，晚上，胡秘书长、简晴、贾科长、孟老板等一班人在大唐食府为她饯行，她不知道自己喝了多少酒，只是有那么一瞬间，她的视觉出现误差，竟然看见那些人一直向远处退去，退得离她很远。吃完饭后，他们提出送她回家，她拒绝了，独自来到办公室，站在窗前，华灯万盏，璀璨夺目，一个多么华贵的不夜城。面对这个晶莹的世界，她的眼泪夺眶而出，她一动不动，任由泪水流下来，融入这个华光四射的夜晚，眼前的一切显得格外不真实。

她走到邢市长办公室门前，敲了敲门，邢市长开了门，转身往里走，林小麦叫了一声邢市长，就从后面抱住了他。

一周以后，邢市长辞职到北京一家私营企业任总经理，他走的时候没有告诉林小麦，走了之后也没有给林小麦打一个电话，林小麦觉得他把自己一生中最重要的东西带走了，但是，他又把它扔了。

林小麦上任后不久，把魏宏的妻子也带到了武灯县，安排她在县城开了一家灯具店，她的儿子在实验小学读书，一年后，魏宏的妻子找了一个中学教师结婚了。

葵花的秘密

一、一切从星星开始

事实上，我的记忆不愿意回到2003年初秋的那天上午，尽管一切依然像正在发生一样。那片盘旋的杨树叶子，疾驰而过的奥迪A6扬起的尘土，穿着过膝靴子的女人身上的香味，我拐过市委大院门口时给予门卫的那抹微笑（如今像长在我脸上的血管瘤一样难以掩蔽），还有那天格外爽朗的云和阳光、和当时老杜眼睛里传递出来的那点兴奋，如今都已经暗淡模糊了。

那天我到家以后又给老杜发了一条信息："没有您就没有我的今天，真诚感谢。"老杜回信说："让你等了这么多年，很抱歉。"

老杜是我的直接领导，我能借调到市委组织部就是因为老杜。老杜到区里调查后进村改造情况。我那时在区委组织部办公室负责文字工作，当然也包括来了客人端茶送水之类。我第一次看见他的时候感觉很诧异，因为他不像组织部的人。那天我们都在办公室等着，他见到我们部长时说的第一句话是："好啊，上级领导来了你还坐在这里优哉游哉地喝茶，中午你给我准备茅台还是五粮液？我可告诉你，我喝不了酱香型的酒。"

我们部长连忙迎上去说："你还五粮液茅台，给你弄瓶小刀就不错了，你是来扶贫，照你这样还不越扶越贫。”话虽这么说，但我知道今天的茶叶是极品铁观音，水果是米蕉、小金橘和美国提子。当天上午我们组织党政主要领导做汇报，区长因为有其他活动没有参加，区委书记全程陪同，中午上的是五粮液。杜部长雷声大雨点小，并没有多喝酒，别人劝他的时候他就说：“不怀好意啊，想拉我党的优秀干部下水。”或者说：“下午还干不干活？你们是不是有什么猫腻？想把我灌醉了？”

说真的，他最初的调研除此之外和其他人没有什么区别，没有发生什么事情的迹象，非要较真，就是开座谈会的时候，他抽烟，我发现桌子上没有烟灰缸，及时给找了一个悄悄放在了他面前。我记得他看了我一眼，的确是看了我一眼，但直到下午也没感觉这一眼有什么特殊价值和意义。

按照日程，我们去各项工作实绩突出的洋河镇调研。尽管镇上的领导说了很多比如和村班子成员促膝谈心之类措施，但我们知道根本的原因还是这个村临近一个刚开发的煤矿，村民几乎一夜之间富了，仓廪实而知礼节，村民从原来全省有名的上访村很快变成了生态文明村。

晚上，镇上的领导说安排杜部长一行吃顿地方特色。

“比大饭店顶用，”我们部长对杜部长说，“麻椒狗肉。知道为什么远近驰名吗？有这么一句话来形容：‘男人吃了女人受不了，女人吃了床受不了，床吃了地受不了’。”

杜部长没接他的话茬，而是一本正经地说：“不过我跟你说，我昨天看见嫂子和你儿子了，我是第一次看见你儿子，小伙子真精神。”我看着我们部长警惕的眼神，知道下面不会有好话，果然，杜部长说：“你儿子和廖局长简直是一个模子刻出来的，廖局长爱吃狗肉。”

我听到廖局长这三个字的时候是有些异样的，我的回忆中依然能感觉空气中有某种波动，以至于我们部长那句“把那小子叫来”让我至今想起来仍然有某种不真实感。那时我预感到这个夜晚即将背离常规，起码对于我来说，会和预期有所不同。廖局长叫廖家华，是现在文化局局长，在官场，我只有和他能谈论斯宾诺莎和希尼。

廖家华来了，我看见他的时候他也在看我，我们只是相互看了一眼，并没有说什么。杜部长说："你是不是爱吃狗肉？"

廖家华意识到了什么，说："我一般情况下是严格按照上级领导的指示行事，杜部长吃狗肉我就吃狗肉。"

杜部长说："你看，我说了吧，廖局长爱吃狗肉。"

我们都笑，那笑像是被赏赐的，夸张地挂在我们脸上。我们以为只有民工才会开这样的玩笑，没想到这些领导也这样与民同乐。

那天晚上我们要了一个大桌，上了三大盘狗肉，大家吃得热火朝天。我和廖局长几乎没有说话的机会，我觉得这个晚上应该没有什么两样了，这时，廖局长突然问了我一句："最近看什么书？"

我愣了一下，但我马上看到了命运抛过来的机会，我领会了，读懂了，抓住了，我说："在重读罗素的《西方哲学史》。"

人们的目光一下子聚集在我这里。我觉得自己应该说读《资本论》，或者萨缪尔森的《中间道路经济学》，这和这个场合更匹配。有一瞬间我的心情非常灰暗，甚至有点懊丧，我觉得似乎能听见狗吠的声音了，我认为自己因为书生气和那么一点虚荣心把这个机会放过了。但后来的事实证明我是歪打正着，杜部长是人大哲学系的，他读过罗素的《西方哲学史》，问题是他以为在瀛洲市这个小地方，只有他自己读过。

大家自然不说狗肉了，我们开始谈论诗歌、生死和存在，连镇长都说自己上学的时候背过《查拉图斯特拉》，这真让我们刮目相看。

杜部长说："哎呀，我到瀛洲工作这么多年，还没有遇到读罗素的人呢，怎么样？你们部长重用你吗？如果不重用我就把你调市委组织部去。"

我不置可否，我感觉他只是在说酒话，顺嘴说说，活跃一下酒场气氛。即使他说的是真话，我也不能立刻同意，那会让我们的部长罗祥和很不高兴。但是，我当时的确是被那个渺茫的愿望引诱着，像看见饵食的鱼。我当然不会说不同意，我能做的就是微笑，对每一个说起我的人微笑，用微笑回报和呼应他们对我未来命运的假设。

还是廖局长说起我工作的事。廖局长说："杜部长，迟红是不可多得的人才，在区里也不错，你们组织部要从发现、培养女干部的角度把她重点培养一下啊。"

"领导们吃狗肉。"一个副科级科员不合时宜地说了这句话，桌上的人一下子沉默了。过了一会，杜部长突然忍不住笑了起来，狗肉从他嘴里喷出来，一时大家笑成一团。

我没有笑，我知道他们笑什么，我装作什么也没有听懂，专心致志对付一块狗排。

那天晚上我们吃完饭后出来，入夜的秋风吹来，让我的精神为之一爽。晴空如墨，繁星点点，旷野上呈现出远离城区的寂静和悠远。关键是我们刚才谈论过罗素，这为我们宣泄那种形而上的情绪找到了通道。我看见了满天的星星，我说："看，星星。"

廖局长说："星星真好。"

杜部长说："很久没看见这么好的星空了。"

那天的星星的确好，很长时间我总想起那天的星星。我后来到了北京，成了一家出版公司的编辑，我可以肆意渲染我对文化品位的坚持和痴迷。我到过南方，白色的栀子花，觉得那花瓣上的露珠就是那天的星星；我在罗马教堂前看见觅食的鸽子也想到了那天的星星；在新加坡，一个孩子追着自己的妈妈要巧克力，我听见那孩子的奶声像从那天的星星里喊出来的。

一周以后，我被借调到市委组织部，但是我的工作关系调不过来，我一直是市委组织部一个编外人员，提拔没有我，评先没有我，甚至下面人员来请客也很少带上我，我就像放在亲戚家的孩子一样，被不冷不热地搁置着，一搁就八年。我来组织部的时候 28 岁，1 米 66 的身高体重只有 52 公斤，我穿着一套纯毛驼色套装，风姿绰约，意气风发，上班的第四天就听见市委办公室的一个人说："你已经成了市委大院五朵金花之一了。"

八年过后，我已经 36 岁了，我的眼角出现了再不能消失的皱纹，皮肤暗淡，腰围从原来的一尺九长到如今的二尺四，我那件驼色套装已经送给苏志国老家的一个表妹，他表妹如今在集上穿着那套衣服炸油条。

问题是我原来区委组织部的同事都已经提拔了，有的到局里，有的到街道，当年那个让领导们吃狗肉的科员如今到洋河镇当了一把手，他上任以后请我们组织部一干人等去吃狗肉，我推说有事没有去，而且，我再也没有去过。

很多时候我也在想，我到市委组织部其实是因为一个玩笑，至今我仍然知道那只是一个玩笑，这个玩笑改变了我的命运，当然，不只我一个人的命运。

二、树上的风筝

我上市委组织部的时候，苏志国是不同意的。他说："你在区里很好，清闲，工资也不少挣，可以照顾家。"如果他换一种表述方式我也许会考虑一下，关键是他说这话的时候我刚在他的呼机里看到肖捷的电话号码，我知道他们还在联系，我因此对他这种劝说我对家庭做出牺牲的话很排斥。我才 28 岁，我需要有点重要的事干，这种重要的事像葵花，只能在高处、更高处。不会是在区委组织部这种基层部门。我不会错过这个机会。

苏志国说："你要走就要办手续，把调令拿下来再走，借调风险太大，一旦出了问题前来不得后退不得，将来自己难受。"

我说："不就是一张纸？"

他说："孙悟空被压在五行山下也不过是如来佛的一张纸。"

我不置可否，况且我没有退路了，我已经答应了杜部长"人先过去，慢慢办手续"的要求，我认为已经不可能出尔反尔了。

我有时想，我对那个上午记忆的拒绝其实在很早就开始了。从洋河镇回来的第三天上午，我又接到杜部长电话，杜部长说："你好好想一下，现在正好缺一个编写组织史的人，你最合适。"我当即去找我们部长。我记得部长当时正喝茶，极品铁观音的香味。我说："罗部长，杜部长又来电话了。"

罗部长说："动作够快的。"

我没有说话，我觉得罗部长当时基本算面沉似水。"你自己怎么想？"他接着问我。

我说："我听组织安排。"

"鸟攀高枝。"我看见罗部长说这几个字的时候很深地喝了一口茶。"借调也去啊？组织部最长的借调十几年了，你可要想清楚。"

我其实已经没有什么好想的了。我对市委组织部心存向往，我觉得那个地方能让我的生命更有价值。我在那里不会像在这里一样，写这些没有多少实际内容的文章，这些文章大都从其他报刊随处可见，开头都是"为认真贯彻落实"之类，然后加上我们望都区的数字，比如新发展党员 N 个，其中某某村发展入党积极分子 Y 名，等等。我从毕业就干这个，已经干了六年，我几乎不用脑子就可以把这点事弄得花里胡哨、文采飞扬，我想干点重要的事，这个事显然不会在区里。

我说："罗部长，我知道您一直很关心我，但是我还年轻，还希望能为社会做点有意义的事。"

罗部长说："你如果愿意走我很支持，毕竟那是大机关，更锻炼人。"然后他说："以后我们的迟红同志发达了，可记住苟富贵勿相忘。"我记住了他的笑容，像是女人的假睫毛，看起来很好看，但随时担心掉下来。果然，我快要出门的时候他接着说："我们本来准备提拔你当办公室主任，你这一走这个指标就腾出来了。"

我一下子如鲠在喉！我回头看见了他依然挂在脸上的笑容，那个瞬间我觉得他的眼睛已经没有睫毛了，只有褐色的眼珠在滴溜乱转，那笑容已经像子弹一样出膛，我如果不走，马上就可以射出来，杀伤我。

我回到办公室，只是坐着，没有一点力气。我在这里干了六年一直希望能提拔，但是，当我决定要离开的时候，机会来了。我给廖家华打电话，告诉这件事。廖局长听完后说："要我说你只有走。事情到了现在，你不走这个办公室主任也不会给你。你用实用主义的哲学观点说服自己。"

实用主义是什么？人的生存活动就是人的本质，问题是我现在走得心有不甘。我说："我能不能带个正科走？"

廖局长说："按说不是不可能。你提拔不占区里指标，他们就是走个程序，是个顺水人情，问题是他们愿意给你办吗？就是愿意办，你提了正科市委组织部还愿意要吗？组织部压了那么多干部，突然来了一个正科，往哪放你？而且还是一个女正科，明摆着是抢人家饭碗的。再说这事要杜部长来操作，我看你们的关系他未必就帮你。"

"要是你来组织部当部长就好了。"我说。

"要那样还有问题吗？问题是我不是组织部长啊。你再好好想想，大主意还要自己拿。"廖局长说。

我最终没有和杜部长提任何要求。我独自收拾东西离开了区委组织部。以往组织部的人走，大家都要组织一个场合欢送一下，但是，我走的时候去和罗部长告别，罗部长站起来和我握了握手，说："祝贺高升啊。看看谁有空，送送，我就不送了，我这还有点事。"

一把手的态度使单位上的人都显得很不自然。他们不送显得不合情理，送又觉得没有多少必要，罗部长的冷淡让他们都在适度表达别离之情。

关键我是借调，我像一只风筝，看起来飞得比鸟高，可是鸟可以到任何一片天空下，而我的线还在望都区拴着呢。我只能围绕一棵树转悠。

三、一个人的葵花

12 岁那一年，快过年的一个星期天，我看够了书想到院门口看看。那天风很大，把门口槐树上最后几片叶子都吹下来了，我的围巾根本不能抵御狂风的侵袭，冷得我缩着脖子。我正要回家时看到了一张报纸，被风吹得哗哗作响，那张报纸已经不堪大风的劫掠就要翻卷而去。我立刻就冲了出去，我追逐着那张报纸，和狂风较量速度和毅力。那张报纸显得无辜又软弱，被风裹挟着，迅速翻卷着，一直向远处滚去。前方是迟家河，尽管已经结冰，但如果报纸到了那里我是不敢上去的，因为去年冬天二婶子家的老二就是从冰上掉到河里淹死的，我必须在报纸飘到河里之前追上。风把我的围巾吹下来了，我顾不上重新围上，提着围巾继续追；我觉得风也在和我一样喘息，但我们谁也不想停留，一个要被梦想带走，一个要把梦想留下，我们互不相让，你追我赶。我已经快跑不动了，汗水把棉裤和皮肤粘在了一起；我的肺也已经不堪重负，随时都可能被点燃和爆炸。可那张报纸还是没有停下来的意思。我绝望了，嗷嗷地叫起来。

这个时候前面来了一个人，他本来绕过了那张报纸，那张报纸就擦着他的裤腿飞过。绝望在撕咬我，我喊："给我！给我！"我不知道自己是喊给这狂虐的风听还是他听，但是他懂了，他看看我，迅速回身追赶那张报纸，很快就把那张报纸踩在了脚下。

我累得一下子哭起来。

他把报纸拿过来，送给我："你要报纸干什么？"

我一边擦汗一边哭，根本说不出话。我甚至没有说声谢谢就拿着报纸哭着往家走。我到家以后才发现他一直在我身后跟着。他就是廖家华，当时，他是我们中学的语文老师。我考上初中以后，他特意找到校长，把我调到了他的班，做他的语文课代表。

那时候我爱看报纸，我以为那是葵花生长的地方。

四、看不见的眼睛

我被分到了组织部干教科，科长叫骆英，是个女同志，不知道为什么，我第一眼看见她时，突然感觉借调也许真是个错误。

杜部长说："你们都是女同志，好沟通。"

骆英比我大八岁，但是，大八岁也是女人。在我没来之前，市委大院的四朵金花是：骆英，宣传部理论科副科长姚依莲、社科联办公室副主任苏梅和行政科接待办副主任李淇。我后来和她们都打过交道，机关的人不化妆，没时间保养，穿着也受到限制，不能太时尚，说真的，这几朵金花放到社会上都算不上美人，但是市委大院多是留着妇联头，穿着蓝色西装的女干部，和那些人比，这几个女人就算出类拔萃了。在这四朵金花中最漂亮的要说还是骆英。她也留着齐耳短发，但是，她的头发染成了啤酒红，使她原本就很白的皮肤显得更加细腻；她也穿套装，但是，她的套装没有黑色和蓝色的，她敢穿白色的裙装，用白色的水杯，她不戴首饰，手腕上是银色的手表。

刚开始的时候，她特别爱带着我，去县里调研、参加一些会议都会让我跟着，而且她会很热情地向别人介绍我，把有才、有能力之类词汇毫不吝惜地加在我头上。杜部长带我们一起参加省委组织部培训的时候，她特意交代安排我们两个人一个房间，还说：“这回可有伴了。”她如此大气和慷慨，的确让我很感动，我甚至觉得我对她的抵触完全是我的小女人心态在作怪。

晚上，我们聊天。我印象中话题是她先牵起来的，她说：“你能来组织部，多亏了杜部长。”

我说：“是，没有杜部长我连想都不敢想。”

她说：“杜部长这人除了好色没有别的毛病。”然后我听到了她的笑声，轻微而又凌厉。我还看见了她黑暗中的眼睛，很亮，我不知道为什么一下子想起了洋河镇吃狗肉时，狗圈里的那些狗，那些狗的眼睛也像她的眼睛一样，充满警惕和不安。

我目瞪口呆，我不知道怎样回应她的话题。况且她这话让我很尴尬，好像我来组织部是因为杜部长那点好色之心，而不是其他比如有才气、组织需要等能登上大雅之堂的正当理由。我的来路显得很不纯粹，甚至是不磊落的，这让我有些难堪。

我说：“我不知道，我看杜部长挺好的啊。”

“以后你就知道了，”她说，“和男领导打交道就这样，很微妙。哪像我们女同志之间那么随意，怎么都行，用不着考虑那么多。”

关于这个夜晚，我的记忆也是很清晰的。两张并排的单人床，像两艘即将远航的船只，我们各自上船，她讲究的肉色真丝内衣勾勒着她依然鲜美的身材。而我的睡衣是纯棉的，不塑型，使我本来很苗条的身材显得有些臃肿，我们互相打量了一眼，又迅速回避了。

她问我丈夫做什么工作，我告诉她在报社当摄影记者。她听了以后说：“你们都是文化人啊。”

我没有敢问她的家庭情况。她当时沉默了一下，像是试探我，过了一会才说：“我爱人在城建局工作，有事你们可以找他。”

我们看起来的确是沿着姐妹情谊的跑道在进行谈话，但是后来证明我们其实是在彩虹上牵手，一旦云开雾散，一切就消失了。

第二天看见杜部长的时候我感觉和以前有些不一样，说不清为什么，我觉得我和杜部长的一切都在被监视之下，我只要和杜部长稍微拉近一点距离，就能看见黑暗中那双闪光的眼睛。我开始有意识地回避杜部长，能不去他的办公室就不去，开会的时候我也尽量离他很远，我想告诉骆英一些什么，但是，那是什么我又说不清楚，我觉得自己只能这样做。

我在市委组织部工作了八年，我发现他和所有认识的人——男人和女人都开玩笑，比如他会和比自己年龄大的女人说：“大姐，今天气色不错啊，昨天挺好吧？”和比自己小的女人就会说：“×科长，漂亮，就是漂亮。”这句话他一本正经说出来就会有很强烈的戏剧效果。我没有听到杜部长的任何绯闻，我一直奇怪骆英怎么会那样说他。直到离开组织部才明白，那是骆英放在我路上的一块石头，我愚蠢地认为前面就是陷阱或者悬崖了。

五、纸上的命运

廖家华是1988年从学校调到市委工作的。他先到文教局办公室，后来给当时的一个市委副书记当秘书，四年之后到一个县当副县长、组织部长、副书记，1998年和另外一个副书记争县长的位置时败北，到文化局当了局长。

我大学毕业的时候他帮了我的忙，直接分到了区委组织部。记得自己当初去报到的时候是心潮澎湃的，我觉得我的梦想就要变成繁花似锦的现实。但是很快我就发现现实和理想的距离远到出乎我的想象。我一天天坐在办公室里，六年唯一一次见世面是那年陪省领导下乡。刚刚开春，麦苗绿得十分勉强。我和大队人马稍微离开了一点距离，我站在麦田里，看见麦苗在风中荡出银白色的波浪，我闻到了青草的味道、土地的味道。这味道飘荡在我心里，久久难以散去。

有时，我走在北京大街上会有些莫名其妙的感想，比如，我在瀛洲市委组织部八年到底干了什么工作。我参与编写了《瀛洲市组织史》，和别人一道先后考察了16名县级干部，参与了9个后进村班子建设，协助有关部门发展了129名党员，撰写了17篇理论文章，其中《对干部队伍建设的几点思考》还获得了省社科类文章二等奖……我的确干了不少事。但是，当我冷静下来，又觉得自己什么也没有干，没有我，瀛洲市的干部队伍建设一样进行，党员队伍一样会不断发展，最需要我自己做的事是把自己的工作关系调到市委，而就这件事我最终也没有办成。这使我从28岁到36岁之间的八年时间成了一道永不能愈合的伤口，在我经过机关单位门口，或者新结识一名机关领导干部时，这伤口就会重新流出血，让我感到一种再不能释去的疼。我因为工作关系要和各地党委政府部门打交道，每次要到当地机关时我都会派另外一个人去，无论是海南还是黑龙江，所有的市委政府部门几乎都是一样的设施和风格，那些我熟悉的气息很容易让我回到过去——被一张纸压到五行山下的过去。

我在组织部无数次见过那张纸，我甚至很多次给别人拿过那张纸。那只是一张白纸，上面是几个空格，只要填上我的名字我就能结束这种流浪和漂泊，我就能停下来，为那片在梦想的远处成熟的葵花而踏踏实实地生活和学习。我甚至有一次偷偷复印了一张表，把自己的名字悄悄填上去，然后，我把纸抓在手里很久，我几乎就要拿着这张纸去办手续了。但是，我不能，这张纸上的名字必须由组织填，由杜部长填、罗部长填，我自己就是用金笔写上也不顶用，就是用血滴写成也是废纸一张。

其实，有两次我基本上就可以成功了。第一次是2002年底，也就是我到市委组织部的第六年，组织部干部年底考核，骆英问我是在这里考察还是回原单位，我说："还是在这里吧，我已经离开那么久了。”

但是，按照规定，我还是回原单位参加考评。那时望都区组织部的办公室主任已经是李江了，看见我回来做出很高兴的样子说：“市委领导来了，欢迎。”我觉得他是在嘲弄我。我看见他坐下的椅子，是我当初用的，如果我不走，这把椅子应该还属于我，我吃饭的座位会更靠前，我比以前有更多的机会和可能靠近我的梦想，而现在，我等于和我的葵花背道而驰了。

回来的时候我顺手写了一首诗：

纸上的命运

一张纸，轻如鸿毛
我的命运一次次站在上面
被送到企业、学校和机关
一个人突然变得没有任何分量

我急于留下来，不在一片纸上
奔波
但是，我的生命被粘上了
像红舞鞋，再也不能脱下来

此刻，我又站在了纸上
等着一阵说不清的风
吹到我

能把我吹到哪里去呢

我把这首诗给廖家华拿过去了，廖家华看完什么也没有说，当着我的面直接给杜部长打了一个电话：“杜部长，我，廖家华。”

我听不到杜部长说什么，只听廖家华说：“你别给我整那些男女关系问题了，你还是多考虑一下事关国计民生的大事吧。你当初把人家迟红给要来了，人家因为你连正科都放弃了，你打算给人家怎么着？让人家一辈子就这么借着？”

对方在电话上叽里咕噜，我还是听不清，但我知道他会说什么。因为组织部一共七个借调的人，最长的已经十一年了。因为腾不出指标一直这么待着，最近组织部提拔了四名县级干部，其中有三位到其他部门任职，空出三个指标，但是，论资排辈我还要靠后。我听见廖家华说：“你跟我少来，论资排辈你应该在县里待着，比你资格老的人多了，咱不说中国，就瀛洲市有多少人比你年龄大、资格老？你数得清吗？凭什么你当组织部长？还论资排辈，少跟我来这个。”

第二天骆英就找我，要我自己整理一份材料，说杜部长要。我知道这是为什么，我觉得自己像走了很长的夜路突然见到灯光一样兴奋，我连夜准备了个人资料，第二天直接就送到了杜部长办公室。

关于那些细节我已经记不清了。我印象里他在接电话，示意我坐下。他接完电话以后和我解释我那些早就明白的理由，然后告诉我这一次他费了多少劲才把指标争取过来。我意识到我就要结束这种悬在半空的生活了，我像一只即将放归的小兽一样嗅到了山林的气息，我记得我还幽默地说：“看来，我的政治生涯是离不开您了。”

但是，天还没黑事情就发生了变化。杜部长让骆英告诉我，指标给了一个比我年长两岁的人，他比我早来半年。我跌坐在椅子上，半天没有说话，我甚至懒得去问理由——理由是没有意义的。

当然，我后来还是知道了理由。一个匿名电话打到了分管书记那里，电话里的人问书记：“在调人进市委这件事上是不是男女平等，如果是女同志再长得好看点就可以优先考虑？”其实当时书记也没有说什么，只是让杜部长“慎重点”。但是，就是这“慎重点”轻易剥夺了我结束借调生活的第一次机会。

理由也是骆英告诉我的，她重复了那个夜晚的话说：“我早就告诉过你，女同志在男人堆里混，有很多莫名其妙的东西。”

但是，不知道为什么，我感觉她早就知道这个结果，我甚至猜想这个打给书记的电话和她有关，理由很明显，我只要是借调人员，我就永远不能和她在一个起跑线上。而以我的条件，我只要进了组织部，就会是她最强有力的对手，这一点，我们彼此心知肚明。

面对结果，理由依然是没有意义的，况且猜想永远不能成为证据。

我似乎并不愿意说起第二次机会，那将从那个上午开始，从那片翻卷的杨树叶子和我给门卫的微笑说起，然而那已经是一个结痂的伤疤，我回忆一次就揭开一次，重新看见从我心底流出的血——我不愿意这样。

六、那一种荒唐

其实，我和苏志国的结合只是一个偶然，对于苏志国来说也一样。

我本来应该属于另外一个男人，而苏志国本来也应该属于另外一个女人，但是生活和我们开了一个玩笑，我们的生活道路就背离了最初的方向。

我后来听苏志国说，我从他们宿舍门口过，他们宿舍的同学和他打赌，说："你要能追上那个女孩这个学期的作业我们包了。"

苏志国当时和英语系一个叫肖捷的女生谈恋爱，而我对经济系一个爱打篮球的男生情有独钟，那时候我们已经在校园附近的一个苹果园里有过一次约会，尽管那次约会我主要谈论穆旦的诗歌，而他一直在和我讲马斯洛的心理需求层次，我们像两条共生共浴的鱼，在一条清澈的河里相遇又迅速分离了。

开始苏志国并没有当真，但是当他看见肖捷和一个来自匈牙利的混血儿在一起之后就认真了。我的生活很简单，就是宿舍、教室和食堂，他竟然在这三点一线中给我拍摄了大量照片。最打动我的一张，是我拿着聂鲁达的诗集去上课，秋天的玫瑰还很红，蝴蝶依然在飞舞，风把我的裙子轻轻摇摆。我听到有人叫我，猝然回头，眼睛里是茫然和不知所措，头发飞起，像被不可知的命运抓住又放下。

很快，苏志国同宿舍的同学共同参与了他的行动，他们空前齐心，让和我谈论马斯洛的男生自动退出了。

周围一下空茫了，只剩下我们俩，我们似乎都别无选择，我们有太多在一起的理由——我们分到了一个城市、我们都有艺术爱好(我那时对他的摄影称为艺术有些不屑)、我们都是皮肤稍黑、眼睛很大、不善谈吐的人，等等。我们找不到不在一起的理由，我们理所当然地在一起了。

我的记忆回到了看完星星的第四天，我意识到我将开始新的生活，我跃跃欲试，踌躇满志，我以为我必定走向光明。

我记得那天依然有星星，我和苏志国饭后散步的时候还认真看了看夜空，是那种有些灰的黑，星星也没有昨天明亮和丰富。我说："我到了市委组织部还有时间看星星吗?"

苏志国说："够呛！那些人天天忙，不知道他们都忙什么。"

我向往那种忙，那种为有意义的事而奔波的日子对我始终构成一种诱惑，只是这一点我始终没有告诉苏志国，当然，我也没有告诉任何人。

很快我就体会了忙。我有时会夜不能寐，因为有很多上级部门和领导有很多材料要写；我有时几天不能在家吃饭，因为我必须上各地调研，有一次我参与全市民营企业党建情况的调查，耗时一个多月，我回家以后闻到床上已经有单身男人那种干燥又芜杂的味道了。

我没有办法停下来，因为自己是借调的，我必须给自己制造尽快把手续办来的理由，这个理由是要代价的，不光我自己要承担，家人也不能逃脱，但是，苏志国显然没有想到这一点，他很快就逃离了自己的责任，让肖捷再次进入了我们的生活。

无数次想过，我原本可以和别人一样，我们原本可以一直过下去，生一个孩子，白头到老，将那个玩笑进行到底。但是，我的忙给肖捷提供了机会，她再次出现了，带着注定留在我和苏志国生命中的伤痕分到了报社，给我们制造了分开的理由。

现在，我还是一个人，偶尔和一个在房地产公司做销售的男人在一起喝点红酒，我们谈论伊拉克形势和叙利亚战争，也对姜文和冯小刚的电影表示关心，但是，我们谁也不谈论婚姻，按他的说法，要“拒绝将命运和感情贴到一张纸上的荒唐。”

然而，生活本身就是荒唐的，就像多少人来到这个世界上都是因为一个男人和一个女人一瞬间的荒唐。

我们早就注定了荒唐。当我们剔去牙缝里残留的狗肉，看见星星在远方闪耀，荒唐就像狗肉的细胞一样进入了我们的生活，再也没有任何仪器剔去那些狗肉在我们身体里的残留。再也不能。

我对那个男人说：“我已经没有能力摆脱荒唐，而且，我习惯荒唐。”

他看着我，喝干了酒说：“我有些不甘心。”

“那说明我们不匹配。”我说。但是，我们没有分开，我们依然会找一个酒吧，喝酒、聊天，有时他会带其他的女朋友来，我们相安无事，彼此安慰。他总让我想起那个和我谈论马斯洛的男生，他留在了贸易部，和我的出版公司只隔着两站地，但我们从未相遇。

苏志国没有和肖捷结婚，他至今也是一个人。他那些知道详情的同学又聚集在一起，希望我们重归于好，但是，只有我们自己知道，我们没有理由再在一起生活了，理由像一层虚假的面膜，已经被我们无声撕下，再也贴不上了。我们偶尔会通电话，甚至会和没有分开以前一样叮嘱对方一些事情，比如昨天晚上他就来电话说：“明天降温，你注意多穿件衣服。”

我说：“你少喝点酒，小心你的血压。”苏志国血压高，从 32 岁就开始吃降压药。

但是，这些问讯都是秋天的树叶，注定在树上留不下了。那棵树就是我们荒唐的婚姻。

我不知道肖捷的情况，听说她去了新加坡，和一个五十多岁的华裔画家同居。

七、原本明媚的上午

这天上午原本是明媚的。

事实上，在那个上午来临之前我就已经心力交瘁了。八年，我在这个院里始终像异类一样出来进去，五朵金花有四朵已经提拔了，骆英准备担任教委副主任，只有我一个人，还在这个大院里像等待枯萎的花瓣一样，忍受秋天即将来临的孤寒。年关将近，我知道新的一年又将来临，别人的新年和我的新年已经大相径庭，别人的新年可以清点收成，而我只能面对灾情——从我来市委组织部以后，我失去了提拔的机会，丈夫跟了别的女人，我最灿烂的时光已经凋萎。我该做点什么了，我的确应该做点什么。我终于不再想要什么葵花了，我成了压在五行山下的孙悟空，只要能拿开贴在山上的纸片，我愿意经历九九八十一难，我甚至愿意低——下——头。

那年冬天没有下雪，空气始终很干燥，日子比以往更显得漫长灰暗。楼下有一棵石榴树，叶子已经掉光了，高处却还有一个小石榴，干瘪、孤单，和我一样被打入了别册。我从看见它的时候就一直想把它摘下来。那天中午我参加一个饭局，回来之后院里没有一个人，我找了一根竹竿，去够小石榴，背后突然传来廖家华的声音："干什么呢？"

我放下竹竿，说："没事，看那有个小石榴，我想弄下来。"

廖家华说："你倒挺有闲心。告诉你啊，咱们成同事了。"

我大吃一惊，问："真的假的？"

"我在杜部长旁边的办公室，走，跟我过去看看。"廖家华说。

那一瞬间我才深深理解什么叫喜出望外。因为自己是借调人员，我慢慢边缘化了，很多事我不敢轻易打听，别人更不会主动告诉我。我知道那个办公室，原来的常务副部长到师专当校长了。那么廖家华是来当常务的。我觉得自己这一次终于看到曙光了。

是的，这个上午原本是明媚的。

我忘记自己是怎么走出廖家华办公室的了。还没有到下班时间，可是我的心已经像起飞的767客机一样，在云彩之上飞翔了。我看见那棵小石榴，依然在枝头摇晃，我决定等到我身份落实的那一天再摘下来，作为永久纪念；一片杨树叶子，在我脚前盘旋飞舞；一辆奥迪疾驰而过，扬起的尘土很久没有散去；一个穿着过膝靴子和黑色风衣的女人，她的卷发非常得体，尤其她身上的香水，像初春的紫玉兰；我拐过市委大院门口时向门卫笑了笑，这些年，我几乎从他面前经过了近万次，每次我都觉得自己像没有邀请函的不速之客一样自卑又难堪，很快，我就可以名正言顺地从他面前进进出出了。我还看见那天的云，只有几朵，新娘的礼服一样雍容，那天的阳光不像冬天的阳光，我感觉春天提前到来了。

那天上午，原本是明媚的。

八、让我告诉你

八月的一天，廖家华来北京办事，晚上请我吃饭。饭店是欧式装修，灯火通明。他又说起了当年的那件事，他说："你太沉不住气了，我刚到组织部，立足未稳，就把自己的学生调进来，影响不好，你只要再等个一年半载，我肯定就给你解决了。"

我笑笑说："都过去了。"我问杜部长现在的情况，他说："他今年该退了。"

"你来的时候也不打声招呼，我们好送送你。"廖家华接着说。

我说："送什么，我什么也没有，买上车票就来了。"

廖家华说："你现在状态不错。"

我说："还行。"然后我把目光投向窗外，我忽然意识到我已经多年没有看见星星了。我记得我离开瀛洲市的时候是阴天，"那天的星星真亮啊。"我有些伤感，真的，想到那天的星星我的确有些伤感。

廖家华也在伤感，我从他的目光中能看到，他的伤感也是真的，而且，他依然懂得我的伤感。果然，他说："那家狗肉饭店还在，哪天你回去我请你。"

"我现在吃素。"我笑笑说。

我记得那个明媚的上午之后的第三天，杜部长对我说："迟红，你的事又有变化了，虽然你时间长，但是另外一个同志家属有病，组织上只能照顾他了，你再等等。"

我那天就收拾东西走出了市委大院，从此再也没有回去。

廖家华吃着一片三文鱼，说："我这次来也是想告诉你，你的组织关系我一直给你留着，你随时可以回去。"

这时，房地产经理来电话，说单位让他到另外一个城市做房地产开发，征求我的意见。

我一手拿着手机，一手端着酒杯，我喝了一口，又喝了一口，放下酒杯的时候，竟然在红色的波纹里看到了一张报纸，那个叫迟红的女人站在一片葵园里笑得满脸通红。

拉维的弹速

1

皮斯对于时间的敏感恐怕来自于他的父亲——一个老牌钟表匠，他临死以前吹嘘说，他曾经修理过一块Blancpain手表，他说这块手表是和一个王室成员一起在战场上负伤的。皮斯无法相信他，因为他说清手表的名称用了将近70秒。父亲在这件事之后的第二天合上了双眼，他活了76岁。皮斯不知道父亲出生的精确时间。

太阳还是十多年前的样子，在照耀其他地方的同时也照着这个国家。教堂的钟声响起，葬礼几近结束。远处传来爆炸声，不知道又是哪个超市或者其他人群聚集的地方正在血肉横飞。亲友们都急于回家，眼睛里毫不掩饰已经积蓄起来的对死亡的麻木。他理解他们，这一段时间以来，频繁参加葬礼已经成了这个国家所有人民的日常事情。一位亲戚过来告别了，上个月他的父亲在去教堂的路上被炸死了，全家找遍了整个街道也没有找到父亲的腿。那位仍然在墓前念念有词的女士，显然沉浸在自己的悲伤中，她的女儿想去书店买耶胡达·阿米亥的诗集，据目击者说，这个小姑娘刚到书店门口，就被从一辆卡车射出的子弹击中了，到医院后发现她右边的乳房没有了。截止到目前，只有那位白头发的老人家里还没有举行过葬礼，但是，所有人都能看出他并没有任何侥幸心理，因为他的三儿子已经失踪三个月了，有人听说他的三儿子加入了反政府组织，曾经袭击某大使馆，在失败后作为人体炸弹开着一辆越野车冲进了政府军营，和对方的四名士兵一起消失了。

和他们相比，父亲这种自然死亡显然就幸福多了。这使他被倏忽而来的庆幸弄得有些兴奋。天空飘着多年前的没有血迹的白云，棕榈树的叶子和他昨天晚上从电视上看到的邻国的叶子一样碧绿，邻国正在搞什么庆典，一个漂亮的黑人姑娘就是拿着那种树叶翩翩起舞，这欢乐的氛围让他热泪盈眶——他的国家已经多年没有这样的场面了。

他在人群中看见了希乌拉，这让他吃了一惊。这个不速之客带着他的宽边帽子，目光在和他对视的时候甚至是挑衅的。皮斯感觉心脏有些缺血，身子轻飘飘的，有些晕眩。他强迫自己不去看希乌拉。但是，没有用，他觉得希乌拉的眼睛像性能极为优良的导弹一样，越过树叶、人群和坟墓准确无误地攻击到他。

必须躲开希乌拉。为此他匆忙结束了葬礼。

有人拍着皮斯的肩膀，说："希望我们还能见面。"

"活着，如今比什么都重要。"另一个人接着说。皮斯心不在焉，他和他们握手的时候有些迫不及待，但人们并不在意。所有人都已经走在回自己住处的方向。又有枪炮声响起，草叶在颤抖，鸟从一棵树跳到另一棵树，突然又跳回来。

"爸爸，这是AK-47。噢！怎么都是AK－47？"拉维侧耳听着在几百米之内传来的枪声。

皮斯没有顾上回答，赶快拉住拉维，不让他四处乱跑。拉维的一只手被他紧紧握着，两只壮硕的小腿在草地上不停踢踏着。

"宝贝，安静点吧，我们必须尽快回家。"皮斯低头对拉维说，同时加进了步伐。

"那有只小鸟，飞不动了。"皮斯看见了，那显然是一只和拉维一样没有成年的鸟，像鸽子，也像麻雀，铅灰色的羽毛、肉红色的细小的爪子和不安的眼神，使这只小鸟在这片仿佛一夜之间扩大的墓地里显得格外脆弱。

小鸟显然想飞到一个墓碑上，墓碑是新立的，有还未干枯的花瓣，墓碑上的母女相拥着冲着皮斯微笑，孩子不过十几岁，一看就是在爆炸或者战乱中死亡的。皮斯被这母女的微笑击中了，有些心慌，那慌乱不像是恐惧，也不像同情或怜惜，更像是预感。他赶紧叫住拉维，希望尽快离开这里。

2

希乌拉在跟着自己，他显然还有话要说。皮斯已经预感到他要说什么，他假装根本没有看见希乌拉，加快步伐，使拉维必须跑起来才能跟上他。显然希乌拉比他预想的还要执着，他毫无顾忌地追过来了，拦住了皮斯，皮斯看着他，嘴里问："噢，希乌拉，您还有什么事吗?"但他脑子里其实一直在思考拒绝的理由。他必须在一瞬间完成这件事情。

"我的车需要改装，这你知道……"希乌拉微笑着说。

"他真是疯了。"皮斯心里想，嘴里却隐忍着说："很抱歉，希乌拉，你知道我只是一个汽车美容师，除此之外我做不了什么。"

"不，你还是这个国家的公民，你应该做些事情，这话我已经和你说了一百遍了。"希乌拉眯着眼睛说。太阳已经升到对面州立会议大厅的楼顶了，阳光刺向每一个觊觎他的人，包括希乌拉和皮斯。

皮斯的心情是奇特的，有些紧张，也有些愤怒，像被希乌拉切断通向欢乐的秘密小径，小径的岔路口上随时都布满死亡的陷阱。

"我只是一个汽车美容师，我的确做不了什么。"皮斯自言自语。

"噢。爸爸，换成了 M16。他们为什么要换枪支?"拉维问。

"安静点。"皮斯不耐烦地说。

"我们在挨打，孩子。"希乌拉不怀好意地看着皮斯，话却是对拉维说。

"请不要再打扰我们，我的妻子还在医院里……"皮斯哀求说。

"知道，可是，你也应该知道炸伤你妻子的炸弹是装在一辆经过改装的复仇女神。据说你见过这辆车。”希乌拉的语调有些恶毒。

皮斯出汗了。他觉得当初顶在他脑门上逼着他改装复仇女神的手枪又伸了过来。

“再也不能干了。”皮斯心里说，那辆复仇女神炸死了六个人，包括一个七个月大的婴儿，炸伤了包括他自己的妻子在内的十六人。

“不，那不是我干的。”皮斯躲避着希乌拉的眼睛说。

“是的，除了我和你之外，没有人知道是你干的。如果有人知道的话，估计你早就被撕碎了。你希望看到这样的局面吗？”皮斯看着希乌拉有些得意的脸，心想，如果复仇女神是在希乌拉身边爆炸该多好。

拉维已经有些不耐烦了，他挣脱开皮斯的手追赶小鸟。皮斯喊了一声，拉维答应了，还是跟着时飞时停的小鸟，超越了一个又一个墓碑。皮斯发现小鸟从地面飞到墓碑上用了不到2秒钟。那么如果飞到树上呢？即使是十几米的树也不会超过3秒钟吧？如果能够飞到仍然国泰民安的邻国需要多少时间呢？小鸟还是有希望越过国境的，小鸟不需要签证，没有国籍的小鸟可以到达任何一片天空，她只要躲过战火就有希望继续活着。而他们不行，他们已经被邻国拒绝了，况且他们自己的国家也不允许他们出境，出境被定为叛国。

如果希乌拉把他改装复仇女神的事情说出去，他也会被定为叛国，他会被绞死的。答应希乌拉吗？再为希乌拉改装一辆或者几辆攻击性更强、爆炸强度更大的汽车，那么很明显，很快就会有更多的人死伤，他的噩梦将永无尽期。现在，唯一的办法就是拖延，能拖一天是一天，最好能拖到希乌拉们这颗好战之心能够冷却，最好能拖到战争结束，但那是不可能的。这个世界有希乌拉们就不会有真正的和平。

“让我再想想，可以吗？”皮斯有些低声下气地说。

“你最好快一点，这对你有好处，尤其是你的拉维。”希乌拉说着，看着蹦蹦跳跳的拉维。“他很可爱。如果他能活着的话。”

“他刚八岁，什么都不懂。伤害他上帝都不会宽恕的。”皮斯愤怒地说。

“听见了吗？那边又打起来了。这说明什么？说明上帝死了，而你我还活着。”希乌拉摘下他的宽边帽，拍打了一下，接着说：“你如果在明天中午十二点以前不答应，我们的组织会替上帝照顾你的拉维，明天见。”

希乌拉很快消失在一棵小叶树后，但是，皮斯觉得希乌拉肥胖的身影留在他眼前，很久都赶不走。皮斯想哭，眼泪像是从嗓子眼里涌出一样，很快侵犯到他的鼻子、耳朵甚至嘴巴，一切都不妥帖，包括吹到身上的风和远处时隐时现的战火。

3

皮斯还是想尽快离开这里，他觉得这里离死亡太近了。

拉维在前面站住了，看样子是目送小鸟。拉维还拿出了自己的巧克力，小心地放在手心里，冲着小鸟摇晃，小鸟像几年前飞在风轻云淡的天空一样，很快就隐没在一片不大的树林中再也不见了。

拉维的手垂下来的时候显得格外沉重，让皮斯想起拉维的妈妈，也就是他的妻子肩膀被炸伤的时候手垂下的样子，这让皮斯更加难过。

皮斯抱起拉维，很快走出墓地。前面是一片草坪，皮斯记得这里原来还有几尊现代雕塑，已经在战火中变成一片瓦砾。忽然，一栋大楼后边出现一群喧哗的市民，打着抗战的标语，高呼着口号，从瓦砾前走过，有人把一张宣传画册塞进皮斯手里，皮斯看也没有看，等人群过后迅速扔到垃圾箱里，回头的时候他似乎看见了希乌拉，但是，眨眼之间又没有了，这让他十分沮丧。

现在，他们已经踏上艾茵大道，这条路是十九世纪初由联合国提供资金修成的，今天还能在路旁看见美国的杉树、法国的白杨和来自中国的柳树，当然，也能看见呼啸而过的、飘在各种军车上的，甚至，插在战刀上的国旗。皮斯喜欢色彩，曾经在大学研究过莫奈和凡·高，但是，他对用在国旗上的色彩不感兴趣，他觉得那些色彩把世界简单化了，也复杂化了。

皮斯从不和别人说起这些，即使男人们凑在一起的时候他也选择沉默。他的祖国如今像路边遍体鳞伤的汽车一样，破烂不堪，各种零部件像互不认账的宗教力量，恨不得把对方灭绝殆尽。过来一支部队，其中一个士兵还向拉维吹口哨，拉维躲到皮斯身后，皮斯的手放在孩子细软的头发上。

皮斯说不出这是哪国的部队，如今这片土地上到处都是外国的持枪者，说不清到底哪个国家在支持哪个队伍，甚至谁也说不清谁是谁的敌人。战争让皮斯措手不及，他的孩子不能轻易出去和别的孩子玩耍，他的妻子受伤住在医院里，正等着他和儿子去探望。而且，他已经很久没有修车了，尽管路上到处都是被炸坏的迈巴赫、威兹曼、林肯甚至法拉利，每次看见它们他会忍不住惋惜，但是，他不敢轻易去碰这些车，他知道这些瘫痪在路边、草坪和田野里的每一辆车随时都有可能带来麻烦。

和他爸爸不一样，他从不炫耀自己的成就，尽管他的确接触过很多名车，他帮助本国世界赛车冠军改装过一辆高性能赛车，但是他从来没有和任何人说过这些。面对汽车，他感觉自己更像一个真正的美容师，在夜晚或者回家的路上想象从他身旁开出的劳斯莱斯、男爵在世界上奔跑，心里是安然的。现在战争剥夺了这种快乐，他有时会因为自己曾经维护过的车感到焦虑——他在电视新闻中发现，一辆用于自杀性爆炸的克利奥很像他给改装了司机副座的轿车，这让他很长时间不能安宁。

“爸爸，那是反坦克火箭筒，那是火焰喷射器……”拉维等部队走远小声说。

皮斯制止了他。他已经看出来了，这是一支特种部队，应该是执行特殊任务的。很快，就会有更加不可思议的事情出现了，不知道哪股力量的领袖人物要死了，与此相比，一栋被毁掉的楼、一片被烧焦的林木显得无足轻重。尽管盖一栋楼需要多半年的时间，长一片林木需要几十年、上百年的时间，而毁掉这一切却不过几秒！

他不知道拉维是从什么时候开始对武器如此敏感的，但这显然不是皮斯愿意的。他记得拉维更小的时候是喜欢画画的。在他只有三岁的时候，有一天他忽然画了一只鸟，这只鸟的翅膀显然是不对称的，一边大一点，另一边小一点。这件事皮斯当时注意到了，因为他发现拉维在画第二个翅膀的时候尿裤子了。他记得那是上午 11 点 23 分，拉维的妈妈去公司上班了，他用了 17 分钟收拾房间和准备拉维去幼儿园的物品。他生怕拉维从床上掉下来，特意在床边放了枕头。还给了他一些安全卫生的玩具，包括一个涂鸦本和一盒蜡笔。他实在无法计算拉维这第一张画所用的时间，因为他看到拉维的时候拉维已经吃力地完成了鸟的第一个翅膀。他前倾着小小的身子，肥肥的嘴巴很用力地噘出去，胖胖的小手笨拙地勾勒着，金黄色的头发在透过玻璃的阳光照射下显得分外明亮。

拉维是在什么时间发出只有在尿急的情况下特有的呻吟的，他不得而知。当时他被这个画面惊呆了，他站在门口一动也不敢动，他觉得自己这个漂亮的儿子在创造奇迹。几乎很少的，他在那一瞬间忘记了时间。

但是，接下来的时间他记得很清楚，他帮助拉维换下衣服用了 3 分钟，为拉维洗澡用了 27 分钟，洗衣服用了 34 分钟，准备午餐用了 46 分钟，帮助拉维吃饱用了 58 分钟，因为拉维试图把比萨放进嘴里，但是，不锈钢餐具总不是很听他的安排，不时从他手里滑落，每次都要皮斯花费一些时间为他捡起来重新清洗，他记得拉维把叉子弄到地板上这一次，他花了 12 分钟完成了清洗和帮助他正确使用这个的过程。安抚他午休也是很费心思的事情，他必须唱一首他根本不知道名字的催眠曲——

互相安慰的人们
请不要睡去
深深的湖底响起无辜者的挽歌
金色的花朵随着挽歌起舞。

这是他妻子给拉维唱的，是在战争刚爆发的那一年唱的，他甚至不知道妻子是在哪里学会这首歌的。他每次听到这首歌时都会感伤，这感伤是无法用时间治愈的，像水一样渗透在血液里，日夜流淌。他偷偷学会了这首歌。

那天中午，拉维的小嘴嚅动着睡着了，皮斯也困了，从唱催眠曲到拉维进入梦乡，他用了 72 分钟。

皮斯看着依然没有情绪的拉维，感觉有些恍惚：这就是当年那个长着花骨朵一样的耳朵、有着鲜明肉窝的小手、哭声比鸟鸣动听一万倍的孩子吗？生命多么复杂啊，被时间精确框定和分割，少一秒都不能延续和成长。小拉维身上每一根头发都是时间无限累积的硕果。皮斯感到有些得意，他精心记录了养育拉维的曼妙细节，他感冒发烧时的咳嗽、他学习走路跌倒时的哭泣、他举着冰激凌在沙发上打滚的憨态，包括他第一次发出笑声的那个夜晚，郁金香开了，他的妈妈诧异地听着仿佛天籁一样的声音，不明白这长着一张小老头一样小脸的婴儿是怎样发出这么响亮的笑声的。

然而时间可以记录过程，却不能记下全家人为此付出的努力，他和他的妈妈甚至他的爷爷为他的成长所付出的一切被时间深深埋没了。他和他们一样，希望他能亲近美好的东西——音乐、花朵和美德。他从来没有想过他会对武器发生浓厚的兴趣。从来没有想过！

一切都改变了，空气中飘着好像永不能淡去的火药味。该怎么办呢？怎样才能过原来正常的日子，孩子可以上学，他可以在菩提树下看书，和朋友研究巴比伦时代的河流。然后开着车去二百多里外的海边游泳。

他忽然想起了面包，战争以来他把冰箱每天都塞得满满的，生怕哪一天不能出门买到面包。是的，刚才的特种部队肯定会给这个国家带来更大的灾难，他应该再储备点生活必需品。前面不远就有一家超市，那里还能买到面包、香肠和拉维爱吃的烤鸡。他决定去采购，刻不容缓，趁着别人还不能预见到即将到来的灾难，他要抢在前面把一切都准备好。

4

拉维已经接着往前走了。拉维还是第一次穿着黑色的丧服，金色的头发在阳光下玻璃一样透明，这使他小小的后背看起来格外挺秀迷人。皮斯想拉住他的手一起走，他不能让拉维离自己太远，但是他实在不忍心告诉孩子危险就在身边，甚至不敢告诉他妈妈已经负伤住在医院里，这好像是告诉孩子这个世界不可信一样，这对孩子是残酷的，他希望战争能尽快结束，尽管他知道孩子其实已经知道身边发生的一切。

“爸爸，我们的车呢？”拉维接过皮斯伸出的手问。

皮斯没有告诉拉维，现在大家都不敢开车，轿车容易被袭击，所以他们只能步行。他说：“你……你妈妈把车开走了。我们还有一段路，必须要快一些，知道吗？”

他们经过家电商场，那家曾经红火的印度首饰行已不见踪影。绕过欧亚巴咖啡屋就要到家，他和妻子就是在这家咖啡屋相识的。那天他们几个朋友一起喝多了，他撞倒了一个女孩，后来的事情并不浪漫，他和她约会，在河边接吻，然后让这个女孩怀上了拉维，成了他的妻子。现在这家咖啡店已经颓败，门脸上留着不久前枪战的弹痕。再往前就是几家服装中心，没有战争的时候，他有时会陪着妻子去转一下。他想起妻子在生下拉维之后过生日，看上了一件咖啡色的丝质围巾，但是，由于要价昂贵舍不得，他和妻子回到家后独自溜回来，悄悄预支了薪水把围巾带回家。其实生活没有什么，只要你忍耐和坚持就能美好，皮斯认为自己完全有能力做到这一切。皮斯始终认为自己值得为家人忍耐和付出。当初，他和妻子每次转这些商店都要走上几个钟头。那时候他会觉得疲惫，而现在能多走一分钟都是奢侈的。

再有几分钟就可以穿过这些曾经红火的快餐店了。这里现在连一点香味也没有了，而过去只要从这里过的人都能被老式熏鱼和土耳其肉串弄得垂涎欲滴。一切都在丧失，无可挽回。皮斯想不明白怎么突然之间都变成了这个样子。现在他只想和儿子尽快回家，喝一杯咖啡，看望自己的妻子。

他算计过，正常走路到家需要25分钟，如果拉着拉维大约需要延长5分钟左右，购买食品需要5分钟，这是战时，一切都不可预测，他打算在15分钟之内到家。他和拉维用了四分钟来到离得最近的超市，拉维像以往一样很兴奋，往购物车里放了四块巧克力，6秒钟；一袋膨化饼干，8秒钟；三袋酸奶，32秒钟；一听可乐，12秒钟。皮斯则选了面包、火腿和方便面，用了47秒钟。拉维还在果冻前挑选，但他们时间紧迫，容不得任何放纵，皮斯催促拉维拿了一包开心果赶紧结算出门，前后不到3分钟。

拉维还在东张西望，然后用手指着前面。皮斯立刻看到了希乌拉，希乌拉趴在六楼的窗户上向他们招手。皮斯的心情愈加灰暗，他装作没有看见，继续往前走。他刚走了几步，希乌拉就扔过来一个玻璃水杯，摔在离自己不远的地方。皮斯很愤怒，抬头看着希乌拉，希乌拉捂着嘴，示意他不说话，皮斯有些莫名其妙，注视着希乌拉，但丝毫没有减慢脚步。希乌拉的手指向前方，做了一个向下的姿势，这个姿势是说被杀。希乌拉在威胁他，这让他怒火中烧，他决定不再理睬希乌拉，再也不回头。

是的，绕过欧亚巴咖啡店，穿过一个宽敞的居民区就到家了。现在他们还大约需要5分钟的时间。周围少有的安静，没有行人。风很微弱，如果不看菩提树颤抖的叶子根本感觉不到风的存在。阳光也很温暖，看不出战争的伤痕。街道肮脏、杂乱，但是，依然能看到当年宽阔、平坦，伸向四面八方的轮廓。拉维捡到一个子弹头，这让他很不耐烦。

“扔掉!”他命令拉维。

拉维不情愿，小声说：“这是新型SA80A2卡宾枪的子弹，很难得的。”

“扔掉!”皮斯再次命令拉维。拉维迟疑着，把子弹扔到远处。

拉维垂头丧气，跟在皮斯身后。

浪费了26秒！这26秒改变了一切，然而皮斯无能为力。

5

他们离咖啡馆越来越近了，街上依然没有行人和车辆。他忽然有些紧张，他觉得这种超常的清静隐藏着危险。必须快一点、再快一点。

“爸爸，这种枪可以安装战术灯。”拉维炫耀地说。

“够了！任何时候武器都是人类的敌人。我们要做的是尽快回家，别让子弹碰到我们，”皮斯愤怒地说，“你最好快一点。”

然而来不及了，枪声突然从他们面前响起来。皮斯看见从一扇窗户里探出一个人头，旁边有一支黑色的枪管。枪声就是从那里传来，几乎同时，从树旁、广告牌子后边和各种能够掩护的物体旁突然出现了穿不同军装的人。

皮斯没有想到自己会遭遇枪战。他的确还是第一次亲眼目睹面对面的战斗。一方躲在居民楼后，另一方显得很被动，只有几棵树和一个垃圾箱作为掩体，子弹并不是像人们想象的那么密集，相反，倒是有些稀稀拉拉，有些像受潮的鞭炮，很无规则地炸响。他看见对面有人倒下了，这边也有人在号叫，这声音与其说让他害怕，不如说让他震惊，他只是片刻愣怔就赶快拉着拉维躲进咖啡馆。

“爸爸，卡宾枪，那是汤姆森卡宾枪。”拉维小声说。

皮斯急忙捂住了拉维的嘴。皮斯也看出来了，这不是正规军，应该是两股敌对的武装力量，或者是互不相容的宗教势力。他们的武器都是东拼西凑的，绝大部分是二战时期的枪支。但是，又怎么样呢？不管什么枪支，最终目的都是结束人的生命。皮斯拉着拉维躲到吧台后面，但皮斯知道这并不安全，新式武器可以无孔不入。

希望上帝能在，希望上帝能看见我的拉维，他只有8岁零6个月13天。皮斯在心里祈祷。皮斯抬起头，好像能看见上帝在头顶一样，但除了灰白色的天花板他什么也没看见。

咖啡馆里光线晦暗，桌子在颤动，壁画上一名男子的眼睛好像在流血。皮斯觉得这个曾经充满舞蹈和香水味道的地方如今挤满了火药和灰尘。他被挤压得喘不上气来了。

他真懊悔，应该在路上走快一点，那样就能错过这个该死的巷战。不，是希乌拉，是他把时间给耽误了，这个该死的希乌拉，非要让他改装什么汽车，现在好了，他和拉维走投无路了。应该还有那只该死的鸟，那肯定是一只恶毒的鸟，是罪恶之神来引诱拉维的。现在怎么办？怎样躲过这场灾难？

“上帝，该怎么办呢？”皮斯已经在哭泣了。

“爸爸，他们会杀了我们吗？”拉维抹去皮斯的眼泪问。

“我不知道，拉维，我真的不知道。”皮斯哭着说。

“死亡很可怕吗？”拉维又问。

“是的，我的拉维。我会祈祷上帝让你活着。上帝啊，看看我的小拉维吧。”皮斯哭泣着喊。

“可是，我的爷爷死了，他并不痛……”拉维话还没有说完，突然一阵激烈的枪声，紧接着是一阵剧烈的爆炸声，吧台上仅有的几个酒杯突然弹跳起来，有一个杯子砸在皮斯脚上，拉维惊呼了一声一头扎进皮斯怀里，一声不吭了。

皮斯听见混乱的哀号，有人中弹了，而且不止一个人。然后是杂沓的脚步声和人们高呼口号的嘶哑嗓音。

“也许快结束了。”皮斯心里祈祷着，抱紧了拉维抖动的小小身子。

时间过了很久。皮斯觉得自从自己对时间有了概念以来，时间第一次以块状的力量挤压了他。从前时间是细碎的雪花和春天细小的雨滴，他在看着父亲修表的几十年过程中修炼了对于时间的高度敏感，他能很快把一切过程精确到秒，包括一片树叶飘落的时间，雨滴击打窗户的时间，拉维打哈欠的时间，而现在，时间已经变成冲决而下的泥石流，裹挟着巨大的石块奔涌而来，把皮斯的一切感觉都淹没了。

“也许不该去买面包，我可以一天只吃一顿饭。”皮斯看见了拉维旁边的食品袋，忽然被这样的想法所折磨。他如果能坚持一天只吃一顿饭，那就用不着耽误那宝贵的 26 秒。

26秒，多么价值连城啊。现在是中午12点13分17秒，如果提前26秒，他和拉维现在应该正在家里，哪怕是正在换下拖鞋和丧服也是无限幸福的。时间在计算生死的时候又恢复了本来精巧的面目，让皮斯闻到了家里牛排的香味。

人们好像走远了，周围安静下来。皮斯轻手轻脚地猫腰站起来。拉维也想和他一起过来，被他制止了。他独自走到门旁，从玻璃缝隙往外看——的确没有一个人了。

“感谢上帝！”皮斯嘘了一口气，轻声说。他轻声呼唤拉维，让他也过来。拉维小心翼翼地走过来，手里还提着那个和他身材差不多的食品袋。皮斯急忙接过来，把拉维藏到门后。

“爸爸，一颗子弹打到人体需要多少时间？”拉维突然问。

皮斯吃了一惊。他的确没有想过这个问题。他还在上学的时候，在学习二战史时看过一份对比资料：德国98k步枪——子弹初速：810米/秒，表尺射程：2000米，枪口动能：3730焦耳；美国M1步枪——子弹初速：853米/秒，表尺射程：2000米，枪口动能：3567焦耳；AK47突击步枪——子弹初速：710米/秒，表尺射程：1000米，枪口动能：1980焦耳。那么一颗子弹到达人体的速度只能用毫秒。

1秒等于1000毫秒，一个人的一生谁会想起使用毫秒？

“这不是你该想的问题。”皮斯对拉维说。

皮斯准备走出咖啡馆了。他觉得危险已经过去。

“爸爸，你看。”拉维小声说。

皮斯看见了，那些人并没有走开，战斗并没有结束。皮斯的心又提了起来。

“费恩，爸爸，费恩。”拉维突然喊道。

皮斯也看见了，是他们的邻居费恩，一个在去年的爆炸中失去听觉的女孩。皮斯不知道她怎么会出现在这里，但是，可以肯定，她没有看见那些躲在掩体后边的武装分子，她听不见枪声。

拉维突然挣脱开皮斯的手，向门口冲去。皮斯急忙拦腰把他抱住，脚下食品袋里的罐头、饮料发出激烈的响声。他急忙和拉维一起趴下，子弹穿过玻璃门在吧台上发出沉重的闷响，前后不到1秒！紧接着咖啡厅的窗玻璃碎裂的声音传来，小拉维惊得一动不敢动了。

皮斯知道已经暴露了，危险近在眼前。他们能不能活着就看上帝了。

“爸爸，我的弹壳是费恩给的。”拉维眼含着泪说。

“拉维，不要做自己无能为力的事情。”皮斯抱紧拉维，小声说。

这时，他透过玻璃门最下面的缝隙看见对面的一蓬灌木后伸出一支枪管，那支枪管就是对准费恩的方向。他急忙把拉维的头埋进自己衣服里，他实在不愿意让孩子看见这种场面。

枪管距离费恩大约七十米，他无法计算从枪响到费恩倒在地上的时间，太快了，快得让一切都措手不及。

皮斯眼前一片黑暗，他觉得那颗子弹是向自己飞来。

很久，皮斯才恢复思维的能力。现在，费恩死了。如此简单，一个小小的、红枣一样精致的小玩意就轻易地结束了费恩的生命。毫秒，只能用毫秒，多么短的时间啊，短到可以忽略不计。毫秒通过子弹结束了需要用年月来计算的生命，这就像一片树叶砍伐了一棵树一样不可思议。皮斯绝望了，他感觉即将飞来的已经不是一颗子弹，而是成千上万颗子弹飞瀑一样倾泻而来，他再也不可能躲过去了，可是他的拉维呢？他只有八岁。

他忍不住喊了一声：“拉维。”

拉维回过头来，蓝色的眼睛很像他的妈妈，鼻子像他的爷爷，当然也像他，他延续了他们家里所有的人。而今天，此刻，这个家庭的一切都将彻底终止了。

皮斯被即将到来的灾难击败了，他跌落进绝望的深渊无力自拔。他把拉维藏到身后，希望用自己的身体能够掩护拉维，但是，一切都来不及了，一排子弹呼啸而来。皮斯没有听到打到自己身上的枪声，当然，他永远也不知道，有8颗口径为7.62mm的速射机枪M134射出的子弹击中了拉维小小的身子，这是世界上转速最快的机枪。

你不知道自己怎样杀了人

这么多年，我始终不愿提起这件事。

那天上午，我出去办点事，一件我已经想不起内容的事。这件滑出记忆的事情使我二十多分钟以后才回到单位。二十多分钟，就是二十多分钟，这时间散布在我们任何人的生命中都是很短的一瞬，我们吃一顿快餐、试穿一件长裙、和恋人争论周末的去处，甚至我们什么也不做，这二十多分钟就用来靠着床头冥想……这些瑰丽的瞬间，装点着你和我，我们，是的，是我们，我们这些依然活着的人。在那以后的生命中，你和我，依然有无数这样的时光。然而，你不知道，我也从未和你提起，那天上午的二十多分钟，是一个巨大的黑洞，吞没了那么多永远无法救赎的东西！我曾无数次站在这嶙峋的黑洞前，试图在那二十多分钟里剥离出可以宽恕的记忆，宽恕我自己，也宽恕你，然而，我不能。即使在今天，我经历了比同龄女人更传奇的人生，我有足够的理由回眸和审视生活，审视自己和他人的过失与恶意，我的灵魂仍然会在那二十多分钟的黑洞前滞留，在那里我就会清晰地看见你平直的眉毛、宽硕的脸和那双隐藏在厚厚的眼皮下的小眼睛。你的眉毛、脸颊、甚至厚厚的嘴唇都不够生动，从那里看去你就是一个在中等城市的街巷里长大的市井女人，在那二十多分钟以前，我甚至从你的小眼睛里也没看出什么，然而，在那个上午之后，在那二十多分钟之后，你的小眼睛已经浸润了一种有毒的光芒，那么冷，那么坚硬，总让我想起久远的钝器和近在眼前的阴暗。

我也能看见我自己，和你一样陷入那个黑洞，在那个黑洞里我是单位的宣传员，我被一个在我们小城有着显赫家族背景的男人引诱，放弃了诗歌和对爱情的期许，嫁给了他。我和你一样感觉不到时光荒废的疼痛，我漠然地看着我婆婆把十斤肉馅埋在地下，而忘记了我曾经生活的大地上有很多人一年都舍不得买一次肉。我甚至忘记了她，她那时刚结婚，小两口日子过得很紧巴，我后来知道原本只知道上学的她结婚后很快学会了自己做鞋、做棉衣，给棉花打药水甚至中了毒，她给孩子买火腿的时候只能买一块钱的。我几乎能看到她生活的全部，拮据、困顿、走投无路，我们原本在黑洞的两端，你和我在这边，她在那边，我们彼此并不遥远，你和我，我们伸手就可以把她拉过来，你和我，我们都可以，但是，我们没有。

我在黑洞的这边，你也一样，我像所有初嫁豪门的女人一样，学着做一个精致的女人，试图迎合眼前的所谓上流生活。我毫无激情地上班，不忙的时候就在机要室里，和你们学习化妆和织毛衣。我记得那是一件灰色的毛衣，用马海毛线和不疼不痒的笑话装点着我们这些生活在城里的女人相对舒泰的生活。但我知道你那时并不快乐，你不够漂亮，皮肤粗糙，脸上有很多粉刺疙瘩留下的小坑，你已经 29 岁了，见了几个男人，大多是人家不愿意。刚好那时临近的一个单位分来了大学生，有人给你们介绍，你们各有所图，你喜欢他有学历，而那个男人希望找一个城里的姑娘。那段时间，我们终于从你的眼神中看到了爱意的光芒。

我那天办完事回来后就直接去了你们机要室。机要室里只有你一个人，这有点反常，平时，办公室的肖华和财务部的李梅她们都会过来，当然，如果她们那天有一个人出现，事情或许就有些转机，但是，这天上午她们都没有来。我始终也没有问过那天她们都干什么去了，因为一切已经没有意义。

那天我坐在你的旁边，刚想说话，你冲我挤挤眼，示意我不要出声。我知道，你正在偷听刘主任的电话，从电话里我们已经知道，刘主任在外面有一个女人，那女人是干部子女，从小受宠，丈夫是机关干部，说一口漂亮的京腔，她常在丈夫上班以后给刘主任打电话，你就在接线的时候偷偷听。我们都听过。记得那天你也让我听，我听见那女人说："你过来吧，现在就来。"刘主任说："算了吧，我要是再被人堵上还不被打死，保命要紧。"那女人笑了，说："怕挨打呀，怕挨打别干这事。"刘主任说："谁让我想你呢。"女人说："光耍嘴皮子。"刘主任说："行啦。上周不是刚给你买了项链嘛，那就一千八百多。"女人刚想说话，电话里突然传来敲门声，刘主任慌慌张张地说："来人了。"然后就匆匆忙忙地挂断了电话。

你在笑，脸上的笑容把眼睛挤得很小。你属于那种扁身子的人，脸又宽，看起来很敦实，甚至有些胖，这是事实，并不是我有意丑化你。相学家会把人的面相和性情、命运等等联系在一起，我并不这样认为，至今也是。但你的确不能算漂亮女人。你自己也知道，你说你男朋友说："你不漂亮，你说我爱你什么呢？"

但我们都知道你爱你男朋友。你男朋友从农村考上大学毕业分到了这个城市，他所受的教育给了你以前的男人没能给你的东西，尽管你只有高中学历，但你也和别的女孩一样，希望找一个有文化的人。你们在开始谈婚论嫁的时候出现了问题。其实，我是在今天才认识到你的问题也是我们很多人的问题。你注定是无法逾越这个问题的，我也一样，但我们都不会像她一样，被这个问题深深埋没。我们自有生路，而她没有。是你，是我，我们无意中让这个问题填埋了她！

真的，你至今也不知道，因为你，我思考了这么多。去年夏天的一天，我其实看见了你，你离我不足两米！当时堵车，我坐在车里，甚至能清晰地看到你脸上的汗渍，你老了，和我一样，姿色被十几年时光悄悄带走，你显然和当年一样，对自己所做的一切一无所知，我注视着你臃肿的身影渐去渐远，却没有丝毫欲望提醒你一下，当年，你影响了那么多人。

我们还是说一说那天上午吧。

那天上午你又转接了一个电话，放下电话以后你突然说："刚才有人找你。一个女的。"

我问："说有什么事了吗？"

你说："没有，就说找你，穿着一件绿花衬衣，一看就是农村的。”你说这话的时候语气是不耐烦的。我知道，你看不起农村人，尤其是现在，你和男朋友正为他家里三天两头的农村亲戚闹别扭，你肯定认为是为了我好才把她打发走了。

我无数次想象过那天上午，你正转接一个电话，她怯生生地一手推开门，一手拉着她的小女儿，问：“大姐，麻烦问一下王秀云在吗?”。你放下手里的话机，上下打量她。那是一个典型的农村女人，穿着绿花白底的确良上衣和黑色的裤子，一双紫色塑料凉鞋。她的小女儿穿着一件红花裙子，脸上是农村人风吹日晒的紫红。她们由于奔波和紧张脸上淌满了汗水。但你丝毫不为所动，你自然想起了那些影响了你和男朋友感情的农村人，你的眼睛里立刻充溢着对所有农村人的轻视、愤怒和不屑。

你冷冷地说：“她出去了。”

她又谦卑地问：“她嘛时回来?”

这时又有电话进来了，你又给转接过去，然后说：“不知道。”

你再不想理她们。你的心思已经回到了你和男朋友之间的纠纷上。上周，你男朋友的姨来看病，是传染性肝炎，可她没有教养，随地吐痰。前天，你男朋友的二表哥来了，骑着破自行车给送来了一筐桃，一百多里地，骑了一天，到了以后桃都烂了。这一切都让你心烦。你男朋友的农村亲友使你们之间的生活变得混乱和茫然。

这时候，她又追问了一句：“王秀云还回来吗?”

你连头也没抬，没好气地说：“不是告诉你了吗?不知道。”

她的眼里一下子含满了泪水。

你不知道，她们娘俩是第一次来城里。你大概是她们娘俩近距离接触的第一个城里人。她来找我是因为她遇到了她认为过不去的坎，她认为只有我还能帮助她。当然，事情也是我后来才知道的。她结婚后，丈夫家境很穷，她急于改变穷日子，向一个叔伯哥哥借了2000块钱开一个小卖部，叔伯哥哥答应得挺好，很快就拿来了钱。小卖部开起来之后，叔伯哥哥很快就来要这2000块钱，更重要的是他常在喝醉酒以后找她。

她不知道该怎么办。其实，就这么简单。当然，你是城里人，你不能理解这么一件简单的事情为什么就把她逼到了我面前，或者说，逼到了你面前。就像她不能理解在你们城里成长的刘主任和那个女人之间的一切一样。

你的冷漠终于让她的自尊崩塌了，她转身领着小女儿离开了。这时，刘主任的女人来了电话，你为一个城市人婚外情故事所吸引，忘了那对母女；很快我也回来了。但是，一切已经无可挽回了。

我已经开始织毛衣了，那件灰色的毛衣，在我手里笨拙地翻卷。你是一个巧手女人，会织各种花样的毛衣，你把毛衣接过去帮我织起来。你突然想起来了，说："她还领着一个小女孩。"

我忽然心里一紧，说不清为什么，我什么都没再说，急忙上车站去寻找。汽车站、火车站都没有，我又到了农村人常去的批发市场，还是没有，我以为他们娘俩会坐下午的车回去，就买了盒饭在车站等着。我一边吃着饭一边四处张望，希望能够看见她们，直到快两点我才不得不去上班了。我的想象每次到这里就会梗阻，就会出现漫无边际的空茫和晦涩。回忆带着幽深的懊恼袭击着我的思想和灵魂，让我常常害怕再一次错过和失去。在那之后，我们走了永远不会相交的人生路程，我终于离开了那个男人，在租住的房间里用一个罐头瓶子养花，耐心等待自己今生该爱的那个人。更重要的，是我那个上午之后重新塑造了自己。我开始恭敬地对待生活中的每一个人、每一件事，甚至是一条河流、一片树叶、一只从身边跑过的宠物，他们都有可能有意无意地改变我和我身边人的命运，你让我痛彻心扉地认识到这一切。

还是说那天的事吧。说真的，老家常常来人，我还从来没有为谁这样焦虑和担忧过，这件事甚至让我相信冥冥之中的某种暗示和引导，那天我显然感觉到了某种气息，在无意识地挽救这一切。

那时候我的儿子不到两岁，还不太会说话，但那天晚上我抱着他看动画片，他要撒尿，我抱着他走到厕所的时候，他突然搂着我的脖子说："妈妈，我害怕。"

我们老家的老人说：小孩的眼亮，能看到大人看不到的东西。如果世间真有灵物，我想，当时我的儿子一定是看见她来找我了。她认为我能救她。

可是，我没能救她。至今我都不知道那娘俩在离开你以后到底去了哪里，她们在离开你以后到底经历了什么。因为她在回去后服毒自杀了，她的小女孩那时候刚四岁，还不记事。

我知道，你不是一个恶毒的人，你从来没有想过要杀一个人；我知道，如果你知道你鄙视的眼神会杀了她，你一定会奉献出热情的目光，你会千方百计留住她那年轻的生命，甚至会为她做可口的饭菜，把你最喜欢的衬衣送给她，领着她瘦弱的小女儿上一次公园；我知道，你不喜欢所有农村人。尽管如此，你也绝对不会忍心看着一个生命那么轻易地消失；不管怎样，我知道，你是无意的。

可是，在这个秋天，一个和其他秋天没有什么两样的秋天，我是这么强烈地想告诉你关于她们母女的一些事情。我走在繁华的新华路，看着那些城里人和乡下人都大包小包，牵儿带女，我不由自主想起当年，那个母亲领着她的女儿说不定也在这条路上流浪过，她们不知道怎样上车站，又不敢向城里人问路，孩子饿了不知道怎样买点吃的，这些像眨眼一样简单的事情肯定曾经像山一样挡住过那娘俩的路。

“她们当时该多么难啊！”我不止一次泪流满面地想，不止一次，我幻想着在人群中看见她们畏畏缩缩的样子，如果当时能有那样一幅情景，她们一定会泣不成声地喊我。可是生活多么残酷，一切就那么不可重复，我只能在说不清的某一个瞬间，想起那对母女，想起来我的心就疼很久，就有泪在风里，在阳光下，甚至在人群中不可遏止地流下来。

我要告诉你，其实，在农村那是一个漂亮的女人，村里人都这样说。农村人没有城里人白，可她大眼睛双眼皮，身材也很好，哦，我想起来了，当时你还夸过她一句：“长得倒是挺好看。”另外她爱说爱笑，快言快语，自尊心很强，割麦子的时候一般男人也跟不上她。她留着很长的辫子，一直长到腰身，后来把辫子铰了，留着齐耳的短发，村里人都说她是个利索人。

我无数次推断过，这一切完全可以是另一种结果。我没法回避这种推断，我没有办法回避想起这件事时内心的疼。我敢肯定，如果你当时不是出于对农村人的厌恶拒绝她们留下来，如果她们等到我回来，如果我不是偏偏那一阵有事出去，这一切都不会发生。她还会活着，在青稞地里忙忙活活，领着她的女儿上学，农闲了上城里看看，过年过节的时候和她的亲人们打打闹闹的，现在这一切都没有了，只留下无尽的回忆和疼痛，那是怎样的一种疼痛啊，它随时都可以把你的心揪出来，晾在关于那个上午永远清晰的回忆里，不肯磨灭。

你的事情我也听说了，你的男朋友终于离开了你，你直到前年才结婚，男方带一个男孩。不管怎样，我不希望他老家是农村的，那对你是又一次伤害。对了，我前一段时间看见刘主任了，身边是一个矮胖的女人，我和这个女人说话了，不是和他通电话的干部子女，因为这个女人是本地口音。

最后我要告诉你的是，农村人结婚早，她那年死时刚 23 岁。

杀人者

我一直记着那一夜，从未忘记，那一夜是我身上的尾巴。事实上，我是一名颇有影响的外科医生，曾经成功分离过一例连体婴儿，我从一位副省长的眼睑中挑出过一个脂粉块，我甚至在一个十二岁女孩的头颅中取出一枚鸡蛋大小的肿瘤，尽管我还没有亲自操刀切割过任何人的尾巴，但我相信，如果有这种病人我是能够驾驭这种手术的。可是，我没有办法切割掉自己的尾巴。那条尾巴经常出现，在黑夜即将离去的清晨，在阳光灿烂的午后，甚至在我和男友亲密接触的某一个瞬间，那条尾巴突然出现，带着黑色的光芒和冰冷的寒意，袭击着我的身心。那一夜的黑始终覆盖在我的生命中，弥漫着经久不散的味道，使我常常感觉脸上的笑容是哭出来的。这些年，每当我想起那一夜，我就会束手无策、局促不安，甚至感到无处可逃。

在泰山脚下，我和母亲说起这件事，母亲不能相信，那一年我只有四岁，她认为我不可能记住那些事，一定是刘二婶子说出了这个秘密。我说："怎么可能？刘二婶子疯了吗？"

母亲不作声了，眼睛看着对面，对面是连绵的群山，是石头、草木和登山的众生。这山母亲已经看了几十年，母亲不可能是看山，母亲已经穿过三十年的岁月看到了1971年夏天的那一夜。就是从那一夜以后，常来我家串门的刘二婶子很少来了，母亲也很少去她们家。刘二婶子家院子里有一棵枣树，往年秋天的时候我会去她家院子里摘枣吃。但那年秋天刘二婶子来叫我的时候，母亲拒绝了，门都没有让她进。刘二婶子走后，母亲用我们当地最严厉的方言对我说："你以后如果去她家，我把你活打煞。"我觉得从那一夜以后，母亲的眼神都变了。

其实，母亲不说我也不会去她家了，那天夜里发生的事情我都知道。但是，我不敢说。

我父亲那时在外地当兵（我长大以后才知道那个地方叫山西），家里只有我和母亲。刘二婶子家和我们家是一个生产队，刘二叔和刘二婶子常常帮着我们家干活。刘二叔挑水的时候会把我们水缸灌满，分粮食的时候会把我们家的红薯、玉米和棉花梗一起拉回来，刘二婶子晚上会和母亲一起纺线、做鞋什么的。有时母亲去姥姥家，她会让我去刘二婶子家吃饭。刘二婶子家人口多，三个孩子，刘二叔的大爷战争年代替刘二的父亲当兵，被打断了腿，一辈子没结婚，去年瘫痪了，只能爬，理所当然跟着他们家，我去刘二婶子家的时候他常常哭，哭得很恐怖，我很害怕，就叫他瘫子。用刘二婶子的话说："六口人六张嘴吃得心慌。"她们家有时就吃了上顿没有下顿。我母亲就会接济她一碗棒子面、一盆红薯，刘二婶子就眼泪汪汪地接过去，对我母亲说着俗不可耐的客气话。我母亲每次都说："让你活虚煞。"意思是说她太客气了。反正那时我们两家很好，真的，在我眼里，在1971年夏天的那一夜之前，刘二婶子、刘二叔和我们就像一家人一样。用我母亲的话说："我们两家活好煞。"

其实，我对1971年夏天那一夜之前的事情已经没有太多记忆了。但是，我一直想告诉母亲，事情是从一个中午开始的，一个在我记忆里格外清晰的中午。我影影绰绰记得那天街上有游行的学生，有气无力地喊着什么口号；墙上贴着粉红的、淡绿的、浅黄色的标语，地上卷着一些小旗子。队长一敲钟，母亲就和大家成群结队去地里干活，我坐在刘二叔的独轮车上，颤颤悠悠地，能看见一群鸟在地里寻寻觅觅的，和我们一样很难找到食物，看见我们来了，就很不情愿地飞起来；有许多野花，在草丛里摇头晃脑的，但我能听到刘二叔肚子咕咕叫的声音，这种声音传染了我，我的肚子也叫起来，我对那些不能吃的花很快失去了兴趣。让我精神振奋的是一只兔子，一只灰色的兔子，从一簇红荆条底下突然跳出来，我甚至看清了它惊恐的红眼睛，那深深瘪下去的肚子急促地一起一伏。我大叫起来，喊着：“兔儿，兔儿。”我说话晚，那个时候的我还口齿不清。刘二叔也看见了，他放下了推车，往前追了几步。刘二婶子说：“你干吗去？”刘二叔没有言语，继续往兔子跑的方向走。

我母亲也看见了远处时隐时现的兔子，那只兔子正穿过一片红薯地，灰色的身影鬼魅一样跳跃。前方是一条河流，在我眼里，这只兔子没有出路。

我想，刘二叔当时也这么认为。他踉跄着往前又走了两步。

我母亲忽然笑了，她说：“刘二，你这是干啥？追兔子呀，你能追上兔子啊。你呀，活傻煞。”

刘二停下了脚步，有些恋恋不舍地瞅着远处的兔子。兔子此刻停在一个高坡上，好像也往这边不停张望，像是挑战，也像引诱，强烈的魅惑在斑驳的原野上游荡。

一只兔子，这对已经半年没有吃过肉的我来说太有诱惑了，我当时以为刘二也这样想。多年之后，我才知道，一只兔子对刘二的意义和对我的意义有着天壤之别。

刘二犹豫了一下，回身拿起铁锨毅然追了过去。我欢呼起来。我看见他迅速进入了红薯地，红薯秧子像是刻意挽留他的脚步一样，不停地缠在他的腿上又迅速被他甩掉。阳光粗暴地打湿了他的粗布衣服，后背上留下一大片深灰色汗渍。他的影子充满激情，在庄稼和沟坎之上飞跃。那只兔子像是没有看见他一样，始终站立在高坡上，不停地张望逡巡，有时会突然低下头，转一下身子，但它并没有继续逃跑的意思，它似乎在妥协，又似乎在挑逗，它弱小的身影在昏黄的天空下显得无比夺目。

刘二叔的步伐愈加快捷，空气带着温暾的热度跟着他晃动。他离兔子已经近在咫尺，他微微弓着后背，慢慢举起了铁锨，做出了随时扑向前方的姿态。我觉得胜利在望，我母亲和刘二婶子也一定这么认为，她们和我一样紧张得气喘吁吁。这时候，那只兔子突然跳下了高坡，转眼就消失在满眼青稞之中。我看见刘二叔一下子直起了身子，往前猛冲了一下，那把铁锨飞了起来，挥向永不能再的未来。

他突然倒下了，再也没有起来。

直到三十年后我才知道，刘二叔追兔子那天已经两天没怎么吃东西了。中午刘二婶子把家里仅有的红薯面熬了粥，一人一碗，但刘二的大爷吃了一碗以后又哭了起来，刘二就把自己的那一碗给了他大爷，自己把碗用凉水刷了刷，就喝了。也就是说，刘二临死的那个中午，喝了一碗刷碗水。

我还记住了那个夏天的热，是那种潮烘烘的热，即使在树荫下也会觉得黏稠、烦躁。印象里刘二婶子在刘二叔死后就病了，我母亲每天要给她送点吃的。有一次我母亲做饭的时候看着快见底的米缸说："怎么办呀，这一大帮嘴呀，真是活愁煞。"

几天以后，刘二婶子好起来，她晚上不像以前那样在我们家纺线。有一天晚上她过来，她没有马上和母亲说话，而是看了我一眼，我母亲努了一下嘴说："小孩子，懂嘛事啊。"她仍然局促了一下，才对母亲说："我去了。"母亲就很理解地说："要不怎么办呢，唉，活难煞。去吧，小心点。"

第二天，我去她们家玩，我看见瘫子正吃着煮熟的红薯，瘫子显然想藏起来，但看见是我就傻呵呵地继续吃。我觉得这红薯和刘二婶子昨天做的事情有关。

我回来对母亲说："娘，刘二婶子家有红薯。"娘大惊失色，说："小孩子别胡说。"

晚上我快昏昏欲睡的时候，刘二婶子又来了。我悄悄闭上了眼睛，假装睡着了。我母亲还特意过来看看我，然后才小声对刘二婶子说："俺孩儿说看见你大爷吃红薯了，你们可别这么大意，这要让人知道了怎么办呀，想想就活吓煞。"

但是，事情就在这天晚上败露了。生产队长在我们胡同里发现了红薯叶子，他理所当然地想到了刘二婶子。当然，这些我是后来才知道的。母亲说："刘二婶子当天夜里就被抓了起来。"第二天我和母亲去供销社买东西，正看见刘二婶子被五花大绑游街示众。刘二婶子身上挂着几块红薯，头发乱糟糟地，遮盖着肮脏的脸。

我吓得抱紧了母亲，母亲脸色苍白，豆大的汗珠从额头上淌下来。我知道母亲也很害怕。母亲回家就把门锁了，带着几样简单的东西领着我回了姥姥家。

几天以后我们回来的时候正碰上刘二婶子，她背了一筐草，腰弯得像要拱在地上。我刚想说话，就被母亲拽了一把，她们两个人也是互相看了一眼，谁也没有理谁。但是，刘二婶子和母亲迎面走在一起的时候，我看见母亲把刚从姥姥家带来的两个饼子塞给了她。

我的回忆已经到达那个夜晚。我们回家以后，母亲收拾了一下屋子，吃完饭，就在院子里铺上草席，我在草席上打了几个滚，看见天上的月亮很亮、很圆，是我在以后任何地方、任何时间都没有见过的那种明亮和圆满，完全没有其他作家所渲染的灾难来临之前的迹象。那天晚上的风也有些和煦，吹在身上舒舒服服的。母亲一边纺线一边讲孙膑庞涓斗智，我不爱听，我愿意听小五郎上坟。小五郎的亲娘死了，爸爸娶了一个后娘，然后去外地做生意去了，后娘就虐待小五郎，小五郎就跑到亲娘的坟上哭啊哭，终于感动了神仙。神仙变成了一个灯笼，去外地把爸爸领了回来，爸爸知道了真相，把后娘休了。母亲每次讲的时候都要掉泪，我不掉泪，但我特别怕娘死，怕爸爸给我娶后娘。我这样说了，母亲笑了。就是在这个时候我听见急促而又压抑的敲门声。刘二婶子压低了声音叫我的母亲。

母亲迟疑了一下，还是去开了门。她们嘀嘀咕咕地去了屋里，我一会听到刘二婶子的哭声，一会听见母亲嘁嘁喳喳的声音，我听不太清楚，但是，我知道发生了大事。这个大事把两个女人都吓坏了。

我也吓坏了。四周黑洞洞的，风一吹，灯笼里的火苗抖动着，母亲以前说过的鬼怪故事此刻都起了作用，在我周围飘飘忽忽地，让我忍不住哭起来。

她们很快就出来了，母亲特意到我身边看了我一下，我一动不敢动，母亲一定以为我睡熟了，匆忙地摸了我脑门一下就和刘二婶子慌慌张张地出去了。我觉得她们待了很长时间，连星星和月亮都困了，在天上晃晃悠悠地。我都要去找我的母亲去了，母亲却回来了，还抱回一堆东西。她真的以为我睡着了，把那些东西放在灶膛里，然后过来看看我就又走了。一会，我就听到了刘二婶子的哭声。外面人多起来，大家吵吵嚷嚷的。母亲这时才回到家来，她独自坐在草席上，很久，母亲突然哭了。

我母亲是一个黎明即起的人，但第二天母亲天亮了还没有醒来。我起床以后，对她昨天晚上带回的东西很好奇，就过去把灶膛的东西扒拉了出来，我看见了带血的绳子、衣服之类，那些血让我抖个不停。我哭起来，我的哭声终于惊醒了母亲，母亲看见我坐在那些东西面前，吓得赶紧点着了火。那些秘密在灶膛里蹿出通红的火苗和滚滚烟雾，把我们的屋子折腾得乌烟瘴气。

在瘫子出殡的时候，我和其他孩子们去看，我母亲对周围人说："吃着饭就死了，也是日子太紧巴了，多长时间没有吃棒子面饼子了，刘二家的孝顺，就两个饼子还非得给她大爷一个，这不就噎死了。"大家就唏嘘不已。

这事以后，母亲就给父亲写了信，我们就离开了家乡，随军去了山西。父亲后来转业到了济南，母亲每年都去一次泰山，父亲就有些不耐烦。但是，我知道母亲去干什么。

母亲已经六十九岁了，她前些天刚做了心脏搭桥手术，手术不是我亲自做的，在我印象里，即使最优秀的医生都无法安然面对亲人的病体，我也一样。母亲决定再登一次泰山，我理解她的心情，主动提出陪她一起来，母亲看了我一眼，以为我是担心她的身体，其实我陪她来的用意远不止这些。我开车带她在红门下车，母亲走了几步就气喘不已。母亲看看我，又看看伸向高空的台阶，为难地说："我觉得不行。"

这是我预料之中的，我说："我知道。不让你来不行，来了你自己上不去就踏实了。"母亲苦笑了一下，说："老了。真是老了。泰山奶奶不会怪罪吧？"

我扶着母亲坐在一块石头上，说："不会，她知道你已经登了39次泰山了，你的心意她早就明白了。无论你做过什么不对的事情，她早就不怪你了，你放心吧。"

母亲眼圈突然红了，说："那就好啊，不然我死了都闭不上眼。"

我知道自己没必要再等待了，我说："娘，我知道，刘二婶子杀了她大爷。你包庇了她。"这时候阳光正漫过山峰，山风吹过，万树哗然。

母亲坐在台阶上，哭起来，母亲说："这些年把我活闷煞。都怪那天我从你姥姥家带回来的饼子，你刘二婶子把饼子带回家，想等孩子们回来一起吃。往饼子筐里放的时候被她大爷看见了，就又哭又骂你刘二婶子。你刘二婶子没有理他，出去挑水，也是该出事，回来的时候发现他大爷竟然从炕上爬下了地，把饼子给吃了一个，另一个只剩下半块，你刘二婶子越想越气，觉得当初要不是他吃了你刘二叔的一碗红薯粥，你刘二叔也不会活活饿死，新仇旧恨缠在一块，就这么厮打起来了。他大爷那天要是不打你刘二婶子就好了，哪有叔伯公公打侄媳妇的，说起来就是病拿得脑子不好使了。他揪住你刘二婶子的头发，你刘二婶子得了空就跑出去，找了绳子把他给勒死了。我当时想啊，那几个孩子啊，不能没了爹又没了娘。唉，那个年月啊，想想就让人的心活揪煞。"

正是五月，树绿花红，母亲的头发却已经都白了。

我突然看见了那只灰色的兔子，停在我记忆的高坡上，它的红眼睛闪闪发光，它就站在远处，干瘪的肚子一起一伏。

我对母亲说："您在这歇着吧，不用往上爬了，我去吧，我替您去。"

云彩是灰色的，像斑驳的兔毛，堆积在天空，遮蔽了树木和山峰，风吹来，云彩渐渐拉长，蔓延成一条缥缈的尾巴，拖曳在十八盘一千零八十个台阶上。那些血衣燃烧的火焰在炙烤着我，让我越过阳光普照的瞬间看见了母亲佝偻的身影，我真想告诉母亲，一切是从那只兔子开始的。那只灰色的兔子。

水晶时代

一

2004年发生了很多事情。勇气号探测卫星在火星上不断有新发现。俄罗斯北奥塞梯市一所学校322名无辜学生在恐怖活动中丧生。巴勒斯坦哈马斯精神领袖亚辛被以色列暗杀。伊拉克大选在爆炸声中进行。瀛洲市市委大院的一棵海棠树，初冬的时候突然又喷芳吐艳，引得市民沸沸扬扬，宣传部便派出记者、学院教授，在《瀛洲晚报》上多角度论证这一反常现象的科学依据。湖南省衡阳市民工李绍为千里背尸还乡。整个世界显得很不安宁。但这些事情似乎没有影响林小麦正常的生活秩序，林小麦生活的改变来自2004年的第一场雪。

那是一场异乎寻常的大雪。所有漂泊的云彩，此刻密密实实地聚拢在一起，像把世界上所有的白都粉碎了，变成细小的花朵席卷而来，覆盖了天空一望无际的蓝。那时，林小麦站在屋檐下，看着院外老槐树白色的树冠，忽然有些恍惚。这时奶奶拄着拐杖从屋里走出来，头上像顶着一朵硕大的雪花。奶奶的头发是那种圆润的白，好像从来没有黑过，没有过晶晶亮亮的青春渐渐走到深秋的灰暗。就像那雪花，突然就从天而降，天地就没有了红的花绿的树，满眼是一色的冷。奶奶脸上纵横着一生的岁月，擎着那彻骨的冷，不期待冰雪消融，好像日日夜夜，生生死死，都在等待那雪花。奶奶看了很久，忽然说："你爷爷死的那年，也下过这么大的雪。"

林小麦应了一声，没有说话。她觉得这白让她心里有些不耐烦，事实上，她并不知道，这场雪会让她毁灭，让她苏醒，让她一生的轨迹开始改变。

那天早晨，林小麦的烦乱来自一个电话，是政府副秘书长赵家方打来的。赵家方说上班别迟到，9点要出差，去江北市，是市长钦点。几年前林小麦对这样的待遇还是很兴奋的。被纳入掌握自己命运的领导视野中，甚至被一次又一次安排重要的工作，这种待遇确实不是每一个人都能享受到的。这两年，她仍然不断接受单位的重要工作，但是，每一次被重用都会牵起心中的那点疼——正科六年了，一次次提干都没有她，她心里有些茫然了，不知道自己干的工作都变成了什么东西，为什么那向上的台阶上就看不见自己的名字呢。她挂断电话的时候动作有些重。

她把奶奶的藤椅搬到屋门口，看着奶奶坐下去，知道奶奶又将面对满目的雪幽幽地度过上午。在林小麦的记忆里，奶奶一辈子都端坐在往事里，不用为未来操心。可是，林小麦没有太多值得回味的往事，只有白茫茫的未来，需要她去承担今天的平庸岁月。林小麦喝了一杯牛奶，刚想出门，门铃响了。林小麦知道肯定是自己的男友箱子，就过去开门。

院子的小路上覆盖着厚厚的雪，踩上去松软滑腻。林小麦听见脚底下吱呀吱呀的叫唤，那种烦乱就又涌上心头，开门的时候仍然没有说话。箱子跟进来，脚下一滑。奶奶看见了，说："小心啊。中和，开车来的?"

箱子很恭敬地答应了。然后在院子里静静站着，等着林小麦。现在，在整个瀛洲市，只有奶奶这么多年一直还叫他中和，别的人要么叫他箱子，要么叫他蒋老板，蒋中和的名字好像只有在奶奶这里才和他有什么关系，他对奶奶就格外恭敬。

出了门，箱子立刻恢复了生机，脸上的表情也生动了。只是林小麦像失去热量的水，温吞吞地，让箱子隐隐有些扫兴，也不再说话，径直去开车门。雪就在他身前背后，飘飘荡荡地落下来，有些犹疑却又无可奈何；路边海棠树的枝条，叹息一样，颤颤巍巍地留下一片细小的白，就有各种小车唰一下驰过，溅起肮脏的冰凌，把新生活的霸气淋漓尽致地留在经过的每一寸街巷。

天空是深无边际的灰，带着决绝的意志，把亿万年的云雨都锻成花朵，哪知那街巷楼宇都郁结了奔波的洪流，万千欲念挂在成千上万人鞋底子上，纵是天梯也是要踏扁的，真是枉费了这千万里奔来的水晶般的花。

林小麦上了车，才懒洋洋地说："谢谢啊。"

箱子说："没劲。你就不能像使唤老公似的？"一边说着，一边回头直愣愣地瞅着林小麦，车就一忽悠，差点撞到路边的广告牌上。林小麦叫了出来，把箱子逗笑了，回过头来说："这还像个女人。"林小麦气愤地说："别回头了，专心开车。"箱子又把头回过来，说："自己的心上人近在咫尺，怎么能专心呢。你上前面来吧，省得我回头看你。"林小麦知道他是故意的，就不理他。林小麦眼睛看着窗外，玻璃上一块冰糖一样大小的冰凌，一点一点向上移动。林小麦就知道箱子又超速行驶了，说："路这么滑，慢点。"他就开着车，回头说："放心，有问题我绝对把自己这160斤先垫上"。

林小麦说："你就贫吧。"

箱子叹口气，说："自己找乐吧。怎么办呢，爱人不和自己结婚。"

林小麦赌气说："结婚有什么意义？"

箱子说："唉，你又不是哲学家，探讨什么意义呀。咱们是饮食男女，结婚、生孩子、吃饭、穿衣……"

林小麦没等箱子说完就打断了他的话："你就不能说点形而上的，总是这一套。"

箱子急忙说："我形而下，我庸俗，可海德格尔这么形而上的人，也结婚啊。"

林小麦不知道海德格尔是否结婚了，就不敢接这个话题。说："千年等一回，你这才等了几年啊？就不耐烦了。"

箱子连忙委屈地说："我哪敢不耐烦啊。这如花似玉的媳妇我是找了七辈子才找到的，再凑这一辈子就是八辈子了。"

林小麦心里说：你找了八辈子找到了我，可是，你是我要找的人吗？这疑问突然又盘绕在心底，挥之不去，却不敢说出来。箱子等了她这么多年，可是她就是不想和他结婚。她说不出他到底哪里不好，在没有更合适的人选的情况下，也不愿意箱子离开她。箱子让她不寂寞。可是，她总觉得自己真正想要的爱情不是这样的。

箱子有一个很正点的名字，蒋中和，他们是小学同学。那时候他们前后桌。有一次林小麦的凳子倒了，砸在蒋中和的脚上，他就哭。有同学告诉老师，老师来了以后，问什么事。蒋中和用袄袖子擦干了眼泪说："老师，我搬起凳子砸了自己的脚。"大家哄堂大笑。过后，林小麦觉得有些过意不去，想把自己的新铅笔盒换给蒋中和。蒋中和不同意，因为蒋中和的铅笔盒是他父亲自己做的。铅笔盒是木头的，带个小抽屉，像个箱子一样。蒋中和的不识趣让林小麦很难堪，就嘟囔了一句："不就是个破箱子嘛，有什么了不起！"蒋中和说："不许你这样说我的铅笔盒。"林小麦仰着通红的小脸："偏说，箱子箱子箱子。"蒋中和的外号箱子就这样让林小麦给叫起来了。中学的时候他们不在一个学校，两个人都已经把对方忘了。可是在大学新生报名的时候，林小麦一眼就看见了他，大声喊着"箱子"就冲过去了。蒋中和在遇到林小麦以后，箱子的外号就逐渐取代了名字蒋中和，用他自己的话说："栽到傻麦子手里，只好认了。"

时间真快呀，一晃毕业八年了，他们认识竟然二十多年了，可是箱子觉得林小麦像条鱼，在他眼前游着，看见要抓住了，又摇摆着尾巴游走了。箱子学的是酒店管理，身边美女如云，可是，她们的漂亮让箱子没有感觉。箱子知道自己在林小麦的眼里和别人是一样的，林小麦还没有爱上他，这是林小麦迟迟不愿意结婚的根本原因。背后的东西让他有些伤感，不结婚就是还想找到更好的，这让箱子恼怒，但是又说不出口。

箱子想开一家自己的饭店，正在找合适的地方。他对林小麦说："我给饭店取了几个名字，你看哪一个好，露凝香饭店怎么样？"林小麦在车窗上哈了一口气，用面巾纸一擦，玻璃上立刻明亮了，像月亮一样。林小麦说："不好。"箱子一提饭店就精神，接着说："大唐食府。"林小麦还是说不好。箱子有些扫兴，就说："那这艰巨的任务就交给你了。"

经过彩虹桥的时候，林小麦看见同事胡艳芳在人行道上走。她想让箱子停车带她一段，刚想让箱子停车，忽然看见她今天又换了一条桃红围巾，显得格外耀眼。她走路也是一扭一扭的，像走台步似的，有些厌烦，装作没有看见。彩虹桥横跨穿过市中心的京杭大运河，前段时间听说有人酒后驾车，翻了下去，幸亏有人看见，给救了上来。桥栏杆还断裂着，没有来得及修。车过去以后，林小麦回头看了看，冰封的河如一条白练，直铺向远方。胡艳芳正在上一辆黑色奥迪车，林小麦心里有些不舒服。不知道为什么，林小麦对胡艳芳一直有些畏惧，尽管两个人是单位上仅有的两位女性，胡艳芳也做出过一些亲近的努力，但是，就是因为这点畏惧，她不愿意和胡艳芳走近，至于这畏惧来自哪里呢，连她自己也说不清。

她回过头，却感到桥上那些耀眼的色彩还在眼前晃动，胡艳芳颈项的那片桃红也跟着一跳一跳的。很快到了市政府，箱子停下车，说："傻麦子小姐请，哦，错了，林科长请。"林小麦下了车，就昂首挺胸，拿腔拿调地说："小同志，辛苦啦。"

箱子笑着一扭头，说："怎么听都像狼外婆的声音。"

二

1936 年的春天，槐花开出满世界的香。那天开始天有些阴，但这并没有妨碍林子桐和君惠的兴趣。林子桐家附近就有一棵老槐树，说是这里人从山西省洪桐县大槐树下迁来的时候种下的，树干经风经雨，长出了一个硕大的树洞。他们一起采槐花吃，忽然就下起了雨，林子桐和君惠就藏在里面过家家，林子桐当丈夫，君惠当媳妇，他们把槐花分来分去，真像过日子一样。雨一直下着，他们也玩累了，两个孩子就睡着了。他们是被饿醒的。醒来以后已是中午了，雨已经停了，天晴了。他们刚手拉手从树洞里爬出来，君惠的家里人就过来了，很快林子桐的父母也跑了过来，他们到处找自己的孩子，看见两个孩子这个样子，就心照不宣地什么也没有说，各自领着自己的孩子回家。君惠和林子桐告别，一扭头突然看见一道彩虹，高傲地凌驾在蓝蓝的天空。她大声说："彩虹，彩虹。"所有人都看见了那道彩虹，林子桐也看见了。但是，从此以后，君惠再也不和他进树洞玩了。他们的家里人在等他们长大。

一晃到了 1943 年冬天，年节将至，17 岁的林子桐从北平急急忙忙地赶回瀛洲镇。天气晴朗，阳光像玻璃一样，冰凉刺目。他在离镇子不远的地方听到一声炸响，类似鞭炮的声音。但是，他还是停住了脚步，他知道战争恐怕也把他的小镇给淹没了。他的心提起来，不知道自己的父亲母亲怎么样，还有，他的君惠，他今年就要和她成亲了，她现在怎么样了？会怎么样呢？他想都不敢想。现在，他就悄悄地绕到槐树后边，钻了进去把东西藏了。他听到了日本人在喊话，他多少学过日语，能听出那个日本军人在说："让小孩子们学日本话，不学的就是这个下场。"

他知道日本人说的下场肯定是死，心拧得快出血了。他小心地探出头，远远地看见自家门上飘着两面日本旗。再往前探一点头，那两面日本旗分插在自家门鼻上，自己 10 岁的弟弟两条腿分别被绑在日本旗下。就像一把刀子突然插进喉咙，林子桐觉得那血就从喉咙里咕咚咕咚往外冲。他还没有来得及叫喊，就见两个日本军人飞速冲过去，喊着号子就把门给撞开了，弟弟被撕裂的声音把林子桐一下子砸进了无底的深渊。

埋葬了父母和弟弟，他和君惠匆匆见了一面。那天下午，君惠正在院子里绣枕头，突然觉得眼前亮了一下，高高瘦瘦的林子桐就站在了自己面前。林子桐说："我加入了国民军，打鬼子去。"君惠没有说话，只是看了他一眼。林子桐说："我该走了。"两个人站了一会，君惠才说："看好了自己，人家等着"。他真到战场上就后悔了，死亡那么近，到处能看到年轻人的断胳膊断腿，在河沟子里、枯树杈上、坟头子旁、山崖间，那些死不瞑目的眼睛总是让他战栗。后来他也麻木了，东跑西颠地，几乎天天都在想君惠那句话——“人家等着。”心想战争结束后，什么也不想，什么也不要，就和君惠好好过日子。

那是他参军后的第二年夏天，他和几十个弟兄执行任务回来，天上星河灿烂，可是他们都累得什么也不想看，只想快回到驻地，吃饭睡觉。但是，他们竟然看到两束光柱，发出利刃般的光芒。一辆日本兵运送物资的卡车迎面开过来。平原上无遮无拦，只有几个坟堆，分布在周围，他们迅速趴下，进入战斗状态。对方只有两个日本兵，他们看见那两个瘦小的身影时有几分庆幸，迅速射出子弹，听见有个日本兵噢的一声，知道打中了，但是，那个日本兵还是爬起来开始还击。直到这时候他们才发现高兴的有点早，对方是两挺机关枪，枪管喷射着凶残的火蛇，子弹冰雹一样冲过来，打得他们根本就抬不起头。林子桐听到身边的弟兄不时发出凄厉的惨叫。林子桐刚想开枪，突然看见身边亮光一闪，他知道是身边的一个弟兄打了一枪，对面立刻有无数子弹密集地扫射过来，他能听到头颅破裂的声音，血浆喷射到他的脸上。他忽然感觉有很多子弹扫射到了自己的左腿上，他伸手摸了摸，膝盖没有了，腿窝里血泉涌一样。他慌忙从死亡的弟兄腿上解下绑带，匆匆忙忙地捆紧了。他看到坟堆后边只要有亮光闪射，对方的子弹就跟过去。他再也不敢开枪，生怕一开枪就把敌人的子弹引过来，他真不想死，他的君惠还等着自己，他要死了，君惠一辈子怎么办。终于，枪声停止了，他还是不敢动，觉得脸上有什么东西在爬，还以为自己脑袋被打破了，摸了一把，竟然抓了四个虱子。天色已经有些灰白，双方还是没有动静，他用枪托砸了远处一块土坷垃，声音恐怖地刺穿血腥的黑夜，但是对方还是没有动静。他大了胆子，往两个日本兵埋伏的地方打了一枪，对方纹丝没动。他知道他们死了，想站起来，却发现腿已经不听使唤了。

林小麦查过瀛洲市地方志。但是那场战斗在各种文字上都没有记载，据她的奶奶君惠说，在这场战斗中46名国民军只有她爷爷林子桐一人生还。

林子桐伤残回家的时候，镇上一个布鞋店掌柜正在三番五次托人向君惠求婚。君惠家里人也已经把她许配给他，只是君惠执意不从。听见他回来了，君惠就迅速和他结了婚。新婚之夜，林子桐看见自己心上人雪白的身子，一条伤腿怎么也支不起来，恼怒地流了泪。君惠就把林子桐揽在怀里，待了一会，她把林子桐放平了，自己拿了红盖头蒙了头脸，一下子就骑在了林子桐身上。过去之后，林子桐觉得这一辈子有了这个女人真是没有白活。

但是，生逢20世纪，林子桐注定是要早死的。13年后，已经当了镇上工商联合会副会长的布鞋店掌柜不知道从哪里找到了林子桐当年藏在麦秸垛里的东西，银圆自然没有了，但是，林子桐加入国民党的一切证据都在，林子桐甚至没有来得及和君惠说一句话，就在一个大雪纷飞的夜晚被带走了，他再也没有回来。那一年，君惠31岁，林小麦的父亲刚刚11岁。

从此后，君惠习惯坐在院子里，冲着门，仿佛她的子桐随时会回来。有一次她睡着了，梦见林子桐从一道彩虹上走下来，手里捧着大把的槐花，她举着鲜艳的红盖头迎上去，那道彩虹突然不见了，林子桐一路跌下去，她哭着，叫着，却怎么也救不了他。醒来以后，她看见槐树的树冠，斜倚在老墙上，槐花已经凋谢，只有几只麻雀，在黝黑的枝头咯血一样鸣叫。她知道，谁也不能把她的子桐叫回来了。但是，她还是愿意等他，每天她都会找一个时间，在院子里坐一坐，从31岁一直坐到了79岁，多少人来求婚她都不应，她就等着那个再也不会回来的人，等了一辈子。

现在，林小麦和奶奶依然住在那个老院子里。这是瀛洲市区唯一的一片平房，都是有着百八十年历史的老宅，青砖灰瓦，雕梁画栋，在风雪中看去，自有一种沉实和古朴。市里也曾经想把这里拆了，但是后来一位政协委员写了一个提案，这片老宅总算保住了。

林家院子其实并不大，有几棵老树，虽然是冬天，仍然能从枝干上看出几分葳蕤。有花草，干枯了，但能看出很精致。路面是青石子路，镶嵌着别致的花样。夏秋季节，槐树依然枝繁叶茂。早晨或者晚上，奶奶就坐在院子里，沉入无边的回忆。很少有人知道这个常年坐在一把老式藤椅里的老人有一个名字，叫君惠，人们习惯了叫她林奶奶。

林小麦的父母都在外地，她和奶奶一直生活在一起。她愿意听奶奶诉说这一切。大了之后，她有时觉得奶奶很神秘，一天天待在一个院子里，说不了几句话，一辈子这样，多么寂寞。有时就很羡慕奶奶。有一次晚上睡觉的时候，她对奶奶说："您让我明白了一件事，一辈子只爱一个人，多苦也是福。"

奶奶说："要是爱错了人，可就是灭顶之灾，你应该先搞清爱的人是不是值得。我看中和不错。"林小麦知道她希望自己和箱子尽快结婚，但是，林小麦不知道该怎样说，对于一个没有经历过战争和灾难的年轻人来说，只有结婚才是最有可能调动情绪的事情，但是，林小麦和箱子从一开始就寡淡地相处，她觉得自己年轻的血液没有为箱子沸腾。她怎么能就这么结婚呢？

她对奶奶说："奶奶，如果箱子像爷爷一样离开，我绝对不会一辈子等他。他不是我这辈子要等的人。"

奶奶却已经睡着了。

三

林小麦到单位后，简单收拾了办公室，副秘书长赵家方就过来了，对林小麦说："江北市今年对外开放工作成绩突出，他们的市委书记邢文通提出"四个突破"，市长很欣赏，做了批示，要搞个调研，如果没有其他的安排，咱们马上就出发吧。"林小麦心里有些不高兴，这么恶劣的天气，谁愿意出门呢。可是，没有办法，进入了政界，就像进入了一个旋转的车轮，不工作就只能被抛弃。万千不满只能埋在心里，她对工作还是很有热情的。

林小麦是有很远大的想法的。自己是女干部，重点大学毕业，写一手尽人皆知的好公文，仪态端庄，已经六年正科经历，下一步就是进入县级干部序列。林小麦觉得自己是有社会理想的人，还是希望报效社会，为老百姓做点事情，要实现这个夙愿没有一个足够的平台是不可能的，所以林小麦在明确方向以后，也给自己明确了目标：当一任县级市的副市长，治理一方。这个想法就像一盏灯，指引着她在琐碎平庸的日子里不停工作。在林小麦心里，工作是向上的台阶，至于给箱子当一个贤惠媳妇，她是想都不想的。

江北市是瀛洲市唯一的县级市，每年的财政收入能够占到整个瀛洲市的四分之一，历任领导对江北市都高看一眼。林小麦在车上看看材料，今年江北市引进外资 16 个亿，占全市的 67%，这个比例让林小麦都提起了精神。

赵家方说："这个材料要下点功夫啊。"

林小麦觉得赵家方话里有话，自然就想到了班子问题，但是，在官场，不能随便打听消息，就换了一种表达方式，希望能套出点有用的信息，说："哪个材料咱们不下功夫？都是没黑没白熬出来的，上周我又两宿没睡觉，你呢，不是更多？"

赵家方叹了口气，说："这个材料不一样啊，还是要往深处研究一下啊，写出高度，写成精品。"然后，赵家方话题一转，说："林科长，个人问题怎么样了？"

林小麦知道他不想继续刚才的话题。林小麦知道，一定有大动静。即使在社会上，越是需要掩饰的事情越是最重要的事情，何况是官场，秘密就是结果。林小麦有些失落，也有些躁动，自己给别人树碑立传，邀功买好，为别人的发展当石子，作嫁衣，谁能想到自己呢。难道自己还要继续在市政府一夜夜写材料吗？到市政府工作八年了，八年自己写了多少材料？八年，她给 4 个市长、8 个副市长写过讲话，按每年一个市长 10 个会议讲话、副市长 5 个会议讲话算，也超过 500 篇了吧？加上应付上级的汇报、总结，各部门、各单位的调查报告、考察报告、意见、建议、通报、通知等等，恐怕要是摞起来，比自己身高都矮不了多少。自己都写了些什么呢？她竟然没有印象。推动地方经济发展了吗？她也不知道。让写就要写，不写干什么去？能写这些稿子让多少人羡慕啊。人们都以为那些稿子是向上的台阶，有多少人一辈子都没有踏上这个台阶。可是，台阶的尽头是一座富丽堂皇的宫殿，还是一座空空如也的废墟，谁又能知道呢。

林小麦胡思乱想，司机提醒了一句："林科长想什么呢？赵秘书长问你呢。"林小麦猛然想起刚才赵家方问她个人的问题，她急忙回答说："还那样。"林小麦心里说：眼前最大的问题是发展。可她嘴里说："谢谢秘书长关心。"正说着，赵秘书长的手机响了，赵秘书长看了看号码，没有接。手机就又很娇纵地响起来。赵秘书长看了一眼，还是没有接。又接着补充了一句："我现在，一看生号码就头疼，都是些多年没有联系的老同学啊、亲戚啊、老战友啊，也不知道他们从哪里找到了号码，净是一些难办的事，不办吧，说你不够意思，办吧，有些事根本办不了。你说前天从老家来了一个大娘，说是家里的母鸡到邻居家下蛋，两家打起来了，儿子让人家打了。打了怎么着？我去给出气？还是给县委书记打电话？没办法。"林小麦知道他是为了掩饰刚才的电话，于是对刚才的电话更加好奇。

她试探性地说："瀛洲市还有您办不了的事，我都不信。大家多敬重您啊。"赵秘书长对这话很受用，诉说的欲望就强烈了。他饶有兴致地说："老了。天天行政事务缠身。唉，以前也是有些理想的。小学的时候，作文也在生产队的大喇叭上广播，到部队以后，写了一篇就被《解放军报》给用了，调到师部，说来也是辉煌过的。"

林小麦有些好笑，这些东西就是一个县级领导的辉煌，这生命过程也太虚无了。就有一种"不过如此"的念头，自然就想到自己梦寐以求的县级待遇，弄上又怎么样呢？生命就有意义了？不过如此。可是，如果连这个都不去追求，那么这年轻的生命干什么去呢？和箱子结婚？像市井女人一样生孩子？都没劲。林小麦忽然想到哈姆雷特关于生存与毁灭的台词："谁愿意负着这样的重担，在烦劳的生命的重压下呻吟流汗，倘不是因为惧怕那不可知的死后，惧怕那从没有一个旅人回来过的神秘之国。"林小麦突然发现自己一直这么坚持的原因就是因为惧怕，惧怕一生结局的荒凉。但是，这样走下去就肯定不荒凉吗？

林小麦找不到更有意义的活法，只能在固有的轨迹上做好能做的事情。那么这个县级待遇还是要争取。和箱子也是要结婚的。林小麦觉得只有这样才能够摆脱惧怕，可是她又心有不甘。

天已经晴了，原野里一片银白，有麻雀成群结队地飞，很荒凉的样子。一个小时以后，林小麦给江北市政府办公室打电话，告诉他们已经进了江北市。对方说直接去政府招待所，说邢文通书记马上就过去。

林小麦对邢书记的情况不太了解，就问赵秘书长："邢书记以前是干什么的？"

赵秘书长说："他的经历很不一般啊。咱们这届县委书记中，可能只有他是正规大学毕业，学模具设计。先是在机械设备厂任技术员，后来当厂里的宣传员、副厂长，1994 年到江北市任主管工业的副市长，一步步成长起来了。是个实干家，有能力，有前途啊。"

一进招待所，林小麦就认出了邢书记，毕竟在政府工作，大部分领导都面熟，只是没有打过交道而已。邢书记很高，有些黑，也是刚刚下车，因为秘书正把水杯从他手里拿走。

赵秘书长一见邢书记，立刻对司机说："快点，快点。"车一停，他就急忙下了车，迎上邢书记去握手。

林小麦刚想下车，发现赵秘书长的手机忘在了车上，她的心一动，很自然地把手机拿了起来，顺手就打开了未接电话，手机显示未接电话竟然是胡艳芳的电话。胡艳芳的电话为什么不接呢，林小麦想起胡艳芳走路摇摇摆摆的样子，心里有些疑惑。赶快把手机交给了赵秘书长。然后和邢书记握手见面。林小麦在握住邢书记手的一瞬间突然意识到，这个调查报告应该市委来做，政府越权做这个工作，肯定是有特殊原因的。赵秘书长反常的举动就有了答案。这么说，眼前这个人要被提拔。说来也怪，她再看邢书记，就觉得他格外红光满面，真有些喜临门的样子了。

采访很顺利，邢书记准备很充分，能听出他确实是有思路、能干事的领导。他提出对外开放工作要冲破唯书唯上的陈旧观念，冲破各自为政的管理格局，冲破封闭滞后的体制障碍，冲破明哲保身的思想束缚，对于经济欠发达的瀛洲市来说，确实很有典型意义。通过交流，林小麦发现这些主宰一方命运的领导都不是等闲之辈，对他有了一些新的认识。

到了吃饭时间，他说：“今天中午我要陪三桌，现在我哪也不去了，陪市里领导们吃顿清净饭。”赵秘书长急忙说：“不用麻烦，您要忙不用陪我们。”邢书记说：“咱们都是老伙计，今天要是光你自己，我还真没准。可是，人家林科长第一次来，而且，我有个不成文的惯例，只要是漂亮女士，一般不放过亲自陪的机会。”

林小麦脸一下子红了。

吃饭的时候他叫了不少人陪同，端起酒他郑重其事地问大家：“在座有没有未婚青年？”大家面面相觑，不知道他想干什么。林小麦急忙说：“邢书记，讨饶了。”邢书记哈哈大笑，说：“早知道领导们派漂亮的林科长来，我们要再加两个突破，一是突破美女防线，二是突破市县防线，可惜啊，在座的没有未婚青年了，不然的话，江北市委一定大力支持你们把林科长引进来。”众人这才醒过味来，气氛一下子很活跃。事实上，林小麦并不知道，这时候邢书记是有些轻看她的。这么年轻，又是一个女同志，能写什么？一看就是靠关系进来的，说不定还有些其他不检点的故事，说话的时候自然就有些轻慢。林小麦对他也没有什么特殊的感觉，他有幽默感，有能力，但是，领导们的幽默感大都是被下级惯出来了，也没有什么，林小麦并没有什么其他的感觉。她并不知道，眼前这个人将会改变她全部的生活，甚至更多。

四

胡艳芳从窗户里看见赵家方和林小麦下了车，心里陡然升起一种恨。他不接我的电话，就是因为和林小麦在一起。这种恨自然就转移到林小麦身上，觉得林小麦又压了她一头，气就不打一处来。估计赵家方进了屋，直接就找了过去。赵家方看见胡艳芳的脸色，就知道她为上午的电话生气，急忙压低了声音说：“别生气，宝贝，上午去江北市和邢书记座谈，手机调振动，没有听见。”

胡艳芳却不想说电话的事了，眼前有比电话紧迫百倍的事，这个时候她不能和赵家方太任性，可是又不能任其漠视自己，就说："人家找你有急事嘛。"

赵家方有些烦，知道肯定又是她弟弟的事。她的弟弟在市工业学校上中专，快毕业的时候在网吧和人打架把一个社会青年给捅了，虽然没被判刑，但是学校发了肄业证，找工作就更加艰难。赵家方有时觉得胡艳芳就是为了他弟弟和自己走到了一起。赵家方知道，事实上自己目前没有能力把她弟弟安排进机关，但是，他又不敢说，他知道，只要让胡艳芳看出他的底细，胡艳芳就会离开他。他有些舍不得，就利用胡艳芳对他的指望，和胡艳芳每每幽会。

胡艳芳这次找他不是为了弟弟，而是为了提拔。她听说又要动干部了，自己从开放办到市政府也已经四年了。从参加工作，她还从来没有在一个单位干过这么长的时间。在郊区政府工作两年半，那是她最黑暗的日子。她刚刚怀孕四个月，同居几年的男友看上了别的女孩，要和她分开。男友走的那天晚上，她一直在哭。她苦苦哀求，希望看在孩子的分上留下来。那时候孩子已经有了胎动，她拉着男友的手，触摸那与他血肉相连的新生命的小鼓，但是，胡艳芳真没有想到，男人的心真毒啊。他迅速把手抽回去；摔上门就走了，走了几天胡艳芳才发现，他把他们在一起的钱都取走了。胡艳芳父母去世早，只有她和弟弟，弟弟正在上高中，不能影响他的学习，胡艳芳实在挺不过去了，就向科长说了实情。科长很同情她，借给她 1000 元钱，她接过钱的时候真觉得这个男人是他的救命恩人一样。她到医院做流产，可是孩子做流产太大，只能等孩子再大一点做引产。那些日子啊，把一个妈妈的心疼碎了，她感觉一次孩子的胎动心就给砸一锤子，那疼撕扯着漫长的黑夜，搅动着空茫的白昼，渗到胡艳芳身体、目光和呼吸能到达的一切地方。孩子出来以后，胡艳芳对男人的恨一下子长到了骨头里，生了根，发了芽，任锥子钳子也拔不出来了。

后来，她和科长走在了一起，科长海誓山盟，她笑殷殷地听着，知道结局的惨烈，只是幻想科长在危难时候别卖了她。可是，没多久，科长老婆就打到了单位。她被单位停职，再打科长的电话，科长就再也没有回音了。胡艳芳却没有了眼泪。

没有了工作，没有了收入，还要供弟弟上学，胡艳芳被眼前的生活给震慑了。正是秋天，胡艳芳独自在街上穿梭。她像所罗门的魔鬼一样祈祷，希望有人能救自己一把。日子一天天走过，风把她的心一天天吹冷了，吹硬了，吹得没有了温度。有一天下午，一辆红色小车在她身边驰过，从小车上走下她儿时的一个同学，她跟着这个同学上了车，看见车前跳动着成群的鸟雀。她知道那是干枯的树叶，被风吹落了，在地上就什么也不是，任人踩踏。和她的结局是一样的。她终于明白了，要想好好活着，就要长在树上，永远别落下来，哪怕当一片枯叶。她随那位当了小姐的同学走进了舞厅。她有文化，有过工作经验，在舞厅当了领班。她真感谢那段生活呀。如果不是在舞厅的日子，她还傻乎乎地相信什么爱情、正义之类的东西。到了舞厅才知道男人是什么。这世界有什么呀，什么也没有。就是钱、欲望和成功，至于来路，没有人在意。她在舞厅赚了点钱，看准了机会，和开放办主任睡了一觉，就这么简单，让自己苦恼了多少日子的工作一下子解决了，她调到了开放办。那天早晨，她一觉醒来，拉开窗帘，阳光照在身上，一切都没有改变，没什么了不起。她从那一刻起就打定了主意，今后的路就这样走了。开放办主任良知未泯，总觉得不能给她婚姻亏待了她，在职务上就加以补偿。胡艳芳压根不想和这个糟老头子有婚姻，但是，为了让他认为自己爱他，就越加做出要婚姻的样子，没有三年，胡艳芳从一个被开除的人变成了开放办财务科科长。

第四年，胡艳芳就合计离开开放办了。她知道开放办主任肯定要阻挠自己，就把他吃饭、报销的有些不合理票据复印留了下来。胡艳芳一直寻找能上钩的人。

那天在鱼味斋饭店吃饭，她和赵家方坐在了一起。她认识赵家方，赵家方显然也认出了她，他们在舞厅有过交道，只是她不知道对方的身份。胡艳芳很焦虑，担心赵家方把她的底细说出来，吃饭的时候就有些闷。吃完饭后，赵家方主动提出送她。当着司机不便说什么，赵家方就一语双关地说：“胡科长太小看了我的政治素质了。”胡艳芳心里一下子有了底。对赵家方就有了新的认识。胡艳芳知道，好色的男人太多了，好色而又可靠的男人却不好找，胡艳芳真是踏破铁鞋，一朝如意，很快和赵家方打在一起，想通过他调市政府。果不其然，开放办主任百般阻挠，胡艳芳关键时候拿出了那些票据，把老头子吓得心脏病都犯了。胡艳芳顺利调市政府人事科。她知道赵家方远没有开放办主任厚道，在市政府工作了四年，别说给她婚姻，就是在单位说话也是小心翼翼，四年中提拔了几次干部，她和赵家方也闹过，可是，赵家方始终没有给她机会。她没有耐心了，趁着自己年轻，还有几分姿色，她知道时不我待，必须抓紧时间，抢抓机遇，开拓创新，与时俱进，为自己铺垫好的前程。她把什么都看清了，什么男人、婚姻、爱情，都是靠不住的，只有成功，能够带给自己充实的生命，她没有其他的选择。现在，她又有了新的目标，赵家方能不能帮她实现这个目标，她心里没底，就拿出弟弟胡小松工作分配的事来探探路，一举两得。

赵家方看见她没有闹，松了一口气，说："不就是小松的事嘛，我正在运作。这事不能着急。"然后又压低了声音说："晚上几点？"

胡艳芳看见他涎着的脸，想起他身上已经显老的赘肉，有些厌烦，就说："办完小松的事再说。"

不知道为什么，赵家方平时什么也不想，即使和老婆在一起也清心寡欲的，可是，只要一看见胡艳芳就有动静，就不想轻易放弃，刚想努力，听见有人敲门。急忙挺直了身子，拖长了声音说："进来。"

进来的是林小麦，林小麦一看他们的表情，联想到上午的电话，心里对他们的关系已经一清二楚。她向胡艳芳点点头，说："你们谈事啊？我待会再来。"

赵家方急忙说："没事，有些工作上的事。"赵家方一下子此地无银了。胡艳芳觉得自己再待下去不合适，就站起来说："我说完了，你们说吧。"赵家方心里想和胡艳芳定下热乎的时间，可又不能说出口，脱口而出："胡啊，着急啊。"胡艳芳以为他在说小松的事，就说："慢慢来吧。"林小麦急忙要了上午的材料就走了出去。胡艳芳紧跟着也出来了，向林小麦笑笑。林小麦看看胡艳芳，两弯仔细修剪的眉毛下，是一双雾蒙蒙的大眼睛，鼻梁挺秀，唇形端庄，穿着一件黑色毛衣，只在领口点缀着一圈白色花边，衬着脸色更加白净，谁能看出这个优美的身躯曾经千人骑万人跨，谁能知道她曾经的身份是舞厅的领班。

林小麦回到了自己的办公室，回想着胡艳芳和赵家方的表情，有些想笑，但是，又感觉到了一点东西。林小麦相信肯定又要动干部了，胡艳芳在努力。她突然意识到胡艳芳是自己的对手，而且，是强硬的对手，让她心里有些畏惧的对手。对于林小麦来说，这是最可怕的。可她哪里是自己的对手呢。我怕她什么呢？我也很漂亮，而且比她身材好；整个政府大院都知道我有才华，能写各种题材的好文章，而她别说写文章，可能这么大岁数都不一定能念好一篇文章；我出身书香门第，读的是重点大学，受的是正规教育，出了学校进机关，兢兢业业，任劳任怨，有口皆碑。而她呢，上学的时候和高两届的一个男生未婚同居，男生后来分回武汉，把她甩了，她就破罐破摔，毕业后分到了郊区政府办公室，后来和科长发生关系，科长的妻子打到单位，她就被迫待岗在家。这期间她不甘寂寞，就到各个酒店舞厅晃晃悠悠，成了娱乐业有名的领班。

和她比，用六十年代的话说，自己根正苗红，为什么要怕她呢。林小麦找不到理由，可那恐惧就藏在角落里，时不时跳出来，让林小麦不自在。

林小麦实在想不通自己怕她什么，就放下这件事，研究江北市的材料。快到下班的时候，心里大概有了思路，就收拾东西，准备回家晚上加夜班。刚走出政府大院，手机就响了，接通一看，是箱子。箱子说：“向左转。”林小麦侧身一看，箱子的桑塔纳就停在自己身后，急忙上了车。

经过彩虹桥的时候，箱子说：“我看好了一个地方，就在彩虹桥前边，还可以停车。咱们去看看。”林小麦过去看看，是原来的一家饭店关闭转让。再看对面，有一家叫鱼味斋的饭店倒很红火，便知道是让鱼味斋给挤垮的。箱子说：“咱们进去吃一顿。”林小麦担心奶奶在家，就和箱子回家接了奶奶。奶奶执意不来，被林小麦软磨硬拽拉上了车。回到鱼味斋，有年轻的服务员迎出来。一进门才发现门口两边的窗户上各自镶嵌了四个圆孔。奶奶说什么也不吃了，大家莫名其妙地就出来了。箱子有些奇怪，问怎么回事。奶奶说："这家饭店路子不正，咱们还是少招惹他们。"箱子问："怎么回事？"

奶奶说："看见他们窗户上的圆孔了吗？那是吸财洞，和他对门，生意没法兴旺。"

箱子说："现在谁还信这个。"

奶奶就不再说话。

箱子想换一家饭店，奶奶借口身体不好，林小麦也想回去赶材料，就回家了。吃饭的时候，奶奶说："别总叫人家外号，多不好。"林小麦说："谁让他那么贫呢。"奶奶说："看人要看心地。"林小麦不以为然，说："我对他没那种感觉。他从来没有让我眼前亮一下。"奶奶呵呵地笑了，说："那都是什么年代的事了，中和这孩子不错。"

林小麦还以为奶奶会不高兴呢，看见奶奶这个样子就放了心，回到自己房间，打开微机写材料。快五点的时候，材料终于写完了，她伸直酸疼的腰，站起来，有些兴奋，也有些委屈。就有些调皮地给箱子打电话。箱子正睡着觉，还以为有什么急事，慌里慌张地问："怎么了？怎么了？"

林小麦说："没什么。刚写完材料。你说，我这么辛苦有意义吗？"箱子一听，没有什么事，睡意立刻包围上来，嘟嘟囔囔地说："什么意义呀，睡觉最有意义。睡吧，啊。"

林小麦忽然觉得箱子的话里有了哲理，对啊，睡觉最有意义。睡觉可以把一切都忽略。她立刻又想起哈姆雷特的台词，就故意憋着嗓子，背诵着："要是在这一种睡眠之中，我们心灵的创痛，以及其他无数血肉之躯所不可避免的打击，都可以从此消失，那正是我们求之不得的结局。"林小麦听见箱子说："你就闹吧。"然后就是夸张的鼾声，林小麦轻松了许多。

五

林小麦以“营造开明政治环境，加快开放兴县步伐”为题，撰写了调查报告。赵秘书长看完后，报市长。市长看完后，批示发办公室通报。市长要以此为题，在江北市召开对外开放工作现场经验交流会，林小麦又紧急给各部门、各县市下通知，准备发言材料，自然要给市长写讲话，连着几夜没有睡好，等到真在江北市开会了，林小麦急火攻心，感冒了。

市长要求很严格，开会时不让随便出入，不让开手机，会场上很静。江北市做典型发言，邢书记就坐在台上左边的位置上。林小麦不住地咳嗽，就用面巾纸捂着嘴，想尽量把声音压低。抬起头，看见邢书记关注的目光不时投过来，心里暖暖的。

会议间隙，这些领导们急着出去吸烟或者方便。林小麦不愿意动，就靠在椅子上休息。觉得有人轻轻踢了自己脚一下，睁眼一看，是邢书记，悄声说：“为江北市累病了？看看，面色潮红。”林小麦眼一热，急忙说：“没事，谢谢。”邢书记接着说：“我让办公室给你准备了药，在外边等你呢，能动吗？”林小麦说：“没那么严重。”邢书记又嘱咐了一句：“快点吧，一会就开会了。”然后很专注地看着她，那意思是：如果林小麦不去，他就这样看下去了。林小麦笑笑，就站了起来。邢书记也笑笑，挪开身子。林小麦出了会场，果然看见江北市委办公室主任和一个服务员端着一杯水在门外等着。道了谢，吃了药，再回到会场时，邢书记已经端坐在主席台上了。看见她进来，不易察觉地点点头。林小麦会意，心里自然又是一番滋味。再坐下记录的时候，就觉得有目光盯在自己身上，一瞬间竟感觉那目光有些分量，压得那心一步步回到没有父亲的岁月里。如果父亲在身边，如果父亲爱自己，是不是就是这样的感觉。这样想着，抬起头，好像邢书记的目光就湿漉漉的，蕴涵了无限柔情似的。林小麦忽然觉得自己的成长有些委屈，为什么长这么大没有一个人这么关切地凝望过自己，偏偏是一个没有什么关系的人给了自己这种温情？她突然觉得和邢书记距离一下子近了。

会后回到家时，发现奶奶也病了，一天没有吃饭。急忙给箱子打电话，把奶奶送到医院。到医院才发现感冒发烧的人真多，大部分是老人和孩子，输液还要排队，都是因为雪后大幅度降温，人们一时适应不了。但是奶奶毕竟年纪大了，症状就重一些。住了几天院，林小麦也跟着输了两天液。箱子饭店还在选址，就两头忙活着，累得也是瘦了一圈。林小麦第一次认真地想，该和箱子结婚了。出院的时候，箱子来接她们，林小麦在车上突发奇想，说："咱们的饭店叫巴比伦大饭店怎么样？"箱子敏感地听出了林小麦用了"咱们的"几个字，心里一阵酸楚。二十多年了，他第一次听到林小麦这么和自己没有距离的语言。他声音有些嘶哑了，说："听你的，都听你的。"奶奶却不同意，说："叫个外国名字，不好。"但是，林小麦和箱子沉湎在一种情绪里，谁也没往心里去。

如果邢书记不过来答谢，林小麦的一生就会平静地开始她和箱子的婚姻生活了。但是，邢书记来了，一瞬间就改变了所有人的命运。以后漫长的孤独岁月里，林小麦不止一次这样设想，如果没有市长的批文、如果没有邢书记的几片止咳药、如果邢书记没有来看她、如果没有那场大雪，她会是这个样子吗？她肯定不会。可是她还是不怨恨邢书记，就像一朵花，注定要怒放，可是，它能怨恨春天吗？如果没有春天，它只能萎缩。它宁愿灿烂后凋零，也不愿意无声地萎缩。林小麦不后悔。

几十年以后，林小麦披着一件披风，坐在院子里的院子里，岁月剥离了她所有的风韵，可是，那天的一切仍然那么清晰地留在她的心里，她的记忆还那么年轻。

那天是雪后初晴的天，窗户上还垂着常春藤留在秋天的红叶，午后的阳光浮在办公桌上。有个高高大大的人进来了。林小麦觉得眼前一亮，是那种直达内心的明亮，突然照耀了平庸的岁月。她抬起头，看见邢书记笑吟吟的样子，知道自己被什么东西一下子罩住了。邢书记不知道从哪里打听了她的嗜好，买了一大堆书和光碟，还有一些她喜欢吃的特产。

她记得胡艳芳来拿资料，还给邢书记斟了一杯水，邢书记看胡艳芳的时候，她心里酸了一下。晚上邢书记请大家吃饭，邢书记特意要求挨着林小麦坐。他不容置疑，霸道得让林小麦感动。林小麦脱下大衣，他给接过去挂在衣架上，让林小麦又有些腼腆。林小麦坐在邢书记下首，第一次感觉一个男人呼呼带风的气势。林小麦敬了一圈酒，脸已经红了，再有人让林小麦喝，林小麦就推辞。赵家方要敬林小麦酒，邢书记看看她，突然用左手揽了林小麦一下，右手端起林小麦的酒杯就替林小麦喝了。林小麦在那一瞬间觉得自己被一下子扔到了云端上，山河远去，再也下不来了。

晚上吃完饭后，大家意犹未尽，去了蓝狐狸歌舞厅唱歌。林小麦突然想卖弄一下，用英文演唱了美国故事片《人鬼情未了》的插曲。一个人命运的走向有很多时候是必然的，邢书记曾经在新加坡学习了两年，能说一口流利的英语，他们竟然一唱一和，把整首歌曲演绎得荡气回肠。那一天随行的人都开了眼，看他们用英文共同唱了《红河谷》，还有《巴比伦河》。林小麦唱《巴比伦河》的时候是有些想念箱子的，因为她想到了她和箱子即将开业的巴比伦酒店，但是这一点也没有影响林小麦的情绪，林小麦像一条静静的河，冰封了漫长的冬天，一阵春风就让她澎湃了。《巴比伦河》要求音域宽厚，音调高昂，但是，一向矜持的林小麦突然就风情万种地唱了起来。邢书记不会唱，但是，他还是半跟半随地在旁边哼唱着。人世有很多事找不到准确的理由，但是，该发生的还是发生了。唱到了 12 点多，邢书记亲自驾车把她送回家。路上偶尔有车过去，驶过一家家已经关闭的华丽门扉；有飞起的雪花，在灯影里翻卷。有个年轻人拿着一个酒瓶子，摇摇晃晃地一边走一边唱。爱就像空气，突然乌云密布地压过来，让林小麦有些忧伤，就把头仰在靠背椅上。邢书记回头看了她一眼，打开音响，柴可夫斯基的小夜曲，带着甜蜜的味道，伤感地在车里回旋。车灯低低地滑出橙黄的光晕，再往前方又是一片幽暗，车灯又滑过去，幽暗弥漫在身后。在她家门口，林小麦下了车，刚想走，邢书记拉着林小麦的手不肯撒手，只是稍稍用了一点力，林小麦就像一片叶子一样飘了过去。她伏在他的怀里，心就像栖下的鸟，收敛起倦飞的翅膀，在他身上啄食着养生的水露。他抚摩着她的脸、她的头发，把嘴唇印在她的额头上久久不肯起来。这时，林小麦听见身后的大门吱呀一声，奶奶披着一件披肩出来了。

邢书记急忙松开手，动作有些慌张，挂住了林小麦的一绺头发。他慌里慌张地把头发给弄开了，身子挺直了。这动作让林小麦有些失望，说："这是我奶奶。"邢书记说："奶奶好，打扰了。"奶奶说："天凉，有话进来说吧。"

邢书记说："不进去了，我以后再来看望老人家。太晚了。再见。"

奶奶没有坚持，回身靠在门口。邢书记看了林小麦一眼，就上了车。他还特意摇下玻璃，说不清是向林小麦还是向林小麦的奶奶挥了挥手，然后就迅速淹没在迷蒙之中。

榕树伸展着暗淡的枝条，缠绕着老屋檐下的灯光。冬夜的星星是隔世的魂魄，看着继续的故事重复的过程。林小麦不想进屋，在院里磨蹭着。奶奶说："进来吧，也没什么。"

林小麦进了屋也不敢看奶奶的眼睛，就坐在床上不说话。奶奶说："你们是孽缘，是要结苦果子的。"奶奶的声音那么陌生，仿佛带着隔世的寒意。林小麦知道自己不对，可是脚步已经踏上飞驰的列车，下不来了。她说："奶奶怎么办呢？我管不了自己了。"奶奶叹了口气，说："还是及早抽身好，不然后悔就来不及了，早点睡吧。"奶奶好像知道自己什么也阻挡不了，佝偻着瘦小的身躯回了自己的房间。

那是怎样的一夜呢？她一会儿睡一会儿醒，好像一辈子的心事都追了过来，挤在她的葵花被子里。黑暗中，好像有箱子的眼睛，一会儿在衣柜上，一会儿在书橱里，无辜地眨呀眨的。她索性把灯开了，亮得眼睛里含了泪。想了想，像是赌博一样，打开手机给邢书记发了一个信息："五里滩头风欲平，张帆举棹觉船轻。柔橹不施停却棹，是船行。满眼风波多闪烁，看山恰似走来迎。仔细看山山不动，是船行。"然后她看着窗外，觉得那信息已经融入无边的黑夜，越过嶙峋的高楼、闪亮的湖泊、呼吸的人群和城市的垃圾，一路直奔另一个人。那个人在干什么？她知道却不敢想，急忙把思绪拽回来。这时邢书记却回了信息："凤凰台上凤凰游，凤去台空江自流。吴宫花草埋幽径，晋代衣冠成古丘。三山半落青天外，二水中分白鹭洲。总为浮云能蔽日，瀛洲不见使人愁。"林小麦一看他故意把最后一句的"长安"改成"瀛洲"，眼里一热，流下了眼泪。心想，纵是错误，也是值得，我就愿赌服输吧。

早晨起来，林小麦眼睛红红的。奶奶摊了林小麦爱吃的薄鸡蛋煎饼，看着林小麦叹了一口气，说："忒可惜了我这清清爽爽的孩子。"林小麦的眼泪差点又涌上来，低下头，和着煎饼把千般情义一点点吞下，知道从此后的日子是再也不能平静了。

两个月后，邢书记就调到了政府当副市长。新市长到各科转了一下。到了林小麦办公室，就坐在林小麦的椅子上，一边和大家说笑，一边一样又一样地看那些笔、书、笔记本，站起来的时候还抚摩了微机，这些细微的动作让林小麦一时心波摇荡。

他们离得近了，一开始她还很高兴，可是他来了一个多月连个电话也没有，更不用说见面了。后来开会的时候见到了他，他看了林小麦一眼，只说了一句话："林科长又漂亮了。"这话拿到世界上任何角落都没有问题，林小麦觉得他好像把以前的东西都忘了，心里有些疑惑。这时胡艳芳走过来，邢书记也是这样说着："我们办公室出美女嘛。啊。"林小麦觉得心被扎了一下。

下班后，林小麦去坐公共汽车，快到站牌的时候，突然有车停在身边。正在诧异，车门打开了，邢市长坐在里面，只说了两个字："进来。"一伸手就把林小麦拽进了车里。这手他就一直握着，再也没有撒手。

车越过彩虹桥，越过富达日化、都市美容、富豪饭店、天骄美发、万里马服饰、巴比特美体中心、红太阳文化广场、新华书店。桃树过去了，一片红色的月季；塔松不见了，满眼茂密的古槐。车走了很长时间，到了一家饭店门前。林小麦一看，叫御神苑饭店。林小麦还不知道瀛洲市有这么富丽堂皇的大酒店，装饰得分外华贵。司机把他们放下就离开了。他就拉着她的手，往里走。林小麦甚至没有挣扎一下。她就那样一直让邢文通领着，像跟着父亲上商店买一颗糖豆一样，没有任何放弃的欲念。多少年之后，林小麦仍然想不明白，自己为什么就那样心甘情愿地随他走，是因为他是市长？林小麦有时认为不是，她认为，吸引她的是邢文通在会场上抛过来的目光。那目光就像一条道路，吸引她找到了自己想要的人。有时她认为是，因为他是一个市长，他不仅能满足她的爱，还能给予她很多，他在林小麦面前所有的一切都有了光环，这就是一切。

林小麦没有设想任何后果，无怨无悔地跟着邢文通径直走向御神苑饭店。她不知道，多年以后，这里的灯光、墙壁、霓裳和美味，都是梦魇的瑰丽，闪回在她蓦然回首的每一瞬间。

林小麦在走进御神苑饭店大门的一瞬，觉得好像被人看着一样，急忙松开邢文通的手。可是四下看看，并没有熟人，就跟着邢市长往里走。饭店迎宾小姐问了一句："先生定哪个房间了？"邢市长说："16号。"就带着林小麦直接进了房间。一进门，邢市长关上门就把林小麦紧紧抱在怀里，说："让我好好感受感受你。"他飞快地脱了她的大衣，抚摩她，亲吻她。林小麦第一次知道亲吻是可以让一个女人飞起来的。天尽头，火焰滚滚，炙烤着林小麦深深睡眠的情愫。爱如潮水，席卷了一切往事。林小麦在他的嘴唇里死去活来，一点点苏醒又一点点毁灭，终于明白，爱，是让一个女人燃烧。

服务生过来点菜，他们才分开。他煞有介事地点着菜，好像什么也没有发生一样。林小麦依稀记得有人说过，一个女人一生只能爱一次，对于林小麦来说，爱是如此尊贵和不可替代，她是刚刚明白，她不知道，他是否懂得。她觉得，这个夜晚，邢文通把她生命中最珍贵的爱带走了。

六

赵家方把弟弟小松安排进了鱼味斋饭店，这让胡艳芳格外气愤。他以为我是谁？一个下岗女工吗？随便有个活，挣几百块钱就可以打发了。胡艳芳也不是糊涂人，知道赵家方这样安排胡小松只能是一个原因，那就是无能为力。连弟弟的工作都安排不了，那么自己的政治愿望就更不能指望他了。赵家方在胡艳芳眼里就没有了风采，甚至有些讨人厌的老态，身上弥漫着老男人的味道，还有一种不干不净的烟酒味。胡艳芳就想找碴甩开他。但是，胡艳芳也知道赵家方不是等闲之辈，弄不好会让自己吃不了兜着走，就一直苦思冥想，寻找合适的时机。

真应了那句古话，功夫不负有心人。胡艳芳看见新来的邢市长和林小麦眉来眼去的样子，心里就明镜似的。胡艳芳是经过世面的人，他们这些儿女情长的把戏她早就玩够了，看腻了，想清楚了，到头来都是一场空，有几个人有好结果？林小麦也一样，自以为有点才气就可以清高，就能有爱情，真是笑话。这是什么世道？凌晨两点到舞厅看看，那些赤身露体的男人在年轻的陌生女人身边睡得香着呢！和这些人谈爱情，就等于向瞎子要眼。林小麦以为当官的就是好人，就素质高，不知道他们在床上一样像猪一样叫唤，下床一样翻脸不认人。胡艳芳一直有些忌惮林小麦，觉得她聪慧过人。可是你看她瞅邢市长时傻乎乎的眼神，也是给点阳光就灿烂，不过如此而已。倒是邢市长，给了她一点启发，让她找到了新生活的方向。

她打听到了一些关于邢市长的情况，知道他的妻子在江北市教师进修学校工作，他们有一个儿子，家庭看起来很美满，这就证明邢市长本身也像其他男人一样，吃着碗里看锅里，外面彩旗飘飘，家里红旗不倒。这就像下棋，和这样的人动真情，一摆棋子就输定了。林小麦的结局胡艳芳已经看在眼里，她不是幸灾乐祸，而是增加了对男人的恨，那恨促使她想和男人斗一斗，玩一玩。不是说嘛，男人通过征服世界征服女人，女人通过征服男人征服世界，她就是想这么做，向这些男人露出甜蜜的微笑，让他们付出，让他们出丑。她这么想的时候，自然也想有个助手，首先想到林小麦，但她用了一句话就把林小麦给否认了，她说："竖子不足与谋。"那么林小麦只是她棋盘上的一个卒子，利用她那点风花雪月劈山开路，至于以后的烽火还是要她胡艳芳亲自点燃。

她就是怀抱着这样的理想给箱子打电话的。她花了10元钱，请一个民工在电话厅里给箱子打了一个电话，告诉他，林小麦和市长邢文通走了。箱子接到这个电话有些愣怔。民工刚想放电话，胡艳芳急忙补充了一句："告诉他车号，27号。"民工就讷讷地说："车号27。"

箱子隐隐听见电话里有个女人的声音，知道这个电话实际上是这个女人给他打的，那么这个女人他肯定认识，也没有当一回事，就继续指挥装修工人干活。但是，有那么一瞬，箱子把最近林小麦的表现联想在一起，他对这个电话就有了兴趣。他立马开车出去了，在车上的时候，他的脑子飞速转动。以他开饭店的经验，他认为如果是真的，他们肯定不会在市区饭店；以邢市长的身份，郊区饭店也不会去低档饭店，只能是郊区高档饭店。他也想过他们是否可能去开房，但是，他自己首先就否认了这一条，因为这不符合林小麦的性格。他和林小麦恋爱八年，有很多次他控制不住自己，想越界，但是，林小麦不同意。林小麦把自己看得太重，不会那么轻率地给予任何人。这一点，箱子是有底的。他刚到御神苑饭店，就看见27号车进了院子。他急忙把车隐在一丛塔松后面，看着林小麦被邢文通拉着进了饭店。

他在车里坐了一会，点燃了一支烟，深深吸了一口。八年了，林小麦一直都阻止他吸烟，所以，在林小麦的身边他就从来不吸烟。可是此刻，看着林小麦和另外一个男人手拉手走进去，他似乎听到了血液倒流回心脏的声音，咕咚咕咚地，把他八年的心血一瞬间冲跑了。

他的记忆缓缓回到了往昔，林小麦梳着一个马尾巴小辫，在人群里喊着："箱子。"她的笑脸被人群挤得通红通红的，看见他眼神里全是惊喜。他领着她办完了入学手续，领着她去食堂打饭，她在后面蹦蹦跳跳地跟着，就是个没经过风雨的傻孩子。他就觉得那是他的妹妹，他的孩子，他的亲人，他把她放到哪里都不放心了。打定主意一辈子照顾她，陪着她，让她任性，让她调皮，让她一辈子傻乎乎地笑。他毕业原来可以进北京的，她不愿意离开奶奶，他就跟着她回到了瀛洲市。她不愿意结婚，他以为她还没有成熟，还没有玩够，就等着，反正她也飞不了，跑不了，早晚也是一样。她不让他碰，他也理解，从小和奶奶长大，封建，保守，对女孩子也不是坏事，他也认了。他也想过她可能不爱他，可是，他疼她，她慢慢就能理解，两个人在一起，时间长了就不光是爱情了，而是亲情，亲情是有血肉的，怎么能分开呢。况且前段时间她已经有了表示，要和他结婚，他觉得终于有了盼头了，怎么突然就冒出另外一个男人，要把她带走了。他想不明白，就觉得胸口堵了铅一样难受，嘴里下意识地说："我的傻麦子啊。"那眼泪突然汹涌而出，怎么也克制不住，伏在方向盘上抬不起头。

箱子从来也没有觉得时间过得这么慢。好像过了几个世纪，才看见林小麦和邢市长出来了。他看出林小麦喝了酒，脸红通通的。箱子知道林小麦不能喝酒，喝完酒就头疼，就心疼得厉害。真想冲过去，把市长暴打一顿，拉上自己的爱人就走，可是，如果那样林小麦会怎么样呢，会难堪，会痛苦，会失去前途。箱子不能出现，箱子只能把这一切埋在心里，像什么也没有发生一样，就当傻麦子又调皮了，又任性了，他只要注意别让那个混蛋伤害了她，他还要去包容她、保护她，等着她迷途知返。可是，箱子脸上的泪怎么也止不住，手不住地抖。他用牙咬着手背，觉得那疼就从肉里到心里，都是血淋淋的，划得他眼前一阵阵发黑。

七

胡艳芳到家以后，天已经黑了。她不愿意开灯，就在黑暗中坐了一会。这套两室一厅的房子还是在开放办的时候，开放办主任给办的呢。那时按她的资历，她是不能分到房子的。可是跟了赵家方以后，赵家方吃饭都是在小饭馆，或者带点熟食在家吃，跟了他四年，真想不起都给了她些什么。和开放办主任比，赵家方实力强多了。记得那是为小松的工作，她拿出三个月工资买了两瓶茅台酒，想送礼用。几天后，赵家方的老婆出差，他们就在他家里幽会。她无意中打开了他们家的壁橱，发现满满一橱好酒，光茅台就码了两层。她突然对赵家方就有了恨——他家里有这么多酒，却让她花钱去买酒，她才知道他不是不能给予她，而是他太狡猾世故，故意不给她。这男人的心怎么就这么冷呢。可是，她知道还不能离开他，她总觉得那么这个人的潜力还需要进一步发掘。

她想着这些事，思路却一直清晰得很。给他打了一个电话，电话通了，却没有人接。过了一会，他又打回来了，说："哦，我就是，市长有急事？好，我马上到单位。"胡艳芳知道他老婆又在他旁边了，禁不住一阵大笑。笑过之后，却发现眼角有泪。一赌气站了起来，把所有灯都开了，大声说："去他妈的。"可是那泪水还是滚滚而下，胡艳芳索性趴在床上，痛哭流涕。

过了一会，听见门铃响，她也不管那眼泪，径自开了门，回到床上，突然有了灵感。胡艳芳觉得自己应该接着哭，可怎么也哭不出来了，脸上眼泪也干了。她生怕赵家方看不出她刚才哭的样子。看看床头柜上有半杯水，趁赵家方挂衣服的空，赶快撩了点水抹在脸上，弄得脸上湿漉漉的，又做出抽抽噎噎的样子，便有了梨花带雨的风情。

赵家方一进门就看出她哭了，一个女人过日子，还能没有难处。况且胡艳芳也忒心高意大，把她调到了市政府，顶了多大的压力，还不满足，今天要这个明天要那个，心野得就像无底洞，就是把我赵家方砸了也填不满。索性糊弄一时是一时，反正是露水夫妻，谁也当不了真。他老伴正在更年期，对性生活一提就烦，就是她不烦赵家方也早没了兴趣，睡了半辈子了，就那个姿势，稍微换一下她就骂他是流氓。有一次还让人来气，他在上面忙活着，老婆在下边却已经发出响亮的鼾声。赵家方当时就蔫了，有半年没有理她。

说起来还是多亏了胡艳芳，虽说有点轻佻，但确实让人来劲。当男人和胡艳芳这样的女人有一次，真不白活。想到这里，他看胡艳芳的眼神就有温情了，小声说："芳芳，我的乖芳芳，看我给你带什么来了？"

胡艳芳不为所动，知道他不可能给她带什么像样的东西，无非是一件毛衣，一条丝巾，等等，都是老气的，估计是送给他老婆的，他给截留了，拿这里来借花献佛。有一次他竟然拿了一条大背心，一看就是卖菜的穿的，让她从窗户里给扔出去了。以后他再也不敢拿这些便宜货打发自己。

赵家方估计她还没有吃饭，到厨房做了点面条，给端了过来。胡艳芳懒洋洋地吃了点，还是万念俱灰的表情。赵家方也不着急，知道她这样子是有事让他办，只是今天表现特殊了点，估计事小不了。就在心里合算，该怎样应付。

他把碗端出去，回来就把胡艳芳放在床上，胡艳芳任他折腾，一副百依百顺的样子，让他多少有了点感动，觉得这丫头确实不易。说到底还是没有知冷知热的人，这要落在好男人手里，真该享福了，甭这么煞费苦心。动作就有了感情。胡艳芳毕竟一个人过，还是缺少了男人的滋润，矜持一会就活跃了起来，哼哼呀呀的，两个人又如胶似漆了。完事以后，胡艳芳伏在赵家方怀里，说："哥答应我一件事。"赵家方迷迷糊糊的，还晕着，就说："哥答应你，说吧，不能难为了我的芳芳。"

胡艳芳就说："你把邢市长给我请到家来。"赵家方一下子就醒了。看着胡艳芳说："干什么？邢市长可不是随便的人。你别胡来。"他说完又觉得这话不中听，好像说他自己是随便的人一样，尤其是还光着身子，就有些不自在，心里闷了火。

胡艳芳不着急，抚摩着他的胸脯说："你总不能让小松当一辈子小厨师吧？邢市长刚来，大家买他的账，咱们趁机把小松的事托付他，有什么不好。"

赵家方可没有那么容易上当，胡艳芳知道邢市长家属没有过来，又打邢市长的主意呢。邢市长走了后，江北市班子面临调整，县级班子需要配备女干部，胡艳芳一定是想这个事。可那县级干部是随便什么人都能当的嘛。赵家方心想：这女人啊，心忒大，早晚要吃亏的。他早就没了兴致，穿了衣服。他离开床，再看胡艳芳就有了理性，口气也变得有了刚性，说："凡事要讲究实际。让一个市长上一个独身的女科长家吃饭，这可能吗？有那必要吗？在单位什么事说不了？非要上家来。我看你是不撞南墙不回头。"

胡艳芳早就料到这一手，哪个男人愿意一个女人找别的男人呢，何况自己还是他的女人，这就更不容易接受。可是，我胡艳芳多苦的味没尝过，你们怎么就不能尝尝呢。她也穿了衣服，管赵家方要一支烟。赵家方不让她抽烟，她以前就真不在他面前抽。现在，她准备让他知道她的性格了。赵家方不给她烟，她一把就把赵家方的烟抢了过来，点燃了，深深吸了一口，吐了一个浓浓的烟圈。赵家方再怎么看，胡艳芳也是坏女人的模样，有些生气，站起来就要走。胡艳芳一把就拽住了他。胡艳芳只说了一句话就把他击垮了。胡艳芳抓着他的手，说："这几年你在我这里留了不少东西，你把邢市长请到家来，这些东西我给你，你如果不这样办，我把这些东西一式两份，一份给纪检委，一份给你老婆。"

八

林小麦也知道了江北市需要一名女干部的消息。听说市委也在寻找合适人选，要求 35 岁以下，本科学历以上，具有较强的政治和业务素质，形象要好。按照这个标准，林小麦认为自己很符合标准。况且林小麦听说政府认为市委那边这几年提拔干部明显比政府这边快，这次应该从政府这边出一个，这边这次很坚持，这些消息对林小麦有利。但是，怎样把自己纳入领导的视野，却让林小麦很为难。当然和邢市长说是最好的了，可是，她和邢市长是纯粹的感情，一旦加入这些功利色彩，势必影响他们之间的关系，林小麦不愿意看到这些。那么还有一个人，就是赵家方，但是赵家方和胡艳芳的关系林小麦心里有数，这样的机会即使有，赵家方也会给胡艳芳，轮不到她头上。想来想去，还是只能和邢市长说，林小麦就犯了踌躇。再见到邢市长就有些不自然。

胡艳芳不管那一套，她是认准的事就干到底。要说机会总是属于有准备的人。天气越来越冷，好像把西伯利亚的寒流都输送过来了一样，人们出来进去都裹得严严实实。省对外开放领导小组副组长带队到瀛洲市考察，晚上有个小型舞会，赵家方就把胡艳芳、林小麦，还有其他部门几个有点样子的女同志都请来，陪省里领导跳舞。在这种场合，赵家方自然不能和胡艳芳先跳，就先邀请林小麦。胡艳芳看见他们跳舞，就起身到吧台有事没事和服务生说话，眼睛却看着周围的动静。等到另外几个女士和省里领导跳起来，她几步就来到了邢市长面前，伸出手邀请邢市长。

林小麦和赵家方正说着话，突然就发现赵家方眼睛直了，顺着赵家方的视线就看见邢市长和胡艳芳有说有笑地抱在一起。林小麦脚下一乱，踩在了赵家方的脚上。赵家方以为自己失态，连忙道歉，两个人停了下来，互相不好意思地笑笑，接着各怀心事地跳。

他们的举止全部落在胡艳芳的眼里，她咯咯地笑了。邢市长说："笑什么？"

胡艳芳说："你看赵秘书长和林科长，他们真有意思。"

邢市长看见赵秘书长和林小麦跳舞的样子，没有什么异样，就说："挺好嘛，怎么啦？"

胡艳芳说："人家的事你就别操心啦。知道那么多干吗？好好跳你的舞。"

邢市长笑笑，听出话里有话，不过是女人家争风吃醋，也不在意。但是，眼神总是忍不住去看林小麦，觉得林小麦和赵家方跳舞的姿势还是有些过于亲密了，心里就不舒服。

胡艳芳等到一曲终了，就走到林小麦和赵家方身边，她知道她把邢市长的目光拉到林小麦身边了，就做出亲热的样子，搂着林小麦，说："好好跳吧，林科长。"说着，把林小麦往赵家方眼前一推。林小麦有些糊涂，不知道胡艳芳葫芦里卖什么药，还以为她和赵家方闹别扭，看见她和赵家方跳舞生气呢。就要走，胡艳芳哪能让她走呢，她把林小麦的手往赵家方手里一塞，笑着就走了。回到邢市长身边的时候，她笑吟吟地说："他们最近在闹别扭，也不知道为什么，我给他们做工作呢。干什么嘛，走到一起就是缘分。对吗，邢市长？"

邢文通对这个女人有些厌恶，但是，又有些好奇。她总是一脸的微笑，美丽得带点妖气，让男人忍不住要多看她几眼。他知道这样的女人不能招惹，就有意识地不加评论，只是跳舞。

胡艳芳心里说："你只要记住我，我就有了胜利的希望。"

她对邢市长说："听说你们江北市需要一名女干部是吗？"

邢文通"啊"了一声，没说是，也没说没有。

胡艳芳接着说："林科长就是因为这个和赵秘书长闹别扭的。她要赵秘书长给她争取一下，赵秘书长有些为难……"

邢文通的厌恶一下子到了极点，冷冷地说："还跳吗？"

胡艳芳立刻闭了嘴。

曲子一停，邢文通借口有事，提前离开了。林小麦看见他眼睛连看都不看她一眼，知道一定是胡艳芳搬弄了是非，可是又抓不住人家的把柄，只有哑巴吃黄连，有苦说不出。

赵家方送走了邢市长，回到胡艳芳身边，质问她："你对邢市长说了什么？"

胡艳芳说："我问他：'赵秘书长请你去我家里了吗？'他说：'还没有。'我就告诉他：'他再不请你，你就去监狱见他去吧。'"说完，扭身走到一个省级领导面前，微笑着翩翩起舞。

赵家方真是恨透了这个女人。

九

省里领导要汇报材料，邢文通特意布置让三科写。这样的材料一般都是二科写，林小麦是二科科长。只有林小麦知道他这么做的意图，他是想躲开她。林小麦很伤心，回到家里，发现奶奶不在家。急忙给箱子打电话。箱子电话里很乱，他说他去的时候，发现奶奶发烧，就直接给送医院来了，刚输完液。林小麦想赶快过去。箱子让她不要动，他们马上就回家。林小麦看见奶奶回来，刚叫了一声奶奶就哭了。箱子没有说话，出去拧了毛巾，给林小麦。然后就去做饭。林小麦发现箱子这段时间有些沉默，也瘦了，以为是装修饭店累的，也没有往心里去。

第二天，赵家方找林小麦，说三科写的材料省里考察组不满意，林小麦熟悉情况，还是让林小麦重新写一下。林小麦从赵家方办公室出来，正遇到邢文通。林小麦感觉那眼神是冰冷的，甚至还有那么一点鄙视。林小麦眼里含满泪水，很难过，真想把材料撕个稀巴烂。可是，正是关键时刻，自己只有通过写材料这一点长处表现自己，如果再不写材料，还能怎么样呢。没有办法，夜里安抚了奶奶，又加了一夜班，把材料写完。

地面的雪都已经被清理了，只有大运河的雪依然厚厚实实地覆盖着冰层，优雅地铺陈着，和彩虹桥的艳丽一起，装点着城市冬天的庄重。今天邢文通心情不错。一上班，赵家方就找了来，说晚上一起吃饭，说有人讨来一幅张大千的字，一起去开开眼。只听说张大千的画，张大千的字邢文通还真没有见过，就有了兴趣。邢文通知道自己这是这两年染上的毛病。他原来是不喜欢书法的，认为书法背离了字的效用，是中国文化的糟粕。后来官场流行收藏书画作品，自己的观点就掩藏了起来，也跟着凑凑热闹。

晚上定在鱼味斋饭店，装修还不错，又濒临运河，彩灯闪烁，颇有点樯声灯影的感觉。吃饭的时候，才发现这饭局恐怕有来头，因为他认识的人很少，只有赵家方和胡艳芳，其余的人都是第一次见面。张大千的字也没有人提起，一味奉承邢文通，邢文通就觉得被人涮了的感觉，眉头一个劲拧着，不到八点，就主动提出结束。大家握手告别。等上了车，胡艳芳才提出说："张大千的字还没有看呢。"

邢文通早没有了兴致，说："还是以后再说吧。"

胡艳芳说："已经到了家门口了，进去看看嘛。"

邢文通这才知道讨张大千字的人是胡艳芳，没有想到一个年轻女子还有这雅好，就有了兴趣。赵家方在旁边也推波助澜，邢文通只好去了胡艳芳家。才发现胡艳芳家和鱼味斋饭店只有几步之遥。

邢文通一看那幅字，就知道是假的，看那表情，胡艳芳自己也知道是假的，便知道胡艳芳煞费苦心，有些感动。胡艳芳这才说出真话来，说："邢市长，这么惊动您是没有办法，我有个弟弟，毕业两年了，就是分配不了，我父母去世早，只有我和弟弟相依为命，希望您能帮忙，帮我弟弟找个像样的工作。"说着就流下了眼泪。

赵家方也说："开始她说没有别的事，就想请邢市长吃顿便饭。我说邢市长百事缠身，哪有时间吃便饭。她就说了这个事，确实也很困难……"

"别着急，慢慢想办法，"邢市长打断赵家方的话说，"你把你弟弟的情况写一下，明天给我，有机会我给说一下。时间不早了，我先回政府还有点事。"

赵家方和邢文通一起走了以后，又单独回来，和胡艳芳又是一顿颠鸾倒凤。只是今天赵家方格外狠，好像用了这一回就再也没有了似的。

胡艳芳第二天就想把胡小松的个人情况给邢市长送过去。她从林小麦办公室过的时候，想了想，到林小麦屋里看了看。林小麦正在打字，见她进来，脸绷得紧紧的。胡艳芳笑笑，心里想：看这表情也不像县级领导，嫩着呢。既然进来了，就要说话，她看了看，说："林科长的衣服真有气质。"没有人理她，她也不在意。出了林小麦的办公室，她脑子里灵光一闪，突然有了新的打算。仔细想了想，觉得真是如有神助，急忙兴奋地回到自己的办公室，重新打开微机。

到了晚上，她没有回家。她知道邢文通家还在江北市，住办公室，她就在自己的办公室里等着，仔细听着楼道里的动静。她相信，这世上就没有不吃腥的猫。

快九点的时候，她听见邢文通回来了。虽然经过不少世面，她的心还是有些紧张。她等到没有了动静，就直接去了邢市长办公室。

邢市长见她进来，吃了一惊，说："准备好了？"

胡艳芳说准备好了。她看出邢文通喝了酒，心里一喜。就更加不急着把东西拿出来，而是端起邢文通的水杯，给斟满了水。手有意无意地碰了邢文通一下。

今天和几个职能局局长一起吃饭，邢文通喝得有点多，加上多日不回家，没有和女人亲热，胡艳芳一撩拨，邢文通就把持不住自己了，两个人很快就搅在了一起。

早晨醒来，邢文通发现胡艳芳留在床上的材料不是她弟弟的，而是她自己的，不由抽了一口冷气。

十

周四上午，胡艳芳打了一个电话，晚上请林小麦吃饭。中午林小麦和箱子一说，箱子竟然很积极。林小麦却有些迟疑。她就是不愿意看见胡艳芳，她觉得胡艳芳请客，肯定酒无好酒，宴无好宴，又玩什么鬼把戏呢。她决定不去。

胡艳芳却很执着，下午专门过来请了一次，还特意嘱咐要把箱子一起请着。林小麦把电话打给箱子，箱子在场面上混，立刻感觉这里面有文章，林小麦必须去，而且，他要跟着，别让小麦吃亏。

还是定在鱼味斋饭店。林小麦进门看见那几个吸财洞，真觉得这饭店有哪里不对劲。进了房间，看见赵家方和胡艳芳都到了，还有几个不认识的人。胡艳芳站起来，扶着林小麦的肩说："这就是咱们市政府大院的美女和才女，二科科长林小麦。"又指着另外几个人说："这些都是我的朋友。这位是自来水公司贾经理，这是我的弟弟，你就叫他小松就行了。"林小麦看见小松竟然戴了耳环，心里就有些忌讳。心想，胡艳芳到底是干什么，怎么身边的人怎么看都流里流气的。但是，她和胡艳芳都是在政界，虽然认识，情分里更多的是较量，林小麦看见她周围都是这样的朋友，心里自然就看低了胡艳芳。但是，她对胡艳芳就是有几分忌惮，她还是想不明白，她到底怕胡艳芳什么，可是那怕就在她的心里，让她觉得没有底气。还有几个人，林小麦只是礼节性地握手，都没有记住。

大家说说笑笑，但是没有点菜的意思，且空的是正座，林小麦就知道还有重要的客人。就悄悄问箱子，还有谁。箱子眼神怪怪地看了林小麦一眼，说："我知道，但我不想告诉你。你自己看吧，既然你不相信我，总该相信自己的眼睛。"箱子已经通过关系了解到，今天有邢市长。他就知道这胡艳芳今天是有内容的，心想，让林小麦自己看看，让她魂牵梦萦的人，除了那身市长的皮囊，到底是什么货色。

林小麦也隐隐感觉到了一些东西，知道很可能是邢市长。一想到他，心不知道为什么一疼，就说："什么意思？我怎么不相信你了？"

箱子说："你啊，不见棺材不落泪，比来比去还是我好。"

林小麦忍不住笑了起来。一个人就突然出现在门口，高声说："各位久等了。"林小麦抬头一看，果真是他。一时间被苦涩怨恨嫉妒甚至还有那么一点欣喜打得有点蒙。

一桌人都站了起来，脸上都是兴奋的表情。胡艳芳更是光彩照人的样子，说："没事，谁让人家是市长呢，是吧，邢市长？"一边说着一边接过邢市长的大衣，挂在衣架上。林小麦看到胡艳芳抱着大衣的样子，忽然就明白了箱子的用意，只是她的心已经往看不见的井底沉去，那些她从来没有见过的东西，磕着她撞着她，她急速坠到了旋涡的中心，只听到了大水的呼啸，别的什么也听不见了。

箱子推了她一把，她一看，满桌人都望着自己，一时有些愣怔。胡艳芳笑着说："林科长，邢市长说我们这是给林科长提供素材呢，是吗？"

林小麦不自然地笑笑，说："谢谢邢市长，什么人都关心。"

邢市长装作什么也听不出来，朗声说："赶快点菜吧，就不要让女士们减肥了吧？"然后对林小麦说："我可以抽支烟吗？"

林小麦的心就上岸了，虽然还是湿淋淋的，但是已经有了阳光的温度，再加上也觉得自己刚才失态，就说："能遇到这么绅士的市长，真是我们瀛洲市的福分，别说是抽烟了，就……"胡艳芳接着说："就是抽风也行啊。"大家哄堂大笑。

赵家方说："邢市长，这么平易近人的领导我还真是第一次见到。您真是我们瀛洲市的希望。"

菜陆续上来了，大家轮番敬酒。箱子悄悄对林小麦说："唉，又有一个革命干部落马了。"

林小麦没有理他。她看胡艳芳的眼神有了几分内容，仿佛要从那眉眼里看出那些复杂的岁月来。胡艳芳看见了，就说："林科长干吗总看我呀，喝酒呀。"

林小麦说："别说男人了，连女人都看着你漂亮。"胡艳芳一听，立刻冲着邢市长说："邢市长，你听林科长多会夸人。"林小麦却没了兴趣，端起酒杯敬了赵家方一杯酒。

胡艳芳敬邢市长酒，端起酒杯，说："邢市长，我敬您一杯。"邢市长像没有听见一样，和旁边的人继续说话。胡艳芳就尴尬地站着，又大声重复了一遍："邢市长，敬您酒呢。"邢市长随便举了杯子，心不在焉地抿了一下，继续和身边人说话。胡艳芳知道，他在生她的气。可胡艳芳不生气，她认定自己有撒手锏，所有男人都会乖乖地顺从她的意志。

林小麦忽然明白自己忌惮胡艳芳什么东西了，是经历。胡艳芳的经历让林小麦自愧不如。还有什么能够挡得住一个不在乎自己身体的女人呢，而且还是一个漂亮女人。林小麦觉得自己还没有出手就看到了自己的短处，心里就有些灰。

酒宴散了以后，林小麦不知道胡艳芳为什么要请这顿饭，问箱子，箱子说："知道狗熊奶奶怎么死的吗？笨死的。为什么请客？为当官呗。你们那道上的人不就这点事嘛。"

林小麦说："没听说要提拔干部呀？"

箱子说："听说就晚了。哪年不提呀。人家今天这场摆得多聪明，没说什么事，就是朋友坐坐，没有功利目的，可这朋友里有市长，分量就不一样了，这是投资，感情投资，让人舒服。而且，我说了你别不爱听。我敢保证你和邢市长的事人家知道，人家这是挑衅呢。要我说，放着我这么优秀的男人不结婚，和一个糟老头子有什么靠头。"

林小麦急了，说："你胡说什么呀？我和人家什么事也没有。"

箱子回头说："傻就傻在什么事也没有。你和他们这些人还谈爱情？他们不要爱情，他们要性情，所谓性情，就是先要性，再要情……"

"好了，别说了，狗嘴里吐不出象牙。"林小麦不耐烦地说。

"吐狗牙行了吧？可是那些人吐什么你知道吗？我开这个饭店，见得多了，那些鸡鸭鱼肉，那些好东西到了他们嘴里就成了粪，真的，现在迷途知返还来得及，等到我被别人抢购了，你后悔就来不及了。"

“别在我面前装纯了，我还不知道你，从来也没有闲着。老实交代，你们饭店的服务员你给糟蹋了几个了？”林小麦说。

箱子委屈地说：“我对天发誓，一个也没碰。兔子还不吃窝边草呢。我在感情上是二十一世纪最后一个童男，就等你了。”

林小麦很烦，索性不再说话。她没有什么好说的。她实在没有什么好说的。雨刮器不停地摇晃着，城市时而清晰时而朦胧。车里弥漫着劣质香水的味道，让她一阵阵反胃。开了车窗，却见迅速退去的灯光下，雪花一束一束的，像在流泪。

十一

林小麦一早就把汇报给赵家方拿过去，赵家方看看，说：“抓紧给邢市长送去，他正等着。”林小麦想放下就走，邢文通眼睛里的鄙视让她委屈，她不愿意去。刚想说，赵家方办公桌的内线电话响了，她只好出来，自己给邢文通送去。林小麦觉得那地板突然有了吸力，拉着她双脚迈不开步。一想他昨天轻蔑的眼神就想流泪，就想扔下材料，一走了之。有什么了不起啊，不就是县级待遇吗，真那么有价值？没有又怎么样？可她知道不能走，只要还在这条道上混，就得咬紧牙，坚持下去。她敲邢文通办公室门的时候，心就要跳出来，敲一下，自己的脸就让火苗子燎一下。邢文通说：“进来。”看见林小麦，不由站了起来，刚想说句话，林小麦放下材料就走了。邢文通看见了林小麦眼里的泪，心里一酸。

下午，邢文通的秘书给林小麦打电话，让林小麦拿材料。林小麦过去一看，邢文通在报告上批示：堪称精品！请各市长阅，发各县市主要领导，注意反馈信息。

一个普通的汇报材料这样兴师动众，傻子也知道邢文通想干什么。林小麦的委屈一下子烟消云散。

秘书说：“邢市长让你把个人工作情况写一下，尤其把最近几年写的重点材料准备两份，明天报上来。”

林小麦说了声谢谢就赶紧走了。再不走，她的眼泪就掉下来了。

晚上，她让奶奶吃了药，想早点睡，手机突然响了，一看，竟然是邢文通。邢市长说："你好吗？"

林小麦哽咽着说："好。"

邢市长沉吟了一会，说："别怪我了。"

林小麦说："没有。"

邢市长说："能来一下吗？"

林小麦沉默了，过了很久，林小麦说："我奶奶病了，我明天去向您汇报，谢谢。"

邢文通说："好吧，早点休息吧。"

奶奶抬起身子，说："孩子，中和和你最般配了，别三心二意，会招灾的。"

林小麦说："没有。"就回到自己房间。

邢文通让她去，她何尝不想去，可是，她不能去。她一遍遍劝说自己：她不想破坏人家的家庭，不想让他认为自己为了当官出卖感情，不想让奶奶着急，不想让箱子伤心。可是那心早已经长了翅膀，越过嶙峋的现实飞了过去。那宽大的手啊，那厚实的胸怀啊，那重重的呼吸啊，在她身上蔓延，迅速长出了花枝，摇曳着无边的波涛。她想，所谓前生后世，不过就是这样吧，一段了不尽的情，一种隔不断的缘，看似天高地厚，却断裂在庸俗的深渊。何谓恩义，林小麦一时糊涂了。

早晨，邢文通从楼上就看见林小麦抱了一堆材料，吃力地往办公楼走，心里很不是滋味：这个傻孩子，竟然写了这么多！这要熬多少夜啊。她哪里知道，在官场，没有这些劳动成果不行，仅有这些劳动成果也是万万不行的。这些东西离官场的规则十万八千里呢。

他知道她会上楼给自己送来，早早在门边候着。林小麦还没有敲门，他就把门打开了，把林小麦吓了一跳。

邢文通急忙把材料接了，声音低低地说："写这么多，真不容易。"连他自己都听出了声音里的柔情。真让他心里不是滋味啊，一个年轻的女孩子，写了这么多！可有些女干部，20 分钟就把位置睡到手了，哪里有什么公平？他看着林小麦一脸的天真无邪，真不知道她在这条道上还要遭受什么磨难。这条路太不适合她这样的人了。

他问林小麦："知道江北市缺一个女干部吗？"

林小麦说："知道。"

邢文通问："知道为什么不找我？"

林小麦看着邢文通说："我不想把感情和工作混在一起。我是怎么工作的，你们又不是不知道。"

邢文通看林小麦任性的样子，笑了。这个时候她还玩清高，她差一点就失去了这次机会。他真想告诉她，这些当官的，哪一个不是把自己拧了个地折腾？脸皮磨厚了，嘴皮子磨溜了，心磨硬了，到时候往台上一坐，说的话自己都不信。林小麦还没有真遇到混账的领导，遇到那样的她还真对付不了。他原来的一个副市长就这德行，看上哪个女人就封官许愿，到时候逼着你睡，不睡就给你小鞋穿，让你天天堵心，有的弄成事业编。后来让他知道了，给弄到体协去了。林小麦啊，你真不知道锅是铁打的呀。

他叹了口气，说："好了，放这里吧，注意身体。"她也没有说什么，一副公事公办的样子，转身就走。邢文通才发现林小麦今天的衣服也是职业得很，一身蓝色西装，白衬衣，中规中矩的，让邢文通哭笑不得。

十二

胡艳芳已经知道这次推荐女干部是推荐的林小麦，恨得牙痒痒。打了一辈子雁，最后让雁掐瞎了眼。越是得不到，一个县级干部的花冠就越灿烂。她长这么大，什么滋味都尝过了，可是，就是没有尝过被人尊重的滋味。

走路的时候给别人让路，因为人家比你尊贵；开门的时候，先让别人进去，因为别人比你重要；吃饭的时候坐偏座，因为正座要留给级别比你高的人。住的房子比人家小，衣服档次比人家低，钱比人家少，事比人家多，一天到晚赔笑脸，说好话，看别人脸色，听别人训斥，把恭维当成家常便饭，归根结底是没有地位。对于胡艳芳来说，没有地位就没有一切。胡艳芳受够了，她再也不想放弃这次机会。

只要她得到这个机会，到江北市当上了副县长或者其他什么领导，她就是江北市一人之下万人之上的人，江北市16万人都要买她的账，都要看她的脸色，给她笑脸。那些被人抛弃的日子啊，那些卖身求荣的屈辱啊，有了这个结果就什么都解脱了。

还有钱呢，她突然想到了钱。有了地位自然就有了钱，她能挣多少钱呢？她翻箱倒柜，手忙脚乱，好像那钱已经满天满地堆着，她一不留神就会飞了，没了。她终于在一个抽屉里找到了计算器，把计算器的尘土往身上一抹，就开始计算：先算保底收入，江北市9个乡镇，共有18名乡镇党委书记、乡镇长；按一个乡镇4名副书记、4名副镇长算，有72名；县直科局级部门有28个，副科以上干部怎么也有120名。每年中秋、大年两个节日，按一个乡镇党委书记、乡镇长每年10000元，副党委书记、副乡镇长4000元，正科局级4000元，副科局级2000元算，每年纯收入达60万元以上，如果有学生分配、工作调动、征用土地等等事情，又是一笔收入；如果弄个工程什么的，那些老板出手大方，给她几万元、十几万元还不是一句话的事。她这么年轻，又很漂亮，再有个县级领导的牌子，更是身价倍增，再有更高级别的领导赏识了重用了，更是财源广进。别看新闻联播总说哪里贪污腐败分子又被抓了，胡艳芳才不听这一套，谁抓谁啊？抓谁都有毛病，不过是贼喊捉贼。都是政治斗争的牺牲品，胜者王侯败者寇。胡艳芳认定了天下有贼，官场有贼，胡艳芳在官场也是滚过了，疼过了，该收获了，怎么能眼睁睁看着黄灿灿的果子被别人摘走呢。她决定孤注一掷，拼一把，大不了回去继续当舞厅领班。胡艳芳扔掉烟蒂，恨恨地说：“姑奶奶就和这些男人们玩了。”

她抖擞了精神，穿好了衣服，精心打扮了自己，大义凛然，毫不惧怕，直接就奔向了市政府邢文通市长办公室。

邢文通一看是她，非常不高兴，冷着脸说：“深更半夜你来干什么？”

胡艳芳说："你提了裤子就不认人了。"

这话让邢文通怒从心头起，冷冷地说："你又有什么事？不是又拿你弟弟来说事吧？"

胡艳芳说："怎么？你这房间我不能来了？"

邢文通厌恶地说："来也要分时候。"

胡艳芳想撒个娇，就笑了笑，说："我偏来。"说着想把大衣脱下来，邢文通厉声喝道："穿上！"

胡艳芳脸皮再厚，也受不了这种呵斥，她满眼含泪，怒视邢文通，说："少跟我来这一套。装什么纯？你以为你今天这样就证明你高尚，你正派，你是好干部，狗屁。你们这些人我早看透了，脱了裤子都一个德行。"

邢文通冷笑着说："看来你见的还真不少。"

胡艳芳不想和他斗嘴，她有正经事，就说："我的材料你看了没有？"

邢文通说："看了。"

胡艳芳逼视着邢文通："那你为什么不推荐我？"

邢文通笑了，说："这还用问吗？因为你不合适。"

胡艳芳说："我哪里不合适？"

邢文通斜视着胡艳芳，说："你以为这是上床吗？大不了等别人醉了就可以达到目的。一个县级领导要为一方百姓负责任，要实实在在干事，你说，你能干什么？"

胡艳芳眼里又沁满了泪水："难道在你眼里我就会上床吗？我会很多，可是，你们给我机会了吗？你们不给我干事的机会，是你们逼着我上床。"

邢文通看见胡艳芳歇斯底里的样子，有些心虚，就缓和了一下口气，说："有什么事明天再说吧，太晚了。"

胡艳芳已经像决堤的洪水，控制不住自己了，她等不到明天，她今天就要一个结果。她说："你必须把林小麦撤下来，推荐我。"

邢文通说："已经来不及了，考察组这两天就来了。"

胡艳芳说："如果那样，我就把你我的私情公布出去。"

邢文通勃然大怒，他厉声说："你敢要挟我？你进市政府也是这样成功的吧？可惜，这次你这招不灵了。一个堂堂的副市长让你给吓住了，岂不成了笑话！我告诉你，你的底细尽人皆知，你现在的档案都是假的，只要一查你应该清楚会是什么结果。你的弟弟恐怕没有一个单位敢要他。想公布于众吗，我愿意奉陪，只要你输得起。你还有话说吗？如果没有，请你离开。"

十三

这天晚上，奶奶突然喘了起来，嘴里含混不清地喊着，林小麦急忙给箱子打电话。箱子开车就过来了，把奶奶送进了医院。箱子办住院手续，林小麦领着奶奶做了全身检查。肺部有阴影，有些喘，高烧，血压不稳。输上液，奶奶进入昏迷状态，嘴里还是含混不清地说着。林小麦把耳朵放在奶奶嘴上，怎么也听不清奶奶在说什么。箱子走过来，说："奶奶，你不舒服是吗？"

奶奶还是含混不清地喃喃自语。手也动，好像很着急的样子。箱子接着问："你不放心麦子吗？"奶奶点点头，林小麦看了眼泪夺眶而出。

箱子接着说："奶奶，你放心，还有我呢。"

奶奶安静了一会，又嚷起来。箱子又凑过去，听了一会，对林小麦说："实在听不清了。我好好想想，奶奶在说什么。你休息一会吧。"

林小麦说："你累了一天了，还是你休息吧。"

箱子过来摁着林小麦的脑袋，说："快睡吧，下半夜我再睡。"

林小麦眼圈一红。奶奶如果有什么三长两短，箱子就是自己在瀛洲市唯一的亲人了，就孩子似的拉过箱子的手，放在脸上，眼泪止不住流。

箱子给她擦了眼泪，突然明白奶奶说什么了。他对林小麦说："奶奶在叫一个人的名字。"

林小麦立刻趴过去仔细听。她听出来了，奶奶在叫“子桐。”她抬起头，说：“她在叫我爷爷。”

箱子眼泪一下子流了出来，把林小麦揽在怀里。过了一会，说：“别耽误，快给你爸爸妈妈打电话。”

第二天早晨，给奶奶输上液后，箱子就送林小麦上班。林小麦说：“我不去了，你一宿没睡，太累了。”

箱子说：“知道疼我就好，我年纪轻轻的少睡点觉没事。你刚当后备干部就耽误工作，小心永远后备了，去吧，奶奶这里有我呢。”

林小麦看着箱子蓬乱的头发，突然说：“箱子，我想结婚。”

箱子手哆嗦了一下，背对着林小麦没有说话。林小麦伸出手，在箱子脸上摸了一把，箱子一脸的泪水。林小麦就把头靠在箱子后背上，从后边搂住了他。箱子幸福地回头吻了一下林小麦的手，开心摇头晃脑的。

晚上下了班，箱子来接她去医院，说她的爸爸妈妈已经到了。他们到了医院，爸爸妈妈看见林小麦进来，都站了起来，很亲热的样子。林小麦觉得眼前这两个人和自己很陌生，就紧紧拉着箱子的手。箱子推了她一下，说：“去吧，和老人说几句话。我一会来接你。”

林小麦使劲拉住箱子，说：“爸爸妈妈，你们吃饭了吗？”他们都说吃饭了。林小麦接着说：“我们还没有吃饭呢。”

爸爸妈妈看见林小麦疲倦的样子，很心疼，就说：“快去吃饭吧，我们陪你奶奶。”

林小麦说：“那我们走了，有事给我们打电话。”

林小麦跟着箱子上了车，箱子说：“去哪里？”

林小麦说：“随便，哪里都行。”

箱子一打方向盘，直接就去了箱子的住处。林小麦进去以后就愣住了，三室一厅的住房里，到处贴满了林小麦的照片。林小麦诧异地说：“你什么时候搞的？”

箱子把林小麦揽过来，很伤感地说：“你想飞走的时候。我这样你就走不了了。看，心诚则灵，你真没有走。”

林小麦把头埋在箱子怀里，轻声说：“箱子，对不起。”

箱子扶起她的头，说：“傻麦子啊。”眼泪就滴在林小麦脸上。

橘黄的灯光弥漫开来，笼罩着林小麦秀美的身体。这是多么干净的身体啊，没有任何男人的痕迹。那傲慢的小小乳房、那平滑的小腹，那悄悄绽放的阴柔之花，隆重地展示在箱子面前。箱子多么心疼啊，这完美的一切，抵消了他八年的苦涩，只有感恩之心，灯光一样照耀着华贵的一刻。他就要进入她的身体了，却又有些犹豫，好像一切是场梦。林小麦伸出手，在他身上轻轻滑过。他迎了过去，她疼得坐了起来。箱子把她揽在怀里，没有动。她又鼓励他。箱子就一咬牙，猛然就拉开了春天的序幕。他们那么和谐，那么完美，从天空到大地，从湖泊到海洋，领略着群山的风情，聆听着众鸟的鸣唱，激荡起滚滚波涛。他们成了一个整体，血肉相连，不可分离。然后他们竟然睡着了，像两个孩子一样流着口水。醒来的时候，已经是晚上1点多了。他们急忙穿好衣服，往医院里赶。林小麦依偎着箱子，一步也舍不得离开，就坐在箱子旁边。箱子笑笑，吻了林小麦一下。林小麦就没了骨头一样软软地偎过去。

路上没了行人，只有路灯寂寞地守候着长夜的寂寞。箱子就任林小麦在身上赖着，一手揽着林小麦，一手把握方向盘。他们还意犹未尽，感受着甜蜜的细节。林小麦一路上都没有松开箱子的胳臂。

车上了彩虹桥，两束刺目的灯柱突然打过来，像切割黑夜的刀子，闪着阴森的光芒。箱子睁不开眼睛，林小麦也被这突然的变故惊得坐了起来，他们还没有来得及多想，迎面一辆没有牌照的卡车已经开过来。箱子一拧方向盘，车打着转就把驾驶座迎了上去。林小麦在惊恐中看见了司机，看见了那人的耳环在车灯下倏忽闪过熟悉的白光。然后车不可遏止地冲下彩虹桥，发出恐怖的声音，在冰河里滑出很远才停下。接着，林小麦就什么也不知道了。

过了很久，她听见箱子在叫她，睁开眼，什么也看不见。她哭起来，说：“箱子，箱子。”

箱子说：“我在，你行吗？动动你的身体。”

林小麦听话地动动手脚，很疼，可是还能动，只是被卡在车里，怎么也挪不动。就说：“我疼，你没事吧。”

箱子说："我没事。别着急，一会就有人救咱们了。"

林小麦浑身发抖，抽泣着说："我们会不会死啊？"

箱子说："这又不是在林海雪原，一会就有人报警了。"

林小麦说："我的手机呢，我们报警。"她激动起来，只要打一个电话，警察就会来救他们，可是她怎么也找不到手机，她急得又哭起来，说："我的手机，你出来，求求你出来"。

箱子的声音也喑哑了，拖着浓重的鼻音说："手机可能摔没了，你别折腾了，保持体力，等着人来救咱们吧。"

林小麦说："深更半夜，谁会救我们呀，我们冻也被冻死了。"

箱子制止说："别瞎说。夜里有巡警，一会就过来了。"

林小麦说："你哄我。巡警也不会到冰河里来的。"她号啕大哭，说："箱子，我不想死。"

箱子也哭了，说："傻麦子，别瞎说，你怎么会死呢。你一定会好好活着，给我生孩子，给孩子做饭，送孩子上学，给孩子买新衣服。我是不是又形而下了？"

林小麦只是哭，说："我不管什么形而下形而上，我不想死，箱子，你快救救我。"

箱子没有说话，林小麦吓得大叫起来："箱子，箱子，你没死吧？你别死，别扔下我不管。"

箱子说："没事，我在这呢，我陪着你呢。别害怕。"

林小麦说："箱子，我真害怕啊，你没事吧？"

箱子说："我没事，腿让车门给卡住了，动不了。别的没事。"

林小麦说："都是我不好，非要出来吃饭，如果我不睡觉就好了。"

箱子说："别责怪自己，你没有错。"

林小麦说："箱子，我们要是死了，我觉得最对不住的人就是你了。"

箱子突然哭起来，声音飘飘忽忽的，林小麦没有听见过箱子哭，也哭起来，哭了一阵，箱子忽然没有了声音，她又着急起来，喊着："箱子，箱子，你活着吗？"

箱子的声音游丝一样飘过来："我没事，有些困。"

林小麦突然看见了彩虹桥的车灯，一线希望升腾而起，她大声喊："箱子，有车来了，有车来了。"

箱子说："快喊。"

林小麦大声喊："救命啊！"但是那车还是疾驰而去。又一辆车过来了，林小麦接着喊，那车好像停了一下，很快也开走了。绝望扑面而来，一点点吞噬着林小麦的信心，林小麦已经不知道身上哪里疼，到处黏糊糊的，知道那是自己的血。她似乎看见了死亡，已经披着黑色的大氅站在身旁，随时带走她的生命。她对箱子说："我可能活不了，我在流血。"

箱子哭了，说："不会的，一定要坚定信心。"

林小麦说："我死了你会想我吗？"

箱子说："别说傻话，你身体里现在有一堆小箱子，他们还等着你照顾他们呢。"

林小麦说："我说的是真的。"

箱子沉默了一下说："麦子，别害怕死亡。人早晚都要面对。"

林小麦说："可是我刚 31 岁。"

箱子说："你不会死的。你放心。如果，我是说如果，如果我死了，你怎么生活？"

林小麦一下子哭出声来，箱子也哭。林小麦说："不许你这样说，不许你死，不许你剩下我自己。"

箱子急忙哄着说："我没有说我要死，我是说如果。"

林小麦说："箱子，箱子，我害怕，你这样说我害怕。"

箱子说："我不说了。我们说点别的。你看清刚才是什么车了吗？"

林小麦一下子想起了那对闪亮的耳环，说："我知道是谁干的。是胡艳芳。"

箱子说："你怎么知道？"

林小麦愤恨地说："我认出了司机，是胡艳芳的弟弟。"箱子很久没有说话，黑暗中能听到压抑的啜泣。林小麦又着急了，说："箱子，你别不说话呀。”

箱子幽幽地说：“当官那么有诱惑力吗，不惜要人的命？”

林小麦听见箱子又说话了，就松了一口气。箱子接着说：“麦子，答应我一件事好吗？”

林小麦说：“只要我们能活着，你说什么我都答应。”

箱子说：“出去以后别在官场了。那是食肉动物生活的地方，你不适合。你在那种环境工作，我死不瞑目。”

林小麦又哭了，说：“你别说死，我不要你死。”

箱子说：“我没有死。我还要和你一起经营咱们的巴比伦酒店呢。装修得很漂亮，可惜你还没有去看呢。”

林小麦说：“我们出去以后就去开饭店，我给你当服务员。”

箱子笑了，说：“你是老板娘。怎么舍得让你当服务员呢。”

林小麦突然看见桥上有人，说：“有人来了。”她刚想喊，箱子“嘘”了一下。林小麦看见有手电筒往这边照了照，那两个人交头接耳了一阵就走了。

箱子说：“他们来看看咱们死了没有。”

林小麦恐惧万分，说：“如果他们发现我们没死呢？”

箱子没有说话。林小麦想起电视电影上一些把受伤的人整死的画面，突然惊骇起来。她说：“箱子，人真可怕呀。箱子。我害怕。”

箱子说：“出去以后要多长个心眼，别和人家争名夺利的。没有意义。”

黑暗沉沉压下来，疲倦、疼痛、恐惧折磨着他们。林小麦说：“没有人来救我们了，我们要死了。箱子，我想让你抱抱。”箱子又没有声音了。林小麦大叫起来：“箱子，好箱子，快醒醒，快醒醒。”林小麦哭喊了好长时间，嗓子都要嘶哑了，才听见箱子喘息的声音。林小麦突然意识到箱子可能伤得很重，她急切地说：“箱子，你伤得重吗？”

箱子说：“没事，可能流了些血。我没事。”

林小麦说：“你别不说话，你不说话我害怕。”

箱子伤感地说：“活着不要依靠任何人。谁也靠不住。”

林小麦不知道箱子在说什么，就追问了一句：“箱子，你是说我和邢市长的事吗，可是，已经过去了。对不起。”

箱子说：“我不是说那事，我是说，人是没有伴侣的，谁也不能陪你一辈子。就像你奶奶。”

林小麦大哭起来，说：“你别扔下我。”

箱子又重复了一句：“人是没有伴侣的。”声音渐渐低下去。突然，手机的铃声响起，箱子说：“听听在哪里。”

林小麦屏住呼吸，感觉那声音在自己脚旁，可是脚动弹不了。她说：“箱子，手机在我脚旁，我动不了。你能动吗？”

箱子说：“我动不了。你用脚指头够一下。”

林小麦使劲把脚往后蹬，觉得一使劲血就往外流。她说：“我够不到。”

箱子说：“你能，你一定能，你只要够到我们就能活着出去了。”

林小麦突然一咬牙，大叫了一声，就把手机挪到了脚前。激动地喊：“箱子，我够到了。”

爸爸在电话上说：“麦子，你奶奶走了。”林小麦哭着说：“爸爸。我们出车祸了，快来救我们。”

箱子说：“别管他，快打110、120。让警察和医生都过来。你要得救了。”

林小麦急忙拨通了110、120电话，高兴得哭起来。她问箱子：“活着你最想干什么？”

箱子说：“天天抱着你。永不撒手。”

林小麦说：“我一辈子不离开你。”

箱子说：“麦子，有你这话我就知足了。”

林小麦说：“真的，我不在官场了，我天天陪你开饭店。”

箱子说：“你看，警灯。”林小麦也看见了，在城市的夜空，那光芒远远传递过来，带着殷红的热望，在冰冷的街巷疾驰而来。

警车和救护车几乎同时到达了，林小麦听见箱子说：“傻麦子，别等我。”这是箱子留给她的最后一句话。然后箱子笑笑，就再也没有醒来。

事后林小麦才知道，箱子的两条腿在汽车坠下桥的时候已经断了。汽车拖着他残缺的身子在冰上滑了七十多米，方向盘死死地卡住了他胸口。

夏天的时候，已经在江北市任职的林小麦接到一个电话，她住的那片房子马上就要拆迁了，要修建瀛洲市最大的文化广场。林小麦推了所有的事情，从电视台带了一个摄像记者，急忙赶回家中。老槐树上栖着几只不知名的鸟，被突然惊飞了，几片叶子落下来。她坐在奶奶留下的藤椅上，感觉槐花的香从另一个世界袅袅而来，那香味带着炫目的颜色，血红血红的。阳光一点点退去，留下倦怠的阴影。她似乎听到了箱子喊傻麦子的声音，那声音从一道彩虹上缥缈而来。箱子身上放射着水晶般的光芒，在彩虹上向她招手微笑。她走过去，想去拉住箱子的手。那彩虹突然变得血红，从天空流淌下来。箱子一路坠落下去，她怎么也救不了他。在以后漫长的日子里，林小麦一直认为，冬天的雪是红的，大运河的水是红的，天上的彩虹是红的，那红就流淌在她的生命里，一年又一年。

钻石时代

一

“道理已经”是他最后发给林小麦的短信，林小麦后来对珍妮说：“我接到他短信的时候，太阳已经不照我们这半边星球了。”珍妮当时说了一句让林小麦很多年都忘不了的话。

珍妮说：“瞧你这点出息！”

那天下午，林小麦坐在办公室里，能看见窗外的洋槐和梧桐，能看见来往的高档车辆，一些熟悉的人在大院里出出进进，看起来像昨天一样，像前天一样。可在林小麦的心里，这一切就像花没有了蕊，河没有了水，天空没有了星星和月亮，少了味道，少了魅惑，让她觉得眼前的一切都离自己远了。

想来，她已经有一个月没有去修指甲了，头发也没有定时去护理，做美容好像是上辈子的事了。她的衣服也不再讲究，随便穿了一件米白色套装，已经好几年了，她本来都想扔了，折腾秋装的时候翻了出来，简单熨了熨就穿上了。

她定定地瞅着，看见那辆车号为 G0009 的黑色奥迪缓缓开进来。如果以前，她会一阵兴奋，能不由自主地挺一下身子，好像那车会径直开到楼上一样。但现在，她心里只是一阵酸楚，她甚至觉得这辆车行走的样子和以前都有了变化，过去车开进政府大院的时候是带着风的，冬天带着冷风，夏天带着热风，春天的时候几乎能闻见花瓣的香味，那种锐气和热情从车身的每一个细节里传递出来，让林小麦的心在甜蜜的瞩望中荡漾了六年。可是，现在，一切都将没有了，甚至连嫉妒、痛苦等情绪，也像雨后的乌云一样散去，只剩眼前的一片白茫茫。

这一切都是因为他就要走了，去相隔数百里的昆山市任市长了，林小麦觉得从知道他要离开的那一天起，他就把自己的生活都带走了。

办公室昨天发了通知，今天上午九点在政府办公楼前为邢市长送行，林小麦觉得时间像被刀子切割了一样，迅速就滑过去了。行政科的电话又打过来了，让大家下楼。林小麦不想下楼，不想混迹在人群中经历那种只有她自己能体会的别离，可是，怎么可能？她必须下楼，有分寸地表示一下自己的情绪，和别人一样，和大家一样。可她知道，她是不一样的。他也知道，她和他们是不一样的，只是他从来都不在乎。

林小麦和大家一样唏嘘不已地寒暄着，和大家一起走到楼下。已经有很多人，互相打着招呼，嘻嘻哈哈的，看不出谁真正有别离的伤感，甚至从人们的情绪中，林小麦感觉到弥漫着一种掩饰不住的兴奋和庆幸。谁都明白，邢市长一走，又腾出一个副厅级位置，如果不出意外，不从外地或上级派来干部的话，当地正县级干部中应当补充上来一位，依此类推，连一般科员都有了一个甚至很多机会。从内心里，绝大部分人都希望邢市长走。

在人群里，林小麦看见了蒋昆。他脸上挂着灿烂的笑容，显得格外活跃。在很多人眼里，他和邢文通的关系很好，应该是邢文通的铁杆，因为他的开放办主任的位子就是邢文通给推上去的。但林小麦心里清楚，他也为今天的这个结局庆幸，甚至，他可能早就盼着今天。

其实，最不愿意有这种场面和结局的是邢文通自己！他是真不想走，他才 42 岁，从官场上看具有年龄优势。他想在瀛洲市当市长、书记，在这片土地上让自己建设一方的构想和意志成为现实，但是，官场上的个人意愿如同风中的落叶，落到哪里不能自己说了算，要看风向，看风力，看风吹过自己的时候地面的状况，甚至一棵草、一滴水都会影响了自己的落点，邢文通直到此刻才认可了这些，而在省委组织部谈话之前他还心存幻想。他缓缓地从办公桌上拿起最后一份文件，深情地看了一会。《关于我市化工园区建设的发展规划》，十六页文字，成了他毁了他。为了让瀛洲市化工城建设的规划更加科学，为了把市区周围36家化工企业迁往他所认定的那片濒海盐碱滩，给子孙后代留一片干净的天空，他无数次喝大酒，醉得几天不能吃饭；一天跑过两次北京，来回行程2200公里，下车的时候腿不会走路。有一次他在开会的时候，举着这份文件说："这十六页文字，字字都有酒精味，行行都有车辙印。"但是，他的愿望还是被当地一些利益集团的强大势力给击垮了。他们不愿离开市区，那么，他们就只能让他离开。只要他离开，什么样的规划都是废纸一张！

他真的就要离开了，这份规划真的就是废纸一张了，他把很多文件都焚毁了，只有这一个却难以下手，好像还有那么一丝希望，穿越他的心脏轻轻拽着他的手。但是，现在，他再也找不到留住这份文件的理由了。他站起来，把文件扔进碎纸机，静静地看着雪白的纸张飘然而下。文件发出轻微的声音，似乎来自远处的惋叹，窸窸窣窣的，凌厉又迟缓，仿佛闪着锐利的白光，毫不迟疑地打动了他。他迅速拿出了文件，轻轻抚平了皱褶，放进了自己的行李箱中。但是，过了一会，他还是拿了出来，重新把它放回碎纸机，开动了机器。他闭上眼睛，感觉有什么东西把他在瀛洲市的岁月都化为乌有了。机器终于停了，他捧起一把细碎的纸片，又轻轻放下，然后他慢慢走到窗前，他看见许多人都站在楼下，等着送行，他知道有很多人其实是有些迫不及待的。他们都愿意他走，给别人腾一个地方。有真不希望自己离开的人吗？他看见了那几个当着他面流泪的人，此刻，他们在和别人谈笑风生，他提拔了他们，帮着他们办了子女分配、住房、亲戚生意等等一系列事，他们经常请自己吃饭、玩，送自己礼品。他看着他们脸上的笑容，第一次意识到，自己让他们太累了！他的走让他们解脱了，放松了。邢文通在即将转身的时候看见了林小麦。她紧挨着一棵海棠，站立的姿势有些生硬，她也和别人说着话，但是，邢文通还是看出林小麦脸上的笑容是僵硬的，他知道她恐怕是真不愿意自己离开的人。可是，他竟然不为所动。这些年，他的心也被官场磨硬了，自己也不能免俗了。他多么希望这表情不是出现在一个什么都不能给予自己的正科级女干部身上，而是书记脸上，市长脸上，哪怕是那些瀛洲市大权在握的县局长的脸上，那样，自己在瀛洲的政治生命或许还有转机，但是，他多么心酸啊，为这片土地，为这些人他付出了自己多少心血啊，但此刻都变得这么虚无。他唰一下拉上淡蓝色的窗帘，又慢慢拉开，眼泪缓缓流下来。他仰了仰头，把眼中还未溢出的泪截了回去。

桌上的电话响了，他以为是行政科催了，一看号码竟然是简晴的。他迟疑了一下，有些不想接。但是那电话响得很执拗。他担心她会闹出其他的动静，就拿起了话筒。

简晴说："你怎么不接电话？"她的声音还是腻腻的，还像每说一个字都要喘一口气。邢文通当时以为这样说话的女人会很纯，但是，他后来才知道这是一个很乱的女人，以前和不少官场和艺术界的男人有染，但是，她还算明智，和自己之后就和他们把握了有分寸的距离。那么自己走了之后呢？不用说他也明白，简晴的身边立刻就会出现别的男人，她把男女之间那些事太不当一回事了，说好听了是开放，说不好听是放荡，一想到这，邢文通感觉一阵反胃。

邢文通说："哎呀，这个时候很乱，很忙，大家都要过来看看，你就别添乱了。"

简晴说："我们局长说送你，你几点走啊？我跟着一块去。"

邢文通特别不愿意在这个场合看见简晴，事实上他从和她一开始就后悔了，只是一个人在瀛洲市，身体的骚动需要解决，和她有了一次就免不了第二次。从发现她的过去以后他就在和她疏远，但是，她的经历和心智决定了她真不是一个好摆脱的人，再说，他也不是那种把事往绝处做的人，这几年就这样拖拖拉拉的。有一次林小麦说："和简晴在一起影响你的形象。"他当时还认为林小麦是在吃醋，顶了林小麦一句，说："我这人有一个特点，别人在我面前说坏的人，我倒要自己去看看，我还是相信自己的判断。”现在想来，自己走到今天，和自己这几年同简晴的关系或许真有点关系，毕竟这不是一个体面的女人。这个时候她来，那不亚于临走前当众扒了自己的裤子。想到这里，邢文通就有些厌恶。但是，简晴也很聪明，知道自己此刻在邢文通心里的分量，就拉了局长，让邢文通不好拒绝。邢文通太了解她的把戏，就顺口说：“好吧，我十点走。你们来吧，先替我谢谢你们局长。十点见。”

他把电话放了以后，喘了口气，心里说：“该走了。”

那三个字好像还在胸腔里回荡，就听到了楼道里踢踢踏踏的脚步声，邢文通不由苦笑了一下：“他们比我可着急多了。”他迅速调整情绪，站起来把门打开。各位副市长、秘书长纷纷和他握手，有的说：“邢市长，舍不得也要送啊，昆山人民在等着啊。”还有的说：“你为瀛洲市做了贡献，瀛洲人民永远感谢你啊。”邢文通心里说：“我最大的贡献就是给你们腾了位置。”然后他看了看自己的办公室，心里又一酸。不能流泪，他告诉自己。然后迅速走下楼去。

楼下一阵骚动。林小麦知道他就要来了，心里翻涌着滚滚波涛。她紧紧注视着门口，看见他在领导们中间像以往一样大步走出来。他在门口台阶上停下，巡视着大家，抱拳施礼，一迭连声地说着感谢大家。一些人上去和他握别。蒋昆冲到了前面，脸上的表情已经换成了可以称为悲壮的表情，和邢文通紧紧地握手。但邢文通似乎不想把时间拖太长，很快就上了车，摇下车窗，和大家抱拳惜别。林小麦不由自主地抬头看了看邢文通办公室的窗口，那个窗口和他再也没有关系了，和自己也没有关系了，她心里一酸。车已经启动，林小麦站在左边，她看见他向这边看了一眼，就迅速转向右边，再没有回过头来。

林小麦看见那车子驶出大院，觉得眼前的一切突然黯然失色。喧哗和骚动一下子没有了意义。奇怪的是，她以为自己会流泪，但是，当看见邢文通的送行车队驶出大院的时候，自己的心也松了一口气。怎么会是这样？林小麦自己都不明白。

后来大家都说邢文通在车里哭了，林小麦没有看见。

她回到办公室，给珍妮打了一个电话。说：“他走了。”直到此刻，林小麦才感觉到那种巨大的失落，在心里翻卷着。她的心没有着落了。

珍妮从林小麦的声音里已经听出了她的情绪低落到极点。急忙说："哦，我十点开车接你，新开了一家咖啡广场，我好好请请二十一世纪最后一个情种。"她本来有事，北京焦炭公司要外迁，作为市场部经理，她将和总经理一起寻找合适的投资地点。他们原定今天上午考察华北市场，珍妮只好告诉对方改到明天。

林小麦眼里一酸，只嗯了一声就把电话放了。刚放下电话，手机就响了，林小麦一看，是蒋昆，知道他肯定会说邢文通走的事，无非就是表示惋惜，但那惋惜是嘴上的，犹如插在油绿的树枝上的假花，看起来比鲜花还艳丽。林小麦没有别的办法，只能也拿一朵假花，做出同样的风情。接通了，林小麦说："你好，蒋主任，刚才看见你了。"

蒋昆说："哎呀，邢市长一走，心里真不是滋味。"

林小麦看见那假花在风中摆了一下。说："走了好啊，该走就要走，都不走，大家就都闷在这了。邢市长一走，你们都有机会了。"

蒋昆一听，心里酸溜溜的不是滋味。林小麦的话在蒋昆听来是一语双关的。即点破了自己的真实心态，又对自己是一种鼓励。蒋昆早就知道林小麦对邢文通的感情，这感情就像一座山一样挡在他和林小麦之间。蒋昆是邢文通提拔起来的，在女人和权力之间，蒋昆别无选择，但是，蒋昆是多么希望得到林小麦啊，这个女人在自己的生命里摇晃了十几年，看得见，摸不着，近在咫尺又远在天涯。尤其是邢文通来瀛洲市以后，蒋昆感觉林小麦像破冰的河流，温润自然地流淌着。有一次，蒋昆问林小麦："林科长，在瀛洲市还有没有能让你动情的男人？"

林小麦知道他在说什么，就说："或许有，但我没有发现。"

蒋昆有些愤恨。这几年，蒋昆为了不让林小麦和邢文通得逞，可谓费尽心机，不为别的，就为让林小麦失望，对邢文通失望，甚至，对男人失望。为此他付出了多少啊，在别人看来他得到了提拔，受到了领导的重视，但事实上他的心一刻也没有平衡过。有时他觉得，真正失望的恰恰是他自己。

这个固执的女人！自以为是的女人！他以为邢文通走了，一切该彻底结束了，但是，他感觉林小麦依然没有放下邢文通。失望不等于放弃。可是，毕竟她再也等不来什么啦。他还是兴奋的。他知道时机就要成熟了，他不能表现得太急迫，要做出雪中送炭的样子，万不可让林小麦察觉自己是乘虚而入，十几年等过来了，他不在乎一时的得失，他有的是时间和耐心。他说："小麦，人还是要面对现实。邢市长走大家都很伤心，但是，工作还是要继续。你年轻，机关很复杂，别太感性了。"

林小麦为蒋昆的最后一句话有些感动，就说："谢谢，我明白。"

蒋昆说："过几天一起吃顿饭，有些事要和你商量一下。"

林小麦说："什么事？神秘兮兮的。"

蒋昆说："重要的事。到时候再说吧。我还有许多工作要做。今天就不请你了，中午和组织部领导吃饭。你去不方便。"

林小麦说："中午我有安排，没想给你当电灯泡，你快去吧。少喝酒，多吃菜，够不着，站起来。"

蒋昆一听哈哈笑了，说："小麦，你可记着，这句话是老婆嘱咐丈夫的话，你到时候别不认账。"

林小麦说："去你的。"就把电话放了。一看表，快十点了，她该去门口等珍妮了，她和科里同志打了声招呼，就下了楼。

还不到一个小时，已是物是人非。此刻，邢文通在哪里呢？他会想到自己吗？肯定不会。可是，我想他。她忍不住给邢文通发了一个短信："您好，我是小麦。正在您上车的地方徘徊。知道吗？对于朋友来说，您就是天上的月亮，在苍茫的人世上，有了你的照耀，灵魂深处就有那份安宁和喜悦。有时一片云彩飘过，月亮被遮住了，可是你知道月亮在，在你的头顶和内心。从来没有想过拿月亮当饭吃，当衣穿，可是，有一天，你发现月亮没有了，人类的头顶再没有那个长夜的明亮，那是多么恐怖啊。记住，您就是瀛洲市朋友心中的月亮。"

这个短信发了四次才完成。林小麦仰脸看着天空，好像那短信有了翅膀，穿过雪白的云层和幽蓝的天空，飞向邢文通的心灵深处。她希望这个短信能够到达邢文通的心灵，只有到了那里，他才能懂得林小麦的一番苦心：他是她心中的月亮，或许，不，不是或许，而是事实，只有在她心中，他才是有着光芒和魅力的，可是，她不能说。只能说成是朋友的月亮。那份含蓄背后的深情，他能懂吗？

手机很快响了。林小麦的心怦怦直跳。会是什么？是客气？是周旋？还是感动？她打开短信，界面缓缓启动，穿越了眼睛能够看到的一切，如此具体精细地拨开林小麦的渴望，犹如海水中推进的波浪，一层又一层，近在眼前又深不见底，林小麦的心湿漉漉的，徒留一份咸涩。

邢文通在短信上说："谢朋友，谢深情，谢一生。"

二

林小麦把眼泪咽下去，平了口气继续往大门口走，看见 24 号车驶进来。那是信访局的车，简晴单位的车。车在林小麦身边停下，简晴打扮很职业，也很时尚，从车上走下来，径直向林小麦走来。

简晴是林小麦最厌恶的女人，她想躲，但是，简晴已经走到眼前。简晴说："小麦，不是说邢市长十点走吗？怎么没有人啊？"

林小麦不是一个人走茶凉的势利人，但她在看见简晴的一瞬间就打定了主意：邢文通离开瀛洲市了，以前给予她的热情都是因为邢文通。现在和将来，她再也不会搭理眼前的这个女人了。她冷冷地说："已经走了。"

简晴吃惊地说："是吗？他说十点走的。我们局长也来了。"

林小麦没有继续听她说话，径直向门口走去。简晴或许意识到自己的处境，追上来说："小麦，我有很多话跟你说。"

林小麦停下来，对她说："对不起，我没有时间了。"她对这个女人是如此冷酷，让她自己都吃惊。

她看见了珍妮的车。珍妮早早打开车门。等林小麦上了车，问：

“刚才那个女人是简晴吗？”

林小麦说：“对，就是她，这两年邢文通就是和她搅在一起。”

珍妮大吃一惊：“不会吧？你别恶心我！”

林小麦说：“真的。就是她。”

珍妮一打方向盘，车冲进大院，在简晴身边傲慢地停下，车轮划过水泥地面的时候发出刺耳的声音。珍妮示威一样摇下车窗玻璃，看看简晴，又打了方向盘开出了政府大院。林小麦有些诧异，没有想到珍妮的表现比她还激烈。珍妮一路上没有说话。到了咖啡店，停了车，和林小麦一起进门的时候，才说：“邢文通如果是和这个女人，那他不值得你这样。”

林小麦有些气短，没有说话。珍妮要了牛排、三明治，林小麦要了一个水果沙拉和咖喱饭，却只是喝着咖啡，一点胃口也没有。

珍妮说：“我见过这个女人。一次和画家们在一起吃饭，有她，都拿她取乐。她走了以后，大家都说她是风尘女子。”

林小麦何尝不知道，但是，就是这个风尘女子竟然让邢文通放弃了自己的那份情义。她悠悠地说：“我知道。可是，我明明知道这些我仍然爱他。”

珍妮盯着林小麦：“你爱他什么？”

林小麦沉默了，过了一会，她说：“那是四年前，他到瀛洲市担任副市长，可以用来势汹汹来形容他当时的状态。刚39岁，用我们的话说是天上下来的神仙，从省政府副秘书长的位置上下来的，前途不可限量。我那时刚到市政府工作，也是有些想法的。我注意每一个人，不知道哪一张脸有可能改变自己的命运和前途。我不情愿回到2001年的夏天，是的，我不情愿。回忆意味着逝去，或者结束，而我感觉我的爱情才刚刚开始。对于我，这就是爱情，这才是爱情。”

珍妮说：“不是，爱情是互相的，互相欣赏，互相牵挂，而你是单相思。”

林小麦说：“我知道，现在我是剃头挑子一头热。可是，2001年的夏天，我的爱情开始的时候不是这样的。那时他去一个县里调研，一个副秘书长带着我和办公室几个人陪同。那个县的县长是一个女人，一个很漂亮的女人。那女人一定是一个战无不胜的女人，她的眼神充满了胜利者的骄傲和放纵，她用嘴巴汇报当地经济社会发展情况，用自己的眼睛挑战眼前的男人，我觉得没有多少男人能拒绝一个成功、漂亮又充满女性魅力的女人，我注意看着他们，希望出现点什么。我就是在这时发现了邢文通眼里的空洞。别的领导都是低着头记录，偶然抬起头和女县长的眼神对接一下，他不，他始终抬着头，看起来若有所思，几乎一眼都没有看那位女县长。但是，调研结束的时候，他口若悬河，把国际国内省内省外的形势分析得清晰透彻，把那个县县域经济发展情况和未来趋势了解得一清二楚，连那位女县长都有些诧异。我就是在那一次觉得这个人不是等闲之辈。我觉得这个人是一个绩优股。我和所有官场中人一样，时刻准备投资，为自己预期一个前程。但是，一个科级干部，尤其是一个女干部，这样的机会凤毛麟角，我在等待。

"事情是在半个月后，他带我们去外地参观考察。那是夏天的晚上，风带着南国的梦魇。我们吃完饭出来看夜景，在一个街角广场，看见几个人在追打一个很瘦小的人。我们都没有想过去管，毕竟在人家的地盘上，人生地不熟。邢市长看见了，他大步走过去，大喝一声：'别打了！'我至今好像还能听到那声断喝，像平原凸起的山峰，像深夜的一声惊雷，像断流的江河突然承接了巨大的飞瀑。我想，他就用这声断喝唤醒了一个女人的英雄情结。

"像劣质影片的情节一样，那几个人停了手，向我们围上来，其中一个人手里拿着一个摔碎的啤酒瓶子，径直向邢文通冲过来。其实你大概以为我是故意的，其实不是，我当时在邢文通的侧面，我清楚地看到了那小子的企图，我下意识地冲过去推了邢文通一把，啤酒瓶子破碎的玻璃从我的左手臂上划过去，疼得我大叫了一声。邢文通回转过身就抱住了我。你别笑话我，我知道我脸红了。我从小怕疼，一点没有江姐赵一曼的气魄，在医院里看着自己满身的血就哭，他就一直抱着我。你问那些人啊，早有人报了110，警察来了，这群人一个也没跑成。

"如果没有简晴，我们不会是这样的。我知道是蒋昆把简晴给了邢文通，我知道他是故意的。这件事真让我痛心，不为别的，就为女人面对的就是一个男权世界，你面对男人之间的交易真的没有力量。

“你问我还有什么？那就说一下化工园区吧，如果说这件事让我看到了一个男人，那么他筹建化工园区的过程让我感觉他和别的领导不一样，他还有良知。就是从那一刻起，我从内心敬重他，是对瀛洲市其他领导不一样的敬重。对，珍妮，这件事我说过无数遍了，可是，我还是应该说，他是真心想为瀛洲做点实实在在的事情。

“那是半年后的一个冬天的下午，别看外边北风呼啸，会议室却是剑拔弩张。四套班子成员都在，集体讨论瀛洲创建化工园区的规划，把36家化工企业迁往那六十多万亩盐碱滩上。我那时真为他难过，他一个人对那么多人，没有人理解他接受他的建议。我记得那天的阳光是黄色的，在他的杯子上不停地摇晃，我后来一直寻找那种感觉，阳光的摇晃使一切都显得虚无，甚至连对抗和争执在我看来都有些缥缈。但，那是一种迷茫和苦痛，无以表达。他说有一家企业发生爆炸，整个瀛洲市就会不堪忍受；他说我们是欠发达地区，不得不接受这些污染企业，但是，我们必须把损失和危害降到最低。他当时提了一家企业的名字，那是我市一家利税超过一个亿的企业，是全市的明星企业，企业负责人是全国人大代表、‘五一’劳动奖章获得者，他说这家企业的液体一旦泄露，动物从上面走过，蹄子就会烂掉，直至死亡，这么严重的后果为什么我们不防患未然？散会后，他的秘书对我说：‘邢市长捅了马蜂窝了。’

“现在看来，他的确捅了马蜂窝，最后，被蜇走了。”

珍妮说：“这只能证明他太文人化了。一个市长考虑的就是发展。他做的这些在我看来更多的是作秀。据我所知，他的口碑并不好，有人说他作风飘忽，一个主管经济工作的市长却总是关注环境问题、文化问题，还写什么经济基础决定上层建筑，没有经济的发展，这一切就是空谈；也有人说他浮，不注意领导形象，和基层干部、好老板们在一起的时候称兄道弟。包括对待女人上，太好色，他和信访局这个女人的事很多人都知道。我并不想毁灭他在你心目中的形象，我只是想告诉你，你是个优秀的女人，他不值得你这样，你不要为浮云遮望眼。”

林小麦回到了现实，咖啡已经凉了，新续的热水冲淡了浓香，她已经不在意了，说：“我都知道。有些事我也提醒过他，但他认为我一个女同志，又只是个科长，说的话没有分量，所以很少听。但这些和我爱他没有关系。”

林小麦想继续刚才的诉说：“有一次我们去县里调研。我没有吃早饭，他勒令秘书给我买了早点。”

珍妮不为所动。林小麦继续说：“还有一次，我和领导们去县里，那个县风景特别美。我竟然不知不觉走到了书记前面。他一看，急忙给我使了一个眼色。”

珍妮这次忍不住笑了，说：“唉，被小把戏俘虏了。我说你别不爱听。你爱他其实是因为他是市长。你不了解自己。如果他不是市长，你绝对不会爱他。”

林小麦一愣，她没有力量否认。珍妮突然话题一转，问：“简晴去政府干什么？”

林小麦说：“去送他。但是他告诉简晴说十点。”

珍妮追问了一句：“到底几点？”

林小麦说：“九点。”

珍妮扑哧笑了。说：“邢文通把简晴耍了。这么说我小看邢文通了。”

林小麦明白了。邢文通在躲避简晴。

林小麦突然意识到，自己也盼着邢文通走，他一走，他和简晴的关系终于可以结束了。没有他们的结束就没有她和邢文通的重新开始。林小麦的心一瞬间坚毅起来，她对珍妮说：“我要跟他走。”

珍妮好像对这个决定并不吃惊。她说：“我早就料到了。但是，邢文通不一定给你办，如果他拒绝你，你别跳楼。我再告诉你一次，他不值得你付出这么多。”

林小麦知道她会这么说，而且，她也明白珍妮是对的。但是，林小麦不想放弃。她喝了一口咖啡，看着窗外纷乱的街道。那些匆匆的行人，带着各种各样的身世、各种各样的烦恼和喜悦，有多少人是为表象生存，有多少人触摸到了生命的真正意义？林小麦想活在真实中，真实的情感，真实的爱。那真实是什么？她说不出来，但是，她知道那是什么。她对珍妮说："生命就是一个过程，我有时很羡慕那些战争年代的人，羡慕两弹一星的功臣，他们能够为自己认为高贵的东西去付出。我是一个普通人，我没有机会追随一种崇高，但是，我还能找到自己想要的人，找到自己想要的爱，我很庆幸。"

珍妮已经吃饱了，望着林小麦不说话。她觉得眼前的这个女人离自己有了距离，她不缺男人，虽然这些男人比邢文通官职低，但在人群里看去都比邢文通出色，她不选择他们，非得要在一个并不爱他且有婚姻的男人身上较劲，真让她费解。

她问林小麦："你知道自己在做什么吗？你的根在瀛洲市，且不说邢文通是不是给你办，即使他给你办，也办成了，但是，你想过没有，离开了瀛洲市等于放弃了你三十多年积累的所有社会资源，重新开始。这咱不说，你想想，你跟着他干什么去？嫁给他？让他给你官做？实话告诉你，这都不可能。他什么都不能给你。这就是男人。"

林小麦没有回答珍妮的话，她想起了刚才发给邢文通的信息，说："珍妮，我记得妈妈去世后，我还小。有一次继母去打麻将，我在家看家，继母养了几只小鸡，我光顾了看书，给忘了，让猫给吃了。继母回来以后打我。她有时用力大了，我就会踉跄几步，我总是回到原来站的位置上让她接着打。继母说我是犟种，我没有别的办法和她抗衡，但是，我很庆幸，我还有能力保持自己的尊严。跟随邢文通走也一样。"

珍妮说："看不出这两件事有什么一样的地方。他并不爱你你还追随他，只能证明你没有尊严。"

林小麦说："我坚守自己，没有比这个更有尊严的事情。"

珍妮说："这有什么意义呢？你这种爱能给你带来什么？你还不如跟了蒋昆，他能哄着你，疼你。邢文通对你什么也没有，以前没有，以后也没有。他为你所做的那些事情，在那种情景下，任何一个漂亮女人他都会做。你心底的这些所谓爱，他从来没有看到过，甚至，他根本就没有能力看到。"

林小麦有些伤感，她何尝没有想过这些。但是，一个人对另一个人的爱和这些没有关系，那就是爱，是让她一生再不想放下的爱。她说："知道吗？我现在才知道，爱和婚姻无关，和道德无关，我对邢文通就像对夜晚的月亮，我愿意看见他，让他照着我，我不能想象天空没有月亮会是什么样子。我没有想和月亮结婚、想让月亮给我丰富的日子，我就是想能看到月亮在我的头顶，照耀着我的生命。"

"哼，你看到的只是一个大灯泡而已。"珍妮无情地说。

三

快下班的时候，蒋昆接到简晴的电话。简晴声音低低地说："我病了，你能不能过来看看我？"

蒋昆觉得好笑。邢文通走了，她以为他们之间还可以旧梦重圆吗？她以为她是谁？

蒋昆声音有些尖刻地说："哎呀，我太忙了，你看看别人有时间吗？"

简晴说："别人有时间能代替你吗？"

蒋昆很厌恶，真想说：怎么不能，这两年，有权有势的邢文通不但代替了我，而且你还装得像和我没事一样，一他妈有病邢文通不好出面就交给我，我跟个孙子似的领着你看病，替邢文通遮掩，真他妈腻烦。现在邢文通走了，又想起老子来了，去你的。但是嘴上却说："我确实没有时间，是吧，你呢，打个的，的费我可以给报。自己到医院看看吧。我一会还有个会，啊，就这样吧。"

蒋昆拖着官场常见的长腔把电话放了，心里像吃了苍蝇。当初，他和简晴第一次陪邢文通吃饭，他还真没有想到简晴能这么快和邢文通好在一起。第二次简晴说在家请邢文通吃饭的时候，他还有些怀疑。可是他和邢文通到了简晴家以后，发现简晴赖在床上不肯起来，就知道他们之间该发生的都已经发生了。蒋昆当时真是难受，但他很快就调整了自己，在邢文通面前和简晴配合默契，好像他们始终是普通朋友一样。还有意识地引导他们之间的关系。蒋昆知道，对于一个从政的人来说，这没有什么，一个女人没有什么，何况是简晴这样的女人。有她在邢文通身边，对自己有百利而无一害。果然，在邢文通看来，因为蒋昆知道他和简晴之间的关系，显然就把他引为心腹，一些类似的事情都让蒋昆来遮挡、办理。蒋昆就把他和邢文通的关系在社会上渲染成朋友关系，自然身价倍增，办很多事有了得心应手的感觉，提拔当开放办主任成了顺理成章的事情。

一个简晴给她带来这么多，他其实很庆幸。但是，他再看简晴怎么都觉得这个女人脏，尤其是现在，邢文通走了，他真恨不能她从他的眼前消失殆尽。他怎么还会去看她？

但是，他没有想到，简晴不是一个善罢甘休的女人。他刚收拾东西准备下楼，一个陌生的电话打进来。他不想接，但那电话一直响。蒋昆接通以后，很不耐烦地问："谁呀？"

对方哈哈大笑："蒋局长，这茶凉得太快了吧？我刚走一个月就不接我的电话了。"

蒋昆吃了一惊，竟然是邢文通的电话。蒋昆心里明镜似的，这个电话是简晴让他打的。蒋昆哪还敢怠慢，急忙说："邢市长啊，哎呀，我们正想看您去呢，大家很想你啊。"

邢文通说："替我给弟兄们问好。有个事拜托一下，简晴那里还请多关照啊，我走了，她一个女人过日子不容易，你们如果不忙多跑几趟。啊，拜托了。"

蒋昆急忙说："没问题，刚才简晴来电话，我正开着会。您放心吧，我们会照顾她的。"

他们又寒暄了几句，就心照不宣地放了电话。蒋昆真堵心，想起那个小幽默。说吃苹果最可怕的事情是，咬了一口，发现苹果上有半只虫子。现在，他是发现苹果上有半只苍蝇。可是转念一想，又觉得是件好事。他这人别的不行，辩证法学得非常好，运用起来得心应手。简晴用这只苍蝇恶心了他，他也可以用这只苍蝇去恶心别人，达到自己的目的。坏事和好事只是一念之间的事情。

饭店里已经坐满了人。每次进饭店，蒋昆都会有些感慨，这么多人吃饭，每桌都点这么多菜，其实都吃不了多少，浪费啊。让人真心疼。蒋昆20世纪50年代生人，知道挨饿的滋味，知道粮食的金贵，但是没有办法，他请客的时候也是满桌子点菜，不这样大家会说自己不热情，不真诚，小家子气，官场上都怕落下这个名声，可他是真心疼。要是有个部门统计一下每天饭店浪费的东西，那数目绝对惊人。就想有一天自己当了一方父母官，自己能够说了算，先杀杀这种习气。

大家都到了。秘书长在正座，他这次要顶替邢文通的位置，当瀛洲市副市长；民政局局长坐左手，听说他有可能任秘书长一职；依次是副秘书长、组织部副部长、政府办主任，林小麦可怜兮兮地坐在边上。没有办法，官场上任何事都论资排辈，她能参加这个场合，和这些人坐在一起，就已经比和她同级别的人不知幸运多少了。

大家都抱怨他请客的反而来晚了，要他今天好好表现。他急忙解释说："刚要走，接到邢文通市长的电话，说了一些事情。他说很想念大家，要我代他向大家问好。"他这样说是仔细想过的。在官场，一般是不能轻易暴露自己和领导的关系的，尤其是已经离开的领导，更是要谨慎。你不知道谁是领导的朋友，谁是领导的政敌，稍有不慎就可能引火烧身。但是，对邢文通不一样，首先他知道在座没有和邢文通不对付的人，而且，自己对一个已经离开的领导还这样敬重，说明自己人性厚道，尤其是，林小麦在，这个话他是有意说给她听：他们男人之间有着女人永远不能介入的空间。他看见了林小麦的情绪变化，也只有他能看出林小麦眼里滑过的那一丝失望。

那一瞬间，他更失望。他张罗喝酒，心里却回到了十几年前，他还是瀛洲大学的一名老师，林小麦是他的学生，因为作文很出色所以有些名气。他那时刚离婚，情绪很不好，很喜欢林小麦。每次学校打了下课铃以后，他估摸林小麦会走过的时候，就在窗口等着，林小麦真来了，仰头一笑，他的心就会荡漾起涟漪。但是，他那时觉得这孩子太书生了些，总是不敢说出来。说起来真是鬼迷心窍，去省城参加一个会议，遇到一个女画家，俩人一见钟情，好了有半年，女画家又突然失踪了。这时才想起林小麦，再见林小麦时，林小麦眼里全是冷，说话客气得冒凉气。后来他和一个中学老师结婚了。妻子的父亲是从人事局局长的位置上退下来的，有些老关系，就让他进了市委，后来又让他和邢文通接上了头。他有学历，又有老丈人指点支撑，竟然平步青云，去年提了个正县，当上了开放办主任。这期间林小麦和一个企业中层干部结了婚，这个中层干部酒后和秘书有了一夜情，觉得对不住林小麦就和盘托出，想得到林小麦的原谅，林小麦非但没有原谅，而是很快起诉离婚。

蒋昆知道这一切的时候，已经是开放办主任，他的心突然又蠢蠢欲动了，他发现自己一直喜欢这个女人，想得到这个女人，这种想法盘踞在他的脑海，挥之不去，即使有了简晴以后他也没有动摇过。他不由看了林小麦一眼，林小麦在和组织部长喝酒，仰着头，露着修长的脖子，匀称的脸上还是学生时代那种抹不去的书生气。他突然发现，有些东西就像血型一样跟人一辈子，比如他对林小麦的感情，比如林小麦身上那种朴素的书生气，穿什么样的衣服也遮不住，改不了。他说：“小麦，我们师生敬秘书长一杯。小麦在学校的时候就是尖子生，这些年也是单位的台柱子，还希望领导们多给她机会，锻炼锻炼她。”

林小麦举起杯，看了他一眼，看不出眼睛里有什么。然后她回应着秘书长说：“还请领导多多指点。”

秘书长说：“当今社会有四大铁，一起扛过枪的，一起同过窗的，一起嫖过娼的，一起分过赃的。我看还要加一条，师生性别不一样的，林科长，老蒋为你的事可费了不少心啊，找我就不下六趟，老蒋，我没有夸张吧？”

蒋昆急忙说：“我的学生嘛！”

秘书长截住蒋昆的话说：“行啦，你的学生多了，也没见你为哪个学生这么上心。林科长。这个酒干了。我有话说。”

林小麦不敢怠慢，急忙一饮而尽。

秘书长说：“看今天这些人了吗？这都是老蒋的老哥们，为你的事聚在一起，老蒋要你去开放办当副主任，已经差不多了，你呀，要好好敬老蒋一杯。”

林小麦已经隐隐感觉到蒋昆的心意，只是没有太多指望，让秘书长一说，便有些感动。毕竟在官场这么多年，太希望有一个进步的机会，邢文通在瀛洲的时候也许诺过，但是，不知道为什么，一直没有兑现。这个愿望却由蒋昆帮着实现了，心情一时很复杂。她看了蒋昆一样，蒋昆也在看她，却是躲避的，她知道他在躲避什么，那种感激就有了水分，沉甸甸地坠在了酒里。她说："我干了，您随意。"

她用了"您"，让蒋昆又看到了那种从学生时代就划定的距离，但是，小麦没有让他干，让他也看到了希望。他抿了一下酒，大家起哄。秘书长紧跟着说："他能随意吗？"蒋昆顿了一下，想了想，就一饮而尽，大家忍不住鼓掌。林小麦却不愿意了，因为她明显感觉蒋昆在有意识地渲染他们之间好像有什么特殊关系似的。

果然，人们说话就放肆起来，说："女干部提拔有几条，三分姿色二分妖，四分酒量一分骚，摇摇膀子晃晃腰，进步机会搞到了。"

林小麦如坐针毡。再让喝酒说什么也不喝了。蒋昆就端过去，替林小麦喝，每喝一口，大家就大闹一通。林小麦觉得自己这次真是跳到黄河也洗不清了。

这顿暧昧的酒席之后，林小麦将被提拔到开放办当副主任。这个结果让很多人意外，林小麦却感到很失望。她坐在办公室里原来那把椅子上，她在这把椅子上坐了六年，她六年正科经历，为了争取提拔的机会没黑没白地工作，甚至比一般男人还要出色。她的调查报告得过国内大奖，她是省优秀调研工作者，她成功组织过多次会议，有一次累得经期都提前了八天。但是，这把椅子好像有着无穷的吸附能力，总是让她的汗水化为泡影。她的努力没有给她换来提拔的机会，一个男人的暧昧想法却成全了她的梦想。那种失望像是一片云，迷惑着她的心智，让她无法回避对以前奋斗价值的追问和思考。现在看来，她是走了弯路，然而，怎么才是对的？

从窗外看过去，天空是澄澈的，像她以前的心情，有时雨有时风，但是，绝没有黑洞，没有太阳黑子。但是现在，自己想要的成功即将来临，那心情为什么竟然充满了伤感？

她拨通了珍妮的电话，诉说这一切，她以为珍妮会安慰她，谁知她听完林小麦的话后说："我看你有病，病得不轻。如果你自己不出色，谁也帮不了你。你不要以为蒋昆全是为了你，他是为了他自己。你了解他手下那几个人吗？一个当兵转业，一个工农兵大学生，就一个年轻点的还是学微机的，别说写材料，话都说不利索，因为老子是离休老干部，有特殊背景才提拔起来的。蒋昆想干事找谁去呀，他一个人能撑多大的天啊。有了你就不一样了，多给他抬点啊，用你多顺手啊，别拿自己糟蹋着玩。你记住，官场的人绝不会拿自己的政治前途当赌注，他们做的一切事都是为了自己的政治生命。"

林小麦有些喘不上气来。她无奈地说："唉，这么严峻的社会命题让你一说我倒成了庸人自扰了。可是，我想要的不是这些。"

珍妮追问了一句："你想要什么？"

林小麦沉吟了一下，说："我想去找邢文通。"

林小麦能感觉到珍妮喘气不匀实了，知道自己必将又面临一顿数落。果然，珍妮声音提高了八度："我看你神经了！你这些年干这么多工作为了什么？不就是为了有个机会嘛。现在机会来了，你却为了一个邢文通放弃。如果邢文通真有你想得那么好也行，或者人家真心对你好也凑合，根本不是那么回事，你这不是神经是什么？你如果耐不住寂寞，我看蒋昆更不错，起码，人家是真心，没有邢文通那么花。"

林小麦沉默了，邢文通的这些事是让她没嘴说话。但是，她知道邢文通不是这样的。在很多时候，邢文通喝大酒、打麻将、和女人调情都只是一种妥协，或者是一种工作方法，这种方法是因为他急于想和基层打成一片，从本质上来说他并不是一个俗不可耐的人。

林小麦对珍妮说："珍妮，我知道你是为我好。可是，我真的没有觉得他不好。他做一些事情也是没有办法。有一次他在别处喝多了，又来赶场，他对我说：'小麦，其实，我做的一切就是想有更好的机会，为社会、为老百姓做点事情，我们这一代人都有一种情结，就是渴望崇高，希望有机会实现报效社会的意志。'他当时说：'难啊'。"

珍妮有些不以为然，说："也许他说的是真的，但是，他在瀛洲干了什么了？"

林小麦说："他一个副职能干什么呀？再说，他也尽力做了些事情。当初他反对瀛洲作为化工城，那是考虑保护环境，在盐碱地上规划化工园区最早是他启动的，为民营经济创造宽松的发展环境也是他极力坚持的，他为咱们现在的几家农业产业化龙头企业争取支农贷款6900万元。这还不够吗？”

珍妮说：“在你眼里，他身上的虱子都是双眼皮。你是真想跟他走？”

林小麦坚决地说：“真想。我信都写好了。你要是没有事过来看看吧。”

珍妮说：“晚上吧。晚上我看看。鬼迷心窍。”说着把电话放了。

尽管还没有考察，但大家都已经知道了，不时有人过来祝贺，林小麦把笑容调整到脸上，迎上去。她觉得有些不高兴，毕竟还没有真正结果，舆论却沸沸扬扬，让自己很被动。但是，她又没有别的办法去堵住别人的嘴，只能应付着，客气着，不置可否地周旋着。她必须两条腿走路。毕竟，邢文通是不是真能给她调走，她一点把握都没有。即使真能走，自己有这一步也很好，带着副处级待遇到昆山市，以后发展的起点就高了许多。

等人们都走了，她给蒋昆打了一个电话，说：“蒋局长，这事八字还没有一撇呢，怎么都知道了？这要万一成不了多不好啊。”

蒋昆说：“不可能。有我盯着呢，不会有问题。放心吧。哦，对了，你就要担任领导职务了，着装打扮要注意一些。我前几天出门给你带了两套衣服，我刚才给你放政府门卫室了，走的时候别忘带着。”说完就把电话放了。

林小麦一时有些愣怔。

四

邢市长您好：

长久以来，您是良师，更为兄长，给了我很多关心和支持，点滴回忆，刻骨铭心，感激之情，难以言表。但我深知自己禀赋愚稚，深望得到您更多的指教，但您工作繁忙，一直不忍过多打扰。

近日惊闻您工作的变化，心情格外复杂。别离在即，咫尺天涯，既为瀛洲错过一位磊落英才而惋惜，更为自己可能失去您的烛照和指点而深深遗憾。

人生苦短，为谁求索。但您经风栉雨不改初衷，执意报国，一腔豪情，党性人性无可挑剔。您热爱瀛洲，全心投入，赤子情怀，有几人知？您的忠诚、才华和热情，曾是瀛洲这方百姓的希望。政息人去后，我们怎能忘怀那点点滴滴？

官海沉浮，英雄扼腕。不管世事沧桑，您在瀛洲人心目中风采永驻。我参加工作十六年，在政府办也已近六年之久。虽难见世面，但也曾见官见官，您这样的领导是我平生仅见。能成为您的部下是我平生幸事，能继续得到您的照耀和指教更是余生所望。

崇敬您的品格，敬佩您的才华，感激您的帮助，愿意继续听您的讲话，读您的文章，聆听您的教诲。加上政府办人多事杂，十几个干部如陷泥潭，人人自危，我更是难以自拔。但我年纪轻轻，不愿颓废，仍然希望能做对社会有用之人，而今华山无路，唯有仰仗您的帮助和提挈，才能实现夙愿。于公于私，我都希望能继续追随在您的麾下，跟您到昆山工作，在您的指教和帮助之下，不断完善和提高自己，如能如愿，万分感激，平生无憾。

当然，在新的岗位，我不会因为您的荫庇而放松努力，我会积极发挥自己热爱文字工作的特点，多写文章多看书，静心修学，勤奋工作，自强自立。

“五里滩头风欲平，张帆举棹觉船轻。柔橹不施停却棹，是船行。满眼风波多闪烁，看山恰似走来迎。仔细看山山不动，是船行。”这是我自己喜欢的一首敦煌曲子词，送于您，希望世事变迁不要剥夺您爽朗的笑声。

秋去冬来，唯祝福山高水长！

政府办林小麦

2004年11月20日

珍妮看完信有些心酸……林小麦的一片苦心会得到什么，珍妮没有多大把握。但是她理解林小麦，林小麦不愿意妥协，不愿意随波逐流，她还想追求一分真情和美好，但是，生活是严酷的，或者说，人是复杂的。林小麦走出校门进机关，离真正的社会是有距离的，她怎么能够想到，一个纯粹的理想主义者简直是异类。

怎么办？让她像别人一样吗？珍妮知道不可能，就像石头不能溶化在水里，钻石永远不能等同于玻璃一样，生就的骨肉，谁也改不了。珍妮能做的就是让她尽量别受到伤害，让她自己逐渐清醒，自己去放弃。

她对林小麦说："你把信寄走吧。我下周去昆山进行市场考察，顺便去看看邢文通，给你打个前站，探探口风。"

林小麦的心有些苍凉，她觉得她和邢文通之间不应该是这样的。她不愿意绕这么多弯、动这么多心机，她更愿意像过去一样，她的一个眼神他就知道她想要什么。从哪里失去又从哪里开始，林小麦对珍妮说："如果没有简晴，没有蒋昆，我和邢文通不是今天这个样子。"

珍妮知道，林小麦不止一次说过。蒋昆约林小麦和简晴一起陪邢文通吃饭，那是林小麦第一次认识简晴。吃完后简晴把林小麦留下了，和林小麦说起自己的经历，说她因为生了个女孩遭到丈夫全家的歧视，实在忍受不了就离婚了，至今一个人带着孩子生活，还流了眼泪。林小麦本来就心软，又觉得人家挺真诚的，和简晴的距离就拉近了。简晴很诚恳地让她分析包括邢文通、蒋昆和其他几个男人的性情，她把自己的观点和盘托出，最推崇的自然是邢文通。不久，林小麦就从蒋昆嘴里得知邢文通和简晴好在了一起，邢文通对林小麦的态度也发生了180度大转弯。林小麦知道自己上了简晴的当，却百口莫辩，大病一场。好了之后，蒋昆又让大家一起吃饭，林小麦借酒浇愁，酒后失态，号啕大哭，从此邢文通对林小麦唯恐避之不及。林小麦自己成了自己形象的掘墓人。

林小麦一直想挽回，但是，总是越抹越黑。邢文通成了林小麦的心病。珍妮对林小麦说："你千万记住，你一定要换一种方式。两个人之间的感情就像战争，谁先动了真情谁就注定输了招数。你要用理性而不是感情去面对他。否则，会把他吓跑。"然后珍妮站起来说："走吧，咱们去寄信。"

珍妮认为这是一次没有意义的活动。珍妮说："我劝你别抱太大希望。希望越大失望就越大。现在这个年代，一个邮件就解决问题了，你却郑重其事地写信；一夜情像喝白开水一样普遍，你还坚守什么爱情。人家一个网络女作家在网上大大方方地说：'想和我做爱吗？'男人说：'我是第几个？'女作家说：'67 个。'你还在这里不切实际地柏拉图，太老土了。别说是邢文通，就是我也没有兴趣和你玩。"

林小麦不说话。她借着路灯把信放在邮筒里，静静等了一会。她听到了信落在邮箱的声音，很轻，像一片叶子落在秋天的田野。她对珍妮说："你说，如果让月季花长在柳树上会是什么样？如果让柳叶长在银杏树上会怎么样？"

珍妮明白她在说什么，就不耐烦地说："你敢肯定，你就是命里注定要长在邢文通身上的叶子？"

林小麦说："我肯定。"

珍妮在黑暗中哼了一声，说："你呀，不撞南墙不回头。"

林小麦刚想反驳，手机响了，一接，是蒋昆。问她在哪里。林小麦说和珍妮在散步，正走到邮电局门口。蒋昆说："是吗？我刚吃完饭，正好从邮电局门口过，顺便接着你们吧。"

林小麦说："谢谢。"

蒋昆说："别说这俩字，让我心里不舒服。"

林小麦不置可否，就哦了一声，挂了电话。蒋昆很快就到了。林小麦和珍妮上了车，只是寒暄。分别把她们送回家后，蒋昆就走了。

珍妮回家后给林小麦发了一个短信："他是最适合你的人。"

林小麦回了一个短信："下辈子吧。"

珍妮没有回信。

林小麦沉入黑暗之中，她觉得自己就像一个赌徒孤注一掷以后，面对可能出现的结果一样慌乱紧张。她想象信到达昆山以后邢文通的各种表现，答应还是不答应？每一种答案都让她夹杂兴奋与伤感。这些年，在瀛洲市这个小地方，她习惯了有秩序的生活，她基本能实现自己生活和工作的所有心愿，即使不能也不会像现在这样，身不由己、不由自主。她虔诚地把命运交给了别人，他能带着自己走吗？他会把自己带到哪里？她开始有命若琴弦的感觉，在汪洋中漂泊，在荒漠中跋涉，在急剧旋转的风中找不到落点。

停下来吗？就当什么也没有发生？根本没有写过信，甚至，就当邢文通从来没有来过。自己的生命中没有一个叫邢文通的人。但是不行。邢文通已经成了自己生命中的一部分，割不掉，扯不开，她的思念、她的疼、她无数夜晚能够望见的光芒，都是因为邢文通这三个字在她灵魂深处的骚动。

他是命运的劫数，是自己今生的彼岸和归宿，没有办法，这是我自己的事情，和别人无关，和其他无关，甚至，和邢文通也无关。林小麦不能说服自己，她跳上了飞驰的列车，却再也下不来了。

六

蒋昆在控制事情发展的节奏。不能太快，让林小麦觉得得来全不费工夫，对他的感激就会打折扣；也不能太慢，让林小麦小看了他。因此他迟迟不找组织部长。没有组织部长的认可，一切工作都是白费。但是，组织部长是老丈人的下级，这一关并不难过。难的是如何让林小麦意识到他给予了她很多。他需要林小麦对他的仰视，这是他成功的第一步。

他给林小麦打电话，让她到办公室来一下。林小麦给他带来一幅本地画家的水墨画。蒋昆笑笑，心里说，我要的不是这些。但是，他还是收下了。他请林小麦坐下，做出若无其事的样子，说："我刚从秘书长那回来。哎呀，竞争还挺激烈，不过还好，秘书长这关总算过了。"

林小麦急忙说："为我的事真让你费心了。怎么办呢？我请你吃饭、喝茶，还是唱歌？"

蒋昆说："这就免了吧，就你那点工资，不够两瓶茅台。还是有机会我请你吧。"他注意到林小麦没有穿他给买的衣服，有些失望。但后来一想。还没有上任，不穿也是有道理的，心里又平衡了些。

他又说起下一步的打算。要找哪位领导、哪个部门，有些什么困难，他说得有些费劲，因为他要做出和事实真相相符的姿态，但他要表演出自己为林小麦不把困难放在眼里的样子，有些难度，但是，这种表演的兴趣在于看到林小麦眼里的表情。他有些看不透，不像他想要的那种感激涕零，也不是漠不关心，那种表情像浮在水面上的植物，你不知道根在哪里。有一瞬间他很失望，因为这种表情有点类似一个下级做出的感恩的表情，那种感激显然不是发自内心的。可是，那的确是一双温情的眼睛，注视她本身就是一种享受。这双眼睛并不漂亮，但是，他们这一代人对女人的标准似乎总是陈旧的，他们就喜欢还带着旧时代气息的女人，不太时尚，在一定程度上克制自己的需求和性情，做出庄重的样子，但是，那眼角眉梢不时流露着青春犹在的鲜活。就像现在，林小麦可能恨不能快快离开，没有一个人愿意聆听一个曾经有恩于自己的人在自己面前表功，但是林小麦始终克制着自己的不耐烦，做出有耐心的样子，认真聆听着他絮絮叨叨的诉说。他不时问一句林小麦，林小麦有几次答非所问，蒋昆知道她在走神，觉得好笑。但是，他知道他不结束谈话林小麦是不会主动提出走的，就这一点，他在妻子、简晴和其他女人身上都没有找到。

现在，他要开始下一步了，他要让林小麦没有退路。

他说："好事多磨。不要着急，我在考虑怎么和组织部长说。这一步很关键，每一个细节都要考虑清楚。细节决定成败啊。"

林小麦只听见了他最后这句话：细节决定成败。她的思绪立刻就飞到了邢文通身上，信收到了吗？下一步该如何推进？至于这个开放办副主任，她其实是搂草打兔子……成更好，不成也无所谓。只要邢文通真能调她走，她什么也不在乎。

她觉得蒋昆的谈话该结束了，就拉开书包拿出早已经准备好的信封，里面是一万元钱。蒋昆一愣，说："你这是干什么？"

她一边把钱塞给蒋昆，一边说："蒋局长，这钱不是给你的。"

蒋昆正色道："我不管别人，我是坚决不和人比画这个的。我从副科到正县，一分钱礼也没有送过，记住，别这样玩，你玩不起。快收起来。"

林小麦有些犹豫，如果他不收钱，意味着林小麦欠他的情太多了，林小麦不想这样。

蒋昆不再理她，他拿起电话拨通了组织部长的电话，和部长约定了见面的时间，然后他对林小麦说："回去听着吧。"

林小麦走出开放办的办公大楼，感觉阳光有些白。信发出第四天了，她估计邢文通该收到了。她拨通了邢文通的手机，还好，他的手机没有更换号码，响了很长时间邢文通都没有接，林小麦心里一阵轻松，她竟然希望邢文通永远别接电话。但是，她等了一会，邢文通真没有接电话，她又特别伤感。

她在人行道上缓缓走着，有出租司机招呼她，她拒绝了。她的心很乱，就想独自走一阵。她看着这个熟悉的城市，几乎每一条街道、每一个单位，甚至每一栋楼房里都能找到熟人。有一次她和一个人撞了车，说来说去两个人竟然还是一个学校的校友，是同一个班主任的学生。这个小城让人生存得很舒服，犹如包围在密集的关系网中，似乎处处都有人情。但是，林小麦更多的时候觉得自己被分割了，她必须战战兢兢地对待每一个人、每一个关系，她觉得这个小城的每一个人都在妥协，都在努力维系自己在这个关系网中确立的位置，林小麦不愿意一生这样生活，她更需要自己的真实，需要内心的自由。然而，她的翅膀犹如粘在了这个小城的水泥路上，怎么也飞不起来。

她看邢文通还没有回电话，就打珍妮的手机，问："你在哪里？"

珍妮说："我在公司。你干什么呢，这么乱？"

林小麦说："我在路上。我刚给邢文通打了电话，他没有接。"

珍妮说："这个点都在吃饭，可能没有听见。你没事过来吃饭吧，我请你。"

林小麦没有心情，就想一个人待一会。她叹了一口气说："我真怕邢文通不理我。知道吗，在瀛洲市，我的一生会是怎样我已经能清清楚楚地看到了，无非找一个男子，生一个孩子，争一个位子，买一栋房子，攒一点票子。"

珍妮没听完就哈哈大笑，说："五子登科，多好啊，你还想什么呀。这五子还顶不了一个邢文通子啊。"

林小麦说："别笑了，有你这样的朋友嘛，我现在正烦得不得了，你还笑。"

珍妮说："我不笑了，你说。"

林小麦接着说："你知道吗，是邢文通唤醒了我，让我意识到自己生命中还有没有被开凿的东西。我感激他，在他身边我就有激情，我什么也不要，只要能常常见到他，看到他的车，听到他说话的声音，真的，我需要的只是这些。有了这些我的生活就有亮度，我还能做很多事情，我知道我这样说别人会说我幼稚、不现实，可是，这些是我真实的想法，和性没有关系。"

珍妮有些心烦。连她都觉得林小麦假，谁会信呢，即使信又有什么意义呢？她说："一个人应该实实在在过好眼前的事情，为着不可及的事物而浪费生命和感情应该是少男少女干的事，我劝你理智一些。我要吃饭了，你自己想吧。"珍妮把电话放了。

林小麦快到家的时候，手机突然响起。后来，她对珍妮说："那声音带着颜色，是紫色的，突然袭击了我的灵魂。"她接了电话，是邢文通打来的。他对林小麦说："我已经收到信了，我会考虑。但是，不能太着急，我刚到一个地方，情况还不太熟悉，有合适的机会我会努力的。"

林小麦激动得声音都在颤抖，她说："谢谢，我想离开瀛洲，希望您能成全。"

邢文通说："我知道了。我告诉你我的新电话号码。能记下吗？"

林小麦只听了一遍就牢牢地记住了那一串陌生的数字。

七

邢文通刚从望山县回来，心情有些沉重。望山县是国家级贫困县，当地人唯一的出路就是挖煤。但国家三令五申，要把一些存在不安全因素的小煤窑关、停、并、转，老百姓的情绪很不稳定。虽然望山县近年没有发生重大煤窑坍塌事件，但是，各地因此造成的生命财产损失无时无刻不在警醒着人们，尤其是政府一把手。遍布山头的小煤窑犹如定时炸弹，不想法拆除，不知道什么时候就会威胁到这些人的政治生命；可是，真要都取消了，几十万老百姓的生计问题如何解决。邢文通这段时间主要的工作就是苦思冥想，寻找一条能够确保各方利益的解决办法。

邢文通很为难，说真的，他想为昆山市干成点事，但是，作为一个初来乍到的市长，他的权力显然不能够支撑他的意愿。

就是在这个时候秘书过来告诉他，说一位来自瀛洲的女士在等他。他前几天刚和林小麦通电话，以为林小麦找过来了，心里有些不高兴。但是，这么远来了，于情于理都要接待一下。他告诉秘书说："请客人过来吧。"

邢文通看见进来的不是林小麦，而是珍妮，有些意外。他立刻站了起来，迎上去，说："珍妮女士，怎么不提前打个招呼？想微服私访？"

珍妮笑着说："哎呀，投奔老领导来了，讨口饭吃。"

邢文通说："欢迎啊，你只要上昆山市，昆山的老百姓就有饭吃了。"

珍妮推开门的一瞬间，感觉林小麦来投奔邢文通是一件实在太冒险的事情。珍妮有意没有报姓名，她料定邢文通首先想到来的会是林小麦。他的第一反应肯定是给予林小麦的。珍妮从邢文通的眼睛里看到了他对林小麦，或许是对所有女人的不在意。

这种东西他在很多男人眼睛里都看见过，官场的人尤甚，难到林小麦没有看见过吗？

珍妮的心有些凉，她觉得自己眼里一定也溢满了对邢文通的不在意。但在邢文通看来，珍妮这么快来看望自己，对自己显然很在乎，肯定有很复杂的情绪。生意人就像鸟，哪里有树哪里栖息，怎么单跟到昆山来了，只能说明自己是她眼中的树。再看珍妮，她眼中的散漫就是一种女人的心思。邢文通的情绪渐渐高涨，和珍妮的寒暄就有了热度。邢文通安排珍妮吃饭，珍妮想了想，说："还是我请您吧。如果在昆山投资，很多事情还要请您多关照。"珍妮又做出想起什么事来的样子说："哦，我忘了一件事。来之前见到政府林科长了，她对您一直很敬仰，让我问您好。"

邢文通一愣，急忙调换了语气说："林科长找我有点事。朋友嘛，我会做到尽己所能。你回去代我问她好，让她安心工作，啊。"

珍妮真希望林小麦能够自己退回去，因为她觉得这是一次没有意义的迁徙。但是，她还是希望能够成全一下林小麦，毕竟，这是她想要的。就说："林科长和其他女人不一样，她很有能力，也希望有个一官半职，但是，她在官场这些年还没有泯灭真性情。在我看来这是悲哀，从人本的角度看，也很珍贵啊。"

邢文通不太愿意和一个女人讨论另外一个女人，无论怎么继续这个话题都会让他不舒服。就说："还是你们商人自在啊。你看，在官场想做点事情太难了。你看看，昆山的小煤窑让我熬红了眼。法制越来越健全，当领导成了当今的高风险行业啊。只要有一个小煤窑出事，我这个市长就吃不了兜着走。"

珍妮知道他在转移话题，也就只好调侃说："中国是个官本位的国家，学而优则仕，都这样。哪天您也给我个官做，我感觉一下是什么滋味？"

"给你官你也不会要啊。你们纳税人是发展市场经济最需要的人，都羡慕你们啊，我欢迎你们在昆山投资。走吧，来到我这一亩三分地上了，我好好请请珍妮女士。"邢文通说。

珍妮说："我就是冲你们的小煤窑来的。北京为打 2008 年绿色奥运品牌，外迁一批企业，我们在郊区的焦炭公司是其中之一。我们已经做了大量考察，也许会选择你们昆山。”

邢文通喜出望外，他扬起眉毛，说：“你放心，只要你在昆山投资，是守法经营，我代表昆山市向你保证：政府一定会给你创造最优发展环境，所有政府部门给你零距离服务。知道我在昆山项目调度会上怎么说的吗？谁砸昆山经济环境的牌子，我就砸谁的饭碗子。怎么样？力度够大吧？”

珍妮笑笑说：“你们政府的话语从来就是有力量的，只是落在地上的时候就轻飘飘的。这只是公司的一个意向，我会把这里的考察情况如实汇报的，您放心。您很忙，我就不打扰了。”

邢文通想挽留珍妮，他感觉珍妮此行无意多留，也就不再勉强。但是，他还是很郑重地打了一个电话，告诉秘书他要送客人到高速路口。他对想拒绝他的珍妮说：“这是我们对待客商的最高礼仪之一。”珍妮说：“你们的形式主义至今还轰轰烈烈。”俩人说说笑笑下楼。邢文通的车已经在楼下打开车门等着了。邢文通做了一个请珍妮上车的姿势，说：“珍妮女士，坐到后边吧，咱们坐一起。”珍妮笑笑，她想也没想就拒绝了邢文通。她款款走到自己的富康车前，径直上了车。她想回头和邢文通招呼一下，却看见邢文通的脸一下子拉了下来。

他们在高速路口告别的时候，邢文通的热情像没有着落的柳絮一样，淡淡地飘散在眉目之间。他只是象征性地触碰了一下珍妮伸出去的手，就放弃了进一步的尝试。珍妮一语双关地说：“邢市长，我好像没有感觉到你们政府职能转化的效果。到处都冷冰冰的，我们如果来投资，企业不会是建到石头上吧？”

邢文通意识到自己的失态。总是忘不了自己是个男人。一市之长，哪容那么多儿女情长！他立刻转换角色说：“昆山是所有投资创业者的天堂。包括你珍妮女士。”

事后，珍妮不止一次对林小麦说：“邢文通眼里的女人都是一样的，要么漂亮，要么能给他带来一些东西。在这一点上他并没有免俗。”

林小麦知道珍妮说得对，然而，林小麦不想退回去。她能退到哪里去呢？再退到婚姻里去？和一个条件相当的男人较量一下能否共度一生？还是退到事业中去？从县级开始一步一个台阶向上攀爬？她爬这些台阶干什么呢？满足虚荣心？干一番事业？好像没有什么对她构成比追随邢文通更有诱惑力的东西。但是，她这些想法连说都不敢和珍妮说。

林小麦说："邢文通是一个男人，像所有男人一样，需要成功，需要女人，唯一不一样的地方是我爱他。我现在最关心的是他到底会不会给我调动。"

珍妮说："两条腿走路吧。"

八

蒋昆有几天没有看见林小麦了。他已经把林小麦提拔为开放办主任的有关程序都理清了，下一步就是组织政府办推荐一下，走组织程序。但是，他迟迟不肯动的原因，其实就是想利用这次机会能够和林小麦走到一起。说起来有些卑鄙，但是，除此还有更好的办法吗？而且，别人要得到这个位置，要花费多少心血啊，林小麦也是官场中人，不会不明白。我为什么偏偏给你呢。市场经济讲究利益共享，有付出才有回报，哪有天上掉馅饼。而且，他清楚地知道，要得到林小麦，唯一的机会就是让她骑虎难下。

这种局面他已经基本促成了，社会上都已经知道林小麦就要到开放办，林小麦在邢文通走之后只有在事业上的一搏。她什么都没有了。那么，她就不会轻易放弃这次机会。

他打开衣橱，拿出一套里外全新的衣服，有内衣，有西服领带。这些他早已经准备妥当。毕竟是和自己喜欢的女人，他在心里为自己准备着一次隆重的仪式。

他换好了衣服，忽然有些酸楚。人这一辈子到底为了什么？忙忙碌碌，机关算尽，无非为了情和欲。对于他来说，欲壑好填，不过是钱和色，他都不难得到。只是这情，却让他踌躇不已。可是，自己这样真能得到林小麦的情吗？没有情，林小麦和这个酒店里那些花钱能买到的女人有什么不同。他看着豪华的房间，一个电话就能和一个漂亮女人度过神魂颠倒的时刻，为什么非要和一个林小麦。况且自己大小也是个领导，为了一个女人耗费这么多心思，何必。他一把扯开领带，有什么了不起，不管学历多高，模样多俊，不就是个女人吗？林小麦就三头六臂了？可是，就在他就要放弃的时候，他竟然想起林小麦从他窗前走过，仰头看他的样子，纯得像一汪水，那感觉，这辈子也没有第二个人啦。他又慢慢整理好自己的衣服，回到办公桌前，轻轻拿起电话。他听到林小麦的声音，那种想放弃的念头又弥漫上来。得到能怎么样呢？就成了仙成了佛了？可是，他又那么不甘心。他发现他自己已经骑虎难下了。

他对林小麦说："林科长，有个事需要你帮忙。刚来了几个客商，其中有位女士，身体有些不太舒服，你抓紧过来给照顾一下吧。就当提前进入角色了。在恺撒酒店 316 房间。"

林小麦接到电话，一时有些愣怔。自己当副主任的事还没有落实，却让去接待客商，这种安排让她心情很复杂。不去又显然不合适，蒋昆会不高兴，自己的前途就掌握在他的手里，邢文通不能把她调走的话，这是她最后的退路。但是，如果去了，以后再有变化就成了别人的笑柄。她想给珍妮打个电话，想了想，直觉认为不合适，就放弃了。她还是决定去，不去没有理由。她打车直接到了恺撒酒店，门自动打开的一瞬间她的腿忽然有些抖，心里有些隐隐的不安。她犹豫了一阵，还是转身退了出来。她看见广场上喷泉随着音乐时起时落，风吹过，一个绿色的垃圾袋鸟一样在空中飞舞，一片法国梧桐的叶子，黄了，缓缓飘下来。几辆车零星地停着，像是轻轻地喘息着，诉说着暧昧和疲惫。她发现没有开放办的车，心里激灵一下，那种不祥的感觉清晰强烈地冲击着她，让她不由自主地后退了一步。她想找一个地方靠一下，一面墙，一棵树，任何可以依靠的东西。但是，身边是冰冷的玻璃和疑惑的门童。她想走进去，她已经看见了大厅里奶白色的沙发正在伸展着无边的诱惑。她觉得自己一旦坐下就再也出不来了。她急忙走下台阶，像是身后有追兵一样。早有聪明的出租车司机，把车停在了她身边。她上车以后没有敢直接回市政府，而是说了一个商场的名字，司机也不多问。林小麦直直地看着前面，却什么也看不见，从眼前滑过去的都是让她的心喘不上气来的片段回忆和思想。她这一走，什么都将没有了，她又要从零开始，甚至更低。这个小城太小了，一个开放办主任足以让她今后的道路寸步难行。一个领导要成全一个人不容易，但是，要糟蹋一个人却易如反掌。林小麦已经31岁了，蒋昆刚41岁，他的政治影响力至少还可以影响她15年！15年，一切都将结束了。她如果不能离开瀛洲市，她在这里将一无所有！

她突然说："停一下。"司机似乎早就等着这一刻，找到一个开阔的地方，"唰"一声就停下了。然后，他不慌不忙点了一支烟，眼睛迷离地看着远方，等着林小麦的决定。

林小麦脸红了，她感觉司机早已经偷窥了她的全部秘密。就这样妥协吗？还是以卵击石？有车迅速驰过，带过刺耳的风声。远处的楼房，演绎着无言的喧嚣。太阳从一片云后露出来，散出暗淡的光芒，却一下子点亮了她。她拿出手机，拨通了邢文通的电话。仿佛手机里藏着一扇门，那几个号码输进去，就把星星还给了夜空，把灵魂还给了肉体，把出路还给了林小麦。林小麦的心长吁了一口气，她觉得此刻只有邢文痛能拯救她！手机响了，一声，两声，三声……没有人接听。林小麦的心被手机铃声抻得一阵阵作痛。她觉得那铃声终于成了一条僵硬的绳索，把她拉向黑暗和破碎的深渊。她感觉自己旋转着、坠落着，在碰撞和撕裂中疼痛、挣扎。那铃声还在冷酷地响着，对深渊和地狱都不在意。林小麦的心再也找不到出路。林小麦迷茫地看了司机一眼，伸出两个指头。司机适时地递过打火机。林小麦愣了一下，哆哆嗦嗦地点燃了，深深吸下去。能感觉浓烟滚滚而下，挟带着漫漫风沙，把她淹没了，包围了。接着，火焰穿越苍茫岁月进入她的肺腑，伤害了她的命运和心性，她呕吐、哭泣，却无处可逃。

她对司机说："回去吧。"司机听了，啪一口把烟吐掉，眼皮都没抬，一转方向盘往回开。林小麦闭上眼睛，任泪水哗哗流下。司机像是没有看见，只顾开车。

回到酒店门口，司机把车停下，又点燃了一支烟。林小麦像是没有意识到已经到达目的地，一动没动。烟雾在车里弥漫着，发散着呛人的气味。司机把车窗摇下来，一缕风吹进来，让林小麦不由睁开眼睛。她深深地看着酒店的每一处装饰：猩红的大理石台阶、一扇扇欧式风格的窗户、迎风飘扬的旗帜，都那么精致又傲慢，林小麦觉得自己如果今天下了车，进入了这座高高在上的建筑，她是在向每一块石头、每一寸地板、每一个出来进去的人屈服。可是，她不能够这样。为什么？她问自己。为什么不能屈服，何况他不是别人，是自己年轻时喜欢过的老师。只是他后来堕落了，他在自己心目中的形象倒塌了，可是，他毕竟比那些小官痞子强得百倍有余。

但是，那只不过是一块陈年的骨头。你会为了一个开放办副主任的位置去啃一块陈年的骨头吗？一块没了血性和生机的骨头，一块在泥土里滚过、在污水中泡过的骨头？

林小麦对司机说："咱们走。"司机没有动。林小麦又说了一遍。司机说："想清楚了？"林小麦含着眼泪笑了。司机把烟使劲掐灭，递过一张面巾纸。然后又拿出一支烟给她，啪一声打开了打火机，恭敬地给林小麦点着了烟。说："以后别抽了，女士抽烟不好。"

林小麦说："谢谢。"

司机说："去哪里？"

林小麦又说了那个商场的名字。

司机说："别蒙我了。我开了六七年车了，什么人没有见过？还看不出你是干什么的？你在机关工作，有文化，是个知识女性。说吧，去哪里？"

林小麦无可奈何地说："市政府。"

司机直到林小麦下车的时候才说："你是好样的。但你必须在他下手之前动手，不然他会灭了你。"然后，他拿出一张名片，说："用车的时候打电话。随叫随到。"说完，打了一个呼哨就开车走了。

林小麦望着高高的办公楼，第一次觉得那台阶是那么难以攀登。

十

林小麦回到办公室，给珍妮打了一个电话，告诉她发生的事情，然后对珍妮说："你要帮我。"

珍妮说："我怎么帮你？找人打他？"

林小麦有些为难，但是，她又不想放弃。毕竟，她已经等了这么多年。她对珍妮说："我必须让他来不及还手。"她沉吟了一下，说："珍妮，我不能放弃这次机会。社会上尽人皆知我要当开放办副主任了，突然又没有了，我怎么交代？你快过来！"

珍妮说："我说句你不爱听的。你为谁守着？为邢文通？他根本就不在乎你！蒋昆起码对你是真的！有一个男人护着自己有什么不好？"

林小麦愕然！

林小麦说不清为什么，但是，她不愿意。她常常觉得有一双眼睛，不知道在哪里看着自己。那眼睛无处不在，无时不在，闪耀着暗淡却执拗的光芒，牵引着她，昭示着她，让她走人间正道，让她不要放弃自己。她觉得一旦她出了格，那双眼睛就会熄灭，就会用百倍的黑暗惩罚她灵魂。可是，蒋昆在等着自己，她该怎么办？去报复他吗？显然不合适。他喜欢自己，这有什么错吗？只是把爱当作要挟的手段就显得卑鄙了，可是，哪条法律说卑鄙是一种罪！

林小麦踌躇了，她对珍妮说："算了吧。命里无时不强求。"

珍妮说："没出息。还没有上战场就打了退堂鼓。我告诉你，这就是他要的效果。他就是要你进退两难。"

林小麦说："我知道，可是，对他又不能下猛药，只能用些小把戏。我想想，我想想。"林小麦屏住呼吸，思维迅速划过幽暗的隧道，进入预定程序，终于有了一个清晰可行的结果，然后她说："这样吧，你马上过来，我再找个信得过的男人。"

珍妮不耐烦地说："那我不管。我十分钟到。别让他等时间太长，他会起疑心的。”然后就放了电话。

林小麦不敢怠慢。想了想，在瀛洲市这么多年，竟然没有一个关键时候能托付要事的男人。她不信任他们，他们都在名利的核心圈子里，首先想到的就是确保自己的利益，只要对自己不利，随时都可能出卖别人。最后，她竟然毫不犹豫地给那位素昧平生的出租车司机打了一个电话。他对司机说：“请帮忙买一些东西。”那位司机很痛快，说：“好，一定办好，我十五分钟到你楼下。”

珍妮和司机先后来到，她不知道林小麦要做什么。她看着司机手里提着一个大包出现了。林小麦走过去，打开包，里面是几根火腿和半瓶白酒。她让珍妮和那位司机每人喝了一杯白酒，自己又斟满了，连喝了三杯。林小麦感觉烈火从脚底慢慢燃起，烧灼着她的四肢和肺腑，她的眼睛、鼻子和嘴唇都在飘动，只有眼泪，岩浆一样在燃烧的肌体上滚滚而下。她借着最后的理智对他们说：“咱们去恺撒酒店316房间。你们就说咱们在一起，我喝醉了。”

一周后，林小麦提拔进入实质性阶段，考察结果还是不错的，有一票弃权，得票数超过半数，考察结果合法有效。组织部张贴了公示，一个月之后如果没有强烈反对意见，林小麦就将走马上任，担任瀛洲市开放办副主任。

上任的时候，按照官场惯例，开放办应该有个接风仪式，但是，蒋昆借口出差给免了。办公室主任把她领到自己的办公室，发现屋子的用品基本都是旧的。林小麦从心里冷笑，什么也没有说。对于她来说，这些并不重要，何况她还有可能离开这里，邢文通市长虽然还没有启动她的调动程序，但是，他也没有明确说不行，那么她还有希望。她向上走了一步，在官场上，多了一步和少了一步身份就会相差很多，但是对于她来说，这一步最大的意义是离他身边工作的可能更近了一些。她坐在椅子上，虽然是一把普通的旧椅子，但是，由于它长期承载副主任的身份而显得内蕴无穷，好像每一条木纹、每一道疤痕、每一点污渍都隐藏和诉说着尊严和成功，使坐在它上面的人享受珍贵的体验。林小麦有些明白权力的含义了。这把椅子甚至不如她当科长坐的椅子，但是，权力赋予了它力量和魅力。那么，邢文通呢？

他在自己眼中的魅力真如珍妮所说，也是权力赋予的吗？

林小麦第一次有了一个大胆的设想：如果把权力所带来的一切从邢文通身上抽走，他还会剩下什么？这个设想的结果让她有些失望，让她突然开始赤裸裸地面对自己引以为崇高的爱情，实际上也是建立在一种极其功利的基础上。她对自己有些沮丧。如果是这样，那么去追随一个连自己都在怀疑的人，其行为的价值和魅力就打了折扣。他真的值得一个女人毫无所求地追随一生吗？

而且，她已经得到的一切充满了新奇和诱惑。一个新的角色、新的位置带给一个人生命的快感刚刚到来，她还有勇气抛弃吗？

命运有时就是在和一个人的意志不停地较量。林小麦说不清为什么，她竟然第一次认真思考珍妮苦口婆心劝说她的一切，她开始很刻意地衡量和对比，在得与失之间不停地倒换心里的天平。最后，她打开手机，在号码簿中找到邢文通的名字，那三个字裹挟着一个女人的爱和梦想扑面而来，所有逝去的庸常岁月都在这个名字的烛照下光彩熠熠，那些寂寞的夜晚和细碎的伤痕，陡然充满了诗意盎然的回味，使通向未来的日子有了光芒、色彩和味道，她再一次想起自己曾经说过的话："没有人想到拿月亮当饭吃，当衣穿，但是，如果人类的夜空没有了月亮，那该多么恐怖啊。"邢文通也许什么也没有，什么也不是，就像天上的月亮，到处是一片荒山野岭，但是，人们依然用诗歌和音乐赞美那皎洁的光芒。她终于明白，她不能没有他。

她给邢文通发了一个短信："我明天想去看您，有要事相告相商，请不要拒绝。"很久，邢文通才回话："好的。"就像长久连阴天突然出现了太阳，林小麦的心一下子被照亮了。她激动地给珍妮打电话，告诉她自己明天去昆山，邢文通答应了，请她帮着买几件衣服。

珍妮很快就过来了，她们一起转遍了瀛洲大小服装店，终于买到了一件小麦觉得合身的衣服。她穿上新衣服出来的时候，珍妮揶揄道："要是邢文通知道你为了他这么费心思，该多感动啊。"林小麦立刻像被霜打过一样，有些蔫。珍妮有些不忍，接着说："放心，他会领情的。只是你这次去要花点钱，破财免灾吧。"林小麦有些愣怔，珍妮说的破财免灾让她有些说不出的恐怖。

珍妮急忙说："没什么，就是花点钱，买点礼物。让人家好找到一个理由给你办事。不然，人家凭什么给你调动啊？你是人家什么人？记住，市场经济了，别拿自己不当外人。送了礼，他就不好再向你提其他的要求，不然，人家让你陪睡你陪不陪？"林小麦有些尴尬，她期待邢文通，但是，说来难以置信，让她用自己的身体去实现自己的愿望她真不行，即使是和邢文通也不行。她懵懵懂懂地让珍妮陪着找到本市一位著名画家，花 6000 元钱买了一幅画，然后她们又花 1200 元买了一条领带，这个过程让林小麦觉得自己和邢文通的距离一下子拉得很远，她突然意识到自己的虚无。原来真情也是有级别的，尤其是当弱势者先动情的时候，你的情义就像你的位置一样变得无足轻重，甚至不可信。她有些难过。

林小麦没有想到他们的见面其实很平静，在一个名叫鱼味斋的饭店里吃了顿饭，席间两个人都在刻意回避一些事情，吃了不到一个小时，邢文通的手机响了，说是一家要投资的外商在宾馆约见他。临走的时候他才说："你明天回去准备有关手续，还是到开放办吧。"

林小麦觉得说什么话都显得做作和多余，心里有多少离情别绪此刻只能哽在喉头，只能说谢谢。然后把礼物给了邢文通，他没有拒绝，让林小麦即避免了难堪又有些茫然。

但是，不管怎么说，她就要到他身边工作了，又可以经常不断地听到他的消息，看到他的身影，她要的不就是这些吗？

十一

事情的变故是在林小麦回到瀛洲市以后，她给邢文通打电话，告诉他自己已经安全到达，刚要接着说，她从话筒里听到邢文通的手机响了。邢文通接通了电话，对林小麦说："我接个电话，半个小时以后联系。"

林小麦以后总在想，这半个小时是命运在考验她的意志，还是在考验邢文通的人性？这半个小时以前，她还在清点他们之间似有还无的情感片段，为即将开始的生活精心准备和措辞，可是半个小时以后，她按时打电话，没有人接；发了一个短信后，他迟迟没有回音。尽管她不知道发生了什么事，但是，林小麦已经感觉到一种沉重的阴影，正在笼罩着她和邢文通的关系，她即将成功的一切面临着威胁和挑战，甚至是灭顶之灾。但是，她不知道危险藏在哪里，不知道把锋芒对准何处，除了期待邢文通坚定的意志外她没有任何其他的办法改变这一切。

这半个小时究竟发生了什么事？谁在和邢文通通电话？这是不是就是那个改变邢文通想法的人，他（她）到底是谁？为什么？他（她）究竟说了些什么？林小麦百思不得其解。渐渐地，她的情绪有了些微的变化，她终于对他开始有些抱怨，长久以来他所表现的倨傲和冷漠让她委屈、伤感，她认为他不该这么对她，且不说以前对她的漠视，只说这件事，不管别人说什么，你作为一个市长，应该有自己判断是非的能力，应该言出必行，怎能朝令夕改、出尔反尔？况且，调动这件事，能调也好，不能调也罢，一晃几个月了，他竟然连一句痛快话也没有。她搞不懂他在做什么，是无视她的感情？还是其他？但是，他明明知道林小麦爱他，过去爱他，现在仍然爱他，那么他所表现的一切就有了复杂的心理背景——他在刁难她！

林小麦很气愤，在等到晚上估计他已经吃完饭时，她又给他发了一个短信："资料明天还寄吗？"他还是没有回信。林小麦的耐心终于走到了极点，她反复措辞，发了这样一个短信："长久以来，林小麦的心在希望和失望之间沉浮，林小麦不知道您到底怎么想，不知道未来给予林小麦的是什么，这漫长的期待让林小麦难过。您能告诉我，我该怎么办？"

邢文通很快回了短信："最近昆山正处在矛盾纠葛中，短期内不会有人事变动，建议你还是不调来为好。"

林小麦看到这个短信的时候，眼前一片空白。她没有想到，这么长时间的期盼和运作，即将到来的成功突然变成了这样一个结果。林小麦没有死心，她又回了一个短信："别把林小麦一个人留在瀛洲。"邢文通再没有回信。

林小麦几乎一夜未眠，天亮以后又发了一条短信。快中午的时候，林小麦的手机终于响了，暗蓝色的屏幕上只有四个字：“道理已经。”

林小麦起初以为他发错了，或者他还没有写完，就给他回了一个短信，说：“唉，小麦愚钝，能告诉我什么意思吗？”里面多少还有点撒娇的意思。等了一会，他没有回。林小麦还没有想到别的意思。林小麦又发了一个短信：“手机有问题吗？信息没有发完。”等了很久，他仍然没有回，林小麦的一根末梢神经有些醒了，但是，还抱着一线希望，就把电话打了过去。他没有接林小麦的电话，林小麦还不肯死心，又看了一遍他发来的短信：“道理已经。”渐渐的，每一个字都像复活的野兽，在无边的雪野上蠢蠢欲动，林小麦看到了它们黑色的眼睛，闻到了它们身上腥咸的味道，它们裹挟着巨大的旋涡，向林小麦扑面而来。林小麦不知道该如何去躲避，赶快给珍妮打电话。但是，这个林小麦已经打了四年、每天要打几遍、很多时候连续通几个小时的电话号码竟然从林小麦头脑里飞走了，林小麦想不起珍妮的手机号！

林小麦躺在床上，闭上眼睛，想平静一下，但是“道理已经”此刻变成了黑色的箭镞，向林小麦的眉心直飞而来。林小麦急忙坐起来，从卧室走到客厅，又从客厅回到卧室。林小麦觉得那几个字像幽灵一样跟在林小麦身后，林小麦恐惧、厌恶，却摆脱不掉。林小麦又拿起手机，谢天谢地，珍妮的手机通了，林小麦说：“邢回了一个信息，只有四个字，道理已经，我不知道什么意思？怎么办呢？”

珍妮追问了一句：“就这四个字？”

林小麦说：“是。就这四个字，是不是发错了？”林小麦希望珍妮能给林小麦肯定的答案。珍妮从小没有父母，她自己一个人闯荡，对人性从无指望。所以，她总是对的。

她沉默了一下，说：“发错了？怎么可能。”

林小麦紧接着又问了一句：“我还有希望吗？”林小麦知道自己在失态，可是，林小麦就像饥饿的鱼看见美味的鱼饵，知道前面的水已经被污染，充满了毒素，看见了潜在的危险，在雪亮的钩子上摇晃，但是，却迟迟不肯离去。

珍妮不耐烦地说："那是你自己的事，你自己看着办吧。我有些累，先把电话挂了。"林小麦了解珍妮，她这是在告诉林小麦，一切都该结束了。

林小麦又一次打开那个短信，"道理已经"像牙齿一样咬到了林小麦的心脏。道理已经怎么样了呢？道理已经说清，你应该明白，无非就是这个意思。他甚至都没有耐心把话说完！他如此尖刻地省略了没有该说的话。那些话才是他此刻最想说的。

他省略的是对林小麦的轻蔑！

林小麦看见了自己的血，决绝地放弃了自己的手、脚和身体，急速地汇聚在一起，殷红、黏稠、干涩，从过去的岁月中奔涌而来，挟带着记忆的泥沙，堵塞在林小麦的胸口。林小麦被自己抛弃了，被自己的血液抛弃了，林小麦被扔在一个从没有想象过的地方，冰冷、阴暗，到处闪烁着刺目的白光。

多么难以置信，他，竟然是他，真的是他，在轻蔑我。他知道我爱他，他知道我信仰他，他知道他是我今生唯一真爱的男人，他甚至知道他的一个眼神一抹微笑一声咳嗽一句话一根头发都能长久影响我，他知道他能伤了我会伤了我，他知道他的轻蔑会带来什么结果，但是，所以，他还是轻蔑了我。珍妮说得对，对于林小麦，他什么都没有。

黑暗沉沉压下来，把林小麦的头发和指甲都压碎了。林小麦记得又发了一个短信："道理已经明白，只是情非得已。衷心感谢您多年的关照，祝您万事顺随，全家幸福。"林小麦还没有忘了，冠冕堂皇地结束这一切。假，假得让林小麦无奈，假得让林小麦心酸，假得像让林小麦自己剁掉自己的脚，那疼啊，死了都躲不开。

揭开谜底是五年以后了，林小麦已经担任瀛洲市主管文教卫生的副市长，已到省政协担任政协常委的邢文通来瀛洲市调研，林小麦获悉后到宾馆探望。房间的灯光是那种通常的幽暗，他们似乎都早有准备，很容易地重新提起这个话题，林小麦才知道，当初打电话的人是简晴。简晴对邢文通说，林小麦和蒋昆好上了，还有鼻子有眼地说，她表弟当出租车司机，是他表弟把林小麦送到恺撒酒店，林小麦当时哭了，她表弟就把林小麦拉走了，但是有人说她后来又回去了。没有几天，蒋昆就把她安排到开放办当副主任了。他说到蒋昆的时候，眼睛划过了一种阴暗的光芒。林小麦突然意识到，五年前就是这点暗淡的光芒，带着男人特有的霸气让她当时所有的爱和梦想都破灭了。这一切从本质上和简晴没有关系。

林小麦黯然无语。她看着眼前这个头发全白的男人，在她面前絮絮叨叨的样子，他显然想用自己的真诚弥补一些东西，但是，时过境迁，林小麦已经没有兴趣深究那一切，她甚至有些疑惑，眼前这个男人真的是自己当初爱过的人吗？她当年如果真为他放弃了一切，见到他今天的样子她会后悔吗？而且她刚刚听说，简晴得了乳腺癌，已经做了切除，简晴曾经带给她的一切疼痛如今都消失了，甚至连疤痕都没有留下。她已经不想听那些没有意义的事情了。就在这时，她发现邢文通的手伸了过来，轻轻地覆盖在她的手上，喃喃地说："你经历了这么多，皮肤依然这么细腻。"林小麦没有动，她定定地看着叠在一起的两只手，一只粗大、皱巴、长着浓重汗毛的手掌下露着自己白皙的手指，粉红色的指甲展示着她依然鲜活的生命。她忽然有些想笑。抬起头，她向四周看了看。邢文通不知道她在看什么，也跟着好奇地四处张望。林小麦忍住笑说："你看见那双眼睛了吗？"邢文通一愣，问了一句："什么？"

林小麦把手抽了回来，她看着邢文通说："邢市长。"她故意叫了他原来的称呼，她无意于唤醒他什么，但是，有些东西她也不想他忽略。"邢市长，这些年我常常觉得有一双眼睛，总在看着我。我做的一切他都能看见，你能看见那双眼睛吗？"邢文通笑了，说："文人的想象。"林小麦笑笑，终于明白，这个人不是自己要找的那个人。她说："时间不早了，邢市长您早点休息吧，我明天要主持一个会，就不送您了。"她几乎没有听清邢文通说的话就站了起来，邢文通伸出手，她只是轻飘地一碰就收回了自己的手，走了。到一楼后她转身去了卫生间，洗了洗手，然后对着镜子看着自己。她发现在没有他的这些年，她的生命依然充实通达，她没有因为他曾经对她的放弃而变质变色，爱和幻灭并没有毁灭一切的能力。她还是她。